今夜山川河流，
只亮我所长明灯，
只照我所心上人。

有爱的青春陪伴者

星火长明 2

蒋牧童 著

贵州出版集团
贵州人民出版社

图书在版编目（CIP）数据

星火长明. 2 / 蒋牧童著. -- 贵阳：贵州人民出版社，2024.10
ISBN 978-7-221-17737-7

Ⅰ.①星… Ⅱ.①蒋… Ⅲ.①长篇小说－中国－当代 Ⅳ.①I247.5

中国国家版本馆CIP数据核字(2024)第135918号

星火长明.2
XINGHUO CHANGMING.2
蒋牧童 / 著

| 出 版 人：朱文迅
| 责任编辑：左依祎
| 特约编辑：年　年
| 装帧设计：刘　艳　姜　苗
| 封面绘制：傅　泊

出版发行　贵州出版集团　贵州人民出版社
地　　址：贵阳市观山湖区长岭北路贵阳国际会议展览中心D区D1栋
印　　刷：天津睿和印艺科技有限公司
版　　次：2024年10月第1版
印　　次：2024年10月第1次印刷
开　　本：880毫米×1230毫米　1/32
印　　张：9.5
字　　数：338千字
书　　号：ISBN 978-7-221-17737-7
定　　价：45.80元

如发现图书印装质量问题，请与印刷厂联系调换；版权所有，翻版必究；未经许可，不得转载。

目录 /contents

001　第一章
　　唯愿与昭昭，白首不相离

033　第二章
　　只有忘记了，你才能往前走，才会幸福

068　第三章
　　他点上长明灯，唯愿她余生喜乐

096　第四章
　　昭昭，我们重新在一起吧

125　第五章
　　他想要用尽所有，去挽回他爱的人

154　第六章
　　他愿一生成为她的信徒

目录 /contents

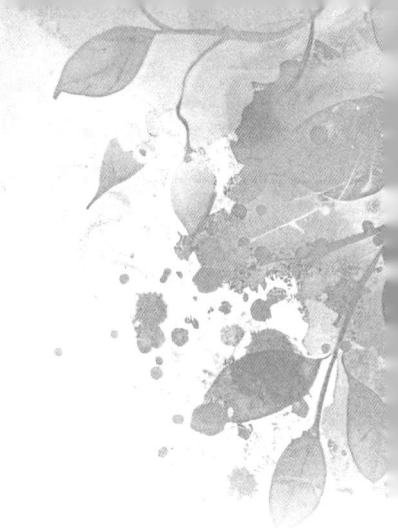

176　第七章
　　愿我为星火，照亮你的余生

208　第八章
　　谢谢你愿意成为我的傅太太

236　第九章
　　这次，让我主动来喜欢你

264　第十章
　　时间从未停止，而他们的故事依旧未完

284　番外一
　　所念皆星河

289　番外二
　　落日归山海，陪伴成告白

293　番外三
　　父与子

第一章

• 唯愿与昭昭，白首不相离

安静的小院子里，大概是临近冬天，整个院子里的花都败得差不多了，就连那棵树上的叶子都掉得光秃秃的。从客厅里看过去，显得有些冷清。

傅时浔原本正在吃馄饨，阮昭见清汤寡水的，起身去厨房给他拿酱油和香油。

回来的时候，见傅时浔正在接电话。

靠近了，隐隐听到手机另一端男人的声音。

是闵其延打来的。

傅时浔手指捏着汤勺，在碗里轻搅了两下。阮昭指了指酱油瓶，轻轻地给他倒了点，刚倒完，就听他开口说："所以你打电话过来，就为了这件事？"

"你是没在那个群里，你都不知道我现在承受着多大的压力。"闵其延有些头疼地揉了揉太阳穴。

他正好靠在医院的咖啡自动贩卖机旁边，从口袋里掏出纸币塞了进去，一边按着按钮一边说道："谁都知道我跟你的关系好，你要是不去，我真的会被烦死了。"

"没空。"傅时浔依旧是那句话。

闵其延："求你了，行吗？真的，我一天在群里'艾特'一百遍，就问你去不去参加同学聚会。"

他说得这么夸张，傅时浔却越发冷淡："你们聚会你们的，难道我不去你们就不聚了？"

"不是不聚，是聚得没那么有仪式感。"闵其延轻笑了声，"毕竟你虽然这么多年不出现,但是江湖上依旧还有你的传说,你都不知道多少人找我明着暗着打听你。"

虽然离高中毕业已经过去很多年,可是白月光,特别是出现在人生最美好青春里的白衣少年,总会成为无数少女心底难以忘记的存在。况且傅时浔这么多年还"单"得明明白白,给人留了无限的遐想。

闵其延说:"况且你还是班长,你说你称不称职吧。"

"我只当了两个月。"傅时浔忍不住伸手揉了下眉心,似乎有点儿受不了他的死缠烂打。

"叮"的一声,是咖啡好了的声音。闵其延伸手将咖啡端起来,因为这会儿正好是午休时间,他赶紧找了个空闲的地儿,喝了口咖啡,继续抱怨说:"之前一次群里提起聚会,我呢,本来是想给你降降温,就说你现在长得不如以前了,毕竟也年过三十了,老了,胖了。这样一来,那些女同学不就没那么强烈希望你参加了。

"结果嘛,倒是好了,没几天你上直播了,你都没看见那几天群里疯狂的劲儿。"

很多男人在校园里尚且还能保持清瘦的少年姿态,一出学校,进入社会之后,迅速横向发展,多少当年的翩翩白衣少年,十几年后成了被岁月这把杀猪刀砍了一刀又一刀的沧桑大叔。

傅时浔出现在直播上,一身白大褂,长身玉立,容貌虽然跟年少时亦有了差别,可那是岁月沉淀后更成熟清俊的模样,真真演绎了什么叫作腹有诗书气自华。

闵其延无语道:"最后我反倒成了因为嫉妒而恶意中伤你的小人,你都不知道我到底为你付出了多少。"

他喋喋不休地说着,突然发现光他说了。倒是电话对面突然传来一声轻笑,听起来是个姑娘的声音。

"阮昭在旁边是吧?"闵其延突然喊了一句,傅时浔把手机贴着耳朵,这一声险些刺到他的耳膜。

闵其延也不顾阮昭听没听见,喊道:"快帮我劝劝你男朋友,让他不要永远这么高冷,跟我们人类也接触接触。"

阮昭轻笑了声,靠近傅时浔握着手机的手掌,说道:"可是我就喜欢他这样,高冷又远离其他人类。"

因为这样他身边就只有她一个人。

挂了电话之后,阮昭手托下巴,低声问道:"你为什么不去参加啊?"

"没什么意思。"

阮昭点了点头,故意道:"我还以为是有什么你不想见的人呢。"

"胡闹。"傅时浔伸手在她发顶狠狠揉了下,似是惩罚。

阮昭:"那就去呗。"

傅时浔倒是没想到她会劝自己,反问:"你想让我去?"

阮昭:"只是觉得去一下又没坏处,况且闵医生都说成这样了,你要是不去,他岂不是会很伤心。"

"不用管他。"傅时浔不在意道。

阮昭这会儿发现,他们男人之间确实跟女人有区别,顾筱宁要是求她什么事儿,只要不过分的,她都会答应。

傅时浔显然要比她无情得多,闵其延这就差给他跪下来了,他还是雷打不动的模样。

到了晚上,傅时浔从学校回家后,先给闵其延打了个电话。

"聚会的地址在哪儿?"他问道。

闵其延也是刚到家,正瘫在沙发上,听着这话,差点儿蹦起来:"你是怎么想通的?"

"没想通。"傅时浔淡淡道。对面闵其延一愣,但他的话还没问,傅时浔已经解答了他的疑惑,说道,"你应该谢谢我女朋友。"

闵其延一口气差点儿没提上来,这气得啊,最后只得咬牙切齿道:"傅时浔,你重色轻友得是不是有点儿太离谱了?还是人吗你?"

这就算重色轻友?

傅时浔冷嗤一声,慢悠悠道:"把地址发到我微信上,挂了,我还要和我女朋友打电话呢。"

听着对面挂掉的电话,闵其延这才发现,自己刚才居然没得及反驳他。

"就你有女朋友是吧。"他对着手机,无语地吐槽。

周末正好赶上顾筱宁的生日,她叫上阮昭还有云霓一起吃饭。

餐厅是她自己挑的,据说是最近刚开的一家网红餐厅,弄得还挺高大上的,菜品也不错。

"我不是说了叫上傅教授 起……"顾筱宁有些失望。

阮昭将自己买的礼物递过去:"不巧,他今天高中同学聚会,来不了。"

"居然还有高中同学聚会。"顾筱宁撇撇嘴,"自从高中毕业之后,我可再也没和那帮人聚过。之前群里还喊过,我一看是秦雅芊召集的,懒得去。"

"谁还不是。"阮昭伸手端起桌子上的水杯。

阮昭高中因为秦雅芊的关系,跟班上其他女生交情都淡淡的,至于男生,更是没说过几句话。毕业这么多年,几乎就是断了联系。

这会儿顾筱宁把阮昭给的盒子拆开,一边拆一边问道:"这什么东西?这么大一盒。"

等一打开,发现居然是一个黑色盒子,上面是一朵白色山茶花。

"天,我的昭。"顾筱宁手都在颤抖,居然没接着拆下去,"不行,在这里拆太对不起这个盒子了,我得拿回家,沐浴焚香之后再好好拆。"

阮昭摇头:"一个包,至于吗?"

"你当然不至于。"顾筱宁哼了声,可怜兮兮道,"这可是我一个多月的工资呢。"

她们三人坐在一个角落的位置上,云霓乖巧地听着她们两人说话。

"妮妮,想吃什么,尽管点。"顾筱宁这会儿才发现,居然有些冷落云霓了,赶紧歉意地说道。

云霓乖巧道:"筱宁姐姐,你不用跟我客气的,我都可以。"

"你随便点吧,她就是个吃货,随便什么都会吃得很开心。"阮昭直接说道。

云霓也将自己的礼物递给顾筱宁,说道:"筱宁姐姐,这是我给你买的。"

"哎哟,我们妮妮现在还是学生呢,怎么好让你破费的。"顾筱宁跟阮昭是不客气,但是收云霓的东西,却有些不好意思。

云霓赶紧说:"我有存钱的,之前我给昭姐姐当助手,她每个月都给我发工资。现在也是的。"

虽然云霓现在要上学,但是阮昭偶尔还是需要她帮手,所以依旧给她发工资,只是工资跟以前是不能比,但够她上学的生活费。

况且云橙这一两年里将店里的生意做得有声有色,阮昭给他的提成就足够他在北安付一套房子的首付。只是他们为了阮昭,才会一直住在小院里。

"我们妮妮真厉害。"顾筱宁也忍不住伸手揉了揉她的发顶。

云霓无可奈何地叹了口气:"你们怎么还都把我当小孩子。"

"对了,傅教授他们同学聚会在哪儿啊?"顾筱宁好奇地问道。

阮昭摇头:"没问。"

餐厅的楼上就有包间，陆续有人上楼，而傅时浔与闵其延是最后一波到的。两人进去的时候，原本气氛热热闹闹的包间陡然陷入了一秒的安静。

"我的天哪，这是谁啊，稀客。"

"这不是傅神吗？"

班级里目前混得最好的一人，叫邓炜，是个IT公司的老板。

目前IT领域白手起家的最多，这个行业号称但凡是一头猪撞上风口，都能给他吹起来。别看邓炜以前在学校里只能算是个中不溜的学生，可是现在人家混得是真的好。

他们高中班级之所以这么爱聚会，也是因为有他在，有钱嘛，就想炫耀。思来想去，还是觉得跟以前的同学炫耀最是得意。

平时这些聚会的事情，他就爱大包大揽，动辄就是让我助理订个地方，让我助理怎么怎么样，就跟全世界就他一个人有助理似的。

不过他这样的人，也确实有不少愿意捧着的，进了社会嘛，大家都挺现实的。多个朋友多条路，况且还是这种混出头的同学。

邓炜赶紧上前来迎接，一副主人姿态道："傅教授，您今天能来，我们真是与有荣焉。"

"邓总，你这话说得也太酸了吧。"旁边有个男同学受不了地摸了摸胳膊，一副鸡皮疙瘩都要出来的感觉。

傅时浔看向众人，笑意清浅："大家好，好久不见了。"

这冷淡的声音，只怕今晚都要闯进某些单身女同学的梦里。

"赶紧坐。"邓炜一边招呼一边问，"傅教授，你现在还是在北安大学？"

虽然傅时浔没怎么在班级聚会里出现过，但是他的事情在班级里不算秘密，况且前阵子他因为直播的事情在网上爆红了一把。

北安大学最年轻的考古系教授是男神，长得帅不说，业务能力还很强。

"嗯，还在北安大学考古系。"傅时浔点头。

整个聚会一下再次热闹起来，所有人都在追问傅时浔问题，也幸亏他性子好，虽然冷淡了点，但是很有教养，有问必答。

见所有人都一口一个傅教授，最后他还是说道："还是叫我傅时浔就好，不用叫教授。"

"那怎么能行啊，你这出门在外都是教授，到了我们同学这里，这个称呼还是不能少的。"邓炜笑呵呵地说。

傅时浔坐在后，坐在隔壁位置的华晚蕾扬着微微笑意看着他，心底无限欢喜,他到底还是来了。她原本失落的心情一下又变得雀跃了起来。看来,他虽然生气,可还是把自己的话听了进去,要不然他怎么会愿意来呢。

华晚蘅笑着端起面前的小酒壶,要给他们倒酒。闵其延赶紧说:"怎么好意思让你倒酒,我来,我来。"

"闵医生,你也是个大忙人啊。"旁边女同学调侃道,虽然话是跟闵其延说的,但是眼睛一直往傅时浔身上瞟。

这一桌子男男女女当中,大多是红尘里打滚了几圈的人,身上多少带了点世故和沧桑劲儿,唯独他冷淡地坐在那里,依旧是一副不沾红尘的疏离模样。光是身上这股疏冷感,就足够让多少人为之折服。

"晚蘅,你现在是不是经常跟傅教授见面?"隔壁有个女生好奇地问道。

华晚蘅轻轻点头:"我毕竟是文保中心的,跟他们总有项目上的来往,之前那次鸣鹿山的秦汉遗址发掘,就是我们一起的。"

"我们一起的"。这五个字,足够让其他人羡慕不已。

邓炜拿着手机在餐桌上拍了一圈,镜头到傅时浔那儿的时候,还特地多停留了几秒。傅时浔穿着宽松的毛衣,里面搭了件衬衫,最简单的穿着,可就是一下显眼起来了。

本来闵其延也是个帅哥,可是跟他一比,就少了点那种勾人的冷淡劲儿。

没一会儿,邓炜和两个男同学出去抽烟。三人回来之后,嘴里还一个劲儿念叨。

"那么漂亮,肯定是女明星。"邓炜斩钉截铁道。

另外一个男生说:"不可能吧,要是明星我们怎么都不认识?"

邓炜:"嗐,娱乐圈嘛,美女太多,估计是个什么一千八百线的那种,不过这种条件的,早晚得红。"

"你们聊什么呢,这么热闹?"有个女生好奇地问道。

邓炜笑了下:"刚才在外面抽烟的时候,遇到一姑娘,长得那叫一个漂亮,我说可能是个明星,他们俩非说不是。"

"哪个明星会在大厅里吃饭,最不济也得开个包厢吧。"旁边男同学说道。

有个女同学酸溜溜地说:"什么人漂亮成这样,让你们出去看一圈就直接把魂都给勾没了,难不成还有我们当年的校花华晚蘅同学漂亮?"

"别胡说。"华晚蘅娇羞一笑。

结果有个男生说话没过脑子,直接说:"我们真没说夸张,那是真漂亮,不是一个级别的。"

虽然有些女同学也暗暗看不惯华晚蘅,可这会儿拿她跟一个完全陌生的女人比起来,那还是有点同仇敌忾的味道。

立即有女生帮腔说:"什么呀,我们晚蘅哪怕现在也是大美人好吧。"

"你们男的就喜欢那种网红脸。"

"就是,一点审美都没有。"

对面男同学也不服气啊,当即说:"什么网红脸,人家气质不要太好,穿着那种特别古典的衣服,气质不要太高贵哦。"

他们这吵得正热闹,闵其延突然靠近傅时浔说道:"我怎么听着这形容词那么耳熟啊。"

傅时浔正在低头看手机,阮昭正好发了微信过来。

阮昭:男朋友,同学聚会好玩吗?

傅时浔:不太好玩,你呢?

阮昭拍了张蛋糕的照片过来,是那种超级可爱的蛋糕,白色蛋糕上面堆着一个可爱的粉红色蝴蝶结。

阮昭:蛋糕很漂亮,我也很开心。

他勾着嘴角轻笑了下,正要说话,突然,旁边的闵其延震惊地来一句:"不会吧。"

傅时浔抬起头,就看见对面那个正在争执的男同学突然亮出手机里偷拍的那张照片,穿着白色旗袍的姑娘鬓发披肩,戴着一枚珍珠发卡。她面前摆着一个白色蛋糕,上面堆着粉色蝴蝶结,那个蛋糕几秒钟前还出现在傅时浔的手机里。

"这种大美人,你们还要说是网红脸吗?"男同学得意扬扬地说道,觉得自己彻底堵住了所有女生的嘴。

可谁知此刻,一个冷漠的声音说道:"删掉。"

男同学惊讶地看过来,见傅时浔坐在椅子上,冷眼看着他,那道极其冷漠的声音就是傅时浔发出的。

"这……怎么了?"邓炜见气氛一下剑拔弩张起来,忍不住和稀泥。

傅时浔缓缓站了起来,看向对方,声音越发清冷:"删掉。我不喜欢别人偷拍我女朋友。"

此话一出,整个包厢鸦雀无声。

女朋友?

什么女朋友?

直到傅时浔走出包厢,气氛才像春日里一下被解封的冰河,登时有五百只鸭子瞬间降临到包厢,吵嚷得一塌糊涂。

刚删完照片的男同学懊悔道:"我真不是偷窥狂,就觉得人家长得漂亮,就随手拍了一张。"

"活该,让你拍。"对面的女生幸灾乐祸。

还有女同学则一脸好奇地跟闵其延打听:"他什么时候有女朋友的?之前直播的时候不是说还单身呢。"

表面是满不在乎的八卦,眼底却藏着说不清的情绪。

闵其延随便打了个哈哈:"就前阵子吧,具体他也没跟我说,我也不太清楚。"

还有一些则好奇地看向华晚蕖,她的心思大家多多少少是知道的。毕竟从高中开始,她就是班上唯一能稍微靠近傅时浔的。不过也多是沾了闵其延的光,因为她跟闵其延关系好,闵其延又跟傅时浔是铁哥们,三人总会待在一起。

后来高考,出乎所有人的意料,傅时浔以市状元的身份去学了考古。

从老师到同学,都是一片哗然。

可更让人出乎意料的是,华晚蕖居然也去了考古系。两人从高中到大学,都是同学。

刚才华晚蕖还说他们工作有合作,这么多年来,跟傅时浔最亲密的女生就是她了,可现在看来,这种亲密只怕也是她的自我感觉了。

"晚蕖,你刚才不是说你工作都跟人家在一起,傅教授什么时候找的女朋友,你居然都不知道?"有个女同学哪壶不开提哪壶。

华晚蕖此时脸色煞白,整个人坐在椅子上,一言不发。

"算了,算了,晚蕖又不是他什么人,怎么能事事都知道。"

"就是,不过果然大帅哥找的女朋友还是大美女。"

"可惜刚才那张照片我就看了一眼,还没怎么仔细看呢。"

"你要是不怕的话,人就在楼下呢,自己过去看呗。"

众人你一言我一语的时候,傅时浔已经到了楼下。

这间网红餐厅还挺大的,而且大厅的布局其实也挺私密,不是那种一览无余的。

最后他在角落里发现了阮昭她们。

三个女孩刚吹完生日蜡烛,这会儿顾筱宁正拿着蛋糕刀准备切蛋糕,她切了第一块,直接递给云霓:"这第一块就给我们妮妮。"

"筱宁姐姐,你才是寿星,第一块给你吧。"云霓不好意思要。

顾筱宁直接放在她面前:"我减肥。"

云霓一听,这才开心地接下。

见她大口大口将奶油挖进嘴巴里,顾筱宁羡慕道:"还是年轻好啊,我现在哪敢这么吃甜品啊。"

"你现在也不老。"阮昭淡然道。

顾筱宁一边切蛋糕一边摇头:"不行了,都二十七岁了,再也不是那种胡吃海喝还不长肉的年纪了。我也给你少切点,你多少吃两口。"

阮昭:"我还挺喜欢吃蛋糕的。"

她确实挺喜欢的,小时候,她最喜欢的就是过生日。只是那时候的生日蛋糕可不像现在这么精致又漂亮。那时候的蛋糕,用那种有点儿劣质的奶油,在蛋糕表面裱着五颜六色的花,中间会用糖浆写上寿星的名字。

属于小阮昭的蛋糕上,都会写着"阮昭平安,生日快乐"。

阮昭、平安。

其实这是两个人的名字,一个是她的,另外一个是爸爸的。

她是被遗弃在路边的,生父母什么信息都没有给她留下,所以她连自己是哪一天生日都不知道。

原本家里人是用捡到她的那天当作她的生日,后来她长大了点,非闹着跟爸爸一起过生日,家里人便干脆将她的生日改成了跟阮平安一天。

阮昭低头看着面前的蛋糕,不知道怎么就又想起了这些陈年往事。她拿起勺子,低头挖了一点蛋糕上的奶油送进嘴边,就听旁边一个清冷的声音问道:"好吃吗?"

阮昭下意识转头望过去,就见傅时浔站在身侧。

"你怎么会在这里?"她又惊又喜。

傅时浔伸手在她耳鬓轻勾了下,低声说:"小心。"

她手里的勺子微微举了起来,差点擦到头发丝上。待弄完,傅时浔淡声说:"我同学聚会就在楼上。"

"这么巧?"阮昭笑了下。

原本坐在她旁边的云霓已经十分乖巧地端起自己的蛋糕盘子直接坐到了对面。

阮昭立即说:"你先坐下。"

对面的顾筱宁抬手,准备叫服务员再拿一套新的餐具过来。傅时浔极客气地说:"不用,我只是过来看看。"

顾筱宁平时也是个社交达人,而且一天到晚嚷嚷着要见见她最好姐妹的男朋友,结果这会儿人在面前了,她反而什么话都没有了。

还是阮昭主动说道:"这是顾筱宁,我们高中就是同学,也是我最好的朋友。就跟你和闵其延的关系那样。"

"你好,我是傅时浔,阮昭的男朋友。"傅时浔主动打招呼。

顾筱宁极其娴静地回道:"你好,我是顾筱宁。"

招呼打完,顾筱宁又十分淑女地坐在位置上,安静得跟只鹌鹑似的。

就连云霓都奇怪地看了她一眼说:"筱宁姐姐,你之前不是一直说想见傅教授?"

"这孩子。"顾筱宁尴尬一笑,伸手摸了摸云霓的后脑勺,颇有种她要是再敢多说一句废话,自己就把她的脸按在蛋糕里的威胁。

云霓大概也察觉到了危险,立即说:"我开玩笑的。"

"就是,妮妮就挺爱开玩笑的。"顾筱宁笑了下。

傅时浔淡声道:"我们之前在鸣鹿山考古现场见过吧。"

"你居然记得?"顾筱宁颇有种受宠若惊的感觉。

傅时浔:"毕竟你是昭昭最好的朋友,我也是久仰大名。"

顾筱宁之前听阮昭说傅时浔这人如何冷淡、怎么不近人情,可是近距离接触才发现傅时浔也不是那么冷嘛。虽然不是那种爱说爱笑的性格,但男人嘛,沉稳点才更有魅力。

而且她觉得傅时浔还挺会聊天的,分寸感把握得很让人舒服。

"哪里,我才是久仰您的大名。"顾筱宁赶紧适时地吹捧回去。

阮昭这会儿手掌微撑下巴,扭头看着他:"你的同学聚会怎么样?"

"还好。"傅时浔神色淡淡,似乎没什么想要多聊的。

过了会儿,闵其延找了下来,毕竟傅时浔一去不回头,其他同学便催促他下来看看,于是作为跟傅时浔关系最好的人,只有由他过来。

"闵医生。"云霓是最先看见他的人,立即打招呼。

闵其延过来:"说好了去洗手间,原来是来找女朋友了。"

他故意打了个圆场,没有当着阮昭的面儿直接说出在包厢里发生的事情。傅时浔睨了他一眼,也是很给面子什么话都没说。

阮昭也给他跟顾筱宁双方介绍了下,闵其延这才说:"要不咱们还是先回去把饭吃完,你让人家阮昭也好好给闺蜜过个生日。"

"嗯。"傅时浔点了点头。

闵其延感动得差点儿掉眼泪,他没想到,自己说的话居然这么管用。

两人重新回去。

上楼的时候,傅时浔低头看了一眼自己的手表:"再待半个小时,我就离开。"

"好好好。"闵其延这会儿还能说什么呢。

等他们重新进入包厢,之前偷拍阮昭的男同学赶紧起身说道:"傅教授,我真的不是故意要偷拍你女朋友,就觉得那姑娘太漂亮,我以为是哪个明星呢。"

"废话少说,先自罚三杯。"邓炜率先说道。

男同学也不含糊,三杯白酒,直接喝了下去。

这事儿算是掀了过去。

至于楼下,顾筱宁从傅时浔离开后就开始感慨:"傅教授哪里冷淡了,他挺暖的啊,跟我说的话都特别贴心。"

阮昭:"那你有没有想过,他暖你,是因为你是我的朋友?"

顾筱宁瞬间顿住。

阮昭轻笑:"真该让你看看在扎寺里的那个傅时浔。"

她隔着窗棂看了一眼,便被彻底吸引。冷淡得要命,勾人得要命。

顾筱宁点了一瓶酒,自斟自饮之余,不免有些无聊,便鼓捣旁边的云霓说:"妮妮,要不你陪我喝一杯?"

"不行的,我哥哥不让我喝酒。"云霓的脑袋摇得跟拨浪鼓一样。

顾筱宁知道阮昭从来不喝酒,压根也不劝。

过了一会儿,阮昭起身去洗手间。

洗手间在二楼。

她从洗手间的隔间里出来,站在洗手台前正准备洗手,这时又进来两个女生,打扮时髦又精致,哪怕已是初冬,两人依旧穿着露肩的衣服。

两人一进来,看见阮昭时愣了下。不过下一刻她们便自顾自地拿出口红和粉饼,开始补妆。

阮昭洗完手,慢条斯理地扯出镜子下面的纸巾,极细致地擦了擦自己的手。

突然,旁边正在涂口红的女生扭头看向她:"阮昭?"

听到对方叫出自己的名字,阮昭顿了一下。

"我呀,吴莉莉。"对方笑了下,拨了拨披在肩上的头发,努力露出整张脸。

只是她的妆化得太浓,犹如画皮一样。阮昭是学美术出身,按理说对人

的轮廓很是了解，可她看了半天，还是没认出对方。

对方只能说："九塘镇一中初一（6）班。我们初中是一个班级的啊，不过你只读了一年就转校了。"

九塘。

阮昭的一颗心像是被猛地揪住，那个她长大的地方，多少年没有出现在她的生活中，自从她跟着姑父、姑姑搬到北安之后，就再也没有回去过。

对她而言，那是梦里的故乡，也是心碎的地方。

"你怎么还是跟以前一样漂亮啊。"吴莉莉挺开心地说，"我是不是也比以前漂亮了？"

阮昭挺淡地看了对方一眼，终于从自己的记忆里提取出关于九塘镇一中的片段。

至于这个吴莉莉，她之所以还能记得，就是因为那时她在学校就已经很"高调"——认各种干哥哥，年纪小又偏爱打扮，还因为染发不穿校服等各种问题被全校通报批评。

至于她变漂亮这件事，阮昭扫了眼她的脸，跟以前确实不一样。

"好久不见。"阮昭擦好手，重新将手套戴上。

这个动作惹得吴莉莉一怔，呵呵笑了下，问："你现在在北安做什么？"

这种许久未见，连故人都算不上的人，阮昭实在没什么兴趣跟对方寒暄，只是随口说道："自由职业。"

回答完这句打探，阮昭颔首："再见。"

从洗手间离开，阮昭伸手揉了下脸，却还是觉得心头说不出的沉重，过去的记忆、过去的人，都突然向她袭来。

见旁边有个小阳台，阮昭想走过去吹吹冷风。

没一会儿，吴莉莉和她的朋友从洗手间里出来。

她朋友说："你那个老同学看起来挺冷的，气质典雅，看起来像是千金大小姐。"

"什么呀，你这眼光也太差了吧，她算什么千金大小姐啊。"

"你就嫉妒吧。"朋友好笑地说道。

吴莉莉立即说："到底是你了解她还是我了解？她跟我是一个地方出来的。她就是她爸捡来的一个弃婴，而且她爸还是个傻子，我们那边谁不知道。"

"傻子捡了个弃婴？"她朋友似乎感兴趣，也不着急回包厢，直接把吴莉莉拉在走廊上，"看她气质真的完全看不出来。"

吴莉莉嗤笑了声:"他们家也挺搞笑的,本来是捡个别人不要的小孩给那个傻子养老送终,结果中间出了个什么事情,她那个傻子养父死了。反正我听我妈他说,就是被她害死的。"

"她怎么害死的?"

吴莉莉想了下:"我也不太记得,反正我就记得有一阵她没来上学,后来就听我妈说她爸死了,还说果然这种扔了的小孩不能养,命硬克人,她那个傻子爸爸就是被她克死了,不过说不定她的傻子爸爸本来就短命。反正我看她现在没有那种爸爸拖累,确实过得挺好。"

走廊里飘出来的声音,哪怕是带着笑意,都透着恶毒的嘲讽。

冷风吹在阮昭的脸上时,她脑海中仿佛出现了一个声音。

"昭昭,快跑。"

"快跑。"

"昭昭,不要回头。"

黑夜中,她拼命地往后看,想要去追逐那个声音,可是身边有个少年模样的人,死死地拉住她的手,声音沙哑道:"快走。"

"啊。"

一声凄惨的叫声从走廊传来,原本已经起身的众人都被吓了一跳。

因为傅时浔要离开,邓炜干脆就招呼大家前往下一摊,这时候大家都在穿外套,听到这动静,就有人出去开门。

"这外面怎么了?"身后的女同学靠近问道。

"你别过来,别过来。"一个带着哭腔的女声尖厉地喊道。

直到门口的人突然转身说:"这不是傅神的女朋友……"

当所有人冲到门口,看见外面走廊穿着长裙的女孩手持碎掉的玻璃瓶,她手上一滴一滴地往下滴血,可是她丝毫不在乎般继续往前走。

而在她面前,有个女人正趴在地上,见对方过来,她双手撑着自己往后退,哭嚷着喊道:"你别过来。"

"你刚才在说什么?"披着长发的姑娘微歪了下头,头顶的灯光打在她的脸上,明明那样美的一张脸,眼神却锋利得让人感觉害怕,她似乎在呢喃,"短命?"

"对不起,对不起。"吴莉莉刚才在跑的时候就崴了下脚,这会儿摔倒在地上,生怕对方真的上前做到她之前说的话。

吴莉莉正和朋友说得开心，突然从旁边小阳台出来一个人。

当她看清是阮昭时，还觉得挺尴尬，但也没太在意，就觉得说别人坏话被抓到挺"社死"的。朋友也拉了下她，两人转身就想回自己的包厢。

直到从身后传来一句冷漠的声音："如果你觉得你的嘴巴只是个用来说这种话的多余摆件，我可以帮你——"

这个冷漠的声音顿了一秒："割了它。"

说完，她听到一声巨响，也不知道阮昭从哪里拿了一个空玻璃瓶。看起来好像是餐厅的装饰品，只见阮昭握着瓶子砸在墙壁上，手里紧紧攥着半截瓶口。

阮昭过来时，吴莉莉被吓得当场就跑，可是她穿着差不多十厘米的高跟鞋，没跑出去几步，直接摔在了地上。于是她厉声尖叫，引来了不少人。

"疯子，你这个疯子！"吴莉莉一直用手往后挪，她仿佛忘记了怎么爬起来跑。

阮昭的一张脸此刻比山顶上的积雪还要冷，眼角通红，带着一丝疯狂："所以，你为什么要招惹一个疯子呢？"

"你怎么敢，"阮昭一步步逼近吴莉莉，慢慢俯身，她的长发遮住她大半张脸，整个人发出的森冷气息让在场所有人都感到胆怯，"怎么敢这么说他？"

那是她在心中一旦想起来都会流泪的人，却成了别人口中这样轻描淡写的存在。

阮昭捏着瓶口，就要抵上吴莉莉的唇。旁边冲过来一个人，将阮昭死死地抱在怀中，低声道："昭昭，昭昭，冷静一点。"

阮昭茫然地望向身侧的人，仿佛有个人将她从一场噩梦中拉回来。

她望着眼前的人，傅时浔的眼睛那样焦急而认真地望着她。

他双手捧着她的脸颊，低声哄道："昭昭，有什么事情，你可以跟我说。"

跟他说吗？

她手上的半截酒瓶"咣当"一声，掉在了地上。

阮昭抬起手，她手上的血沾在他的衣襟上，她的手指摸上傅时浔的脸，血迹染红他的侧脸，她眼角滑过一滴泪。

"没事的，别怕，我会保护你。"傅时浔将她抱在怀中，一点点劝哄。

那样小心翼翼，如同呵护这个世间最易碎又最宝贝的东西。

"傅时浔。"阮昭趴在他怀里，低声说，"你会永远在我身边吧，你不会突然消失对不对？"

"不会，我不会消失。"

所有人看着这极致疯狂的一幕，那个陷入疯狂却又美到让人心碎的姑娘好像一幅画，刻在了所有人的心头。

"我在，我会永远都在昭昭身边。"

男人一遍又一遍，不厌其烦地保证着。

傅时浔将阮昭抱在怀中，感受到她从最初疯狂的状态一点点安静下来。她的手掌紧紧攥着他的衣领，当他低头看过去时，她的发鬓和额头全都是细汗，整个人如同刚从水里捞出来。

"莉莉，你没事吧？"吴莉莉的朋友终于赶过来，将她从地上扶了起来。

吴莉莉靠在朋友的肩膀上，抬头望过去："我，我要报警抓你。"

可是当她刚说完这句话时，阮昭的脸从傅时浔的怀里抬了起来，微偏过来，直勾勾地看着她，那双黑眸冷漠而又锐利，犹如刀子般直地刮了过来。

吴莉莉被吓到，一下忘记了接下来要说的话。朋友低声劝道："算了，莉莉，她也没怎么着你。况且咱们不也……"

吴莉莉这会儿反而叫嚣起来："你没看见她要拿酒瓶子威胁我……"

朋友皱眉，看了看周围，这么多人在围观呢。

"真闹到警局，你脸上也不好看。算了，回头要是被人曝到网上……"

听朋友这么说，吴莉莉这才微抿了下嘴巴，有些犹豫不定。

吴莉莉现在大小也是个网红，要是真闹大了，被人爆料到网上，确实不好看。而且说不定会把她的真实背景暴露出来，她在网上的人设可是"白富美"呢。

"算了，走吧。"吴莉莉扶着朋友的手臂。

她看向阮昭，正准备放一句狠话，但刚跟阮昭的视线对上，对方还是那样冷漠又直白的眼神，乌黑的眸子里像是淬了冰霜，吓得她再不敢说话。

吴莉莉最后只能跟朋友灰溜溜地离开。

待她们走后，傅时浔一把将阮昭横抱了起来："我送你去医院。"

她的手一直在流血，也不知道具体伤到哪里了。

闵其延见状赶紧上前说道："我来开车。"

到了楼下，傅时浔低声叮嘱道："你先去跟云霓她们说一声。"

"对对。"闵其延也想起来，云霓这会儿还在楼下吃饭，幸亏刚才他去过那桌，知道云霓和顾筱宁坐在哪边。

他直接过去喊了两人。

顾筱宁过来时,看见被抱在傅时浔怀里的阮昭,差点儿失声尖叫。

"这是怎么了?"看见傅时浔脸上、衣服上的血,顾筱宁吓得赶紧去检查阮昭,"你的手怎么了?"

阮昭的手臂微垂着,鲜血把手掌染红。

"先别说了,赶紧去医院,这个血到现在还没止住。"闵其延是医生,立即招呼他们上车。

傅时浔抱着阮昭坐在后排位置,云霓陪在他们身边。

顾筱宁坐在副驾驶,回头看了一眼。从刚才她们看见阮昭开始,她一句话都没有说过,紧紧地闭着眼睛,整个人如同睡了过去。

连云霓这时候都不敢说一句话。

到了医院,闵其延在前面带路,直接将人带到急救室,找来医生。医生将阮昭的衣裳剪开,确定了她出血的位置。

大概是她砸碎酒瓶的时候,一枚碎片直接扎进了她的手臂里。伤口太深了,才会一直止不住血。

"昭姐姐,你疼吗?"云霓在旁边,眼泪啪嗒啪嗒地往下掉。

"我先给她清理伤口,你们先到外面等着吧。"医生低头看了眼说道。

傅时浔看向顾筱宁和云霓:"你们先出去等一会儿,我陪着她。"

她们两人虽然也想陪着,但知道人太多,挤在这里也不是那么回事。

闵其延带她们先出去。

三人到了外面。

闵其延见她们脸色都不好,安慰道:"别担心,伤口只是看着严重而已,缝针之后就好了。要不我去给你们买两瓶水?"

"不用了,闵医生。"顾筱宁摇头,忍不住问,"到底发生什么事情了?她之前跟我们说是去上个洗手间,怎么会突然受伤呢?"

云霓突然仰着头:"闵医生,是不是有人欺负我昭姐姐?你快告诉我是谁。"

小姑娘眼睛狠狠地发着亮,只是她长相实在是可爱,又是娃娃脸,哪怕这会儿发着狠,也有种小女孩特有的娇俏。

闵其延实在没忍住,伸手在她脸颊上捏了下:"我说小朋友,我要是告诉你的话,你是不是得去找人家麻烦?"

"那当然了,谁欺负昭姐姐我打谁。"云霓握着拳头,凶狠地说道。

· 016 ·

闵其延见她这样，反而更觉得可爱，不过他无奈地叹了口气："这事儿，还是得等阮昭跟你们说吧。"

今天阮昭的模样，他也是第一次看见。

虽然他之前也不是没看过阮昭惹事儿，不管是第一次见面，她用一把伞把骗子放倒，还是在三溪村里，她揍了那个小女孩的爸爸。她都是冷静而又理智的，出手的模样也不像今天这样疯狂。

闵其延有种感觉，要不是傅时浔及时冲过去将她死死抱住，她真的会对那个女人下手。他不知道对方说了什么，但是能让阮昭陷入这种地步的，定然不是普通的事情。不过这件事，还是留给傅时浔操心好了。

"估计这边一时半会儿也弄不好，走，哥哥给你买糖吃。"闵其延笑着逗云霓。

云霓看了他一眼，慢悠悠说道："我哥哥说了，遇到比我大十岁以上的人，应该叫叔叔。"

"没有十岁，九岁。"闵其延尴尬地摸了下鼻尖。

这小姑娘还不好糊弄了呢。

顾筱宁朝他们看了一眼，心底有种莫名的感觉。

最后闵其延还是没把云霓骗走，于是他自己去了贩卖机那边，给她们买了点喝的，回来的时候，居然还给云霓带了一包旺仔QQ糖。

云霓看着他递过来的糖，微噘着嘴巴："我都说我不是小孩子了。"

他还用糖哄自己，真的是。

"不想吃啊？"闵其延轻笑了下，就要伸手将糖收回来，被云霓一把拿了过去。

小姑娘嘀咕道："小气鬼。"

急救室内，阮昭安静地坐在治疗床上，医生戴好手套，又最后问了句："真不打麻药？"

"我不打。"阮昭声音清淡。

刚才医生就跟她说过，局部麻药基本上不会留下什么后遗症，但是阮昭淡然地说她的手很重要，所以她不打麻药。

医生当然只能提个建议，毕竟有些人的痛感忍耐点高，不打麻药也可以。

旁边的护士拿着消毒工具，在给阮昭伤口清创之前，忍不住说了句："可能有点儿疼，忍一下。"

"嗯。"阮昭垂眸，看着血肉模糊的手臂。

护士将沾满消毒液的棉球在她手臂上滚了一圈,结果发现她不仅手臂没抖,连一个闷哼声都没发出。

等护士把她手臂上的血块痕迹都擦拭干净,医生拿了镊子过来,叮嘱身侧的护士还有傅时浔:"你们把她的手臂握紧,待会儿我把玻璃碎片拔出来的时候,她可能会动。"

"不用。"阮昭轻轻摇头。

傅时浔微弯腰,垂眸看向她,低声说:"要不我抱着你?"

阮昭伸出自己的另一只手:"握着就好了。"

傅时浔只能将自己的手掌递给她,她轻轻地握住。然后医生拿着镊子探进她的伤口里,玻璃碎片实在是扎得太深了。医生钳住玻璃碎片,拔出来。

在许久之后,"咣当"一声轻响,一块玻璃碎片掉落在旁边的托盘上,碎片早已被鲜血染红。

"这么大。"护士惊呼了声。

傅时浔望着托盘上的碎片,难以想象足足有大拇指那么大的碎片就一直扎在她的血肉里,可是到现在,她连一声疼都没有喊过,只有握着他的那只手在悄无声息地用力。

"这里面好像还有碎片。"医生皱了皱眉头,看着阮昭,再次问,"真不打麻药?"

阮昭摇了摇头,眼神格外坚定。

医生知道有些病人就是固执,死活不听医生的。

阮昭这种的还算是情况好的。她顶多就是折磨了自己,没有折磨医生。

这次,医生再拿起镊子去清理她伤口里的碎片,傅时浔直接将她的头轻轻抱住,压在自己的怀中,低声道:"没事儿,很快就好了。"

他一向清冷的声音此刻无比柔软。

阮昭靠在他的怀中,感受着他温热的气息,这才发现,自己到底有多眷恋他。

这么一折腾,几人回家时,将近晚上十一点。

到了医院门口,他们等着闵其延去开车,阮昭这才看向顾筱宁:"抱歉,今天你生日,结果没让你过好。"

"什么呀,这种时候你还跟我说这样的话。"顾筱宁忍不住伸手抱住她,低声说,"昭昭,你要好好的啊。"

今晚的阮昭太让她心疼了。

虽然顾筱宁也不知道发生了什么事情，可是她能感受到阮昭身上那股子压抑不住的悲伤和沉默。

本来这么晚了，阮昭是想让闵其延先送顾筱宁回去，但顾筱宁非要先送她回家。

最后只能大家一起先去她家里，到家的时候，傅时浔只能拜托闵其延再把顾筱宁送回去。

"今天谢谢了。"傅时浔拍了下他的肩膀。

闵其延何曾见过他跟自己这么客气，当即无语："跟我说这种话，你没事吧。不就是开车送个人，拿出你高冷男神的气势。"

不过临走时，他小声说道："你得好好安慰一下阮昭。"

"嗯，我知道。"傅时浔点了点头。

他们走后，傅时浔这才陪着阮昭进去。阮昭让云霓先回去休息，云霓不放心地看着她的手臂，问道："昭姐姐，你待会儿要是有事儿，随时叫我。"

"我知道了。"阮昭笑了下，傅时浔握着她的手，两人一起上了楼。

到了家里，因为医生叮嘱过手臂不能沾水，所以她也没办法洗澡。幸亏这是冬季，她简单洗漱，换了套睡衣，从洗手间里出来。

傅时浔将她床上的被子掀开了一角。

"先上床躺着。"他拍了下床，阮昭乖乖走过去，直接上床躺下。

傅时浔替她把被子盖好后，低头温柔地看着她。

头顶昏黄的灯光轻轻笼着彼此，阮昭望向他，突然说："你今晚不要走好不好？"

傅时浔一怔，就见阮昭掀开被子，低声说："上来躺一会儿。"

见他还是不动，阮昭伸手拉他。

傅时浔反手将她拉进怀里，清冷的声音被压得极低："那你不许胡闹。"

傅时浔想要去洗澡，就听阮昭说："你去衣帽间，打开第一个柜子下面的第一个抽屉。"

他只能照做，进了衣帽间，找到衣柜。

当拉开抽屉时，他就看见两套干干净净的睡衣整齐地摆在一起。

一套浅灰色，一套纯白。

一套男款，一套女款。

男款的是特地给他准备的。

傅时浔深吸一口气，突然笑了起来。

等他洗完澡,从洗手间里出来,就见房间里的灯都被关掉,只留下床边的小夜灯,床上的人看起来已经疲倦地睡着了。

他蹑手蹑脚地走过去,站在床头看了她一眼,轻轻弯腰,在她额头吻了下。

他掀开被子在她身侧躺下。说来也奇怪,他完全没想到,两人第一次同床共枕居然是在这种情况下。

就在他关掉小夜灯准备睡觉时,身后的人伸出手抱住他的腰身。

傅时浔这才察觉:"你还没睡?"

"如果你没吻我的话,大概我已经睡着了。"阮昭的声音里带着浓浓睡意。

傅时浔无可奈何地低声一笑,不甚走心地说:"抱歉,没忍住。"

"那再来一次。"身后的声音提议。

傅时浔一怔,然后他的身体向她的方向侧了过去,身边的人仰头看着他,房间里一片漆黑,唯独她的眼睛亮得如同泛着水光。

他低头,吻上她的唇。

这次两人极尽缠绵,暧昧的水渍声在寂静的空间里响起。

终于,当吻结束时,傅时浔将人抱在怀中,强制性地说道:"闭着眼睛,睡觉。"

"睡不着。"她低声说。

半晌,她又问了句:"我睡不着,该怎么办?"

傅时浔似是无奈,在她耳边低声说:"再哄你一次?"

阮昭一开始没反应过来,直到他又低头吻上来,这才意识到——

所以他的再哄一次,就是这样哄的吗?

清晨,阮昭缓缓清醒时,感觉周遭很暖和,只是腰间有些沉重。而当她睁开眼睛的时候,就看见一张近在咫尺的俊脸。

知道他的皮肤很白很好,但近距离这么看,真的是光滑又细腻。至于傅时浔的五官,就更如同被老天爷亲手雕刻的,找不出一丝瑕疵。

此刻他的短发微微凌乱地搭在额头,高挺的鼻梁骨,弧度诱人的薄唇,哪怕是下巴上带着微微明显的青茬,都丝毫没影响他此刻的清俊。

明明那么安静地睡着,可看起来依旧那么诱人。

阮昭想了下,正准备悄悄掀开被子起床。

谁知她刚起到一半,突然整个人被拉了回去,身后传来声音:"不睡了吗?"

阮昭:"你醒了?"

"你偷偷起床的时候,我醒了。"

傅时浔其实作息时间一向很规律,毕竟他早上要起床上课,一般七点之前他都会醒。

阮昭解释说:"不是偷偷起床,是我怕打扰到你。"

"不睡了吗?"傅时浔下巴抵着她的头顶。

两人站在一起时,阮昭觉得自己这么高的个子被他衬得都矮了。如今他们躺在床上,阮昭被他搂在怀里,感觉自己好像也可以用"小鸟依人"来形容了,他的肩膀那么宽阔,足可以将她整个人紧紧裹住。

阮昭:"你今天有课吗?"

"早上没有,下午有两节课。"傅时浔一说话,气息就喷在她的后颈。

不过他伸手摸了下她的额头,低声说:"医生昨天说过,你手臂上的伤可能会引起高烧,你额头好像真的有点儿烫。"

"烫吗?"

她伸手去摸自己的额头,阮昭打小身体素质就挺好的。

"嗯,确实有点儿,我去把药给你拿过来。"傅时浔说完就起身。

昨天他们在医院开了一堆药,其中就有消炎止痛的。

傅时浔去倒水的时候,正好听到楼梯上有人。没一会儿一个人影蹿进来,喊道:"昭姐姐。"

云霓是上楼来问阮昭想吃什么早餐。谁知就看见二楼客厅里站着一个男人的身影,她先是吓了一跳,定睛一看,才发现是傅时浔。

"傅教授。"云霓立即乖乖站定。

傅时浔转头看向她:"妮妮,怎么了?"

云霓文静说道:"我来问问昭姐姐,早上想要吃什么?"

"问一下董姐,有没有清淡一点的,她手臂上有伤,不能吃辛辣、海鲜,还有一些发物。"傅时浔想了下,很认真地回道。

云霓点点头:"好,我这就去说。"

等她走到门口,又忍不住往后看了一眼,正好撞上傅时浔的视线。他问:"怎么了?"

"没,没什么。"小姑娘脸皮薄,一溜烟地跑了下去。

傅时浔倒了一杯水,又将药拿了进来。回房间时,阮昭已经进洗手间洗漱。

他进去后,阮昭弯腰从洗手台下面的柜子里拿出一把全新的牙刷:"幸亏我这里有新牙刷,我平时也不用毛巾,但是有这种一次性的洗脸巾。"

"我把药放在桌上了,待会儿吃掉。"傅时浔叮嘱。

阮昭伸手将手里的一次性洗脸巾扔进旁边的垃圾桶，两人的对话看起来就像是一个平平无奇的早晨对话。可是他们第一次同床共枕，虽然什么都没有发生。但对他们来说，彼此的关系好像往前跨越了一大步。

阮昭出去将药吃完，又重新进来，见他正在洗脸，突然问道："你要不要用刮胡刀？我可以帮你跟云橙借一下。"

傅时浔正在洗脸，他手掌放在水龙头下面，直接往脸上泼了下。

听到这话，他转头看过来，水珠顺着他的额头一滴滴地滚落到下巴处，那双黑眸里藏着轻笑，低声说道："你没听说过吗？男人的刮胡刀是不能分享的。"

好像是有这么一种说法。

不过网上说得更露骨，大概是男人的刮胡刀与女朋友都是不能分享的。

傅时浔性子冷淡，骨子里透着教养，绝不会说出那种让女生难堪的话。

阮昭靠在门边，淡淡笑道："那要不我帮你叫个闪送？"

现在买东西很方便，这种刮胡刀半个小时就能送过来。

"我中午回家一趟吧。"傅时浔想了下还是说道。

两人下楼的时候，董姐大概也知道了傅时浔昨晚在这里留宿，她毕竟是过来人，不像云霓这个"母胎单身"大惊小怪。

董姐反而是对阮昭手臂上的伤势更为忧心，见她下来，一个劲念叨："昭小姐，真不是我多嘴饶舌，你今年实在有点儿流年不利。要不回头你也找个寺庙拜拜，求佛祖保佑，去去晦气。"

"佛祖还管这事儿？"阮昭淡然一笑。

董姐正色道："怎么不管了，那你说庙里一天到晚香火那么旺盛，不是求财拜佛的，就是求平安、求姻缘，总是有所求才会去庙里嘛。"

云霓在一旁帮腔："我阿妈说，只要诚心祈求，佛祖都会保佑我们的。"

阮昭朝身侧的傅时浔看了一眼，见他极认真地说道："要是你想去，周末我可以陪你去归宁寺，我们家与寺庙里的住持极为熟识。"

他奶奶是信佛的，傅时浔打小就会陪着奶奶一同去寺庙。

寻常十几岁的男孩哪有心思喜欢这些，他却对佛经极为感兴趣，有些佛经里的佛偈，他可以做到信手拈来。他甚至还会陪伴奶奶在佛寺里小住，每天与青灯古佛为伴，丝毫没有觉得无聊。以至于后来老太太发现他过于喜欢佛经佛理，再也不敢带他去寺庙。但那时已经为时过晚，傅时浔一直不谈恋爱，几乎成了整个家族的心头病。

也有夸张的传言，说傅家的那位大公子行事过于低调，不是因为别的，而是他要出家了。

阮昭笑道："你也会去寺庙上香吗？"

"一般不会。"傅时浔摇头。

阮昭有些好奇地追问："你去庙里会做什么？"

傅时浔往椅子上靠了下，单手搭在椅背上，姿势是难得的慵懒。他看向她，极为有耐心地解释："如果是陌生的寺庙，大概会了解寺庙的历史典故，或者是一些藏品。经常去的寺庙，就是一个归宁寺，庙里的住持师傅是位佛法极为精深的高僧，所以我有空就会去听他讲经。"

阮昭突然问道："你这样，你家里人不担心吗？"

一个成年的儿子，不谈恋爱却极喜欢佛法，这万一要是哪天他大彻大悟，遁入空门，看起来也不是完全没有可能的。

"想知道？"傅时浔微掀眼皮睨了她一眼，淡然道，"等以后见面的时候，你可以亲自问问。"

以后见面的时候……

阮昭被这句话弄得一句话都说不出来了。

她一向不会轻易害羞，可是跟傅时浔在一起后，他好像总有本事撩拨得她说不出话。

见她不说话，傅时浔反而更加来劲，轻笑道："要不周末就跟我回家？"

"这周末？"阮昭震惊。

傅时浔倒打一耙地说："你不愿意？"

阮昭立即举起手臂："我受伤了呀。我觉得怎么也得等我伤势好了，再商量一下吧。"

傅时浔大概也考虑到了这个问题，便没再继续说话。

只是这件事，却如一根针一样扎在了阮昭的心底。

"门当户对"，这四个字在傅时浔提出要带她见家长的那一刻，突然就出现在她心底。

小时候很多人都知道阮昭是弃婴，是爸爸捡回来的，哪怕很多小孩拿这件事取笑她，她也丝毫不在乎。因为不管是爸爸爷爷，还是姑姑和姑父，都对她极好。住在农村的小孩，过生日时哪有什么生日蛋糕。可是她每年不仅有生日蛋糕，还有礼物。她被全家宠得像个小公主，哪怕后来韩星越出生，也丝毫没有分掉家人对她的宠爱。

但她不在乎，不代表别人不在乎。

如今她没有父母，仅有的亲人，只有姑姑一家。这样的家世背景，只怕连普通人家都要掂量几分，更别提傅时浔这样的家庭。

过了几天，文保中心再次开了一次会议。依旧是关于之前那批竹简的问题，主任有些无奈地说道："之前我们本来想请南江那边的一位竹简修复专家前来指导我们工作，可实在是不凑巧，这位专家最近出国交流，听说没两三个月还回不来。

"咱们这批竹简又着急修复，不如这样，大家推荐一下合适的修复专家。"

众人沉默，都没起这个头。

倒是有个人问道："韩主任，你也是修复这方面的专家了，认识的人应该很多，要不你替咱们想想办法。"

韩照一脸无奈："简牍修复一向是我们北安市的弱项，人家南江市之前成立了专门的简牍实验室，因此才会出现一批专家。可是现在我们临时抱佛脚，只怕也来不及啊，毕竟修复这样的竹简可不是小事儿，一旦失手，责任谁敢轻易承担。"

"我倒是有个人选。"突然，傅时浔开口。

对面的华晚蕢今天从开会开始就一眼没朝他看，这会儿听着他的声音，她手里拿着笔不停在纸上画来画去。

文保主任立即说："傅教授，您尽管说。"

"之前在我的考古团队里担任过修复师的阮昭，她是书画修复类的专家，而且她对竹简修复也有一定的心得。"

他刚说完，对面突然传来刺耳的声音："不可以。"

所有人都诧异地看过去，就见华晚蕢脸颊涨得通红，极激动的样子。

文保主任一见是自己的下属，有些尴尬，但也挺温和地问道："小华，你为何要反对？"

"我只是觉得这位阮小姐是位商业修复师，并不属于我们文保体制内。"华晚蕢心底虽然懊悔自己为什么会把真实想法这么直接地喊出来，此刻在众人的目光下，她也不得不硬着头皮说出理由。

傅时浔还未反驳，倒是韩照在一旁帮腔说："什么商业修复师、体制修复师，我觉得现在还用这样的区分方法，未必太过守旧。诚然阮昭确实不是什么文保中心或者其他博物馆的修复师，但是我可以保证她的专业水平一定是过关的。"

"这一点，我也可以保证。"傅时浔淡然赞同。

华晚蘅见他毫不犹豫地为阮昭保证，气不打一处来，口不择言道："可她就是个疯子。"

众人哗然。

韩照当然不悦："华研究员，你怎么能说这样的话呢。"

"她不是。"傅时浔冷漠地望向华晚蘅，声音极冷地说道，"收回你这句话。"

华晚蘅知道她跟傅时浔是万不可能了，她不想再在工作时看到对方和阮昭甜甜蜜蜜，这样她真的会发疯。所以她恨恨道："你敢说，你推荐她不是因为她是你女朋友吗？"

"不是。"傅时浔毫不退让地望着华晚蘅，认真地看向众人，"我以我的名誉保证，我之所以提名阮昭，不是因为她跟我有关系，或者她是我的女朋友。

"只是因为，她是我认为最好的修复师。"

"我来修复那批竹简？"阮昭听到这个消息也是格外惊讶。

虽然她确实有些修复竹简的经验，可大部分都是依靠着爷爷留下来的那本修复笔记。爷爷对于书画古籍以及简牍类文物修复的经验要比阮昭丰富得多。

傅时浔垂眸望向她，"怎么了，对自己没信心？"

"只是觉得很意外，你为什么会选我？"阮昭确实挺奇怪的。

傅时浔笑了下，有些无可奈何地说道："我以为这种话只有别人才会问我。"

阮昭挑眉。

"所以有人对你的决定提出了质疑？"

聪明人就是这样，以一推十，傅时浔一句话，阮昭就大概猜测到了过程。她直截了当地问道："是因为华晚蘅吗？她是不是反对？"

傅时浔似乎不想继续这个话题，反而说道："我选你，是因为我认为你是最合适的人选。"

"真的？"阮昭伸手抱住他的腰，靠在他怀里，仰着头望向他。

从这个角度，她显得格外娇俏温柔，连那双锐利的眼睛都变得柔和。

傅时浔低声笑了下："我从不拿工作的事情开玩笑。"

不过阮昭很快正色说道："你应该知道，梅敬之一直想让我主持修复《墨竹图》，这幅画他最迟会在明年的秋拍会推出。所以他说过，想让我从年

底就开始接手。"

这会儿阮昭从他的怀里坐直,两人提到工作的事情都很认真。

傅时浔安静看向她,语气从容淡然地问:"你呢,是什么想法?"

什么想法?

要是以前,阮昭肯定是想也不想就选择去修复《墨竹图》。那可是徐渭的画,只要消息放出去,这幅画必会引来国内所有大收藏家的争相竞拍。

这样一幅从明朝传下来的画,谁都知道一定会有修复师。哪怕她的名字不能被广为流传,但是在收藏界,她势必会被追捧为最好的商业修复师。

书画类古董价格一向昂贵,也最需要精心呵护。那些大收藏家谁不想拥有一个靠谱又有实力的修复师。

"你慢慢想,不用着急回复我。"傅时浔似乎察觉到她的犹豫,伸手摸了摸她的发顶。

今天因为是周末,两人都留在家里,没有出门。

没一会儿,傅时浔去书房里,阮昭跟着一起。她站在他的书架前,仔细看了看才发现,这架子上居然真的有很多佛经。

阮昭指了指架子上的书:"我能看看吗?"

"你想看哪本,我帮你拿。"傅时浔起身。

阮昭随意指了一本,他伸手拿了下来。

阮昭翻开,发现这本书已经极旧。她伸手摸了纸张,有些惊讶:"这居然是民国版的。"

她随口的一句话,让傅时浔倒是有些暗暗称奇。

他主动问:"你随便摸一下就能看出这本书的年代吗?"

"当然不是。"阮昭用手点了点纸面,轻笑了下,"纸张泛黄、酸化的程度,确实可以肉眼看出,所以我只能推测这本书最起码有百年的历史。至于到底是清末的还是民国的,主要还是看用纸和装帧设计。"

阮昭似乎也来了兴致,指着这本书:"民国时期,正值技术的大变革,清末的书多半还是手工制作,不管是书籍还是装订都是手制。而这本佛经的用纸显然是机制纸。

"当时出版物的所用纸张,主要分为新闻纸、有光纸、道林纸以及铜版纸这几种,这本书用的就是最常见的新闻纸。"

傅时浔无声笑了下,上前弯腰吻了吻她的嘴角:"我的女朋友果然最厉害。"

她怔怔地望着他,一时有点儿说不出话。

突然,阮昭说:"下午我们去博物馆吧。"

"你想去?"傅时浔没想到她会来这么一句。

阮昭点了点头:"考古教授和文物修复师去博物馆,不算什么新鲜事儿吧。"

她一向是行动派,说走就走。

吃完午饭之后,两人开车前往博物馆。

北安市的博物馆级别很高,是国家级重点博物馆。馆内的藏品更是国内数一数二的丰富,汇集了各朝各代的文物,馆里以古代的青铜器瓷器、书法、绘画为特色,据说藏品高达十万件之多。

阮昭虽然是文物修复师,可她却从来没来过北安博物馆。

她提前在网上买了门票之后,两人到了地方。博物馆前几年重新扩建了,据说除了最大的综合馆之外,还有专门的青铜馆、陶器馆、书画馆以及明清家具馆。

因为是周末,所以博物馆的人并不少。

他们进去的时候,正好遇见从大巴车上下来的一群穿着校服的小学生。

小朋友们背着统一的书包,有人脑袋上还戴着帽子,看起来一副郊游的模样,叽叽喳喳的,倒是挺可爱。

两人先参观了主馆,阮昭握着傅时浔的手,一边走一边听他安静讲解。

如果说文物修复方面她是专家,那么在历史知识这块,作为考古教授的傅时浔大概可以"吊打"十个阮昭。特别是秦汉时期的历史,简直是刻在了他脑子里。

这馆内任何一件藏品,他都能说出典故、出处以及来历。

之后两人到了旁边的青铜馆,中国青铜器之丰富,独步世界。

而且他们这次来得也挺巧,正好是北安博物馆馆藏文物的巡回展览。

每过一段时间,博物馆就会将馆藏的国宝文物展览出来,毕竟这些文物不仅属于博物馆,更属于所有中国人。

他们刚进入青铜馆,就听前面的工作人员正在给刚才遇到的那群孩子讲解,大概是学校和博物馆联合举办的一次历史活动。

只是小学生们个个叽叽喳喳,哪里能安静下来认真听讲解员的话。

直到讲解员无奈地看过来,有些惊讶道:"傅教授。"

对方认识傅时浔,这让傅时浔也有些吃惊。

他小声说:"我之前听过您的公开课,就是关于秦汉青铜器讲解分析的

那节,我一直想考您的博士生来着。"

他和傅时浔说话,也引起了小朋友们的注意。很多小孩眼巴巴地望着傅时浔。

或许这个年纪的孩子们也有了美丑的认知,就觉得这个叔叔长得高,还这么好看,很快孩子们居然意外地安静了下来。

讲解员见孩子们居然对傅时浔有兴趣,不由得清清喉咙,笑道:"小朋友们,这位呢,是我们北安大学最厉害的考古教授。有哪个小朋友知道,什么是考古呢?"

"我,我。"有个戴眼镜的小男孩立即举起手。

讲解员笑着说:"答对的话,哥哥会送一个小礼物。"

小男孩说:"考古就是把文物从地里面挖出来。"

说完,小男孩十分期待地看向傅时浔。毕竟对于小孩子来说,教授是一个遥远而又神圣的称呼,听起来比班主任还厉害。

傅时浔嘴角微掀,低声说:"这个回答,可以算对。"

对于一个三年级小朋友来说,对考古的认知能到这种程度,其实也不简单了。毕竟很多成年人都觉得,考古就是不停地找古墓、找遗址,发掘各种稀世珍宝。

"但其实考古更多的是对古代人类活动的一种追溯。"傅时浔顿了下,似乎也察觉到自己的用词对于这些小朋友来说过于深奥。

于是他缓了缓,指向一旁展览柜里摆放着的巨大编钟说:"就比如这个编钟,正是因为考古学者们发现了它,才知道古代的人是使用什么样的乐器。它就跟你们现在所学习的小提琴、钢琴一样,是我们古人使用的乐器。并且这种编钟上还会刻有古代的文字,大家应该知道,我们中国的汉字并非一直不变的。

"编钟上的文字也有助于我们了解古代人学习的是怎样的文字。"

此刻一个小朋友突然举起手,问道:"我们为什么要知道古代人干什么啊?"

"你是什么人?"傅时浔弯腰看着他,轻笑着问道。

小朋友:"中国人啊。"

"中国有多久的历史?"傅时浔再次提问。

这次所有小朋友异口同声地说道:"五千年。"

"为什么是五千年?"傅时浔环顾一周,声音清淡却温和,"不是四千年,三千年呢?"

这一下还真的把所有小朋友问住了。

傅时浔倒也没卖关子，他声音清冷道："正是因为有考古的存在，我们才明确自己的历史。五千年不是凭空出现的数字，而是一代代文字记录之后，再通过考古出土的这些文物，证明我们中国确实有这么悠长的历史。

"所以，这就是考古存在的意义，就是为了让你们这样的小朋友明白，我们中国的历史从何而来，我们的祖先是怎么生活在这片土地上，又是怎么创造出这样辉煌又灿烂的文化。"

阮昭站在一旁，听着他透着冷调却莫名让人感觉温和的声音。

哪怕此刻他依旧还是那副冷淡的模样，脸上并不总挂着笑意，可是她却能感受他骨子里的那种温柔和理想。

她大概知道，傅时浔提出让自己主持修复竹简承受着多大的压力。或许别人会说，是因为她是他的女朋友，他才会这么公私不分。

很多时候，阮昭也面临这种非议，可是她从来都是迎头而上，然后做出一种让所有人都更加非议的选择。因为她从来不在乎，她没有所谓的理想，没有所谓的包袱。她活在这个世上，只求一份痛快和舒心。就是要赚钱，让自己过得舒服，颇有种哪管外面洪水滔天的肆意妄为。可是现在，她好像隐隐看见一种叫作理想的东西。

告别这些小学生之后，两人又前往了古代书画馆。一幅幅珍藏的古代墨宝被悬挂在玻璃展柜内，所有人都能近距离地看到古代大师的墨宝。

"不是说我们北安博物馆有一个镇馆之宝嘛。"旁边有个女生正低声跟朋友嘀咕，"是那个《报春图》吧。据说这幅画当年流落海外，然后被拿到苏富比拍卖，最后被爱国商人拍下，捐赠给了国家。"

女生有些惋惜道："这次居然没有展览出来。"

她朋友说："是哪一幅啊？"

"据说是跟故宫博物院的《五牛图》齐名的一幅画，你上网搜搜，当时的新闻特别热闹。"

她朋友果然拿出手机搜索，一看到价格，当即震惊："六亿？这幅画当年居然是花六亿拍卖回来的。好有钱啊，妈呀，真的好多好多钱。"

"对啊，据说当时有国外的人跟我们抢，我们国内的这位大佬抢拍下来，直接捐赠给了国家，这大概就是有钱人的格局吧。六亿的画，眼睛不眨地就捐了。"

她们两个人讨论的声音其实并不大，但馆内很安静，阮昭还是听了个正着。

直到她转头看向傅时浔,见他目光紧锁,盯着面前的画,脸色竟有种奇怪的苍白感。

也是在这一瞬,她发现他握着自己手掌的手竟然不自觉用了劲儿。男人的力气本来就大,她的手被这么一握,疼得阮昭不自觉痛呼出声。要知道她之前不打麻药清理伤口都忍了过来。

傅时浔似乎被这一声痛呼惊醒,他转头望向阮昭,低声道:"对不起。"

"你怎么了?"阮昭也察觉到了他的不对劲。

傅时浔摇摇头:"没什么,只是想起一些事情。"

见他神色有些不对劲,阮昭也没在书画馆多待,便拉着他一起离开了。

隆冬之下,小院内的花草已经枯萎,有种冬日里的萧瑟感。好在家里打扫得还算干净,这才没让小院出现破败感。

梅敬之一脸沉郁,整个人陷入了"低气压"。

许久,他看向阮昭,问道:"你这是要准备当圣人了?"

"只是去修复竹简而已,谈不上当圣人吧。"阮昭用剪刀将花盆里的枝叶剪掉,这是她为数不多还养着的花。

因为外面太冷,家里的花匠就全把花抱到了客厅里,也给客厅增添了几分不一样的景致。

梅敬之神色依旧凝郁,声音也没了往日里的那种不着边调感:"你知不知道自己现在放弃的是什么?那可是徐渭的《墨竹图》,你应该知道这样一幅画到任何一场拍卖会上都会成为压轴拍品。"

这种身价过亿的画,哪怕是修复费也是一笔不菲的费用。要是以前,阮昭想也不想就会答应修复。

可是这次,她先是因为要参加考古队的工作推迟修复《墨竹图》,现在又因为要修复什么刚发掘出来的秦汉竹简,拒绝修复《墨竹图》。

他冷笑道:"去年苏富比拍卖过一批汉朝时期的竹简,你猜多少钱?"

阮昭依旧盯着自己面前的花,似乎对这个消息丝毫不感兴趣。

"两百六十万,两千根的竹简,才卖这么点价格。"梅敬之继续嘲讽,"你现在为了这点价值的东西,居然要放弃《墨竹图》。"

知道阮昭脾气不好,他到底话还是没敢说得太狠。他恨不得要敲敲阮昭的脑袋。

"文物的价值,并不单单以价格来评定。"当说完这句话时,阮昭的心头有种奇怪的感觉，直到脑海中的记忆回涌。

她站在扎寺的佛殿里，大言不惭地说，苏富比的佛像拍卖出两千八百万的价格，所以扎寺那些佛像看似无价实则并非如此。明明不过是大半年的时间，当初那样狂妄说话的人，却变了。

"阮昭，这可不是你会说的话。"梅敬之用一种陌生的眼光看着她，他一直冷眼旁观着阮昭和傅时浔的交往，可是如果他们在一起的代价是要让阮昭彻底改变，那么他觉得这不是一件好事儿。

反而是她自己轻笑："或许吧。"

可她并不讨厌这样的改变，或许跟拥有理想的人在一起，她也会成为那种可以为了理想而努力的人。

阮昭如愿进入实验室，开始着手修复那批竹简。

只是很快就到了元旦节，本来元旦是要放假的，但是她正在试验一批化学药剂，因为竹简出土之后要进行脱色处理，所以她这几天一直带人在进行试验。

竹简的本色应该是那种淡淡的姜黄色，但是这批竹简在清理干净之后依旧是那种黑褐色。千年尘封之后，再次出土，早已经裹上了各种颜色，所以她得用化学试剂将竹简脱色。

但问题是，之前的化学试剂居然并不好用，他们试用了一根竹简后，并没有恢复成原本该有的颜色。

这段时间里，他们就一直在攻克这个问题，甚至还请教了北安大学化学系的几位专家教授。

因此元旦阮昭也没什么时间。反而是傅时浔居然要去归宁寺帮忙，说是给上香的游人代写心愿牌。因为有位师父生病了，寺庙里人手短缺，因此才会找上傅时浔帮忙。

"要是有空，我就去陪你。"阮昭靠在车里，慢条斯理地说道。

倒是傅时浔说："没事，工作重要，你先忙。待会儿我要是忙起来，估计也没什么时间回复你的消息。"

阮昭说："外面下雪了，你开车小心。"

说完，两人挂了电话。

今天归宁寺的人其实并不如农历新年那样多，来烧香拜佛的人也不算多。傅时浔在庙里忙了一会儿，居然遇到了有些意想不到的人。

他轻笑着望向对面的姑娘，问道："临西，有想要求的吗？"

对方正是他弟弟傅锦衡的妻子叶临西,她跟两个朋友一起过来,其他两人原本偷偷摸摸打量他,在听到他喊出叶临西的名字时,纷纷露出震惊的表情。

很快,他替叶临西和她的两个朋友写完了红绸。三人这才满意离开。

只是她们离开时,正好遇到有个人从门外走了过来。

来人穿着单薄的黑色外套,脸颊白得堪比这漫山的白雪,却透着隐隐的病弱苍白,最引人注意的是一头乌黑长发,身上带着一股说不出的锐利气质。

她走进佛殿,直接在案桌对面的椅子上坐下,直勾勾地望着对面的傅时浔。

"我要解签。"

傅时浔望着她,将签筒缓缓推到姑娘面前。

谁知那姑娘并未伸手拿起签筒。

她说:"我爱一人欲发狂,何解?"

这话里的情绪,太淡。

而她看着他的眼神,太浓。

傅时浔看着眼前的姑娘,低低一笑:"无解。"

说完,他低头在面前的红绸上写下一行字。写完后,他伸手递了过来,阮昭接下后,垂眸看着上面的字。

"唯愿与昭昭,白首不相离。"

第二章

· 只有忘记了，你才能往前走，才会幸福

阮昭第一次来归宁寺。因为此刻没人，傅时浔又写了一张红绸，只是这次他没给阮昭看，而是拉着她直接到了那棵大榕树下。

归宁寺的这棵古树，足有百年之久。

此刻积着白雪的树枝上挂满了红绸带，冷风拂过，红绸飞舞。

傅时浔找了地方，要将红绸系上。

阮昭说："我还没看你写了什么呢。"

"看了就不准了。"傅时浔轻轻遮住她的眼睛，低声说，"先闭上眼睛，要是明年实现了，我就带着你把它摘下来。"

阮昭有点儿好笑："哪有你这样的。"

因为傅时浔还要帮忙，所以两人很快又回到了求签的偏殿。

大概是今年第一场雪的原因，上山来祈福的人并不如想象的那么多，傅时浔前前后后也就接待了十几个人而已。

中午他们在佛寺里吃了一碗素斋面。住持见到阮昭，得知是傅时浔的女朋友，就让其他僧人接替傅时浔完成解签的工作。

"想要逛逛吗？"两人吃完斋面出来，傅时浔扭头看她，轻笑着问道。

阮昭点头。虽然在北安住了这么久，但她之前一次都没来过归宁寺。想到这里，她自己先忍不住笑了起来，不等傅时浔询问，直接说道："我发现我跟你在一起之后，有好多个第一次。第一次去博物馆，第一次来归宁寺……"

"这样不好吗？"傅时浔用大拇指指腹在她手背上轻轻摩擦，低声说，"我也是第一次跟女朋友去博物馆，第一次陪女朋友逛归宁寺。"

傅时浔确实对归宁寺比较熟悉。

他原本准备带阮昭去后山那边逛逛,只是走了几步,转头看着她身上这件单薄的外套:"你车上带了别的衣服吗?"

"我不冷。"阮昭干脆说道。

本来今早要去实验室,最后她还是没抵挡住诱惑,打电话取消了今天的行程安排,直奔归宁寺了。

她工作的时候不怎么化妆。估计是因为她皮肤太白,唇色又偏淡,不涂口红时,再加上这一头乌黑长发,将脸色衬得更冷白,整个人会有种隐隐的病弱苍白感。

外面刚下过雪,正是冷的时候,大家都是穿着羽绒服上山的。

傅时浔干脆说道:"要不我带你去佛堂逛逛?"

不等阮昭同意,他直接搂着她的肩膀,将人往后带。

还是阮昭压着声音提醒他:"傅教授,佛门清净之地,我们是不是不该这么亲密?"

虽然她平时跟傅时浔确实挺腻歪的,但这里毕竟是佛寺,哪怕再亲密的两人,也不该在这种地方做出什么亲密举动。

闻言,傅时浔直接从揽着她变成牵着她的手。

两人进了一间小佛堂,傅时浔说:"放心吧,这里没人会打扰我们。这是住持的私人佛堂,一般不对外开放。"

"傅教授,你怎么跟高僧这么相熟啊?"阮昭忍不住打趣他。

这话让她不由得想起扎寺,她进不去的那间佛殿,他却能轻而易举进去,而且还是由寺里的高僧带着参观。

傅时浔嘴角轻扯,笑了下:"大概是我比较讨这些大师的喜欢?"

阮昭被他的话直接逗笑,实在没想到他能说这些。

"那我希望这些大师还是别太喜欢你了。"阮昭眼睛直勾勾地盯着他,"要不然我怕你万一哪天真的大彻大悟,我岂不是哭都来不及。"

傅时浔眸光瞬间变得幽深,目不转睛地盯着她。

其实哪怕他们恋爱后,傅时浔也不是那种一下从冷淡变成热情如火的性格,他大多数时候依旧是那种淡然冷静的模样。两人在公共场合顶多就是牵手揽肩膀,再亲密的行为他也做不出来,也实在不是他的风格。

唯有他的眼神变得跟以前很不一样,那种对于她特有的占有欲。

"胡说。"他伸手重重揉了下她的发顶,声音格外认真,"我绝不会离开你,还记得吗?我答应过你的。"

那天在餐厅里,他抱着几乎陷入失控的阮昭,低声哄着她,就是那样一遍又一遍地承诺的。

这句话让阮昭不禁陷入沉默,其实那天之后,他们并没有聊过这件事。

傅时浔在家里陪了她一晚之后,第二天两人好像就都忘记了前一天晚上发生的事情,但刻意地忽略本身就是一种逃避。

阮昭在逃避,而傅时浔则是在包容她的逃避。

许久,她抬头看过来,反是傅时浔先开口:"如果是你不想说的事情,不需要刻意强迫自己坦白。"

每个人的心底都有不想他人触及的秘密。

傅时浔就有。

所以他愿意安静等待,包容她的沉默。

反而是阮昭挺淡地笑了下:"其实也没什么不能说的,那天那个人是我老家的同学。我没来北安之前,一直生活在一个镇子上。那天她说了关于我爸爸的事情,所以我一时才会情绪失控到那种程度。"

又是一阵沉默后,阮昭轻声说:"其实我爸爸是有点智力残疾的。"

从小她听到最多的就是——

"哟,那个傻子倒是好福气,还能捡个孩子回来养的。"

"可不就是,以后有人给他养老了。"

"这小孩没什么毛病吧?要不然好好的孩子,人家能舍得扔掉啊?"

诸如此类的话,她听得耳朵都快生出了老茧。小地方的人本来就爱传闲话,更不会有什么边界感,有些话哪怕是当着她的面儿,也会毫不避讳地说出来。

两人原本并肩坐在蒲团上,傅时浔微侧着脸,眼神凝向她。

而他身侧的姑娘,抬头望向眼前的佛像,低声说:"其实,我从不信神佛,如果这个世界上真的有神佛,为什么它不保佑这个世界上对我最好的人呢?"

而是早早地将他带走。她还没来得及给他养老呢。

"昭昭。"傅时浔低声唤了她的名字,伸手将她的头揽在自己怀中。

两人安静坐着,望向面前的佛像。

他低声说:"他一定在天上保佑着你。"

阮昭眼底带着一丝泪光,微微笑了起来。或许吧,从她出生开始,爸爸就是她的守护神。他虽然没有生她,却给了她第二次生命。

或许他真的还在保佑着自己吧。

过了元旦，时间好像过得特别快。

阮昭在实验室逗留的时间也越来越久，原本她只是作为顾问专家来一起修复这批竹简，但是这次竹简的脱色过程异常复杂。光是北安大学的化学教授，他们就请教了好几次。

正好这天傅时浔又过来开会，因为一年一度的国家级考古项目申报活动开始了。

鸣鹿山秦汉考古遗址是整个北安市考古项目里最为重头的项目，基本上明年的经费以及奖项都指望着它了。

正好赶上市里主管这块的几位领导过来考察，也不知是谁提出要看看这次鸣鹿山考古发掘的成果，于是他们一路就到了简牍实验室。

阮昭正在跟几个修复师商量最新的化学试剂成分添加问题。

文物修复最难的一个地方就是，它没有一个量化标准。因为每件文物存在的问题各不相同，每一件文物都需要专门对待。

"不是说这批竹简已经请了专门的专家来修复，怎么到现在还没完成呢？"其中有位领导有些不悦地说道。

旁边的人解释说："这批竹简处理确实麻烦了点，但是几位老师一直在做脱色实验，光是这实验就做了有上百次。"

这位领导继续说道："上百次还没找到解决的办法？"

他们站在实验室的窗户口往里面看，并未直接走进去。

阮昭正在低头摆弄竹简，低头说了声："再往试剂里面加两毫升的草酸吧。"

"外面是什么人啊？"有个同事抬头问道。

其他人都或多或少用余光瞟了一眼。

有个人压低声音说："估计是来看我们修复竹简的进度吧，听说我们一直没修复好这批竹简，上面有人不满了吧。"

"那会不会对我们有影响啊？"

"管他呢，好好修复，只要修好竹简，谁都说不了什么。"

就在此刻，阮昭对面的人突然喊道："阮老师，好像成功了。"

众人听到这话，立即朝这边看了过来，就见托盘里泡在试剂里的竹简好像真的在逐渐褪去原本的黑色。

竹简在出土之后，因为氧化问题，都是这样的黑褐色。但是现在，黑色渐渐褪去，露出浅色竹简的模样。

阮昭高声道："蒸馏水。"

很快，有人将蒸馏水取了过来。阮昭在竹简完全褪色之后，轻轻伸手将竹简取出，放在旁边的蒸馏水托盘里。

"成了，成了。"

"真的成功了。"

实验室里欢快的声音一下感染到了外面。于是几个领导当即走进来，询问了一下现场的情况。

在得知是竹简成功脱色之后，之前发问的那个领导指着托盘里的竹简，略有些疑惑地问道："这就是成功了？"

"脱色只是竹简修复的其中一个简单步骤而已，之后还有脱水。"

对方又问："脱水又是怎么处理的？"

阮昭微掀了眼睑，倒也没什么不耐烦的情绪，淡然道："出土的竹简因为长埋地下，会有一定的含水量。如果用寻常的烘干方式，直接去除竹简里的水分，会导致竹简变形、断裂。因此我们对竹简进行脱水处理，一般都是采用乙醇填充脱水法。"

这种方法也很特别，就是将竹简泡在特殊的乙醇溶液里，这样乙醇就会将竹简里的水分子置换出来，从而达成脱水效果。

这么一说出来，众人才恍然大悟。

对方这才看向阮昭，微微点了点头。

等他们走后，阮昭也出去了一趟，本来是想去个洗手间，没想到正好撞上刚才一直询问她的那个领导在跟傅时浔说话。

"时浔，你也知道晚蘅一向单纯，她说话确实是心直口快，我也会好好批评她的，你们这么多年的感情，何至于闹成现在这样？"

傅时浔："华局长，我跟华研究员一直以来都是高中和大学同学，以后我们工作上或许会有不可避免的交集。我可以向你保证，在工作上，我一定会全力配合她。

"至于所谓这么多年的感情，勉强可以算得上同学友情，不过在她当众指责我女朋友的时候，我想我们之间的友情也所剩无几了。"

华局长似乎还想劝说："时浔，你何必要跟她较这个真呢？"

"不是较真，而是我没办法跟一个对我女朋友抱有敌意的人做朋友。"

对方似乎也没想到他是一点面子都不给，哪怕自己这个长辈亲自出面劝和，依旧还是油盐不进的态度，当即甩了袖子离开。

阮昭并没有出去，而是看着傅时浔也转身离开。

她靠在墙壁上，脑海中回想着他说的话，嘴角不禁扬起笑意。

晚上的时候，为了庆祝他们在经历了上百次的试验后取得艰难的胜利成果，阮昭请了整个修复小组吃饭。

她只是被临时请过来做指导的人，或许过阵子就会离开，这批竹简最主要的就是要靠这批新人修复师。

北安市之前并没有简牍实验室，哪怕这个实验室是临时组建的，但经过这么多天的合作，大家早已经关系不错。

阮昭对于她和傅时浔的关系，也从未保密过。

大家都知道他们两人是情侣，于是吃饭的时候，非让她把傅时浔叫上。

毕竟这批竹简最后是要给他做研究用，大家也算是为同一件事情努力，本来阮昭坚决抵制他们的忽悠，正巧傅时浔打了电话过来。

他听到阮昭周围吵嚷得厉害，忍不住问："他们在说什么呢？"

"他们想让你一起过来聚餐。"阮昭低声说，"你要是不想来也没关系的。"

"谁说我不想的。"

阮昭接着就听到关门的声音，还有他说的——"地址发来。"

半个小时后，傅时浔赶到了餐厅，正好其他同事都在喝酒。

他们知道阮昭不喝酒，也不劝她。在傅时浔一过来时，就有人喊道："正好，阮老师没喝的酒，傅教授就帮忙代喝一下，谁让你是她男朋友呢。"

阮昭本来想替他谢绝，谁知这男人话也不说，直接端起面前的酒杯，一口闷了下去。

席间，大家喝酒干杯的时候，阮昭没喝的酒悉数被傅时浔喝了。以至于到了结束时，阮昭发现他眼角边缘全都染上了红晕，那双总是冷淡的眼睛此刻微眯着看向她，暗潮涌动。

"我们先回去了。"阮昭当机立断，将他拉上闪人。

阮昭一口酒没喝，直接开上傅时浔的车。

其间，阮昭有些无奈道："你今晚是有什么开心的事情吗？怎么别人一劝你就喝了呢。"

"因为我看到你跟他们相处得很好，很开心。"

这一句话让阮昭有种微妙的破防感。

她明明不是那种特别容易感动的人，可是这一刻，她望着正前方的道路，也没看男人，声音微带哽咽却尽力调侃说："傅时浔，你是不是太喜欢我了?"

为了她,不惜得罪跟自己工作有关系的领导。也因为她,甘愿跟自己不怎么熟悉的人一起喝酒。明明他是那种丝毫不怕拒绝别人的人,却还是一杯一杯喝了下去。只因为他很开心地看到,有一群人跟她相处得很好,他的昭昭不总是那么孤独的。

到了家里,她扶着他一起上楼,其实他脚底走路依旧很稳。

她让他在沙发上坐下,转身要去倒水给他喝的时候,却被他一把拉住手臂,他微微用力就将阮昭带倒在自己怀里。

阮昭贴在他的胸口趴着,勉强抬起脸,诱声道:"乖,我去倒水给你喝。"可是两人四目相对,他却丝毫没有松手的意思。

傅时浔就那么直勾勾地看着阮昭,此刻他那双被醉意晕染的黑眸看起来跟平常格外不一样,透着一股朦胧的水光,眼角周围红了一圈。偏偏眼睛却又显得水光潋滟,就这么直勾勾地看着,足以将人看得面红耳赤。

突然,他轻笑了下,薄唇微启,一声气音从他喉间溢出。

"嗯,太喜欢了。"

什么啊?

阮昭对这么没头没尾的一句话弄得有些迷茫,什么太喜欢了。

可电光石火间,她突然意识到——

这句话并不是没头没尾,他是在回答她在车里说的那句话。

——傅时浔,你是不是太喜欢我了?

——嗯,太喜欢了。

这一刻阮昭再也忍不住,往上靠近他的下巴,刚要吻上他的唇,可是男人已经抢先一步,手掌搭在她的后脑勺,轻轻一压,将她压向自己的方向。

傅时浔这次的吻不再是和风细雨的,而是充满了侵占性。

他含着她的唇,重重地吮吸,舌尖更是很快闯入,勾着她,周遭全都是他身上的气息,只是这次的气息并不是一贯的那种清冷杉木味,而是带着酒气的温热气息。

这股气息包裹着她,傅时浔的吻又猛又急,阮昭被动承受着,竟发出轻微的呜咽声,这样如同求饶的声音反而越发取悦于他,再冷淡的男人,身上的血液都在这一刻沸腾了起来。

他单膝跪在阮昭身侧的沙发上,将她整个人环在自己胸前,直到居高临下地望向她,嗓音低沉而喑哑地问:"去我房间?"

随着这一句话,房间里原本旖旎的气氛出现了一瞬间的凝滞,傅时浔如同蒙着水光的眼睛依旧直勾勾地看着她。

窗外传来一阵汽车引擎的声音。

客厅的窗帘并没有被拉上,只开了一盏夜灯,光影笼在客厅和阳台的交会处。而阳台的另一边,是一截银白色月光照亮的地方。

月影婆娑,今晚所有一切都美得让人沉醉。

包括眼前人。

阮昭俯身吻上他的唇,待这个缠绵到极致的吻结束,她在他耳畔低语道:"那还等什么。"

傅时浔眼眸微缩,喉结滚了滚,直接将人拉起来,两人就这样一路亲一路走,半路上差点儿绊到客厅里的一个摆件。

跌跌撞撞到了房门口,傅时浔反而没着急打开,直接将她按在房门上。阮昭身前是男人坚硬宽阔的胸膛,身后是冰凉的门板。

"昭昭。"他喊了一声阮昭的名字,低沉的气音像是从胸腔里发出来的。

阮昭正要应他,可是他低头用鼻尖蹭了下她的耳垂。

随着"咔嚓"一声轻响,房门应声打开。

傅时浔将人半抱进房间之后,阮昭终于腾出机会说:"先去洗澡。"

紧接着,她就被拉入了旁边主卧的洗手间里。

头顶暖气被打开,嗡嗡嗡直响,阮昭这才反应过来他们同处浴室这个状况,哪怕性格坦荡如她,这一刻都忍不住要将面前的男人推出去:"我先洗。"

傅时浔居高临下地看着她,眼底噙着笑意,手指轻轻滑过她的嘴唇。

"一起洗。"

阮昭微瞪大双眼,似乎有些不敢相信,这么"浪"的话是出自他之口。

回头她要问问,今天这喝的到底是什么酒。确定里面没放错东西吗?

可很快,她的思绪就被扯了回来,因为眼前的男人当着她的面解开了自己衬衫纽扣上的第一粒扣子。从来都被扣得严严实实的衣裳一点点解开。

先是露出他的脖颈,大概是喝了酒的关系,他本来白皙的皮肤泛着红晕。

阮昭下意识地闭上眼睛,可是她的眼睛闭上,耳朵却没办法堵住。

她听到一声低笑,又是那种撩人至极的气音。

很快,周遭凉了下来,冬季里本来就冷,哪怕头顶上暖气开得足足的,依旧感觉整个人像是被浸泡在冷水里,更何况浴室里的墙壁都是瓷砖的。往上一靠,她被这透骨寒凉刺激得浑身一颤。紧接着,一个温热的身体拥了上来,阮昭微闭着眼睛,环住他的腰身。

哗啦啦的水声在耳边响起。

登时，那种冷热交加的感觉让阮昭有些难耐。

这一刻，他不再是那个冷淡又骄矜的傅时浔，也不再是扎寺里那个隔着窗棂跟她对视的男人。他从高高在上的神坛上走了下来，与她极尽温柔地缠绵，让她感受着他的强势。

直到男人再次抬起头，低声喊道："阮昭。"

阮昭睁开眼睛，看着近在咫尺的男人，他的短发已被热水淋湿，过于浓密的眼睫上挂着一颗颗小水珠，眼睛在热气腾腾中直勾勾地盯着她。

"看着我。"他低声命令道。

阮昭早已经有些承受不住，被迫勾住他，此时再望向他，却险些要被他眼底的灼热给烫到。

她被迫想要扭头，但傅时浔伸出一只手捏住她的下巴，再次低声逼迫："看着我。"

现在，只需看着他。

男人从未有过的强势和霸道，让阮昭被迫臣服。

这一刻她周遭全都是他铺天盖地的气息，她仿佛深陷其中，再也无法自拔。

她被迫直直地看着他，直到承受着他所给予的一切。

痛楚、快乐、羞耻、沉沦，所有的感受，让她只想和他一起奔赴。

今晚注定是他们彼此都永远无法忘记的时刻。

窗外半夜突起的夜风冷冷地拍打在玻璃窗上，可室内却一片滚烫，不断浇下的热水，不仅没浇灭彼此的情绪，反而越来越热。

随着房间里陷入安静，床头放着的闹钟摆件早已经指向了凌晨两点。

深色的大床上，从来只有一个人的身影，今晚却躺了两个人。只是其中披着长发的姑娘安静地躺在一边，整个人用被子紧紧裹着。她的头发早已经半干，眼睫轻闭，看起来格外乖顺。

傅时浔趴过来，手臂刚搭在她的被子上，就听到一个极其喑哑的声音说："不许碰我。"

这话虽然说得不是很客气，却意外地取悦了男人。

他低笑了声，身体虚压在她上方，问道："要不要喝点水？"

阮昭确实是累得懒得说话。

可是她不说，旁边的男人要说啊，他伸手将她脸颊上搭着的长发往旁边掀了下，低声道："你声音好像哑得有点儿厉害。"

"怪谁。"阮昭无语道。

傅时浔又是一声笑:"怪我。"

他认错的态度太过端正良好,让阮昭压根生不出一丝脾气,可是下一秒,男人的手指在她的脸颊滑过,问道:"是我让你喊得太……"

来人啊,快把这男人拖走!

阮昭觉得自己真的有必要明天去问问,今晚他们到底是喝了什么酒,居然把他喝成了一个自己快要完全不认识的人。

不过傅时浔也就是逗逗她,他伸手从旁边的柜子里拿了一条黑色家居长裤,是那种松松垮垮的系带款式。他没系上,任由那两根白色的带子垂着。

傅时浔直接裸着上身,走到外面去给阮昭倒了一杯水进来。

阮昭闭着眼睛装睡,是真的一点儿都不想搭理他了。

傅时浔这会儿也是耐心得很,包容着她的小脾气,直接连人带被子将她从床上抱着坐了起来,轻松地放在了他的腿上。

阮昭喝了两口水,忍不住问道:"你不累吗?"

"所以说,现在你知道锻炼的重要性了吧。"

傅时浔贴在她的后背,嘴唇就在她的耳朵边,一说话,鼻息就轻轻喷到了她的耳后根。

阮昭眯了眯眼,虽然这话说得没错,可怎么听着就那么别扭呢。

"下次让你跟我一起锻炼,总不会再偷懒了吧。"

阮昭吐槽:"那岂不是全便宜你了。"

男人慢条斯理地将杯子放在旁边的床头柜上,阮昭正要从他怀里挣扎着躺回床上,就听他贴着自己的耳朵说:"刚才你没舒服到?"

阮昭心头忍不住骂了一句脏话。

她扭头看向身后,准备看看这男人喝完酒之后还能浪到什么程度。

可没等她看清楚他的脸,啪的一声轻响,室内登时陷入漆黑。

关了灯之后,他直接钻进被子里,结结实实地抱着阮昭,低声说:"睡觉吧。"

清晨。

阮昭醒来的时候,习惯性睁开眼睛,然后又闭上。但是在她刚闭上的瞬间,就感觉到头顶天花板的样子变了。

等她再次睁开眼睛,才意识到这是傅时浔家里。

她转头看向床铺另一边,早已经空空荡荡。

她在身后摸了摸，也凉透了。

直到阮昭坐起来，突然意识到自己身上只穿了一件白色T恤，还是男款的。这是昨晚傅时浔临时找给她穿着睡觉的。

就在她揉着头发想怎么礼貌而不失尴尬地让傅时浔去给自己找一套衣服的时候，看见对面柜子上摆着的衣服。

她用被子半包着自己，走了过去。

翻了翻，发现居然全都是她自己的衣服。

不是，她的衣服什么时候放在傅时浔家里了？

不过她也顾不得那么多，直接穿在了身上，毕竟昨晚的衣服早已经被水淋湿遭了殃，压根穿不了。

进了浴室，她就看见新的牙刷还有一次性洗脸巾摆在洗手台上，这款洗脸巾的牌子跟她家里用的是一样的。

阮昭本以为临时起意的留宿在起床之后必然会带来各种不方便，可她没想到，她不仅没有任何不便，反而就跟在自家一样。

她洗漱好之后从卧室里出来。

听到厨房里面有动静，她直接走过去，就看见傅时浔在厨房里忙碌。

傅时浔听到她的脚步声，转头看了眼："我刚想要去叫你。"

"你在做什么，好香啊。"阮昭嗅了嗅，空气中弥漫着一股香味。

"煎培根。"傅时浔说。

阮昭点了点头，难怪这么香呢，她有些好奇道："对了，你房间里怎么会有我的衣服啊？我好像没带衣服过来吧。"

傅时浔用筷子将培根翻了个面儿，淡淡道："我早上开车过去拿的。"

"哦。"

原来是这样，难怪呢。

可下一秒，阮昭失声道："你开车去拿的？"

"怎么了？"见她有些失控，傅时浔扭头看过来，低声问道，"不喜欢我给你带的这套衣服？"

阮昭依旧满脸震惊，说："你是一大清早开车到我家，然后给我拿的衣服？"

"早上没什么店开门，所以我没办法给你买。"傅时浔解释。

阮昭眨了眨眼睛，几乎失神地问道："是谁给你开的门？"

"董姐。"

"其他人都在家吗？"她又问。

傅时浔说："正好遇上云樘要送云霓去上学，云霓问了你昨晚为什么没回家。"

阮昭彻底放弃地说："你跟她说了？"

这次傅时浔虽然没立即回答，但阮昭从他的眼睛里得到了肯定的回答。

最后她自我总结说："现在岂不是全世界都知道我昨晚住在你家。"

而且还需要你一大清早去家里给她拿换洗的衣服。

"倒也不是全世界。"傅时浔安慰道。

阮昭："对我而言，他们就是全世界了。"

她的交际圈确实是不太广，那个小院里的人几乎就是她生活中最重要的几个人。

傅时浔走过来，低声问道："怎么了，你不想让别人知道我们在一起？"

"不是不想。"阮昭伸手抱住他的腰身，轻声说，"只是有点儿不好意思。"

好在她情绪来得快，去得也快。

况且这一大清早，她也饿得厉害，肚子咕噜咕噜叫了两声。阮昭心想，她可是大美女，大美女怎么能发出这种声音。

好在傅时浔并没有笑话她，反而十分贴心地说道："你先坐着，我这就盛粥。"

阮昭垂着头，虽然想要装死，却还是主动帮忙盛饭。

等东西都摆上桌，阮昭听到手机铃声，她回头看了一眼，见是不远处客厅茶几上的手机。

是傅时浔的手机。

"你先吃饭。"傅时浔说了声，走过去接电话。

阮昭确实饿了，夹了一块培根，咬了口，真的好香。

那种被煎得微微蜷起的培根，还有点儿烫，咬在嘴里，有种满口流油的感觉。

她一边大快朵颐，一边听着傅时浔站在客厅里打电话。

"嗯，这周不太行，但下周没什么事儿。"对面似乎在询问他的行程，很快他又说，"下周末可以，我会回去的。"

但他又立即问道："我可以带个人过去吧？"

阮昭听到这句话时，登时竖起耳朵。

她偷偷看过去，没想到傅时浔正好也看过来，两人四目相对。

阮昭眨了眨眼睛，就听他低笑着说道："嗯，是女生……我女朋友。"

他说完这四个字之后,阮昭猛地转头,嘴里那么香的培根都有点儿味同嚼蜡,满心满脑都在想,他这是跟谁打电话呢。

终于,等他电话结束之后坐在旁边的位置上。

"好吃吗?"傅时浔见她发呆,低声问道。

阮昭点头:"好吃,特别好吃。"

她主动给他夹了一块培根,忍不住问道:"这么一大清早,你跟谁打电话呢?"

"我妈妈,她让我回去吃饭,但这周不太方便。"

原来是他妈妈啊。

阮昭低头,但下一刻再次猛地抬起头,这次比刚才知道他一大清早回家给她拿衣服还要震惊。

"你妈妈?"她再一次反问。

傅时浔见她这么吃惊,忍不住道:"怎么了?"

阮昭望着他说:"你跟她说了我们的事情?"

"你不是听到了。"

——我女朋友。

他确实是这么说的。

阮昭震惊地望着他,久久说不出话,反倒是傅时浔疑惑地看向她,慢悠悠道:"不想跟我回家?"

大概是这件事确实对她冲击挺大的。她以为见家长这种事情,怎么也得是个徐徐图之的大事。可傅时浔处理得太过理所当然,太过直接,让她有些措手不及。

直到傅时浔微垂着眼睑,放下手里的筷子,淡然道:"该不会,你不想对我负责吧?"

阮昭回到家里的时候,蹑手蹑脚地进门,轻手轻脚地上楼,却在即将蹿进二楼客厅的时候,被一个轻快的声音喊住:"昭姐姐,你回来怎么也不说一声啊?董阿姨炖了猪肚鸡汤,就等着你回来喝呢。"

她站在二楼的台阶上,慢悠悠地收回脚。

"怎么今天想起来做猪肚鸡汤了?"阮昭笑了下,伸手撩了下长发。

云霓欢快说道:"董阿姨说天气太冷了,多喝点汤,可以养胃。"

哦,养胃啊。不是她想的那个意思吧。

于是,阮昭从楼梯上走了下来。这会儿已经下午四点多,外面天色微黯,风大得很，吹得整个小院里呼呼直响。

董姐过来，问要不要现在给她先盛碗汤喝一下。

阮昭想了下说道："还是等云橙回来一起吃吧。"

"昭姐姐，你不用等我哥的，他今天好像不在店里。我放学回来的时候从店里路过，就只有其他店员在。"

阮昭有些好奇："你哥去哪儿了？"

云霓摇头："谁知道呀。"

晚上快到七点的时候，云橙才回来。

他一回来，云霓刚跟同学讨论完今天的小组作业，正好出来，看见他要回自己的房间，立即大声喊道："哥哥，你怎么才回来？"

"小点声，别吵。"云橙忙了一天，头疼得厉害。

他看见二楼工作室亮着灯，知道阮昭已经回来了，所以赶紧让她小声点。

云霓委屈道："可是昭姐姐说，等你回来，她要跟你聊聊的。"

或许是听到楼下的动静，阮昭也从工作室里走了出来，站在二楼往下看了一眼，缓缓从楼梯上走下来。

"晚饭吃了吗？"说着她对云霓说，"董姐不是把那个猪肚鸡汤炖在锅上呢，你去盛一碗给你哥哥。"

云霓一向很勤快，阮昭说什么，她都是不打折扣地完成。

她一离开，阮昭率先走向客厅："先进去再说吧，外面挺冷的。"

两人一前一后，进了客厅。

"你这几天是不是还在找刘森？"阮昭问。

云橙没想到阮昭居然这么直接，当即承认道："是，我是在找他。"

阮昭直勾勾望着他："我说过这个人背景太复杂，让你不要轻举妄动。"

"你现在跟梅先生决裂，他不会再帮我们了，所以与其靠别人，倒不如靠我自己帮你把他找出来。"云橙低声道。

阮昭深吸一口气："我不希望你有危险。"

自从刘森从她手里跑了之后，这个人如同再次石沉大海般，没了踪迹。

至于梅敬之那边，自从他们不欢而散之后，两人就再也没联系过对方。

之前虽然也有不愉快，但阮昭从来都是吃软不吃硬的性子，每每都是梅敬之主动求和，或许是因为那时候自己还对他有点儿用处吧。她一直觉得她跟梅敬之不算纯粹的利益关系，多少还算得上是朋友。修复《墨竹图》这件事，让两人的分歧彻底无法弥合。

"你之前说想找刘森，是要找一个人？"云橙问道。

阮昭看向窗外，外面漆黑一片，只有走廊下悬挂着的六角宫灯，散发着明亮的光辉，像是星夜里的一盏明灯。

她低声说："他们文物造假有一条产业链，本来这条产业链已经消失，但是这两年来，又死灰复燃。其实这个刘森，从一开始我就知道他手上不干净。"

这种剑走偏锋的人，不可能老老实实地做文物生意。

文物拍卖，这里面的弯弯绕绕太多了，当初刘森的名声那么差，阮昭也不顾众人眼光，无非就是想要跟他有所联系。

云樘有些震惊："你想要打击这条造假产业链？"

"那是警察的事情，我没那么伟大。"

阮昭声音平淡，说："我只是要找出当年那个人而已。"

那年，她亲耳在窗外听到，那两个人抽着烟，吹着牛说等这批货出手了，他们就能买大房子，睡最漂亮的女人。

本来她以为他们说的是电视上什么走私货。直到她听到一个得意扬扬的人说："那帮外国佬真有钱，买咱们的古董都不手软的，我们卖假古董给他们，他们也买得这么疯狂。"

旁边的人嗤笑："人傻钱多呗。"

记忆里的碎片不断地浮现，阮昭猛地摇头，狠狠地握紧面前椅背的一角。

当年杀害爸爸的人，就是专门做文物造假的。

只可惜，一共有三个人，当年死了两个，跑了一个主谋。

那个跑掉的人，哪怕天涯海角，她也一定要逮住。

哪怕是死，她也一定会找到他。

傅时浔打电话时，阮昭情绪还是有些低。每次一想到那件事，她总会陷入低落的情绪当中，许久都无法缓解。

以前每次这样，她都是一个人窝在工作室里，安静待个两三天。但今天，傅时浔给她打了电话，她还是接通了。

"在家做什么呢？"傅时浔问她。

阮昭低头看了一眼手边的笔记，这是爷爷留下的，她每次情绪不高的时候，就会把这几本笔记拿出来，看着爷爷熟悉的字迹，就好像他一直都在自己身边。

阮昭低声说："看书呢。"

她明明觉得自己口吻还算正常，可是傅时浔立即问道："不开心？"

"你怎么听出来的？"

傅时浔淡声说道："你每次不开心的时候，尾音会拖长一点，声音也更懒。"

阮昭真的要服气了，低笑了下："你是不是太厉害了点？难怪都说学生的小心思逃不出当老师的眼睛。"

估计那些学生装病请假什么的，他都能一眼看穿吧。

"不是因为我是老师。"傅时浔声音沉静而温和地否认道。

阮昭轻轻地"嗯"了一声。

她知道傅时浔还没有说话，所以在等他继续说下去。

"因为是你啊。"

只因为跟他说话的人是她，他才会轻而易举地察觉她声音里的每一丝变化。

阮昭听着他安静的声音，整个人格外安心，在这么一瞬，她好想抱抱他，感受他的体温，还有气息。

但傅时浔似乎还有事情，说了一会儿，很快挂断电话。

阮昭继续低头看书，虽然跟傅时浔说完话之后似乎好了点，但是心底那股沉重，并不是轻易就能褪去的。

对她而言，只要那个人一天没抓到，她就一天都得不到解脱。

她不敢去多想，怕自己彻底疯了。

所以这么多年来，她都在努力让自己遗忘。或许只有遗忘过去，才会让她得到片刻的安宁。

但有些事情，越是想要忘记，记忆就越像是一股藤蔓似的，在她心头生根发芽，紧紧地缠住，让她挣脱不得。

她坐在工作室的躺椅上，这是这里唯一一件跟修复无关的东西。

哪怕有时候不做修复，她也会坐在这里，安静地望着窗外。

不知过了多久，她低头看着面前的书，听到楼梯上传来脚步声。木质楼梯大概就是这样，哪怕再轻的脚步，也会发出吱吱呀呀的声音。

她以为是云霓还没睡，因为她熬夜修复时，云霓经常会上来找她。

当工作室的门被推开时，她转头望过去，下意识说道："妮妮，还没睡呢？"

可当她看过去时，站在门口的人停在那里，头顶暖黄色的光线笼在他四周，身后是无尽的漆黑。

后来，不管过了多久，阮昭都记得这个画面。

孤寂的夜晚，突然出现的男人，站在昏黄的灯光下，光线映衬出他那双黑眸温柔缱绻，他就像一盏温暖而又耀眼的灯盏，彻底驱散了她心底的沉重与孤独。

跌跌撞撞那么多年，她终于等到了温暖她的那个人。

阮昭放下手里的书，什么也没说，直接站起来扑进他的怀里。

他身上还带着凛冬深夜里的寒露，可是阮昭一点都不觉得冷。

此刻他是那样温暖，又是那样柔情万丈。

"你居然要跟傅教授见家长了？"明亮堂皇的商场里，周围声音吵吵嚷嚷，但顾筱宁的声音之大，差点儿引起周围人的侧目。

阮昭提醒："小点声，我可以听得到。"

顾筱宁由衷佩服道："我的昭啊，你这个恋爱是开了两倍速吧，该不会明年我就能看见我的小侄子小侄女吧。"

阮昭不置可否。

"该不会，你们已经……"顾筱宁见她什么也没否认，当即嗷的一声惊叫。

阮昭这次真的无奈，低声问道："你现在是要全商场的人来听我的私事吗？"

顾筱宁立即摇头："没有，没有。"

因为要去见傅时浔的父母，所以阮昭约了顾筱宁一起来逛街，不仅要给傅时浔家里的长辈准备礼物，而且她也想好好打扮自己，希望能给他们留下完美印象。

"这件怎么样？"顾筱宁指了指一条水墨温柔风的长裙。

阮昭点头，让店员拿了一件给自己试穿。很快，她从更衣间里出来，在看见她的一瞬，店员和顾筱宁的眼睛都瞪直了。

顾筱宁立即掏出手机："先别动，我拍张照片。"

"小姐，你真的太适合这条裙子了，你身材本来就好，而且这条裙子的剪裁也特别大方。"店员会吹"彩虹屁"是基本的职业素养，可是这一刻，她觉得自己说的每一句话都出自真心。

阮昭："去见家长的话，合适吗？"

顾筱宁轻笑："说真的，你平时的穿衣风格就是那种特别讨长辈喜欢的，典雅又高贵。"

顾筱宁感叹幸亏阮昭平时的穿衣风格就是那种典雅温柔的国风服装，将她骨子里的那股子又拽又冷漠稍微遮盖了点。要不然啊，她的气场确实太

过拒人于千里之外。

"那我的性格大概不会讨长辈喜欢吧。"阮昭望着镜子里的人淡淡道。

顾筱宁伸手攀住她的肩膀:"我的昭,这可不是你说的话啊,你那么自信的一个人,怎么能说这么丧气的话呢?"

"倒也不是,只是实话实说而已。"

她性格说不上热络,甚至是比较冷漠的那种,不会甜言蜜语哄长辈。不管是谁,大概都会喜欢嘴甜又会来事的姑娘吧。

"既然傅教授要带你回家,他肯定会保护你的。"

顾筱宁跟傅时浔接触几次之后,简直对他满意到不行。

一般来说,女生对自己闺蜜的男朋友总是挑三拣四,但她完全就是丈母娘心态,对傅时浔越看越顺眼。

晚上回去的时候,傅时浔也正好过来。

他看见阮昭买的大大小小的东西,忍不住问道:"这都是你自己买的?怎么不叫我陪你一起去?"

"你天天又上课又要做研究,我哪能总是叫你啊?正好顾筱宁休息,我喊她一起了。"阮昭还特地给他买了一件衬衫,是逛街的时候看见的,一眼就觉得特别适合他。

等她把东西收拾好,转头就看见桌子上摆着一张卡。

她低头看了眼,傅时浔伸手将卡推到她的面前,阮昭眨了眨眼睛:"这个是什么?"

"我的工资卡。"

啊?

傅时浔看着她,理所当然地说道:"不是都说,好男人都应该上交工资卡。我现在上交,应该不算太晚吧。"

年末事多,包括阮昭都忙得不可开交,竹简的脱色化学试剂稳定之后,开始对出土的竹简进行脱水实验,只是脱水需要大量的时间,因此实验室目前主要还是进行脱色。

待第一批竹简脱水完成后,再依次进行下一步工作。

阮昭本来就是以专家顾问的身份进驻实验室,所以在工作进入正轨之后,她这个专家顾问差不多也该谢幕了。

虽然时间很短,不过就两三个月而已。但对阮昭,却是难能可贵的一段经历,从她成为修复师开始,她就一直在单打独斗,连正式助理都不曾招一个。这次却是跟整个实验室的人一起合作修复,即便经历上百次的失败,也依旧没有放弃。

今年的春节来得格外迟。

之前本来阮昭要跟傅时浔一起去傅家拜访,但没想到他父亲临时有事得出国,又因为其他事情耽误了。

阮昭挺遗憾的,反倒是傅时浔安慰她。

他伸手摸了下她的长发,低声说:"其实是我没考虑好,我听说,应该是男方先拜访女方家里。"

"我家……"阮昭窝在沙发上,无奈一笑。

她家的情况,傅时浔也是知道的啊,她压根没有父母可以让他拜访。

傅时浔弯腰在她耳边亲了下,淡声说:"要不我们先去拜访你的姑姑一家,毕竟这么多年来,是他们把你养大的。对于你而言,他们就是你最亲的亲人。"

虽然阮昭之前提过她跟姑姑发生的事情,但她受伤时,不管是姑父还是韩星越都第一时间赶到医院,她姑姑也是,在她出事之后,哪怕出着差,也立即从外地赶回来。

或许曾经心底有些埋怨,说到底,他们还是这个世界上最在乎阮昭的人。

"好呀,不过我还没跟我姑姑说我谈恋爱的事情呢。"阮昭往他怀里靠了靠。

如今他们两人经常会在傅时浔家里约会,毕竟这里很安静,只有他们两个。至于阮昭的小院,傅时浔也会过去。

但每次云霓看见他,就跟老鼠看见猫一样,恨不得走路都踮起脚尖。

就连傅时浔这种完全不在乎别人看法的人,最后都忍不住问阮昭,是不是他做了什么,让云霓对他有了芥蒂。

阮昭当场就笑出了声,安慰他说:"你放心吧,这只是来自一个学渣的畏惧罢了。"

"学渣的畏惧?"

见他还没听懂,阮昭解释:"这不是快期末考试了嘛,她就怕你哪天突然问起她的成绩。"

傅时浔也不由得失笑,亲了下她的耳朵,低声说:"那你跟她说,我不是那么扫兴的人。在外我是老师,但我没有在家也当老师的习惯。"

自从两人在一起之后,阮昭发现傅时浔这人挺多小习惯的。

两人哪怕只是安静坐着看电影,他也挺喜欢亲自己,偶尔亲 下头发、耳朵,并不是那种带着欲望的亲法,这种亲吻的方式反而更能让阮昭感受到他的宠溺。

"那我待会儿给姑姑打电话,跟她说一声。"阮昭又提起刚才那个关于见家长的话题。

谁知她正说着,放在茶几上的手机居然响了起来,定睛一看,居然正是阮瑜打来的。

阮昭伸手拿起后,朝傅时浔笑了下,走到外面阳台接通电话。

"姑姑。"阮昭喊道。

阮瑜是医生,平时工作很忙,阮昭也不是那种喜欢一天到晚联系他人的人,所以两人除了发发微信,很少电话联系。

阮瑜开门见山说道:"再过几天就是你的生日了,你想在家里吃还是出去吃?"

这个话题让阮昭眉头一皱。

她低声说:"我不是很想过生日。"

"不是专门给你过生日,就是吃个饭。"阮瑜一向干练的声音突然软塌了下来,"我昨晚做梦,梦到你爸爸了。"

阮昭的生日跟阮平安是同一天。

自从阮平安去世之后,阮昭就再也没了过生日的兴致。

每年阮昭生日时,最常做的一件事就是把自己锁在房间里,一待就是一整天。

其实阮瑜也一样,很久以来,他们都不太会提及阮昭的生日。

只是今年,她突然做梦梦到阮平安,按理说她是个医生,最应该明白肉体的死亡就意味着这个人在这个世界上彻底消失了。

可对于这个唯一的亲弟弟,阮瑜心底也有着无限的牵挂。

"我梦到他在跟你一起过生日。"阮瑜低叹了一声,许久,才说,"或许他也是怪我,这么多年,一次生日都没给你过。"

阮昭听到这话,喉头哽得几乎说不出话。

许久,等哽咽下去之后,她低声说:"好,不过我可以带个人回去吗?"

"男朋友?"阮瑜反问。

阮昭没想到她会这么直接,只能低声应道:"嗯,他说想要拜访你跟姑父。"

"也好,你这个年纪确实应该找男朋友了。"阮瑜的声音听起来似乎也稍微轻松了些。

两人说了会儿，这才挂断。

阮昭回到沙发上，重新伸手抱住傅时浔的脖子，笑着说："我跟姑姑说了，等我生日的时候，你跟我一起去吃饭。"

"你不是说，你从来不过生日？"

阮昭的生日是1月28日，就在过年前后。

因为每年农历新年的时间都不一样，所以她的生日有时候会在过年前，有时候会在过年后。

小时候，不管是在年前还是年后，爷爷都会认真准备。

昭昭平安。

蛋糕上永远都会并排写着这四个字。

"今年不太一样。"阮昭低声说，"我姑姑说她梦到了我爸爸，或许是她心里有些难受，就想今年热闹一下吧。"

她其实一直都很听阮瑜的话。

"那过完生日，我带你去个地方。"

阮昭好奇道："什么地方？"

"到时候你就知道了。"

这次，不管阮昭怎么问，他就是不说，哪怕阮昭威逼利诱，都不行。

过了几天，董姐要放假了，所以趁着年前，她包了很多馄饨放在家里，生怕这三人会在家里饿死。

云霓哭哭啼啼让她不要走。

阮昭一巴掌拍在她脑袋上："人家董姐一年到头跟你在一起的时间，比跟她儿子的还多，你居然还不满足。"

"要不阿姨你让你儿子一起过来，反正我们家有房间，让他过来，我们一起过年。"

云霓的父母也早已经去世，她和云橙只剩下两间破房子。

据说连屋顶的瓦片都已经破了，一直在漏雨，今年村里还联系他们，说农村要危房改建，要不然他们家这个房子就得直接推倒了。

云橙毫不犹豫地让他们推了。

从他们离开家乡开始，就对那个地方没有了一丝眷恋。

他们母亲病重时，身边的亲戚没有人愿意借钱给他们，甚至还一副"好心肠"地让他们趁早放弃。对云橙和云霓而言，父母在才有家。如今父母过世，他们兄妹相依为命的地方，就是家。

大概正是因为这样，他们才会跟阮昭的关系那样特别，明明看起来是员工和老板，却又有一种相依为命的宿命感。

董姐做的馄饨很好吃，特别是虾仁馄饨。所以包完之后，阮昭就冻了一袋，给傅时浔送过去。

她去之前，给他打了个电话，知道他还在学校，所以她也没说别的。

反正现在他家里的房门上早已经存了她的指纹，阮昭直接自己过去了。

到了小区里，她将车子停在楼道前面的空车位上。从车上下来时，她拎着饭盒，随意看了一眼旁边，突然有些怔住。

因为隔壁，居然是一辆白色宾利。

她又仔细看了一眼，确实是宾利的车标。

从前车窗看过去，驾驶座上有个中年男人，哪怕阮昭这种对豪车没兴趣的，都不禁笑了下，没想到这个小区看起来挺普通，但也是卧虎藏龙的。

阮昭开单元门之前，顾筱宁给她打来电话。

阮昭歪着头，将手机夹在脱子上，伸手去找门禁卡。

"晚上约饭吗？我的仙女昭。"顾筱宁问道。

阮昭嗤笑："这才几点，我怎么感觉你就跟喝醉了似的。"

顾筱宁："也还好，就是发了一笔奖金，感觉今年可以过个愉快的年。"

阮昭："不巧，我刚到傅教授家里，今晚得跟他一起吃。要不明天吧？"

"我说你是不是跟傅教授太黏糊了。"顾筱宁有些羡慕，"一天到晚就知道虐我这个单身狗。"

阮昭一边跟她说话，一边伸手按了电梯。

电梯正在往下运行，数字在一个个跳动，向一楼靠近。

阮昭说："这么羡慕，你也找一个。"

"我可以找一个傅教授那样的吗？"

她呵笑了下："那不可能，这个世界上只有一个傅时浔。"

"我的昭啊，能不能别这么爱，再这样下去，我看傅教授就能对你为所欲为了吧。"顾筱宁逗趣道。

此时电梯正好打开，从里面走出来两个人。

虽然都是中年女人，但是为首的那位，阮昭看见的一瞬，忽然有种眼前一亮的感觉。

这个小区是那种有点儿年纪的老小区，小区电梯也有些老旧不太干净，但对面这位夫人，就是那种好看到让电梯都变得亮堂的女人。她看起来有点儿让人猜不着她的年纪。

因为对方要出电梯,阮昭往旁边挪了下。

等对方走出电梯,阮昭才往电梯里走,伸手按了"17"后,淡然道:"是傅教授让我为所欲为吧,不信你可以等着。"

原本往前走的那位中年美貌女士突然回过头,望过来。

在电梯关上的那一瞬,阮昭与对方四目相对。

她只看见,对方露出一副震惊到几乎错愕的表情。但这副表情在她眼前转瞬即逝,因为电梯门彻底关上。

阮昭也并未将这点小事放在心上,毕竟她对这位完全没印象。

这种连她都会感到长相惊艳的中年阿姨,要是见过的话,她绝对不会忘记。

到了楼上,阮昭直接进了厨房,发现厨房好像变得特别亮堂。

其实刚才一进来,她就感觉家里好像被收拾过了。

估计是傅时浔又请了钟点工回来,他偶尔会请人回家收拾房间,但并不是那种长期的,只是每周两三次。

阮昭之前也遇到过,所以她看了看四周,就把自己带来的馄饨重新放在了冰箱的冷冻层里面。

她刚放好,门口传来门铃的声音。

傅时浔回来了?

可她转念一想,不对,傅时浔家是指纹密码锁,他回家只要按下指纹就好,哪里还需要按门铃。

不过阮昭还是过去打开了门。

开门后,她看着门口站着的,居然是刚才电梯口遇到的那位美貌阿姨。

"请问您找哪位?"阮昭下意识问道。

可当她问完后,看着对方的脸,有种后知后觉的恍然。

这张脸分明有着某个人的影子啊,还有楼下的那辆白色宾利,阮昭发现自己的智商居然下降了这么多,连这个都没想到。

"阮昭。"在她正思考该怎么跟傅时浔的母亲打招呼时,对方清晰而震惊地喊出她的名字。

阮昭也没太意外,以为是傅时浔提前告诉了他妈妈自己的名字。

就在她准备请对方进来时,她才发现,傅时浔母亲的状态好像不太对劲,对方似乎有些站不稳,说:"原来你就是时浔说的女朋友。"

阮昭微怔。

"你想对我的儿子做什么？"南漪望着面前的女孩，颤抖着嘴唇问道。

轰！

这一刻，仿佛有东西在阮昭的脑海中点燃，一把无名火直接烧得她连思考的能力都几乎停滞。

她也彻底明白了，不是傅时浔告诉了对方自己的名字，而是他妈妈认识她。

不是作为傅时浔的女朋友认识，而是作为阮昭这个人。

"伯母，要不我们进来说？"或许她天生就冷静，哪怕刚才脑海中还有种轰然爆炸的感觉，在片刻后已经完全冷静下来。

只是她的这种冷静在对方看来，有种被发现的破罐子破摔。

南漪走进来，阮昭问道："阿姨，您想喝点什么？"

"阮小姐。"南漪此刻哪里还有喝茶的心思，她从小就是养尊处优的大小姐，嫁人之后就是养尊处优的贵夫人。此刻遇到事情，她反而没有阮昭这个小辈来得冷静。

况且，那可是她自己的儿子，关心则乱。

"我能问一句，你为什么要跟时浔在一起吗？"南漪望着她。

倒是阮昭走到一旁，倒了一杯茶，端给南漪。阮昭指了指客厅的沙发，说道："要不我们过去，坐下来聊？"

南漪怔怔地望着阮昭，从心底冒出一股寒气——太冷静了，眼前的这个女孩，冷静到让她害怕。

从在楼下认出阮昭的那一刻，她心底还抱有一丝期盼。盼着她只是偶然出现在这一栋楼，而不是跟傅时浔有任何关系。

南漪就站在楼下，看着电梯的数字往上跳跃，一直跳到"17"，然后就停了下来。

17楼。

电梯就一直停在那里。

哪怕南漪不住地安慰自己，17楼并不只有一户，可她还是无法说服自己，直到她重新上楼，按响家里的门铃。

门打开，阮昭的脸露出的那一瞬，南漪的脑海中出现了两个字——孽缘。

阮昭将水杯放在她面前，并没有回答这个问题，反而说道："这个答案，您心里不是应该最清楚？"

她在诓南漪。

明明什么都不知道,可她此刻却表现得仿佛掌握着一切。

南漪脸上出现了一种"果然如此"的绝望神情,她猛地大口喘气,整个人仿佛是受到什么剧烈惊吓,伸手抚住自己的胸口。在剧烈的反应之后,她看着阮昭,摇头道:"当年的事情,谁都不希望发生。我儿子他明明也是受害人,他并非故意害死你爸爸。"

这一秒,这一刻,这一瞬间。

阮昭感觉自己心底有个地方轰然倒塌。

原来,他就是当年那个少年。

阮昭下意识地望着南漪,眼底茫然而麻木道:"您怀疑我跟傅时浔在一起,是为了报复当年的事情?"

"难道发生了那样的事情之后,你要我相信,你是爱上了我的儿子吗?"南漪有些激动。

阮昭抬头望向窗外。

外面夕阳正浓,赤色云霞将整片天际染红,连阳台都被黄昏的光线笼罩着,明明是一个安宁却又寻常的午后,此刻在阮昭眼底,却残阳如血。

眼前的画面,开始不停倒退。

窗棂的另一侧,男人清冷的眼神一扫而过,她心底得意而笃定的声音说,这个男人,她想要。

"有些不值得听的话,一句话都不要听。"

"保护她才是最重要的事情。"

"不是梦,是真的。"

"现在我落到你手里了。"

"我在,我会永远都在昭昭身边。"

"唯愿与昭昭,白首不相离。"

过往种种犹如电影画面般,不住地在她脑海中飞过,可最终都尽数轰的一声炸裂。

所有的甜美,好像都被炸得面目全非。

…………

所有的画面褪去,她的思绪被带回到了十三年前的某一天。

那时候她还和爸爸、爷爷一起生活在九塘镇,姑姑一家在市里生活,那阵子爷爷不知道为什么,咳嗽得很厉害。

姑姑不放心他,就让姑父开车来接他去市区里的大医院做个检查。

爷爷一直不放心她和爸爸在家,但是阮昭拍胸脯跟他保证,一定会给爸爸做饭,会好好照顾爸爸。

两人吃完饭之后,阮平安就一直要找大黄,那是家里养的一只猫,但因为是放养的,经常会四处跑。

猫跟狗不一样,狗玩累了就会知道回家,猫跑了之后,可能好几天不会回来。

平时它跑了,阮平安就会找它,那天他更是闹腾得厉害。但是爷爷不在家,她不敢让爸爸一个人出去,便答应他自己会出去找。

大黄去玩的地方就那么几个。

她好不容易把爸爸安顿好,就直接跑了出去。

晚上,镇子上的娱乐活动很少。阮昭知道大黄会在废墟那块玩,那里有不少野猫。

因为人口外流,镇子边缘处空了不少民房,少有人烟。特别是晚上,一片乌漆墨黑,什么人都没有。

但今天奇怪的是,有家小院居然是开着灯的。

阮昭住在这边,知道这里的几家早已经搬走了,怎么突然会有人回来呢?她也没太在意,直接去找猫。

但找了好久还是没找到。

直到她在那个亮着灯的小院里听到"喵喵"的声音。

因为她经常来这一带找猫,之前也进过这家,围墙那边有个洞,猫狗经常会钻,又因为杂草丛生,洞也被挡住了。

阮昭这时候长得又瘦又小,她想了下,也不敢叫里面的人,就自己顺着那个洞爬了进去。

果然,大黄就在院子的柴房边,只是奇怪的是,居然连柴房都亮着灯。

"大黄。"阮昭冲着大黄招了招手。

大黄却一下从窗户破了的那块玻璃里蹿到了柴房里。

这只不听话的猫。

她着急地小跑过去,刚到柴房里,正要去抓猫,就发现柴房里放着一个巨大的笼子,看起来是那种狗笼子,但是上面盖了一块油布。

她隐约感觉笼子里好像有什么东西。

就在此时院子里突然响起两个男人的声音,其中一个人说:"你说你抽根烟非要出来干吗?要是老大知道我们出门了,回头又得发火。"

"在这地方窝这几天,连个电视都没有,闷都闷死了。"

说完,一阵水流声,应该是对方就地小便的声音。

"老大去干吗了?"抽烟男问道。

"估计还是那批货的事情。"

抽烟男一下来了兴趣:"那帮外国佬真有钱,买咱们的古董都不手软的,我们卖假古董给他们,他们也买得这么疯狂。"

旁边的人嗤笑:"人傻钱多呗。"

阮昭趴在房间里,不敢发出任何动静,这两个果然不是好人。

夜深人静,她一个小姑娘还是别让他们看见为好。

"你说咱们其实走私古董也挺赚钱的,非要做这事儿干吗呢?"抽烟男抱怨道。

他身边的同伴低斥道:"这话说给我听听就算了,小心让老大听见,他一气之下少分你一份。况且走私古董能赚几个钱,干这么一票,那可是这个数。"

"别呀。"抽烟男急了,又问,"不过这钱到底什么时候能拿到手?"

"着急什么,明天就是交钱的时间了,等过了明天,咱们兄弟可就彻底飞黄腾达了。"抽烟男身边的那个人听起来挺冷静的。

抽烟男闷声一笑:"也是,到时候咱们出去潇洒潇洒,去澳门赌场玩一玩。"

冷静男这会儿也不冷静,得意道:"再找上几个妞。"

"不过,陈哥,到时候那小子怎么办?"抽烟男低声问道。

对方并没有立即回答,许久才低声说:"看老大的意思,估计是要……"

冷静男没说话,而是在脖子上做了个"咔嚓"的动作。

抽烟男一看,手里的烟都掉在了地上,失声道:"真……真要杀了他啊?"

"你声音小点,别让他听到。"

"放心吧,之前晚饭的时候给他水里下了安眠药,这会儿他肯定晕死过去了。"抽烟男忍不住道,"难怪你晚饭时非要把那个鸡腿给他呢。合着是最后一顿饭,让他当个饱死鬼啊。"

"那不然呢,谁让你那天那么不小心,居然让他看见了你的脸,不杀他,你就去坐牢好了。"

这话让阮昭吓得猛地握紧手。

她万万没想到,自己只是来找猫而已,居然会听到这种事情。这对于一个十三岁的小女孩而言,是那么可怕又震惊。

"不是,咱们不就是为了求个财嘛,杀人多大的罪啊。"抽烟男明显胆子更小,"这小子家里都愿意拿好几亿来赎他了啊。"

冷静男:"那你以为他为什么能活到现在?他家里也挺贼的,每晚都要让他读一段当天的报纸,老大这才留他到现在。"

"那是不是明天我们收到钱之后,就要把他杀……杀了?"

冷静男这会儿也拿出一根烟,点了起来,吞云吐雾了好几口之后,低声说:"哪还用等到明天,估计今晚就要动手。"

阮昭拼命贴着墙壁,不敢发出一丝动静。

突地,房间里响起一声猫叫。阮昭看着站在笼子上的大黄,只见它正盯着自己。

外面两个人显然也被这一声猫叫吓到,其中一个人还说:"这院子里哪儿来的猫?"

"估计是乡下的野猫吧。"

阮昭看着大黄往前走了两步,似乎要过来,她拼命摇头。

"猫是不是在柴房里?你进去把它赶走。"

阮昭绝望地闭了闭眼睛,可下一秒,大黄猛地跳起到窗户上,紧接着从那块坏了的玻璃处直接飞奔出去。

外面的人以为野猫自己跑了,都松了口气。

"走吧,快进去,估计是老大回来了。"

随着脚步声渐渐远离,阮昭这才发现自己背后已经被冷汗浸湿。

她要站起来时,才发现自己手脚发软,根本就走不动路了。她知道自己这时候应该走,外面那两个人是绑架犯,被他们发现的话,自己绝无生路。

可她跪在地上,眼睛突然就瞄到覆盖笼子的那块大油布下面,有一处没盖严实,一截消瘦细白的脚踝露了出来。

笼子里的是一个人。

虽然她从那两人的话里面已经听出来了。

她闭了闭眼睛,阮昭,你现在要做的是回去报警,让警察来救他。

一个十三岁的小女孩处在这种境况,没被吓得哭出来,已经冷静得让人钦佩。她想要忽略那截脚腕,但她脑海中却一直回荡着那两个人的话。

万一没等她把警察叫过来,他们就把他杀了呢。

她缓缓站起来,最终还是走过去,掀开了笼子上的油布。

当笼子露出时,关在笼子里的那个人猛地抬起头。

屋里暖黄色的光线并不晃眼,可对于已经被盖着油布关在笼子里好几天的少年来说,却刺眼得厉害。

他那张脸早被打得几乎面目全非,只有那双眼睛亮得逼人。

黑眸染着微黄的光线,在这样温柔的光晕下,带着少年特有的不屈和炙热。

阮昭往后很多年都在想,当年她为什么非要救那个少年。

或许就是因为这炙热和倔强的眼神吧。

少年并未像那个男人说的那样,被安眠药迷昏了。阮昭伸手拿掉堵住他嘴巴的脏布,就听少年用沙哑的声音说:"快走,这里很危险。"

他的声音嘶哑得太厉害,每说一个字,嗓子都如刀割般。

"等你安全之后,可以帮我报警吗?"少年直勾勾地看着她。

阮昭低头,这才发现笼子上的那把锁竟然没有锁起来,但少年的双手被反扣在身后,所以那两个人才会放松警惕吧。

如果这个哥哥直接让她救他,她或许还会迟疑。但他开口的第一句话,竟是提醒自己这里有危险,让她快走。

阮昭低声说道:"我刚才是从院子的一个洞爬进来的,我帮你把绳子解开,我们一起出去。"

少年还在迟疑,阮昭催促:"快呀,我先帮你把绳子解开。"说完,她弯腰钻进笼子里。

里面的味道极其复杂很难闻,少年似乎也有些难堪,背过身,让她解开自己手上的绳子。

他的脚也被绑了起来,本来他想自己解,但被绑了这几天,手臂早已经麻木,使不上一点力气。他连吃饭都使不上筷子,只能用手抓着吃。

一切都意外地顺利。

阮昭帮他把绳子解开了,两人很顺利地到了院墙那个洞那里,阮昭率先爬了出去。

少年因为身形有些大,肩膀卡在洞口,迟迟出不来。

"要不你先走,帮我去报警。"

阮昭:"哥哥,你再努力一下,你被他们抓到的话,肯定会没命的。你就不想再见到你的爸爸妈妈吗?"

这句话像是一针强心剂,让少年使出全身力气,奋力爬过那个洞口。

两人跌跌撞撞搀扶彼此,准备往前跑。

这家小院在镇子的最边缘,周围的房子几乎都已经没人住了。

但当他们觉得自己即将要逃出去,可以都活下来时,突然一辆车从不远处开过,灯光打在他们身上,车上正在打电话的男人看着这两人,突然猛地拍了几下车喇叭,鸣笛声在安静的夜晚显得格外刺耳。

身后的小院里,两个男人也被这一连串的鸣笛声惊得跑到了院子里。

他们知道是老大回来,但是老大一直强调让他们在这几天低调行事,怎么还会发出这么巨大的鸣笛声?

直到冷静男下意识地朝柴房看了一眼,当即大吼:"不好,那小子跑了。"

两人立即追出院子,就见那辆汽车跟在两个少年少女身后。

少年和少女挽着彼此的手,不顾一切地往前奔跑,身后的鸣笛声如同夺命信号。

突然车子卡在了原地,车上的男人猛地一拍方向盘。因为他们干的是绑架,所以他从报废的车场里搞了一辆无牌旧车。没想到这车修完还是这个鸟样,关键时候哑火。

他下车时,身后两个小弟也追了上来,他怒道:"两个废物,连人都看不住。给我把他们追回来,追不回来,咱们都别活了。"

三人往前追过来,很快阮昭就感觉到身后有人逼近。

他们一个是几天没怎么吃饭一直被绑着的虚弱少年,一个是柔弱纤细的少女,怎么可能跑得过身后的三个大男人。

"昭昭。"突然,一个声音如同从天降,是那种常人不太听得懂的音调。

不远处一束手电筒光射了过来,是阮平安。

大概是阮昭太久没回去,他也找了过来。

"爸爸,快跑。"阮昭看见他冲着自己跑过来,着急地大吼。

阮平安明明听到她的喊声,却还是不顾一切地冲了过来。

阮昭眼睁睁看着他跑过来,越过她,去挡身后的那三个男人,她转头想要去拉他,身侧的少年却死死抓住她的手掌。

"爸爸。"她绝望地喊道。

身后的阮平安却发了疯一样,拿棍子去打对面的三个人——因为之前阮昭出门被狗吓唬过,后来阮平安晚上出门总会随身带着一根棍子。

"这哪儿来的疯子!"有人咒骂。

"别让他们跑了,快去追。"那个老大气急败坏地喊道。

少年又要拽着阮昭往前跑,他们已经隐隐约约看见镇子上的灯光,只要跑过去,他们就有救了,还有几十米,他们就能获救了,一定能得救的。

"昭昭,快跑。"

"快跑。"

"昭昭,不要回头。"

阮昭上小学的时候,阮平安来接她时,总是会在学校门口大喊她的名字,喊到所有小朋友和家长都会看向他们。

那时阮昭也觉得有些丢脸,因为别的小朋友笑话她。

他们说,阮昭,你爸爸是不是傻子啊?每次喊你的名字那么大声音,好丢人啊。

后来她不让阮平安那么大声喊自己,阮平安就真的改了。

可是这一次,他再次歇斯底里地大喊着她的名字,让她快跑,跑啊。

不要回头。

快跑。

阮昭被拖着往前跑时,眼泪不住地掉落,这次她真的乖乖听话,真的没有回头地往前跑。

夜里的风那样大,她奔跑时,耳畔响起的风声让她渐渐听不到身后的喊声。

当少年跑到有灯的地方,用尽最大的力气嘶吼着喊道:"救命,杀人了。救命。"

绝望的呼喊声让不少房子里亮起了灯。

很快,有人打开房门,走出了屋里。

身后的绑匪看着走出来的人,再也不敢追上来。

他们得救了。

得救了。

是啊,她和那个少年都活了下来,因为她爸爸给他们争取了逃命时间,让他们能跑出去。

后来在医院里,所有人都不让阮昭去看阮平安。

因为他的尸体已经面目全非,被那个人捅了很多刀,血流了一地,却还是死死抱住对方的脚,不让坏人去追阮昭。

此刻,阮昭茫然地望向南漪,突然冷笑了下。

是啊,在经历了那样的事情之后,谁会相信,她单纯地爱上了傅时浔。

"对不起,对不起。"南漪开始哭着道歉,"我不是想要对你这样过分地说话,我就是太担心时浔。我太害怕他再次受到伤害。

"我知道我们家欠你们的,一辈子都还不清。要不是你救了时浔,说不

定我已经彻底失去了这个儿子。所以当时你父亲去世之后,我和时浔父亲是想收养你的。"

南漪似乎也极激动,毕竟当年那场绑架案对她来说,是一场噩梦。

她的儿子回来,整个人如同变了一个人。

办案的民警告诉她,他被关在狗笼子里整整三天。

她根本无法想象,他是怎么死里逃生的。

"本来我们是想把你接到身边,好好抚养你长大,但你爷爷拒绝了我们的提议,他说不想让你一辈子都记得这件事。"

阮昭怔住。

许久,她低声说:"爷爷是这么说的?"

"对,他说只要我们出现,你就永远没办法忘记这件事,他怕你走不出来,怕你会背负害死自己爸爸的念头一辈子。所以他让我们永远都不要出现在你面前。"

似乎是为了验证她这句话,她哭着说道:"甚至连时浔一直追问你的消息,我们都告诉他,根本没有你的存在。不管他怎么生气,我们都没有让他出现在你面前。"

即便傅时浔因为这件事差点儿以为自己疯了,他们也依旧坚守着这个承诺。

他们以为,这就是对阮昭最好的保护。

南漪怎么都没想到,阮昭居然会跟傅时浔在一起。她下意识地以为,阮昭是回来报复的。

报复他们这么多年对她的漠视,对她父亲牺牲的漠视。

"我们并非白眼狼,也没有不把你爸爸的牺牲当一回事。这么多年来,虽然我们从来没出现在你面前,可我知道你读的高中,知道你读的大学,也知道你毕业之后继承了你爷爷的衣钵,成为一名文物修复师。

"连你那个小院……"

南漪意识到自己说漏嘴,立即停了下来。

阮昭扭头看着她,不自觉地呵笑了声,说道:"那个小院,也是你们卖给我的?"

那样一个小院,当时卖给她,不到五百万的价格,比市面上的价格低了一半还要多。

当时阮昭也奇怪,但房产经纪人告诉她,那院子里死过人,卖家又实在着急用钱,才会折价处理。

那笔钱，阮昭一大部分还是从梅敬之那里借的。

她以为这是天上掉下来的馅饼，却不知道这是别人喂给她的大饼。

"这么多年来，你们一直在监视我？"

南漪摇头："没有，我们只是偶尔会打听你的消息，知道你过得很好就行。"

"我修复的那些画呢？有哪些是你们给介绍的生意？"阮昭忽而饶有兴致地问。

南漪抿嘴不语。

不过阮昭相信他们并没有监视自己，大概就是时不时给她介绍点生意、送点钱，保证她衣食无忧的优越生活，要不然他们也不至于连她跟傅时浔纠缠了这么久都不知道。

要是早知道，只怕她和傅时浔也走不到今天。

"傅夫人。"阮昭突然看向她，认真说道，"就像你说的那样，傅时浔他确实什么都不知道，他也不知道我就是当年那个小女孩。如果你不想让他受伤害，今天我们谈论的内容，你最好什么都不要说。"

"你一直瞒着他？"南漪震惊地看着她，下意识道，"你真的爱时浔吗？"

阮昭缓缓站了起来，居高临下地看着她，语气嘲讽："你觉得呢？"

冬日的夜，总是来得很快。

夕阳在天际收起最后一丝余晖，整座城市被黑夜包裹，只是今晚并没有星辰，连月亮都被乌云遮蔽住了。

当阮昭乘车到了阮瑜小区门外时，车子停下的瞬间，有一滴雨落了下来。

她连开车门的力气都没有了。

她茫然地下车，一步步往阮瑜家所在的那栋楼走去。

真的到了楼下，她反而失去了上楼的勇气。

她不敢去，不敢再提起让姑姑也伤心痛苦的事情。

但现在她要去问谁，她要跟谁说，她感觉自己快要爆炸了，疯了。

"阮昭。"不知她在雨里淋了多久后，一道震惊的声音传来。

阮瑜手里拎着超市的购物袋，小区对面就有一家大型超市，她去采购了些东西，回来就看见阮昭站在门口。

"你怎么不上去？"阮瑜直接将人往门厅里拉。

她住的小区是高档住宅区，门厅都装饰得富丽堂皇。一进去，刺眼的灯光照在头顶，阮瑜转头看着阮昭狼狈不堪的模样，又急又怒道："你是三岁小孩吗?还学别人淋雨,哪怕我不在家,你不会给我打电话吗?"

一路将人拉到楼上,阮瑜赶紧去厨房给阮昭冲姜茶,又去自己房间找了干净的衣服。

"先把衣服换了。"阮瑜把衣服扔给阮昭,直接说道。

阮昭却没有接衣服,反而一脸迷茫地望向阮瑜,轻声开口:"姑姑,爷爷怪过我吗?"

这个问题,从爸爸去世的那一刻开始,就埋在了她的心底。

她从来不敢问出口,一次都不敢。

对她而言,爸爸走后,爷爷就是她整片天地、最亲的亲人,她怕爷爷不要她,怕爷爷怪她。

傅时浔母亲的话却让她知道,原来爷爷为了她做了那么多事情。

阮瑜看着她:"你为什么突然问这个?"

"他怪过我吗?"阮昭如同陷入沉思,什么话都听不到,只剩下这一句。

直到阮瑜坚定的声音传来:"没有,一次都没有。"

她走过来,直接握住阮昭的肩膀,厉声道:"阮昭,你给我听好了,你爷爷一次都没有怪过你。"

阮昭抬起眼眸,望着阮瑜。

阮瑜忍不住扬了下头,眼底早已经湿润。她也努力不让自己哭出来,尽量语气轻松道:"我一直都说,这老头偏心得很。从小他就偏心平安,我以为他是喜欢儿子。可是后来有了你和星越,他还是偏心你。"

"儿子没了,他身体一下就垮了,临终前,叮嘱我……"阮瑜泪眼模糊地望着阮昭,哭着说,"要好好照顾昭昭。"

她至今还记得老头干枯的手掌,握住她的手,用尽全身力气说出的这句话。

——要好好照顾昭昭。

临终前,对她这个亲生女儿什么话都没有,反倒只挂念阮昭。

阮瑜不是没怨过,但她也知道,自己什么都有,家庭幸福,丈夫、儿子都陪在身边,父亲是因为放心她,才会什么都没说。

昭昭,是他最牵挂的存在。

就像平安,死也要保护她一样。

阮昭虽然是阮家捡回来的孩子,却也是阮家男人至死都挂念的人。

"阮昭,爷爷最大的心愿就是希望你好好的。"阮瑜几乎是咬着牙说的,"所以你要忘记。

"只有忘记了,你才能往前走,才会幸福。"

昭昭,要忘记啊。

爷爷病重的时候,阮昭在病房里陪他,也曾听到他对自己说过。

为了让她忘记,爷爷谢绝了傅家的所有帮助,拒绝让他们出现在自己的生活里。

"爷爷!"阮昭终于失声痛哭了出来。

哪怕过去了这么多年,她似乎依旧还生活在他们的保护下。

他们到死希望的也不过是她幸福。

"妮妮,她回来了?"傅时浔从外面进来。下午他回家,在停车位上看见阮昭的车,以为她已经在楼上,可回家之后,发现她并不在。

于是他就给她打了个电话,但电话一直没人接。

整个晚上,他不管是发信息也好,打电话也好,一直都没人回应。

后来他给云霓打电话,云霓说她下午开车去他家里之后,就一直没回去。

傅时浔担心得不行,开始给她认识的人打电话,却还是找不到。

最后他只能开车去她可能去的地方找,依旧是一无所获,直到刚才云霓给他打电话,说阮昭自己回来了。

傅时浔立即赶了过来,问道:"她回来说了什么吗?"

云霓摇头:"昭姐姐脸色好难看,好难看,而且表情特别可怕,她回来就直接上楼了。我跟她说话她都没搭理我,我也不敢上去打扰她。"

这一晚上云霓和云樘也担心得不行。

傅时浔安慰云霓:"我上去看看,你先休息吧。"

他慢慢上了楼梯,等进了房间,发现房内灯光都没亮,黑暗中只能隐约看见床上隆起的轮廓,他蹑手蹑脚地过去,脱了外套和大衣。

直到他在她身边躺下去,这才发现阮昭身上冰凉。

他也顾不上其他,伸手将她轻轻抱住,笼在自己的怀里,像是要融化一块冰块。

"我好累。"突然,黑暗中的人低声说道。

傅时浔安慰道:"好,我们就这么安静地躺着。"

许久,似乎感觉到她还没睡,傅时浔又把她抱紧,低声说:"不管发生什么事情,我都会在你身边的。"

黑夜中,他的声音再次响起:"昭昭,我爱你。"

只是这一次,他没有得到任何回应。

第三章

· 他点上长明灯，唯愿她余生喜乐

这几天阮昭情绪一直不太高，虽然没有出现歇斯底里的状态，但就是整个人恹恹的，做什么事情都显得格外安静。

傅时浔很担忧她，想要带她去医院，但被阮昭直接拒绝了。见她不愿意，傅时浔也不能强迫，只能每天陪在她身边。好在学校期末考试结束之后，已经开始放假。

临近阮昭的生日，傅时浔知道之前阮瑜打过电话，让他们一起吃饭庆祝阮昭的生日。之前虽然见过阮昭的两位长辈，但那时候他还没跟阮昭在一起，那次见面并不算是正式的见家长。

"你今天把我叫出来，就是让我陪你一起逛街？"闵其延开车过来，本来以为傅时浔这个恋爱之后就彻底消失的重色轻友的人，是心生愧疚要好好跟自己叙叙。谁知等他到了地方，才知道傅时浔居然是把他喊出来逛街。

傅时浔："过两天我要跟阮昭一起去拜访她的姑姑一家，所以得提前买好见面礼物，她姑姑也是医生，或许你能帮我参考参考她的喜好。"

"不是，不是，你把我叫出来，就是为了让我给你参考？"闵其延无语得想要跳脚。

傅时浔已经直接往前走了，闵其延只能跟上，有些想不通地问道："这种礼物不是应该你跟阮昭一起买？她才最懂她姑姑和姑父喜欢什么吧。"

"她最近有点儿累。"傅时浔淡然道，"这种小事儿，就不要让她再操心了。"

闵其延竖起大拇指："我认识你这么多年，我都不知道你有二十四孝好男友的潜质。"

正好走到一家店门口，傅时浔看了眼，问："女人是不是都很喜欢包？"

闵其延笑了起来："这个你不是应该最懂，毕竟伯母和临西，那可都是买包大户。"

他说的是傅时浔的母亲南漪和弟媳妇叶临西，这两人都是那种家里一整个衣帽间里摆满了包的人。

"走吧。"傅时浔想了下，直接走了进去。

闵其延抬头一看这个"H"开头的品牌店，赶紧跟进去："你该不会是想在这儿买包送给阮昭姑姑吧？"

"不合适？"傅时浔扭头问。

闵其延："也不是不合适，就觉得不愧是你。"

不过傅时浔是第一次来，当他询问有没有适合送给中年女士的礼物时，对方推荐了丝巾、首饰还有各种餐盘。

"有包吗？"傅时浔问道。

销售倒是好脾气，也拿出几款给他挑选，但不是款式不行，就是五颜六色，看得傅时浔直皱眉头。

倒是闵其延趁销售离开去拿货的间隙，说道："这个牌子的套路，你还不了解啊，你之前没在店里买过，没有购物记录，人家怎么可能拿好看的包给你？"

傅时浔虽然对名牌没什么兴趣，但是耳濡目染，自然也知道这个道理。所以他拿出手机，立即拨了个电话，电话很快接通。

他开口："临西，能请你帮个忙吗？"

一个小时之后，店长亲自将打包好了的袋子双手递过来，傅时浔看向身侧的叶临西，轻笑道："谢谢你，临西，还麻烦你亲自跑一趟。"

"哥哥，你就别跟我客气了，下次要是想买什么尽管跟我打招呼，就没有买不到的东西。"

作为各大知名品牌的"VVVIP"，叶临西从来都是品牌的座上宾，新款到店，都是店长亲自打电话给她。

傅时浔微微一笑："如果下次还要麻烦到你，我一定开口。"

叶临西离开之后，闵其延又陪着他买了其他东西，他也知道阮昭有个表弟正在北安大学读书，不由得调侃道："傅教授，学生变小舅子，感觉怎么样？"

"挺好的。"傅时浔不理会他的调笑，淡然点头。

闵其延彻底服了，不过之后，傅时浔还是请他吃了一顿饭，毕竟两人也

许久没聚。

这几天阮昭并未留傅时浔在家里住,所以阮昭生日那天,他掐好了时间,提前去阮昭家里接她。

她之前说过,是晚上去她姑姑家里吃饭。所以下午两点多,他就带上所有礼物开车去了阮昭的小院。

到了院子门口,发现院门敞开,等他走进去,就看见云橙和云霓正在打扫卫生,眼看着就要过年了,家里早就该收拾了。

"妮妮。"他喊了一声,就要上楼。

只见云霓神情古怪地看向他,问道:"傅教授,你没跟昭姐姐一起去吃饭?"

"吃什么饭?"傅时浔下意识反问。

云霓眨了眨眼:"昭姐姐说她中午要去姑姑家里吃饭,她早就走了啊。"

傅时浔怔在原地,竟一时不知道要说什么。

许久,他说:"她跟你说,是中午去姑姑家吃饭吗?"

云霓不明所以地点头,直到旁边的云橙见势不对,立即呵斥:"云霓。"

"傅教授,要不你先上楼等一会儿,说不定昭昭只是忘记了。"

傅时浔抬头看了二楼,工作室的落地窗依旧明净,但是里面拉起了一道厚实的窗帘,将一切都遮挡住,让人无法窥探一丝一毫。

他沉默地站在那里,来的时候有多满心期待,这一刻就有多讽刺。

甚至,他都不知道到底发生了什么事情。

"不用,我先回去了,我会联系她。"

一直到回家,傅时浔都还算冷静,可当他给阮昭打电话、发信息,这才发现电话一直"嘟嘟嘟"响着,那头却永远没有人接通。

而当他把微信翻出来,才发现从好几天之前开始,他们的微信聊天界面就成了他单方面的问候。

不管他发什么,那边都没有回复。

只是他这几天一直去阮昭家里,从而忽略了这件事。

当打完第六个电话之后,他突然停了下来,一个人独自坐在沙发上,安静地等待着。

他知道,自己总能等来答案。

阮昭中午确实是跟阮瑜一家子吃饭的,但他们是在外面吃的,因为吃完之后他们还要去墓地。

自从阮瑜搬到北安，就将阮昌和阮平安两人的墓地迁到了这里。

今天是阮昭的生日，同样也是阮平安的生忌。

以往每年，他们都会来看阮平安，今年自然也不例外。

给阮昭过生日安排在了晚上，所以中午就是简单吃饭，吃完之后，一家人前往墓地。

今天天气还算晴朗，哪怕冬日，阳光依旧晒得人暖洋洋，特别是午后的光线，像是塞满了干燥剂，晒在身上舒适而温暖。

阮昭将手里的花放在墓碑前面后，就跪下来，一点点将上面的照片擦干净。

"爸爸，我们都又长大了一岁。"阮昭看着照片上笑容灿烂的阮平安。

这张照片，还是阮昭十岁时，他跟着一起去拍的。

只是现在她长大了，照片上的人却再也不会老了。

她手指轻轻抚着照片上的人，额头靠过去，声音极低极低："爸爸，我好想你。"

身后的一家三口，看着跪在墓碑前的女孩，谁都没出声打搅。

阮瑜忍不住落下眼泪，韩华斌伸手拍了拍她的后背。

扫墓之后，阮昭跟着一起回到姑姑家里，阮瑜见她神色不太好，就让她先回房间休息。虽然她早已经搬出去，但是阮瑜家里一直有她的房间。

好在晚饭之前，阮昭走出房间，神色看起来恢复了不少。

韩星越一向是家里的活宝，活跃气氛这一块完全就靠他了，这会儿立即插科打诨地问道："姐，我妈不是说你要带人回来吃饭，你带的人呢？"

阮昭原本还在笑，但笑容一下凝在嘴角。

"你也到了该谈恋爱的年纪，不用不好意思。"韩星越撞了下她的肩膀，调侃着说道。

但是自始至终阮昭都没说出那个名字。

反倒是姑父韩华斌看出不对劲，赶紧打发韩星越去厨房里帮忙。

阮瑜无语道："你让他过来捣什么乱。"

"我可以洗菜。"韩星越立即举手。

阮瑜冷笑："我哪敢让你大少爷干活，哪次不是做一点事情就要跟我提各种要求，赶紧躲开。"

"我来帮忙吧。"阮昭站起来。

韩华斌赶紧说："哪能让寿星公干活，我来吧。星越，你之前不是刚买

了套游戏机,拿出来跟姐姐一起玩。"

于是韩星越被打发过来陪阮昭一起玩。

晚上阮瑜特地给阮昭订了蛋糕,关了灯后,蛋糕上的小烟花被点燃,往外喷射着冷烟花,她轻轻闭上眼睛许愿。

可是脑海中却浮现了另外一幅画面。

漫天烟花之下,她和他对立而站。

"我希望你的人生,永远璀璨又热烈,就像这星火一样,没有黑暗,永远长明。"

阮昭睁开眼睛,蛋糕上的冷烟花已经消失,只剩下无边的黑暗。

果然,再璀璨的烟火,也是那样易逝。

阮昭从阮瑜家里出来的时候,街面上一片空寂,每逢过年,在北安打工的很多人都会返回自己的家乡,跟亲人团聚。所以北安很容易变成一座空城。

她的车子往前开,不知不觉就开到了傅时浔家小区门口。

她在门口停了大约有半个小时,最终还是开了进去。

当她站在1701室的门口,并未像往常那样用指纹打开那扇门,而是轻轻按响了门铃。

很快,里面传来脚步声。

当房门打开,她看见长身玉立的男人站在门前。

傅时浔身上穿着一件浅灰色羊绒大衣,里面搭配着白色毛衣,整个人身上的那种冷淡感被这样温柔的颜色和衣服材质驱散。看起来这是他特地选择的,只是为了让自己看起来更加亲近温柔,会让长辈们一眼看了就喜欢。

回家之后,他也没脱下这身衣裳。

两人对望了一眼,彼此都没说话,倒是傅时浔往后退了一步,让出门口的空间让她进去。

阮昭进去后,脱下鞋子,穿上她在家里的那双小兔子拖鞋。那是她第一次来时,傅时浔给她准备的。

抬头看向家里,阮昭突然发现这里跟她第一次来时相比变了好多,电视柜上新添置的两个圆球形花瓶是她买来的。

茶几上摆着她上次没看完的那本书。

玄关的柜子里有好几双她的鞋子,她知道主卧的房间里同样也有她的换洗衣服。

"要喝水吗?"突然,傅时浔转头直勾勾地望向她。

阮昭觉得这句话有些耳熟,想了半天,就想到那天南漪出现时,自己说的话。

或许，两人在一起之后，总会不自觉地向对方靠拢，最后变得越来越像对方。

"不用，我们先坐下吧。"阮昭先坐在旁边的那张单人沙发上，但傅时浔还是去给她倒了杯水，因为家里没有热水了，他又去厨房接了一壶水，烧了热水。

当他把水杯放在她面前时，朝她看了眼。

阮昭今天没有化妆。其实她皮肤冷白，唇色又偏淡，不化妆时整个人会有种隐隐的病弱感，今天这种感觉格外明显。

"我今天去祭拜我爸爸了。"阮昭将杯子端在手里，她的手掌冰凉，热水透着杯壁，给了她温度，只是这温度不足以温暖她的手心。

傅时浔心底微一松，他知道阮昭一直在她父亲的事情上格外敏感。

或许，她这么多天的反常都是因为这个吧。

他心底嘲笑自己，趁着阮昭放下水杯时，伸手去握住她的手掌，低声说道："昭昭，我知道你爸爸一直对你很重要，你应该让我陪你去的。"

阮昭听着这话，抬眸看着他。

餐边柜上的热水壶正好烧到接近沸腾的时候，咕噜咕噜的水声在安静的房间里异常响亮。

她那双永远直白的黑眸就那么沉默而安静地望着他。

傅时浔紧紧握着她的手掌，她的手掌那样冰凉，如同雪山之巅的冰霜，怎么都无法融化，冷得彻骨。

突然，阮昭开口："我是不是没跟你说过，我爸爸是怎么死的？"

不知为何，在听到她这句话的瞬间，傅时浔的心如坠深渊，就那样不停地往下落，仿佛永远到不了尽头一样。

她依旧望着他，只是眼角已染上水光。

"他是被人杀了的，活生生被人用刀，一刀一刀捅死的。"

傅时浔下意识地哀求："昭昭……"

连他都不明白，为什么自己的声音里会有哀求。

阮昭费力地想扯一下嘴角，可是她根本就无法控制表情，她望着傅时浔，那样不舍，她不明白为什么会是他，为什么偏偏是他。

这么多天，她一直都在想这个问题。

她觉得这是老天爷跟她开的一个最不好笑、最恶劣的玩笑。

"只因为我非要不自量力去救一个被绑架的少年。我们逃跑的时候，被绑匪发现，是我爸爸用命拦住他们，给我们争取到了活下去的机会。

"是我害死了他，是我。"

傅时浔就那样直直地望着她，这一刻，他就像个木偶般，茫然、震惊、痛苦、绝望，所有的情绪充斥着脑海，疯了一样搅弄，他甚至连一个不可置信的表情都做不出来。

"原来真的，有人为我而死。"他就那样望着阮昭，喃喃地说道。

这么多年来，他看佛经，学佛法，寻求心里的平静，所求的也不过是，那场噩梦不是真的，希望没有人在那场噩梦里失去什么。

房间里，再次陷入一片死寂。

直到傅时浔抬头，嗓音嘶哑："你是从什么时候知道的？"

"一开始。"阮昭声音平静，连眼角的那点水光都已经消失。

傅时浔似乎不敢相信这句话的真实性，下意识地又问了一遍："从一开始？"

"对，从一开始。"阮昭从这一刻开始仿佛变成了另外一个人，那双眼睛不再有不舍和留念，变成清透而冷漠，"从大昭寺第一次见到你，我就知道你是谁。一开始我只是有些震惊和好奇而已，后来我回到北安，查到你的资料，知道你成了北安大学最年轻的教授。但后来，我好像渐渐没有办法忍受。"

忍受什么？

似乎是看出了傅时浔心底的疑惑，阮昭看着他，伸手将垂在耳畔的长发挽在脑后，声音格外冷硬："我没办法忍受，我爸爸用命换回来的人，怎么可以这么若无其事地活着，凭什么他的人生可以这样风光无限，凭什么他这么多年没有像我这样，日日夜夜生活在痛苦之中。"

"所以，你追求我，和我在一起，是为了让我体会痛苦？"

傅时浔好像明白了阮昭的意思。

她有多痛苦，她就要让他也跟着一起体会，失去一个最爱的人有多痛。

"昭昭，其实你……"傅时浔说到一半，又沉默了下来。

其实她没必要，这么多年来，傅时浔又何曾逃离过那场噩梦呢。刚被救出来，只要家里一关灯，他就会陷入疯狂。

那个阴暗又憋屈的狗笼子，这么多年来如同烙印一般，刻在他的心头。

他好像从未走出来过。

在经历了又一次漫长而难以忍受的安静之后，傅时浔再次艰难地开口：

"你现在告诉我真相,是为了……"

他好像没办法完整地将这句话说出来,似乎一说出口,就再也没了转圜的余地。

哪怕到了这一刻,他心头依旧存着一丝幻想。

从来都冷静自持的傅时浔,居然也会盲目地心存着那样的奢望。

"因为我发现我所做的一切,都完全没有意义。"阮昭看着他,低声说,"傅时浔,其实跟你相处之后,我就知道你从来都没有若无其事地活着,你一直都和我一样,活在那场意外,那个悲剧当中。

"你知道吗?我以前从来不敢问我姑姑,我爷爷到底有没有怪过我,直到前几天她跟我说,我爷爷从来没有因为这件事怪我。他没有把爸爸的死怪在我的身上,所以我又凭什么把我爸爸的死怪在你的身上呢。害死我爸爸的不是你,造成这一切后果的也不是你。

"姑姑说,爷爷最希望我做到的就是忘记,因为只有忘记,我的人生才可以向前走,我才能幸福。"

阮昭认真地看着他,声音极缓却又坚定地说道:"你要忘记,忘记这一切。你的人生应该是璀璨而热烈,没有黑暗,永远长明。"

傅时浔缓缓抬起眼眸,像是祈求般,他低声说:"昭昭,求你。"

"傅时浔,我原谅你了。"

这一句话却没有给傅时浔带来解脱,他直直地望着她,明明自己身处温暖的房间里,却能感觉到窗外夜半突起的刺骨寒风。

阮昭从兜里拿出一样东西,摊在手里,伸向傅时浔。

是那枚古钱币。

"这是之前我帮你修画时要来的报酬,你说过,你会答应我一个要求。"

傅时浔却在这一刻后悔了:"我不答应。"

但在他说话的同时,阮昭说:"我们分手吧。"

窗外一直猛烈拍打着玻璃的风声,仿佛在这一刻停止,耳畔只剩下如鼓振般的声音,他紧握着自己的手掌。

我们分手吧。

"我不答应。"傅时浔依旧强撑着这最后一句,可是他的话却那样苍白空洞。

此刻阮昭看着他的眼神,像看一个胡闹的孩子。她说:"所以我们要怎么再继续在一起呢?

"只有忘记,才能往前走。如果看着彼此,我们能忘记吗?"

昭昭，你要忘记啊。

从她撒谎的那一刻开始，她就彻底截断了自己的退路，让自己再也没有后悔的余地。没有人会允许自己的爱情开始于欺骗。哪怕傅时浔此刻对她有愧疚和留念，但他也有他的骄傲。

在冷静之后，他会接受彼此分手的既定事实。

"傅时浔，我们都忘记吧。"

阮昭走了。

这房子明明以前也只有他一个人住，可是这一刻，却空荡得让他难以忍受。傅时浔从家里出来，直接上了车。

过了十一点，街道上的车子就不多了。

去往山上的路，更是偏僻荒芜，仿佛永远都开不到尽头。

傅时浔的车子停在归宁寺的停车场，他一步步走到寺庙门口，叩响寺门。

"傅施主，您来了。"在门打开后，寺里的僧人看见是他，温和一笑。

傅时浔缓缓回礼，进了寺门。只是那僧人有些奇怪，因为傅家与归宁寺渊源颇深，因此之前傅时浔说过，想要夜晚拜访归宁寺，方丈也是同意的。只是他说，还会携一人一同前来。

怎如今，只剩下他一人了。

"傅施主，已经按照您之前说的准备好了。"僧人上前，告诉他。

傅时浔微微点头，一步步走向他熟悉的佛殿。当他推开殿门时，千盏长明灯将整个佛殿照得透亮，随着开门带进来的冷风拂过，长明灯的灯芯轻轻摇晃。

他跪在蒲团上，四周的火焰将他包围在中间。

冥冥之中，如同响起梵音。

突然，他脑海中响起一句话。

今夜山川河流，只亮我的长明灯，只照我的心上人。

此刻，满殿长明灯亮，却唯独不见他的心上人。

当他抬头望向面前的这尊佛像，耳畔响起十二点归宁寺的钟声。傅时浔闭上眼睛的那一瞬，一滴泪从眼角滑落至蒲团上。

他的昭昭，自出生起，便承受命运之不公，如今他只求命运能善待他的女孩。

他点上长明灯，唯愿她余生喜乐。

农历大年三十,是全世界中国人最重要的一天,这天象征着团圆,一家人团聚在一起,吃着最丰盛的年夜饭,等待着这一年的结束,以及新的一年到来。

厨房里噼里啪啦一顿乱响,云樘实在受不了跑过来。

"两位祖宗,我都说了,这顿年夜饭我在做,就不劳烦你们二位的大驾了。"云樘看着厨房里的狼藉,忍不住哀求道。

阮昭举起勺子:"我正准备炸肉丸子,云霓在捣乱。"

"哥,肉丸子是我弄的,昭姐姐她只是想拿勺子把它们从锅里捞出来,抢走我的菜。"云霓无语道。

阮昭微微一笑:"什么你的我的,跟我还这么生分。"

云霓一向最听她的话,这次却毫不退让,说:"可是我们不是说好了,大家各自做一道菜,比比谁的手艺最好。"

说到做菜,阮昭那可真的就是没话可说了。

她虽然打小在镇子上长大,却十指不沾阳春水,什么事儿都是爷爷和爸爸做的,有时候爷爷忙没空吃饭,干脆就给钱让他们去外面吃。

后来她学修复,保护这双手跟保护宝贝似的,哪儿哪儿都不能碰,更别说下厨。

只是之前经历了被人从山上推下来,又被玻璃瓶碎片插进手臂之后,阮昭才发现,不管她怎么小心,意外总是会不期而至,倒不如坦然点,接受人生的这些意外。

从傅时浔家里回来的第二天开始,她就直接将手套摘掉。

手背上犹如蚯蚓般丑陋明显的伤疤,如今她早已不在意了。

董姐离开家之前,其实已经买好了各种食材放在冰箱里,再加上云樘会厨艺,所以阮昭拒绝了阮瑜的邀请,留在家里陪他们两人过除夕。

等到明天大年初一的时候,她再带着云樘和云霓一起去姑姑家拜年。

云樘他们在老家早没了亲人,所以过年他们从来不回去,三人反倒更像是一家人。

或许云樘在做饭这件事上还真有那么点天赋。一大清早就起床忙碌,到了中午的时候,一大桌的菜被摆在桌上,着实像模像样。

在最后一道菜端上来时,云樘招呼她们坐下,云霓立即拦住他们:"别动,别动,先让我拍一张照片。"

阮昭和云樘只能站在她旁边,等着她左拍右拍。

等到云樘实在不耐烦:"没完没了是吧,你再拍下去,菜都凉了。"

"好了,好了,我多拍两张把照片传给你们,现在朋友圈谁不晒年夜饭啊。"云霓听着哥哥训斥她,微微嘟着嘴巴。

阮昭正要拿筷子时,手机响了两下。

是云霓把照片发给了自己。

她随手打开微信,一眼就看见了置顶的那个微信头像。那天之后,他们就再也没联系过彼此,原本她还没有什么实感,直到此刻看见他的微信。

原来,她真的和这个人分手了。

阮昭从来都不是悲春伤秋的性格,她抬手点进去,对话框打开后,又点了右上角,一连串点下来,终于出现了资料设置界面。

底下猩红的"删除"两个字,在整个界面上异常显眼。

她停顿了一秒,点击删除,再次跳出来一个界面。

——将联系人"傅时浔"删除,将同时删除与该联系人的聊天记录。

这次她没再犹豫,直接按了删除。

她将手机覆在桌子上,没再去看,默默拿起筷子。云霓正在看朋友圈,果然新年大家都很闲哦,这么一会儿的工夫,她朋友圈已经有十几个点赞了。

"好了,别玩手机,赶紧吃饭。"云橙叮嘱道。

倒是云霓突然说:"哇,傅教授居然也给我点赞了。"

云橙朝阮昭看了一眼,就见阮昭默默地在夹菜,云霓笑嘻嘻继续捧着手机,"呀"的一声惊呼道:"傅教授居然给我发红包了,还祝我新年快乐。"

云霓看向阮昭,求救似的问:"昭姐姐,我可以收吗?"

毕竟她都这么大了,不太好意思收人家的红包呀。

阮昭:"随你自己。"

云霓朝阮昭看了一眼,这才后知后觉地发现,阮昭的反应实在太冷淡。她微抿着嘴:"那算了,我都这么大了,还是不收了。不过昭姐姐,傅教授是不是好几天没来了,明天我们去逛庙会,要不把他一起叫上吧?"

这几年的大年初一,他们都会一起去逛北安庙会。朝天街那一块,每年大年初一都会特别热闹,这是他们的固定节目。

阮昭听完这句话,才抬头缓缓看向她:"我跟傅时浔已经分手了,如果你想要叫他,你可以跟他一起去逛。"

咣当!

云霓手里握着的手机因为惊吓,直接掉在了桌子上,继而又翻滚到了地上。

云橙皱着眉头,这会儿想训斥云霓都没办法。

云霓是真要被吓哭了，憋着眼泪："昭姐姐，对不起，我真的不知道。"

阮昭这几天表现得太过正常，完全不是分手之后该有的状态。她每天跟他们在一起，在家里打扫卫生，给大门贴上对子，甚至今天还开心地一块做午饭。

傅时浔虽然确实好几天没露面，可包括云樘都以为，他只是回家去了。毕竟过年期间，大家都会回家跟自己的家人待在一起。说不定等过完年，他不忙了，自然就会过来。

"好了，今天是除夕，不许哭鼻子，先吃饭吧。"阮昭夹了一个肉丸子到云霓的碗里，温和地安慰道。

这一顿饭云霓再也没敢多说一个字，全程安静得像只小鹌鹑。

傅家大宅。

因为弟弟傅锦衡两口子中午没在家里，所以一家人的年夜饭就定在了晚上。傅时浔下楼时，家里的小孩子正在蹿来蹿去。

院子里不时响起噼里啪啦的鞭炮声，虽然还没吃过晚饭，但是按捺不住的小朋友先放起了鞭炮。

傅时浔穿着一件深蓝色毛衣，整个人显得格外冷淡。

他往沙发上面一坐，原本闹闹腾腾的小孩都安静了下来。

谁都知道家里的这位大舅舅是学校里的教授，小孩子们最怕的就是他问起自己的学习成绩，因而没人敢靠近他。

客厅里的电视机正放着，正好是新闻台，都是各行各业给全国人民发出的新春祝贺。

终于等阿姨们做好了饭，客厅摆着大圆桌，足够坐上十几个人，还给小朋友单独开了一桌。

餐桌上，自然少不了各种祝福和问候，当然一开始的重点还是傅锦衡两口子，毕竟他们已经结婚，话题难免会聊到他们身上。

傅家老太太从国外休养回来之后，最想要的就是含饴弄孙，因此，自然就开始催促他们两个人尽早生孩子。

好在傅锦衡一口就将责任揽在了自己身上，说是因为他工作忙碌，暂时还不想生孩子。

至于这桌上，傅家那位大龄男青年，虽然大家都有心问，但谁也不敢起这个头。

吃过晚饭之后，众人留在客厅里聊天，倒是没刚才吃饭时那么吵闹，因

为小孩子全都跑到外面院子里放烟花去了。

也不知是谁起了个头,又把饭桌上的话题提了起来。

果然,不管是什么身份,到了过年的时候,都逃不开亲戚们的催生。

这次叶临西忍不住看向旁边安静坐着的傅时浔,轻笑着说道:"你们怎么不问哥哥,说不定哥哥已经有情况了呢。"

倒也不是叶临西多嘴,而是之前她亲自帮傅时浔买的礼物。对方就跟她直说过,是要见女朋友家长,给女方长辈买的礼物。

当时叶临西可是很认真负责地给他参考了一番,既然已经到了见家长的程度,以她对傅时浔的了解,这就是奔着结婚去的程度了。

她拉傅时浔挡一下,也不算很过分吧。

果然,几位长辈纷纷看向傅时浔。有位堂姑姑开口问道:"时浔,你有女朋友了?"

这话一出,一旁的南漪不由得紧张地看向傅时浔。

往年她最担心的就是傅时浔的个人问题,可是今年她却一句都没有催。

电视上正好播放到一个搞笑的小品节目,看着台下观众笑得人仰马翻,傅时浔黑眸从容安静,他朝这位堂姑看了一眼,低声说:"我们分手了。"

啊?

整个客厅陷入一片安静,只余下电视里不断传来的声音。

直到许久,有位长辈笑了下,安慰道:"分手也没什么,你这么优秀,肯定是对方的损失。堂堂北安大学的教授,还愁找不到女朋友。"

傅时浔原本窝在沙发上坐着,一副完全隔绝众人的姿态,可听到这句话时,他缓缓坐直身体,腰背的脊骨挺得笔直。

当他抬头看过来时,在客厅巨大水晶吊灯照耀下,那张线条流畅干净格外英俊的脸突然变得异常冰冷:"我们分手,只有一个原因。

"是我配不上她。

"抱歉,失陪了。"

显然,傅时浔没什么心情再待下去,在众人的面面相觑之下直接上了楼。

等他的身影彻底消失在楼梯上,大家仿佛才敢喘气。

只有南漪望着楼梯,心如同刀绞般。

傅时浔坐在房间里的小沙发里,外面依旧很热闹,他房间的阳台正好对着院子,鞭炮声、小孩子的欢声笑语,都无法填补这满室的孤独与寂寥。

很快,房门被敲响。

傅时浔原本没打算搭理，但是很快，门外响起叶临西的声音。

她歉意地说道："哥哥，对不起，我真不是故意的。"

叶临西以为傅时浔已经跟女朋友到了见家长的地步，才会随口那么一提，谁能想到，这才几天的时间，两人居然就分手了。

这次傅时浔站起来，走过去开了门。

门口的叶临西见他出来，再次道歉："对不起，哥哥，真的对不起。"

"不是你的问题。"傅时浔倒是没怪过她，"我还要谢谢你那天帮我挑的礼物。"

叶临西也不知道那些礼物他有没有送出去，但也不敢多问，只能又跟他说了一声"新年快乐"，就赶紧离开了。

傅时浔重新坐回沙发里，这次连灯都暗了下去，只有花园里的路灯照在阳台上的微弱光芒，一束余晖落在他的眉眼间，尽显掩不住的孤寂和疲倦。

也不知过了多久，新年的鞭炮声响起，这是傅家这么多年来的守岁习惯。

零点的钟声，都会跟着鞭炮声一起到来。

傅时浔拿出手机，忍不住打开微信，点开置顶那个熟悉的头像，他按下语音键，低声说道："昭昭，新年快乐。"

可是当他的消息发出时，下一秒，红色感叹号出现在消息的最前端。

系统提醒，对方已不是他的好友。

他低头看着屏幕，黑暗中，他嘴角突然微微勾起，露出惨淡笑意。

他的小姑娘，好像从来都是这样果决又坚定的性格。

她要往前走了。

她真的不打算要他了。

零点的钟声响起时，电视里节目主持人向全中国人民喜庆洋溢地拜着年，云霓看了一眼二楼。今晚阮昭没跟他们一起看春晚，早早地就回去了。

"妮妮，你去看一下。"云樘突然说道。

云霓似乎就等着这话，立即上了二楼，只是当她推开阮昭房间的门时，就被扑鼻的酒味刺激得捂住了鼻子。

"昭姐姐。"云霓在房间里找了一圈，都没找到阮昭。

直到她进了衣帽间，看着窝在衣帽间角落里的阮昭。阮昭的面前摆着一只酒瓶，整个人窝成一团。

云霓伸手去按灯，可是在灯光亮起的那一刻，一个嘶哑绝望的声音说："别开灯。"

云霓被这个声音吓了一跳，赶紧关掉灯。

等她意识到这个嘶哑的声音是阮昭发出来时，她走过去蹲在阮昭前面。

她好害怕，带着哭腔问道："昭姐姐，你怎么了？"

"妮妮，你会离开我吗？"突然阮昭抬手，将她抱在怀中。

云霓反手将她紧紧抱住，摇头道："不会，只要你不撵我走，我会永远在你身边，我一辈子都会陪着你的。还有哥哥，我们三个人会一直在一起，我们就是彼此的家人。"

房间里压抑至极的哭声，如同小兽的呜咽，那样绝望而痛苦。

房间外，云樨安静地站在门口，听着里面的哭声。

这一夜，万家灯火团圆，却有人陷入了无边的孤寂绝望中。

半夜，阮昭迷迷糊糊地醒来，她下意识地伸手去摸床边。却什么都没有摸到，只剩下被子覆在上面的余温。

她突然想起那一晚，傅时浔也是在这里，紧紧地抱着她，低声在她耳畔说了那句话，她缓缓凑了过去，仿佛是要靠近一个不存在的怀抱。

这次她不再是背对着的姿势。

黑夜中，她的声音响起。

"傅时浔，我也爱你。"

电视台的一楼大厅正在举办新一季度的节目发布会。

这次发布会不仅邀请了上节目的明星固定嘉宾，也邀请了几十家媒体，还有一小部分允许入场的粉丝。

整个发布会现场不时传来尖叫、掌声还有各种相机闪光灯的快门声。几家合作的直播平台也正在进行直播。

站在舞台最中央的主持人微笑着说道："接下来有请《你好，文物》的顾问嘉宾，傅时浔教授。"

随后一个白色身影缓缓走上舞台，冷淡地朝镜头瞥了一眼。

"傅教授，您是鸣鹿山考古项目的领队，适逢我们节目即将播出，您有什么想对观众朋友说的？"

傅时浔站在舞台上，两侧强烈的光线照在他身上，晃得他眼前发白，看不清舞台下面的情况，但他表情依旧沉稳淡然，声线清冷道："《你好，文物》节目，是国内第一档聚焦考古、文物修复的综艺节目。考古一向被认为是小众的、远离社会、远离群众的一门学科，但我相信随着节目的播出，大家会发现考古并不无聊和枯燥。作为考古人，我希望有更多的人能通过节目了解考古是什么,以及考古能给社会带来什么。"

这个年纪的男人早已经褪去青涩,走向成熟稳重。他眉眼间的锋利和冷淡,即便冷如寒冰,也依旧吸引着现场和屏幕前的无数少女尖叫。

"从现在开始,制片人就是我爸爸,居然能请到这位教授。"

"傅教授,请白衬衫半永久吧。"

"大学教授现在都这么内卷了?这个颜值,我可以。"

"呜呜呜,我现在考北安大学来得及吗?"

别说现场和屏幕前的少女尖叫,就连电视台制作部门此刻正在看直播的各位女制片、女编导,一个个都围着电脑尖叫。

"就这颜值,不比娱乐圈那些流量明星好看呀。"

"直播间的人气已经几百万了,现在热搜也上了。对了,咱们之前买的那个推广热搜是这个吗?"

"不是吧,这个是傅时浔的单人热搜,咱们没买过。"

"我们买的是节目名称的热搜,这不就在第五位呢。"

"所以傅时浔这个单人热搜,完全是靠自己的热度上去的吧。"

节目组的幕后工作人员本来都在办公室里安静待着,结果发布会的热度还是让他们有些惊到。众人议论纷纷,都觉得惊讶不已。

"我说筱宁,你这次真的是立大功了,我听说傅教授是看你的面子才会来参加节目的。"有个跟顾筱宁关系不错的编剧伸手拍了拍她的肩膀。

旁边一个男编导也笑道:"筱宁,平时数你声音最大,怎么今天反而没动静了?"

"就是,你放心,这功劳是你的,我们谁也抢不走。"

顾筱宁握着手里的笔,安静地看着面前的电脑。

上面的画面正是发布会直播。

傅时浔此刻说完话,将舞台重新交给了主持人,但即便镜头的聚焦点已经不在他身上,可他站在画面里就会让人不自觉把视线望过去。

这男人浑身都透着一股贵气。

冷淡深邃的轮廓,透着清正,身上没有一丝现实世界的世俗,是那种在书香墨海里染出来的清贵,演不可能演出来的。

"筱宁,你到底怎么请到傅教授的?"

一直没说话的顾筱宁呵呵一笑,扔下几个字:"刷脸啊。"

只是这话引来众人的一阵嘲笑。

唯独顾筱宁依旧盯着屏幕,她确实没说大话,自己是靠刷脸才请到傅

时浔。

只不过她刷的不是自己的脸罢了。

而是那个已经离开一年多，完全不知去向的人。

阮昭是在去年春节之后离开的，她跟顾筱宁说有个工作，需要她离开北安。当时顾筱宁还没当回事，问她什么时候回来。

阮昭只回答了她三个字：说不准。

果真是说不准。

在阮昭离开之后，顾筱宁给她发微信也好，打电话也罢，都没人回复。

后来她才从云霓那里得知，阮昭跟傅时浔分手了。

就连云霓他们都联系不上阮昭。他们都知道，或许阮昭需要时间去平复心底的难过。

所以之后，顾筱宁就安静等待着，她相信，她认识的那个阮昭从来不是一味逃离的人，她会回来的。

一定会回来的。

今年三月份的时候，台里准备的这个节目总制片让他们找能够担任节目顾问的嘉宾。毕竟这种考古类的节目得有专业人士提供专业知识，要不然拍出来全都是漏洞的话，还不如不拍，到时候观众肯定也会骂个不停。

近水楼台先得月，节目组第一个想到的自然就是北安大学考古系的教授，而因为一场直播红了的傅时浔，成了节目组的第一人选。

但不管是总制片还是台里的领导出面，得到的回复都是，他只想安心做学术，并不打算上什么节目。

其实国内大学教授上综艺并不在少数，毕竟钱多事儿少，这算是个美差。

关键是傅时浔并不是缺钱的主，也没有成名的念头，综艺节目这种资源对他而言，连鸡肋都不是。

说来也是巧，那天顾筱宁跟制片人一块去参加一个活动。正好北安大学的好几位考古教授都在，傅时浔也正好在其中。

本来顾筱宁想装不认识，偏偏傅时浔主动跟她打了招呼，后来制片就单独问她，跟傅时浔是什么关系，让她去劝说对方参加节目。

顾筱宁虽然不知道傅时浔跟阮昭分手的原因，可是这种事情，女生自然会站自己闺蜜这边。况且阮昭还因为这件事消失了足足一年，可见情伤之深。

她对傅时浔肯定是不冷不淡，更不想觍着脸去邀请他。

不过让顾筱宁没想到的是，反而是傅时浔见她一脸沮丧的模样，主动问道:"是不是那个制片人让你来说服我?"

"没事,反正你连电视台领导都拒绝了,不用给我这个小编导面子。"

顾筱宁挺无所谓的,本来傅时浔就拽到谁的面子都不给,拒绝她也很正常吧。

谁知他朝自己看了一眼,冷淡道:"谁说我不会给你面子?"

顾筱宁怔怔地看向他,就听他又低声开口:"在我这里,你比其他人都要有面子。"

这次,哪怕顾筱宁再迟钝,都听出了他的潜台词。

——只因为她是阮昭的朋友。

后来傅时浔果然来参加节目了,他是作为节目组的嘉宾专家,虽然前两期拍摄已经完成了,但是在拍摄过程中,顾筱宁跟傅时浔倒也没怎么接触。

特别是有几次,顾筱宁察觉到傅时浔看向自己欲言又止的表情,她就赶紧溜号跑路。她生怕傅时浔跟自己问起关于阮昭的事情。

又过了半个小时,发布会接近尾声。

傅时浔也早已经在后台,他因为没什么别的事,便跟制片人道别,准备离开。

总制片人赶紧说道:"傅教授,要不咱们今晚一起吃个饭,这次实在是谢谢您能参加我们节目。"

热搜的事情早已经有人告诉了总制片。

这节目还没播出,热度先上来了,任谁心底都要喜开了花。

傅时浔没什么情绪地说:"不用,您太客气了。我今晚也约了别人。"

这么明显的推托之意,总制片哪能听不懂。不过他还是说道:"还请您稍等一会儿,待会儿发布会结束,媒体那边可能还需要补拍几张照片。"

虽然傅时浔不喜欢,但他既然已经答应参加节目,就不会不配合。他点头道:"好,我失陪一下,去个洗手间。"

说完,他起身前往洗手间。

等从洗手间出来,他正好路过另外一个演播厅前面,就看见前面一个长发披肩的年轻女人,穿着改良国风长袍,走廊上的穿堂风微微掀起她衣袂的一角。

阮昭。

傅时浔下意识追上去,或许是听到身后的脚步声,对方转头往后看。

两人四目相对,傅时浔已经抬起要伸过去的手掌颓然落下。

不是她。

对面的漂亮女孩有些惊讶地望向他，见他的气质长相，不由得心生好感，道："有事儿吗？"

"抱歉。"傅时浔淡然说。

女孩是来电视台参加海选的一个素人，见他转身离开，忍不住喊道："你是不是想要跟我说什么？"

傅时浔微垂眼睑，刚才眼睛里乍然亮起的眸光再次熄灭，沉默了几秒。

"没有。"

他甚至都没说出自己认错了人。

当他往回走时，七月明亮炙热的阳光从窗外洒进走廊里，玻璃窗外，一个戴着墨镜的姑娘与他擦肩而过。

顾筱宁办公桌上的电话响起，她接通之后，居然是快递打过来的。

"闪送吗？"顾筱宁皱起眉头，忍不住问，"是什么东西啊？"

快递员也说不清楚，只是让她下来拿，并且要签字。

因为电视台里经常会有明星出入，所以快递一般只让送到大厅一楼，自己得下去亲自签收，顾筱宁也没多想，直接下楼。

到了楼下，她很快就看见穿着黄色外卖服的人。

"好沉啊。"顾筱宁走过去，接过东西，手上一沉，忍不住嘀咕了句，等她低头看着上面，问旁边的快递员，"你知不知道这是谁寄给我的？"

"我寄的。"

身后突然响起一个清润冷静的声音。

顾筱宁下意识地往后看，就见宽阔明亮的大堂里，那个戴着墨镜的高挑姑娘，她穿着一条黑色吊带连体裤，锁骨纤细立体，胸口白皙，虽然那个巴掌大的小脸被墨镜遮挡了大半，但整个人有种又甜又酷的拽劲儿。

"阮昭，你这个狗东西。"顾筱宁尖叫一声。

惹得本来路过正在偷看阮昭的男人吓掉了手里的东西。

顾筱宁也不顾形象，手里的东西直接扔在地上，扑上去抱住阮昭。

阮昭微笑着将她抱住。

顾筱宁趴在阮昭的肩膀上，恨恨问道："你什么时候回来的？"

"今天，刚下飞机。"阮昭如实说道。

顾筱宁松开她，震惊地说道："所以你是一回来就来找我了？"

阮昭幽幽一叹气："我怕我再不来找你，会失去我唯一的朋友。"

顾筱宁一听这话，瞬间老脸一红。

某个她喝醉酒之后的夜里,她拿出手机,大概给阮昭发了七八九十条这样的威胁语音,其中一条就说,阮昭要是再不回来,就要失去自己这个唯一的朋友。

"我喝醉酒胡说八道的。"顾筱宁也是个见面怂的货。

顾筱宁正要跟她说话,突然想起此时正在电视台的傅时浔,她立即说:"要不,我们去旁边的咖啡店慢慢聊。"

阮昭说:"好啊。"

可顾筱宁刚拉着她要走,手机响了起来,是办公室的同事,问她一个方案的事。

顾筱宁无语道:"我现在有事儿,能不能待会儿?"

"那不行啊,是老大紧急要的,你赶紧回来吧,要不然待会儿老大发现你翘班,到时候又是一顿批。"

最近他们换了个新领导,整个人变态到不行。顾筱宁无语到极点,只能说道:"等我,我马上过来。"

"要不你先忙,我去咖啡店那边等你。"阮昭也听到她打电话的内容,立即说道。

只能如此了,顾筱宁弯腰捡起地上的箱子,叮嘱道:"你先过去,给我点一杯美式咖啡,我待会儿就来找你。"

到了电梯口,顾筱宁看着阮昭转身出了门,这才松了一口气。

这间咖啡店依旧生意兴隆,又因为新出的甜品爆红,店员忙个不停。

阮昭正要往吧台走去,突然旁边来了个人,一手拎着五六个打包袋,一手正在打电话,这一看就是附近大楼里的职场人。

对方似乎没注意到阮昭,直直地撞了过来。

阮昭往后一让,但是那人手里的其中一个纸质环保袋突然断裂,两杯滚烫的咖啡冲着她就翻了过来。

"小心。"身后一道声音响起,对方手掌牢牢抓着她的手臂,帮她往后拉了几步,但泼在地上的咖啡不可避免地溅到了她的阔脚裤。

对面的人慌忙道歉:"对不起,对不起。"

"谢谢。"阮昭没顾得上她,先是转头跟身后的人道了声谢。

大概对方本来也是极绅士的人,拉开她之后就立刻松开了手,掌心那股温热已从她手臂上消失。

可在她这一声谢谢之后,男人突然停住了。

傅时浔本已要走，可这一道清冷的声音生生让他的脚步陷在原地。

他倏地转过头，看了过来。

四目相对。

阮昭也是在这一刻才看清楚眼前的人，只是一瞬间，她的心脏像是被一只巨大的手紧紧地攥紧，感觉连呼吸都要停止了。

傅时浔的黑眸本是清冷，可这一刻，那双深邃乌黑的眼睛情绪浓烈，眼底翻涌着毫不掩饰的侵占性，仿佛下一秒就要将她生吞活剥。

阮昭下意识地往后退了一步。

可男人瞬间抓紧她的手臂，将她整个人拉进怀里，紧紧抱住。

"昭昭，别走。"

时间真的可以治愈一切吗？

阮昭离开这座城市的时候，是带着这个疑问离开的，当她重新回到这座城市，她以为自己已经做好坦然面对的准备。

对于与傅时浔重逢的场景，其实她在脑海中不是没预想过。

或许两人会在某个不经意的时刻，抬头看到彼此。装作不在意地擦肩，抑或是自然又坦荡地跟对方打个招呼，像许久未见的老朋友那样，把所有的难过、悲伤、痛苦都留在过去。

可在这一刻，阮昭还没理清自己的心情，她却已经清楚了傅时浔的心意。

他从来没有忘记。

他滚烫灼热的气息将她紧紧包围着，那股熟悉的清洌冷松味在她四周弥漫着，一点点绷紧她脆弱的神经。

咖啡店的其他人本来因为这边小小的骚乱都看了过来，却看见那个过分英俊的男人抱着眼前的漂亮女人。

他的手臂勒得极紧，像是抱着失而复得的宝物。

阮昭是在愣住半分钟有余后，才伸手将眼前的人推开。

她不着痕迹地拉开两人之间的距离，低声说："傅教授，好久不见。"

傅时浔抬眸笔直地看向阮昭，以前她也总会喊自己傅教授，只是声音里带着娇俏调侃，仿佛随时都要撩拨他一番。

如今，这三个字充斥着冷淡和疏离。

"你什么时候回来的？"傅时浔低声问道。

阮昭想了下，淡淡道："回来有段时间了。"

她又跟他撒谎了，其实连她自己都没想到，回来的第一天就会遇见他。

余下，两人有些沉默。

倒是身后那个咖啡纸袋断掉的人终于清理掉地上的污渍，走过来说："小姐，你的裤子和鞋子上都溅了很多咖啡。"

阮昭低头一看："没关系，黑裤子看不出来。"

傅时浔这才注意到她的穿着，黑色吊带连体裤，裤子是那种有些宽松的，显得垂坠又舒适。腰间两侧有着镂空小设计，露出一小截细腻又纤细的腰肢，有种纤纤细腰不盈一握的感觉。

她这样的打扮，是傅时浔极少见到的。

对方还是不好意思，说着："要不我给你转个洗衣费吧，真的实在不好意思。"

"真没事。"阮昭确实没在意。

她裤子确实是黑色的，但是白色鞋背上却有明显的咖啡渍。

在阮昭明确表示不需要任何赔偿后，对方又一次道歉完，这才重新回去买了两杯咖啡。

对方走后，就又只剩下他们两个人。

阮昭有些无奈，正想着找个什么借口离开，就听傅时浔问道："你想喝什么？"

"嗯？"阮昭因为正在发呆，下意识地回了声。

傅时浔黑眸直勾勾地盯着她，正在阮昭准备拒绝的时候，他突然说："请你喝一杯东西应该没什么吧，还是说你现在还是很介意？"

哦吼。

狗男人连激将法都学会了。

阮昭知道他是故意这么说的，无非就是在激自己，她不是说都忘记，彼此往前看的，他这么做显得自己多么坦荡，要是阮昭不答应的话，岂不就是还对以前的事情耿耿于怀。

可惜阮昭确实还是那个阮昭。

面对不容易过去的局面时，她的选择永远都是正面迎接。

"两杯美式。"阮昭说道。

等他们到吧台点单的时候，傅时浔跟店员要了两杯美式咖啡，过了一会儿，两杯美式咖啡做好。

傅时浔伸手要去拿其中一杯时，阮昭从旁边直接将两杯都拿走。

傅时浔转头看向她，阮昭淡然道："哦，忘了跟你说了，我的两杯美式，一杯是我自己的，一杯是给顾筱宁的。"

叮咚!

咖啡店门口挂着的风铃声响起。

顾筱宁推门进来,一眼就看见站在吧台边的两人,阮昭拿着两杯咖啡,傅时浔站在她对面,两人望向彼此,如同在对峙。

这是什么前任重逢的修罗场!

傅时浔垂眸,看着咖啡,低声道:"你以前从来不喝咖啡的。"

这是阮昭一直以来保持的习惯,拒绝酒精、咖啡因,因为她怕这些能使人成瘾的东西会损伤她的神经系统,从而让她染上手抖的问题。

毕竟酒精和咖啡因成瘾者,都有手抖的毛病。

虽然摄入少量的咖啡并不会产生这样的问题,但阮昭从来对自己的手看得比天还要重,所以她只喝清水,连奶茶这样的东西都一滴不沾。

"人都会变的。"阮昭举起手里的咖啡,冲着他扬了扬,"谢了。"

此时,傅时浔这才注意到她没有戴着手套,手背上清晰又触目的伤疤,刺痛着他的眼睛。

阮昭转头,正好看见站在门口的顾筱宁:"筱宁来了,我先走了。"说完,她头也不回地走向顾筱宁。

傅时浔站在原地,望着她离开的背影。

虽然只有短短十几分钟,可是她的改变肉眼可见,她不再戴手套,不再拒绝咖啡。

她真的如她所说的那样,头也不回地往前走了。

只是唯独,将他留在了原地。

一直走到离咖啡馆很远的地方,顾筱宁还是大气不敢喘的模样。

阮昭将手里的咖啡递给她,忍不住道:"你这是什么表情?"

"怕被你秋后算账的表情。"顾筱宁确实是心虚的,要不然刚才她也不会特地把阮昭支开,无非就是怕他们两人直接撞上。

可是千算万算,她还是没想到这两人就真的撞上了。

大概,这就是所谓剪不断理还乱的缘分吧。

阮昭淡淡开口:"说说吧,你究竟做了什么对不起我的事情。"

正好这边有条休闲长椅,供行人坐的。她直接坐下,端着咖啡喝了一口。

顾筱宁慢慢蹭到她身边,小声说:"那你保证,绝对不生我的气。"

"嗯,我保证。"

顾筱宁这才将傅时浔参加他们节目的消息如实告诉了阮昭。她说:"我知道傅教授是看在你的面子上才会来参加我们的节目,但我真的什么都没跟他说,而且你这一年多也不跟我联系,我想说也没什么可说的。"

阮昭又喝了一口,对面有地面钢琴,就是踩上去会发出声音的那种。

一对年轻父母正带着他们的孩子在玩,小孩子体重太轻,压根踩不出声音。最后是爸爸抱着小朋友,来回踩出悦耳的声音。

"昭昭。"顾筱宁见她出神,忍不住喊道。

阮昭回过神,眼神在一丝茫然后重新恢复清明:"哦,没事儿,反正是他自己愿意的,你不用觉得对不起我。"

顾筱宁总算如释重负道:"这件事我一直都没敢跟你说,就是怕你会有意见。毕竟他是你前男友,我还请他上节目。"

而且还是刷了阮昭人情的那种。

不过阮昭似乎不欲多提,反而问:"你这一年来怎么样?"

顾筱宁这会儿总算想起正事儿,她伸手拍了下阮昭的肩膀,抱怨道:"我说你怎么回事,一消失就消失这么久。你走了之后,我才知道你经历了什么。你到底拿没拿我当最好的姐妹啊。"

她说着话,声音就带上了哽咽,眼看着就要掉眼泪了。

阮昭有些怕了的表情,说道:"我就是怕你这个泪失禁的体质,我要是走的时候跟你说我分手了,吃着饭你就能给我表演一个号啕大哭吧。"

"好了,我这不是回来了。"阮昭伸手拍了拍她的后背。

顾筱宁还是很好奇:"你这一年到底去哪儿了?你当时是一个人走的吗?"

阮昭:"不是,是跟梅敬之一起。"

顾筱宁愣住,她当然知道这个梅敬之,因为他是阮昭为数不多的朋友之一,但顾筱宁对他的印象就是,一个看似玩世不恭却又十分有手段的厉害富三代。

"你们现在……"顾筱宁微微蹙着眉头。

她也弄不清楚梅敬之对阮昭究竟是什么心意,但是男女之间不可能存在着纯粹的友情。

阮昭呵笑了下:"他要开拓南江市场,我不是跟你说过,我是南江人。"

南江九塘。

她被遗弃的地方,长大的地方,失去父亲的地方,也是最后摧毁了她爱情的地方。

可是兜兜转转，她这一年半待着的地方，居然还是南江。

一年前。

新年过后，很快就到了元宵，大概是因为离朝天街很近，这一天外面都吵吵嚷嚷，但阮昭家的小院安静得可怕，整个院子如同陷入一片死寂。

阮昭这几天一直没怎么出房门，有时候坐在工作室里看书，但大部分时间就是发呆。

梅敬之到的时候，就看见她窝在椅子上，腿上盖着一张驼色毛毯，一张本就冷白的脸此刻有种病弱至极的惨白感。

"喝酒了？"当他走到阮昭的身边，鼻尖微嗅。

阮昭懒懒地朝他看了眼，倒是给了反应："你怎么来了？"

随后他蹲在阮昭的面前，将她的手掌拉了过来，微仰着头看向她："阮昭，这可不像你。"

"什么才是像我？"阮昭垂着眼睫，整个人如同陷进椅子里。

梅敬之懒懒一笑："悲春伤秋、借酒消愁、一蹶不振，要我再说几点吗？"

阮昭沉默。

"昭昭，我早就说过，爱情这种东西从来都是虚无的，你非不听我的，看看，现在撞得头破血流了吧。"梅敬之语气也不是挖苦，但这种平静不带任何情绪的口吻，反而最诛心。他将阮昭的手指一根根地掰开，"你得抓住能切切实实握在手里的东西。"

阮昭朝他冷冷看着。

梅敬之："我始终觉得《墨竹图》注定是属于你的，就应该是由你来修复。"

"你现在不当修复师了？"顾筱宁震惊地看着她。

阮昭轻笑说："也不是不当修复师，是没什么时间去做修复，太忙了。"

就在刚才，她们聊到彼此的近况时，阮昭告诉她，自己现在在嘉实拍卖工作，是中国书画部门下面的古书画小组的组长。

嘉实拍卖下面有几个大分类，中国书画部、瓷器工艺部、油画部、珠宝部，而几大部门下面还分为不同的小组。

"这岂不是太可惜了。"顾筱宁惋惜道，"你可是最好的修复师啊。"

阮昭轻笑："我还是继续做跟古董有关的行业，倒也不是完全把自己的老本行丢掉。"

"为什么呀？"顾筱宁不解地问道。

阮昭沉默了下："以前我是靠别人才一步步走到那个位置，我不想再欠他们的。"

其实，阮昭后来知道她修复的很多书画里，有不少都是傅家的手笔。傅家在北安的地位举重若轻，他们认识的大收藏家定然不在少数。

之前阮昭修复的价格并不便宜，却还是有客人络绎不绝地上门。

她不知道之后傅家还会不会插手，既然无法分辨这些客户的真实目的，干脆就彻底舍弃。

况且爷爷其实也一直不同意她做修复师，他觉得修复师太累。是阮昭一心一意想要继承他的衣钵。

顾筱宁又有点想哭，说："什么靠别人啊，我又不是没看过你怎么做修复的，你看看你为了当修复师，付出了多少呀。你连咖啡都不喝一口……"

可刚说完，顾筱宁猛地低头，盯着阮昭手里端着的咖啡杯。

咖啡。

阮昭居然开始喝咖啡了。

"以前我总想要拼命地努力，为了保护自己的手，不管寒冬酷暑都要戴着手套，不喝一口咖啡和酒，连奶茶这种带了'茶'字的东西也一滴不沾，可你不也看到了，我的手它变成这样了。"

她抬了抬手，手背上的那道疤狰狞到刺眼。

"现在我终于明白，得之我幸，失之我命这个道理。"

阮昭将咖啡杯凑到嘴边，释然一笑："既然怎么都抓不住，倒不如一切随缘。"

阮昭吃完饭回家，到小区门口时才发现自己没有门禁卡。

于是她打了个电话，没一会儿一个身影出现在门口，她扑过来的时候，阮昭无奈道："今天在机场不是已经抱过了。"

"那我不管，我就要抱，就要抱你，抱得你永远都跑不了。"云霓搂着她的腰，撒娇着说道。

阮昭摇摇头，无奈地跟着云霓一起进了楼道，这个房子买好之后，她还是第一次回来住。

"到家了。"云霓拉着阮昭进来时笑着说道。

当时买房子，阮昭并不在北安，所以买房子的事情全程都是云樘打理的。

新家是复式楼，上下两层，云樘的房间在一楼，云霓和阮昭的房间在二楼。

她在新家逛了一圈，点头称赞道："不错，房子挺新的。"

因为他们当时想要买复式的，又买得急，所以买的是人家的二手房，好在云樘后来又重新装修了一遍。

"昭姐姐，你的房间本来我说我来装修，结果我哥非不让。"云霓嘟嘴，她重新上学之后，学的就是室内设计。

她跟顾筱宁在外面吃过了，所以三人说了会儿话，云樘就让阮昭早点去休息。

阮昭在房间里洗完澡，她的房间依旧是家里的主卧，自带洗手间那种。

躺在床上时，闻着周围陌生的味道，她怎么都睡不着，直到脑海中出现那道身影。

她猛地一摇头，驱散脑海里的念头，逼迫自己立即睡觉。

回到这座城市，这样的重逢早晚都可能会发生，只是她没想到，北安这么大，两人第一天就会遇上。

阮昭回来之前，公司给了她几天休假，只是休假的时间一晃而过。

等她去公司报到时，没想到接手的一个项目不是收购拍品联系收藏家，也不是什么拍卖会的事情，而是公司目前正在跟北安博物馆合作的一个公益项目。

"这种事情轮到我们部门吗？"阮昭有些不理解，将助理叫进了办公室。

助理是整个小组里的行政人员，她小声说："组长，这件事情是上任组长留下来的，大家都等着你过来接手呢。"

后来阮昭就明白了，她是空降人员。

原本之前的组长离开后，组里几个老员工都觉得自己的机会来了。谁知上头直接通知，来了个空降兵，还如此年轻，这谁服气啊。

阮昭倒也没纠缠这个项目到底该谁接手，既然到她这儿了，她就做好，于是说："现在进行到哪一步了？"

助理小声说："那位负责人就挺难搞的。"

阮昭明白了，这是要应酬。

"你去安排一下饭局，把项目的其他几位一并请上吧，毕竟是我们这边换人了。"

餐厅订好了，嘉实确实是大公司，连应酬标准都挺高的。

阮昭因为算是主人，所以带着助理提前到了地方。

两人在包厢等着，没一会儿陆陆续续来了人，都是这个项目的负责人，不单单是博物馆的，还有博物馆发展基金会的负责人。

这次是由北安博物馆和嘉实拍卖联袂推出的一次中国古代艺术展。

阮昭看了一眼，说道："是不是还有一位北安大学的考古教授没到？"

因为这次艺术展有涉及竹简的部分，还会有专门的讲座，所以邀请了这位教授，她也提前看过了这位教授的名字，不是那个人。

说话间，包厢的门被推开，一道修长高挺的身影走了进来。

傅时浔穿着白衬衫和黑色长裤，整个人跟在座的中年男人比起来，清爽又利落，黑色短发将他轮廓修饰得更加立体深邃，嘴角微抿，显得整个人格外冷淡。

他这人气质太好，哪怕不笑时，都有种朗润如玉感。

"傅教授。"

"哟，居然是傅教授。"

在座的人倒是全都认识傅时浔，纷纷打起招呼。

毕竟这个圈子不算大，大家或多或少都认识，况且傅时浔的知名度不低，这几天他才刚上了热搜。

阮昭面无表情地看着他一步步向自己走来。

"今天秦教授有点儿事情，无法前来，所以我替他过来一趟。"男人眼睛沉沉地看着她，那双眸漆黑又发亮，"你不会介意吧？"

阮昭轻笑了声："当然不会，只是傅教授，你很闲吗？"

这一句话语气平淡，但有点儿冲。

"很忙。"傅时浔声音平静，不紧不慢道，"但来这里的时间，必须有。"

这一句话就表明了他的心迹。

他就是冲着阮昭来的。

第四章

· 昭昭，我们重新在一起吧

众人到齐之后，阮昭环视一圈，轻笑道："诸位老师好，我叫阮昭，是目前嘉实承担此次艺术展的新负责人。"

在场的人都算这次艺术展的合作方，之前跟前任负责人也都见过。虽然知道嘉实公司换了新负责人，但谁也没想到新负责人如此年轻，还如此漂亮出众。

"诸位老师，我知道这次北安博物馆中国古书画五十年艺术展，我们嘉实突然更换负责人，让大家很意外。我谨在此，向各位领导遇到的不便，表示深深的歉意。"

傅时浔单手搭在桌上，手指轻扣着桌面，背靠着椅背，衬衫的第一粒纽扣没扣着，微敞着领口，露出一小截脖颈。

阮昭说话时，他偏头看着，嘴角微抿，看似冷淡，眼底却带着浓烈的欲望。

傅时浔在与阮昭重逢的第一天，就知道她变了很多。但没想到，她变化如此大。

以前她从来不喜欢这样的应酬场合，由于工作性质的问题，应酬基本也跟她无关。可没想到不过一年半而已，她在这样的饭局上居然如此长袖善舞，说出来的话八面玲珑，让人挑不出一丝毛病。可见她一向都聪明，之前不是不会，只是不想。如今她入了职场，倒真的成了另外一副模样。

饭局上，大家难免会推杯换盏，说完这番话之后，阮昭便让助理出去，叫服务员上酒。可坐在一旁的傅时浔看过来，淡声道："还是不要饮酒了。"

阮昭转头看向他，傅时浔缓缓解释说："我们学校最近正在倡导廉政，我作为教授，理应带头。"

好正当又无懈可击的理由。

阮昭差点儿要被他气死,你来饭局不喝酒,你来个屁。

本来她是想这顿酒喝完之后,尽快把艺术展的事情处理好,毕竟还有两三个月,就到了嘉实一年一度最为重要的秋拍会。

书画部门下面的几个小组,个个摩拳擦掌,势要将今年的拍王纳入囊中。阮昭作为空降人员,本来就不受人待见,这种时候也不用客气,大家凭本事说话。

"傅教授说得对,咱们都是文化圈的,以茶代酒,喝茶比喝酒要更符合我们的身份。"

"就是,其实现在一提到饭局,我就有点儿头疼,生怕喝酒。"

"谁还不是呢,我这'三高'的老毛病啊,我老婆天天念叨死了。"

平常嗜酒如命的人,居然今天集体给了傅时浔面子。

不过说得也是,在座不少都是博物馆或者基金会的负责人,这两年三令五申禁止饭局聚餐豪饮,虽然这是私底下的请客,但大家也不敢肆无忌惮。

阮昭听着他们你一言我一语,最后深吸一口气,微微笑道:"好啊,既然大家都是这样的意见,不如我就让他们上茶。"

好在当时阮昭让助理选地点的时候,助理心血来潮,选了一家古色古香的店。听说他们这边要茶,经理当即表示,他们店里还有专门表演泡茶的人。助理一听,赶紧让他们去准备。

很快,包厢对面的屏风前,一个穿着旗袍的姑娘安静地坐着,一双素手优雅地表演着茶道冲泡之法。

不得不说,这样的表演很是取悦在场的这些中年男人。毕竟人到中年有三宝,菊花、枸杞、大红枣。

中年男人普遍爱喝茶,这会儿有美女、有好茶,整个饭局的气氛倒也没有冷场。

中途,阮昭出去上了个洗手间,虽然包厢就有,但她就是单纯出来透透气。

她弯腰将手细细地洗了一遍,等擦干净后,从镜子里面看见身后的男人慵懒地倚在墙边,修长利落的身形被走道上的灯光打在墙壁上,拉得极长。

阮昭面无表情地收回视线,直接往回走,傅时浔自然是来找她的,嗓音清清浅浅地喊道:"昭昭。"

她还是没停下脚步,但是男人已经直接越到她身前,挡住她的去处。

阮昭抬头,提醒:"傅教授,容我提醒你一句,我们现在没那么熟悉。"

傅时浔轻轻挑眉。

"你可以叫我阮昭,或者阮小姐。"

她这是在提醒他,"昭昭"这两个字,他已经不配叫了。

傅时浔并未跟她纠缠称呼的问题,而是直接问道:"你为什么会进嘉实?为什么不继续做修复师?"

今天下午,学校组织一次会议,会议结束之后,几位老教授在闲聊。正好那位秦教授无奈说,他之前担任嘉宾的那个艺术展,不知什么原因换了个负责人,今天非要请吃饭。

考古系的教授们基本都是那种一心钻研学术,不喜欢这些饭局应酬的人。有时候外面的媒体活动,他们也都是能推就推,这次也是因为这场艺术展是公益性质的,这个讲座的目的就是给不了解中国古代竹简文化的普通市民科普中国辉煌而悠久的文化。

"小姑娘嘛,年纪轻轻就当了负责人,说话倒也是客客气气的。"秦教授无奈道,"我也没办法拒绝。"

不知为何,当时听到这话的傅时浔就记在了心头。

等众人散去之后,他询问秦教授这位新负责人的名字,对方说:"姓……姓阮,对,电话里头她跟我说,她姓阮。"

这个艺术展傅时浔之前也听过,是嘉实跟北安博物馆合作的项目。当时他们第一个来找的,就是他,但被傅时浔拒绝了。

傅时浔笑了下,轻声问道:"教授,如果您不介意的话,我可以代您去出席这个饭局吗?"

秦教授扶了扶自己的眼镜:"时浔,你这是醉翁之意不在酒啊。"

"还是逃不过您的慧眼如炬。"

秦教授似乎没打算轻易放过他,老教授也难得有了雅兴,追问道:"说说看,什么目的。"

"追人。"

这下秦教授一下明白了,敢情是这个嘉实新上任的负责人小姑娘啊。秦教授笑了起来:"去吧,去吧,回头要是结婚了,可得给我两份喜糖。"

"您到时候必是座上宾。"傅时浔微微一颔首。

他确实是冲着阮昭来的,不仅是因为想要见她,还有很多疑惑需要解答。

阮昭神色从容,甚至是满不在乎:"傅教授,我跟你说过,人不会一成不变的。修复对我而言,或许曾经是我喜欢的,但是随着时间的流逝,喜欢也是可以改变的。"

重逢的那天，她就跟自己说过，人都会变的。

现在阮昭用自己的变化清楚地告诉傅时浔，她不只是说说而已。

"我只是不希望你放弃一直以来努力的事情。"

阮昭在修复上多么有天赋，傅时浔看在眼底，可是如今，她却放弃修复师的身份，进入拍卖行工作。

他不知道这样的改变是好还是坏，可傅时浔知道，如果不是因为那场变故，她不会这么改变。

阮昭似乎不想再纠缠这件事，她轻笑道："这一年多来，我已经差不多习惯了这样的工作，所以你没必要把这件事揽在自己身上。这是我的选择，跟任何人都无关。"

她太了解傅时浔了，哪怕只是看着他的表情，都清楚对方心底的想法。

她从他身边越过，离开。

穿堂风在她耳畔拂过，胸口剧烈跃动的心脏一刻都不停歇。

她不敢再在他身边待下去，因为生怕下一秒他会听到自己那躁动不已的心跳声。

或许是他们分开的时候太过惨烈，彼此都痛得鲜血淋漓，这样的痛里带着无尽的爱。人的感情不是一个开关，不是说一句分手就能停止对彼此的爱意。

她爱他，那样热烈且赤诚，就连当初说完分手后，阮昭都不知道自己该怎么停止爱他。

从来勇往直前、不退不避的阮昭，可耻地选择了逃避，这是她人生中第一次后退。

饭局是在十点多结束的，阮昭跟助理将几位老师送上车。没开车的人，她让餐厅叫了车，开了车的，她让助理付了代驾的费用。虽然今晚没喝酒，但是这么晚了，也省得他们开车回去疲倦。这种安排，又让其他几人对阮昭称赞不已。

美人总是能得到优待，特别是这种会做事的美人。

饭局一开始，这些人还对阮昭有所怀疑，但是饭局结束后，他们倒是个个开始称赞阮昭的妥帖细致。

以前是接触文物，阮昭从来不缺乏耐心。如今换成接触人，她只需要拿出十分之一的耐心，便足以让所有人对她刮目相看。

将其他人送走之后，只剩下傅时浔还没离开。

助理贴心地问道:"傅教授,您开车了吗?我们可以帮您叫代驾。"

"不用,你们住哪儿?"傅时浔反而这么问道。

助理惊讶地微微张嘴,心想难不成他还要送她们回去?

但她刚这么想,傅时浔又开口道:"我送你们回去。"

"看来傅教授不需要我们叫车,那就不需要帮他叫代驾了。"阮昭冷淡说道,这才看向助理,"你自己叫车回去,保留单据,之后找财务报销。"

助理是个女生,一般来说,女生对于男女之间的纠葛都很敏感。她好几次瞄见这位傅教授总是盯着阮组长看,两人之间肯定有过什么。至于她为什么会发现傅时浔盯着阮昭看,无非就是因为她也盯着傅时浔看了一晚。

虽然之前在网上看过这位傅教授的视频,但真人真的比视频上还要帅。

"阮组长,我先回去了。"助理当然不会傻到继续当电灯泡,赶紧拿出手机约车。

这个点网约车还是挺多的,车子在门口停下,助理上车后,站在车外的阮昭看了眼车子,说道:"你把车辆信息发给我,到家之后记得给我发个信息。"

助理比了个"OK"的手势:"组长,你也早点回家休息吧。"

这回就剩下阮昭和傅时浔,他直接道:"我去开车,你等我一下。"

"不好意思,我已经叫车了。"阮昭扬了扬手里的手机。

傅时浔站在原地,阮昭却转身走向路边。

没一会儿,阮昭叫的网约车到了,她上车之后刚闭目养神,突然司机说:"小姐,后面那辆车是不是跟着你呢?"

"什么?"阮昭睁开眼睛,往后看了眼。

司机:"就那辆黑色的车,你看看。"

阮昭此时已经认出,那确实是傅时浔的车,本以为自己冷漠的态度会让他后退,毕竟他这样的男人冷淡又骄矜,从来只有别人追着他跑的份儿,他应该不会低声下气地追着别人。

之前虽然说是追阮昭,可两人都清楚,那不过是成年男女之间你来我往的推拉,彼时的她满心欢喜地等待他的追求。况且当初她为了不给自己留退路,故意将她的追求说得那么处心积虑,还是带着报复目的,无非就是想断了彼此的念想,让他彻底对自己失望。

"小姐,要真是跟踪你的,你要不要报警?"司机也挺担心的,网约车出了那么多起事故,他也怕担责任。

阮昭无所谓道:"没事,他想跟尽管让他跟好了。"

司机还是劝说道:"小姐,你可别不放在心上,虽然我们国家治安好,但还是有很多坏人的,特别是你还长得这么漂亮。"他从后视镜里看了一眼,心底感慨,确实是漂亮。这是他载过的乘客里最漂亮的一个,漂亮到让人眼前一亮的那种程度。

阮昭谢过司机的好意,没再说话。

到了小区门口,车子渐渐停下。

身后的那辆黑车也慢慢停在了路边。

傅时浔抬头看了一眼这个小区,原来她现在住这里。

之前他们分手后,傅时浔也想着或许放她离开是最好的结果,毕竟不是谁都能接受跟害死自己父亲的人在一起。

阮昭或许说得有道理,他得放她走。

可那段时间,傅时浔整个人经历了前所未有的失魂落魄。反复煎熬之后,他还是没忍住,开车去了她家附近。

一开始他只敢开着车在街道周围绕行,后来是停在街对面,再然后离那条巷子越来越近。

但他一次也没看见阮昭出现,就连云霓兄妹都只碰见过一次。

直到有一天,他看见一辆卡车停在巷子口。大概是巷子太窄,卡车开不进去,搬家工人陆陆续续从巷子里面搬了东西出来。

原本傅时浔并未在意,毕竟那条巷子里并非只住了阮昭一家。直到他看见阮昭工作室的那把躺椅,他才意识到,这些人搬的就是阮昭家里的东西。

他下车过去,走到门口,看见小院大门敞着,工人在院子里进进出出。他拦住其中一个人:"请问住在这里的人呢?"

"搬家了啊,早就搬得差不多了,就剩下这么点东西。"对方理所当然道。

傅时浔站在小院里,看着四周依旧熟悉的场景,心底第一次升起了无力和茫然。

从他们分手开始,她就显示出了决绝又果断的姿态,离开得那样洒脱。才短短半个月,人去楼空。为了躲他,她连这么喜欢的小院都卖掉了。

傅时浔听阮昭说过,这间小院就是她最后的港湾,是最让她安心的地方,哪怕在外面受了再大的委屈,只要回到小院里,她总能开心。

因为这里有她在乎的人。

现在,她什么都不要了。

傅时浔就那样安静地站在院子里,如同一尊雕像,直到身后有个人说:"先生,我们东西都搬好了,得锁门了。"

他已经不记得自己那天是怎么从小院里走出去的。

如今他坐在车里，看着前面那辆车在小区门口停下，很快那道纤细的身影从车里下来，往小区门口走去。

只是阮昭也没想到，在小区门口还能遇到碰瓷的。

一个喝得醉醺醺的男人撞了她一下后，居然还扯着嗓子让她别走。本来阮昭懒得搭理这种酒鬼，但是对方反而不依不饶了起来。

就在对方蛮横地过来扯她的手臂时，一个强势的力道直接将阮昭拉了过去。

傅时浔将阮昭挡在身后，冷眼望着对方："是要我报警吗？"

"报警我怕你啊，她撞我。"醉鬼指着自己，疯狂大喊。

好在有个人很快从旁边赶来，许是醉鬼的朋友，见他正在闹事，赶紧道歉："不好意思，不好意思，我朋友喝多了。"

"喝多了不是问题，打扰别人就是问题。"傅时浔冷眼望着对方。

好在这人还算讲道理，一阵道歉，将那个醉鬼带走了。

阮昭本来没想让他帮忙，可这会儿人家既然帮忙了，还是客气道："谢谢了。"

"你不用跟我这么客气。"傅时浔低声说。

阮昭微微沉默。

倒是傅时浔扬了扬下巴："进去吧，这么晚了，早点回去休息。"

"你也是。"阮昭干巴巴地扔下这句话，就转身往里走。

可她刚走了两步，身后再次响起声音，傅时浔咬字极轻地喊："昭昭。"

这个带着气音的声线，让阮昭忍不住紧紧握住垂在腿边的手掌，那样用力，仿佛生怕下一秒自己会忍不住回头去看他。

傅时浔就站在她身后，目光灼热地望着，似过了许久，他声音低哑："谢谢你回来。"

我好想你。

一直都很想你。

阮昭回到家里，直接倒在自己卧室的小沙发上，长腿支在沙发边缘，额头两侧的太阳穴突突直跳，一刻都缓和不下来。

头顶射灯刺着眼睛，阮昭抬手，以手背覆在眼皮上。

傅时浔刚才说的话还回荡在她脑海中，哪怕她再努力驱赶，依旧如扎根般循环。

她猛地翻身坐起来，洗衣服、洗澡、吹头发、护肤，一项项安排下来，时间已经临近十二点。

阮昭从洗手间走出来时，放在沙发上的手机正嗡嗡响着。

她拿过来一看，是顾筱宁来电。

她边上床边接听电话："喂。"

"我给你发了十条微信，都没回我。"顾筱宁微有不爽地说道，"你该不会又给我跑路了吧。"

顾筱宁算是怕了阮昭，生怕她又来一次不告而别。

阮昭躺在床头，找了个舒服的姿势，轻笑说："不至于，怎么了？"

"明天不是周六嘛，我们去逛街吃饭啊，你回来之后，我们都没好好聚呢。"

听她这么说，阮昭才意识到明天是周末。她这几天刚接手公司的事情，正在熟悉的过程中，忙得不可开交，所以根本没注意一转眼就到周末了。

"好呀，你想吃什么？"阮昭一口答应，"这次我请客。"

顾筱宁："贵的。"

"西餐还是日料？"

顾筱宁"哦"地捧住心，戏精上身："我的昭，除了我爹妈之外，你就是这个世界上对我最好的人。"

阮昭："就去你之前想去的那家日料吧，之前也没机会请你。"

顾筱宁这下扭捏起来了："不好吧，那家人均两千以上呢。"

"有什么不好的？"

顾筱宁："又不是逢年过节，也不是什么重要日子，让你请这么贵的。"

也不知是哪根筋没搭对，阮昭说："之前不是说好了，谁脱单谁就请一顿大餐，我之前不是欠你一顿。"

"啊？你脱单了，什么时候？"

阮昭："这家需要提前预约，有两种套餐选择。"

顾筱宁："该不会现在你有男朋友了吧？"

阮昭："这个点也没办法预约，我明天早上起来试试吧。"

阮昭："你想吃哪种套餐？"

两人在各自的频道上说话，终于还是顾筱宁忍不住了，连声说："嗳、嗳，这位仙女请你不要转移话题，正面回答我。"

阮昭："现在没男朋友，虽然已经分手了，但之前不是脱单过，这顿饭是我早就欠你的。"

顾筱宁有些被尬住,半晌底气不足地说:"其实我不吃也没什么的。"

——阮昭分手本来就够痛苦了,自己还要再让她破费,这还是好姐妹好闺蜜吗?

"是我想吃了。"阮昭轻笑一声。

大概是提到好吃的,哪怕还没吃到也让人很快乐,以至于顾筱宁也像脑子突然断线了一样,问道:"你之前遇到傅教授,之后你们两个怎么样了?"

"什么怎么样?"

顾筱宁:"我觉得你们两个分手应该是有什么误会吧,要不你好好跟傅教授说开了,肯定能找到解决的办法。"

虽然顾筱宁对傅时浔不是特别了解,但她一直觉得这个男人很正,不是表面装出来的正,是骨子里就有的那种清正。他跟阮昭分手,应该不是什么出轨触及底线的狗血事情。她一直觉得他们两人太般配了,分手的话也太可惜,如果还有机会能够解开彼此间的误会,阮昭也不会这么痛苦。

一直没开口询问过他们分手原因的顾筱宁,此刻终于问道:"你们当时为什么分手?"

"想知道?"阮昭问道。

顾筱宁"嗯嗯"应声。

"明天吃饭的时候再告诉你。"

这下让电话那头的顾筱宁"嗷嗷"大叫起来,连声喊:"你这是存心想让我睡不着觉是吧。"

第二天,阮昭预约了餐厅,两人约好在商场见面。这家日料店开在商场的顶楼,正好还可以在楼下逛街。

三点多的时候,阮昭在商场里等到顾筱宁,她一过来就各种说不好意思,路上堵车,她又在地下停车场找了半天停车位。

女人进了商场,如同进了自己的家。

"我真的好久没买衣服了,今年夏装一件都没有买。"顾筱宁一边抱怨一边疯狂试衣,她见阮昭光看不试,还劝道,"你也试几件啊,我要有你这身材,一周七天,一年三百六十五天,天天不重样秀我的身材。"

阮昭正坐在沙发上翻阅店里的杂志,这话不仅逗笑了她,也逗笑了周围的店员。

正在帮顾筱宁挑衣服的店员说道:"美女,你也太谦虚了,你的身材也不差。"

一圈逛下来，顾筱宁一口气买了三套，还顺便入手了一款新出的墨镜，戴在脸上美得不行，恨不得在商场里都戴着。

"女人啊，还是要对自己好点。"她望着镜子里美美的自己，忍不住感慨。

顾筱宁跟阮昭不一样，她家境优越，父亲是音乐学院的教授，母亲之前也在电视台工作，只不过现在退休了。她虽然现在不跟父母一起住，但住的房子是父母在她上大学的时候送的一套全款房。如今她在电视台的工作薪资也还可以，而且不用承担什么房贷车贷，工资养活她自己一个人就可以，她平时花钱也挺大手大脚的。

故而阮昭听到这话，不由得发笑："你对自己还不够好吗？"

阮昭预约的晚餐时间是六点半，她们到店里时正好是这个时间，店员直接将她们带到预订的位置。

她们的位置就在窗边，这家日料餐厅在三十六楼。

窗外的夜景一览无余，放眼望去，一大片橘色灯光将整座城市铺亮。

两人聊了会儿，顾筱宁没忍住把话题往傅时浔身上扯了过去，她撑着下巴："昭昭，上次遇到傅教授之后，他有主动跟你联系吗？"

"昨天才见了面。"阮昭挺坦然地说道。

顾筱宁本来刚端起面前的茶想要喝一口，这下不得了，险些喷出来。她伸手拿了张纸巾擦擦嘴，急不可耐地问："昨天？你们在哪儿见面的？"

阮昭将昨天她请客吃饭，傅时浔过来的事情简单说了遍。

顾筱宁一拍桌子："我就说，你们两个这是吵不散的缘分吧，你看你第一天回北安就撞上他了，昨天又这么巧合地遇上，连老天爷都在帮你们牵红线呢。"

阮昭慢悠悠说："不是巧合，他知道这个饭局是我请的。"

顾筱宁恨不得现在就让他们复合："那不更说明傅教授对你旧情难忘。"

这不由得又让顾筱宁疑惑一件事，那就是当初他们为什么会分手。

"昭昭，你们当初为什么会分手啊，而且我看你的样子好像对傅教授也不是完全没感觉，你想想你和傅教授的相遇是多么幸运的一件事。明明你们都是北安的人，可是却一直没遇见，反而是在三千里外的西藏遇到了彼此。"

至今顾筱宁还记得阮昭当初说的那句话，有个人跨越三千里，从北安来到这里，这种缘分是老天爷要拿红线将他们绑在一起的程度。

后来，阮昭成功跟傅时浔在一起，连顾筱宁都相信这世界是有这样的爱情的。

"你这么多年来一直没谈恋爱，小就是在等一个你喜欢的人。现在这个人就在那里,我真的想不出有什么理由让你放弃他。"顾筱宁认真地看着她,"我跟你说这些,不是想帮傅教授说好话,我和他没有任何关系,我只是不想让你痛苦,不想看见你不快乐。

"昭昭,我希望你幸福。"

女孩子的友谊大概就是这样真诚而炙热,她们之所以会絮絮叨叨,不是因为想要八卦或者多管闲事,是认真地希望自己的朋友能够幸福。

阮昭微微一笑,许久,低声说道:"筱宁,我好像都没跟你说过我的身世吧。"

顾筱宁微怔,其实这么多年来,阮昭确实没怎么提过她家里的事情,偶尔提到也就是说起她姑姑或者表弟。

高中的时候,有个男人来给她开家长会,一开始顾筱宁以为那就是阮昭的爸爸,后来才发现那是她姑父。

她好像从未提过自己的父母。

"我是个弃婴,一出生就被丢弃,是我后来的爸爸把我捡回去的。"阮昭说起来挺平静的。

结果对面的顾筱宁眼睛一下就红了,速度之快,连她自己都没想到。

顾筱宁赶紧伸手去拿纸巾,一边擦眼泪一边说:"你继续说,别管我,我就是这么没出息。"

"我一直是我爸爸和爷爷养大的,结果后来我十三岁那年,遇到一个男孩被绑架,我就救了他,但我爸爸为了救我们,被绑匪杀害了。"

顾筱宁愣愣地看着她。

接下来的话,阮昭不用说,顾筱宁也猜到了。

她发现当年被救的那个少年,就是傅时浔。

顾筱宁一直在哭,以至于正好过来上菜的服务员都于心不忍地看着她。

"好了,有这么好吃的东西,就先别哭了。"阮昭又给她递了一张纸巾。

顾筱宁抽泣着问:"你什么时候知道这件事的?"

阮昭:"我们分手的前几天,其实分手之前,我一直在考虑这个问题。傅时浔是受害人,我也是,我应该为了这件事跟他分手吗?"

她舀了一勺面前的食物,只可惜,她现在吃什么都有点食不知味。

"其实是我不敢。"阮昭平静地说着。

顾筱宁茫然地看过来,不太明白地说:"你不敢什么啊?你可是阮昭,拽姐阮昭。"

阮昭知道自己从来不是个有所畏惧的人,相反,她曾经就是因为太过无

·106·

惧，才会被人诟病。她以为自己是天生如此，对什么都可以不管不顾，可这件事却让她明白，原来她阮昭也有不敢的事情。

在扎寺的惊鸿一瞥，男人那双剔透又冷淡的眼眸隔着窗棂看过来时，那种怦然心动的感觉，阮昭觉得这辈子不会再有第二次。

她不会再遇到第二个傅时浔了。

阮昭低头摆弄着面前的筷子："我从小就跟我爸爸相依为命，他一手把我带大，对我而言，他就是全世界。他因为那场变故去世之后，我一直很自责，无数次责备自己，甚至几次想要做傻事。这是我的逆鳞，是我人生中最不能揭开的伤疤。"

虽然她现在说得平静，可是之前遇到那个老家的同学，对方背后说阮平安，阮昭就发了疯一样想要弄死对方。

她太在意了。

"我怕的是，有一天我会迁怒于他，把我爸爸的死彻底怪在他的身上。可是明明也不是他的错，他不该承受这样的责难，哪怕是来自我的。"

之前他们爱意正浓，阮昭明白自己或许还能忍耐。万一真的有那一天呢，到时候傅时浔该怎么办，她该怎么办？

因为太爱他，怕自己最后会伤害到他，毕竟这根刺不会轻易地消失，它会时时刻刻在他们中间，一条人命的代价太重，谁都无法承受。

当时除了分手，阮昭好像想不到更好的办法。

这顿饭本该很开心，结果阮昭的坦白反而让顾筱宁整顿饭都哭个不停。以至于最后吃完饭之后，顾筱宁顶着一双核桃眼拉着阮昭不让走："我今晚回去肯定睡不着，要不我们去酒吧玩一会儿吧。"

因为以前阮昭从来不喝酒，也不喜欢那种闹腾的场合，顾筱宁还从来没和她一起去过酒吧，正好刚才顾筱宁手机微信里有人约她一块去酒吧。

阮昭依旧摇头："我想早点回去休息。"

"我们这会儿正是大好年华，难不成你还要等到七老八十再去广场上蹦迪吗？"顾筱宁这次是打定主意了，坚决不放人。

最后阮昭只能跟她一起前往。

酒吧叫"重启"，在著名的酒吧一条街。她们到门口时，看见门口五彩斑斓的楼梯，每一层台阶的前面都贴着语录。

跟一般酒吧那种昏暗的场景不一样，这间酒吧门口是那种落日余晖的感觉。昏黄的灯光渲染出一种微妙的气氛。

顾筱宁的朋友早已经到了，是她之前认识的造型师，跟他们电视台有过几次合作。

对方一头短发，是剃得极短的那种，耳朵上挂着五六颗耳钉，一看见顾筱宁，先伸手抱住她："宝贝，你总算来了，可是有阵子没见过你了。"

"忙啊，我跟你不一样，我就一'社畜'。"顾筱宁笑道。

"梁旭。"顾筱宁拉着阮昭坐下了，立即给阮昭介绍。

梁旭一双眼睛紧紧盯着阮昭，简直是看直了眼睛。

顾筱宁故意没吱声，直到梁旭迫不及待地抵了抵她的手臂，她才说道："阮昭，我姐妹，最铁的那个。"

"哦，这就是那个你一直念叨，从来没带出来过的大美人。"梁旭一下反应过来。

顾筱宁抬抬下巴，得意地问："怎么样？"

梁旭冲着她竖起大拇指："之前以为你吹牛，现在发现是我失敬了。"

梁旭："大美人，我真的一直听筱宁说起你，现在才见到，真的太可惜了。"他对阮昭极感兴趣的样子，一双眼睛就没挪开过。

惹得顾筱宁都忍不住拿手去戳他眼睛："别看了，小心我昭误会。"

但她刚说完，就凑到阮昭面前，以一个谁都听得到的声音说："昭昭，你放心，他就是职业使然，喜欢看漂亮女生罢了。"

玩了一会儿，梁旭招呼顾筱宁一起自拍，她快乐地发了条朋友圈。

此时，酒吧的灯光正好暗下来，等再次亮起时，舞台上出现了一支乐队。

"你们今天来得正好，这可是现在特别火的一支地下乐队。"梁旭手持酒杯，一边说一边望着乐队的主唱。

阮昭对酒吧的环境并不算很适应，但好在这家酒吧还在她的忍受范围之内，不是那种哄闹到不行的地方。

乐队的表演开始之后，大家一窝蜂地往前，顾筱宁也拉着阮昭过去，阮昭摇头，但是顾筱宁今天打定主意要拉着她一起浪到底，直接将人拽了过去。

也不知谁先拿起了荧光棒，很快，满场都是挥舞的荧光棒。

不远处的另一个卡座里面，有个男人原本正在和朋友喝酒，他漫不经心看着舞池，结果就愣住了。

傅时浔本来正在书房工作，他收到闵其延微信时，正在查阅一些资料，随手一看，居然是闵其延问他要不要来酒吧玩。

无聊。

他从来没跟闵其延在酒吧里玩过,也不知道闵其延是怎么想出来的。

他正要锁上屏幕的下一秒,闵其延发了一张图片过来。

忽隐忽现的灯光下,长发飘舞的姑娘笑颜明媚耀眼。

——阮昭。

傅时浔一眼就认了出来。

傅时浔:地址。

收到这条微信时,闵其延一口将酒杯里的酒喝完,慢条斯理地将地址发了过去。

阮昭玩累了,她实在有点儿不适应这种疯狂的节奏,在酒吧的吧台旁边找了个位置坐下。顾筱宁似乎还没尽兴,就跟梁旭又一块去跳舞了。

她坐在吧台没一会儿,就来了好几拨搭讪的人。阮昭对于这种人,从来都是直接拒绝。

直到调酒师笑着说:"要不我给你调杯酒吧?"

阮昭冷淡地看向他,调酒师立即解释:"因为你坐在这儿,不少人过来点酒,所以这杯就当我请你的。"

很快,调酒师给她调制了一杯蓝色鸡尾酒,放在她面前时,说道:"这杯酒叫星空。"

蓝色酒液里浮浮沉沉着金色粉末,杯壁有一圈白色,当调酒师用手机的灯光照在上面时,当真如同星空般深邃迷人。

"很适合你。"调酒师轻笑。

阮昭正要伸手去端起酒杯,但没想到从身后伸出来一只手,直接将她面前的那杯酒端了过去。阮昭回头看过去,就见穿着白衣的男人一手持着酒杯凑到唇边,当他仰头喝下时,脸颊干净流畅的轮廓线条被酒吧里的灯光照得分明,看得阮昭心神一恍。

傅时浔将喝空了的酒杯放下,一只手撑着吧台,身体前倾,靠近阮昭:"我喝了你的酒,现在可以请你喝一杯了吧。"

对面的调酒师听着这话,心底登时惊呼。这个人不仅帅,而且很会撩。

没等阮昭反应,傅时浔直接看向调酒师,说道:"一杯Shirley Temple。"

阮昭见状就要起身。

可她的身体刚微微抬起来,傅时浔的手掌就微压着她的肩膀:"不是想要过来放松的,先喝一杯再走。"

傅时浔并未气急败坏地问她,怎么会来这种地方,反而游刃有余地给她

点了杯鸡尾酒。

调酒师在这家酒吧这么久，什么场面没见过。本来他以为是遇到了顶级海王，这么一看，两人好像是认识的模样。

很快，调酒师将Shirley Temple放在阮昭面前。这是一款鼎鼎有名的无酒精鸡尾酒，是女孩专属的软饮。

傅时浔在她身边的那个高脚凳上坐下，他今天穿了一身黑色，黑色衬衫以及黑色西装裤，在酒吧迷离又昏暗的灯光下，禁欲又冷淡。

阮昭朝他瞥了一眼，没想到正好对上他的眼睛。

四目相对。

有种偷窥他又被逮到的感觉。

傅时浔主动问道："你跟谁一起来的？"

"喜欢的人。"阮昭故意大声道。

傅时浔倒是没生气，反而轻笑起来，阮昭被他笑得不上不下，就听他说："顾筱宁？"

她就不能有喜欢的男人吗？

但阮昭知道再说下去，有点儿像要故意引起他关注的样子，毕竟女生很会在喜欢的人面前说些似是而非，又会引起对方误会的话。

她不想给傅时浔这种错觉。

"你怎么来了？"阮昭看着他，正要问道。

谁知她正说着话，突然从身后扑上来一个人，手臂搭在她肩膀上："大美人，你喝什么呢？"

阮昭皱眉，扭头看过去。

但下一秒钟，她肩膀上搭着的那只手臂力道消失了，坐在她身侧的傅时浔直接握住对方的手掌，将他四根手指往后掰开，力道之重，疼得梁旭眼泪都要掉下来了。

明明都是男人，但傅时浔在力道上轻松地制住梁旭。

梁旭连连哀号："疼，疼，放手，放手。"

赶过来的顾筱宁见到这一幕，赶紧喊道："傅教授，误会一场，误会。"

傅时浔见到顾筱宁，这才松开对方，眼神淡漠地扫了一眼梁旭，看得梁旭心口一紧，明明是一个大男人，却迅速躲在了顾筱宁身后。

"傅教授，你别生气，我朋友就是喜欢开玩笑，开惯了。"

顾筱宁替梁旭解释了一番，也怪她没跟梁旭说清楚，阮昭挺不喜欢别人碰她的。

· 110 ·

没一会儿，卡座那边有个人拨开重重人群走了过来，刚到这边，一手直接搭在傅时浔的肩膀上。

闵其延也没跟他打招呼，而是先看向阮昭，略扯着嗓子喊道："阮昭。"

"闵医生。"阮昭跟闵其延关系一向不错，笑着打招呼。

闵其延仔细打量了阮昭一番，乍一看阮昭还是那样，光彩照人的大美人，走到哪儿都是扎眼的，漂亮得让人没办法忽略她的存在。

她刚才在吧台边一坐，闵其延就注意到前前后后有五六拨人过来搭讪。

"妮妮没来玩？"大概也不知道聊什么，他倒是想起那个总是跟在阮昭身边的小姑娘。

阮昭淡笑起来："她一个小孩子。"

两人聊天时，梁旭勾着顾筱宁的脖子，跟她咬耳朵："怎么你认识这么多帅哥？"

"你觉得他们是我认识的帅哥吗？"顾筱宁翻了个白眼。

她跟这两位都不熟好吧。

闵其延刚才一直盯着这边，此时见这么多人站着，干脆说道："我在那边开了个卡座，要不我们一起过去玩？"

"好呀，好呀。"梁旭第一个举手赞同。

顾筱宁无语地一捂脸，好在闵其延本来就是社交达人，轻笑道："本来来酒吧就是为了放松玩，人多热闹。"

其他人都同意，阮昭一个人也懒得反对，跟着他们一块去那边的卡座。

此时酒吧里的人越来越多，特别是舞池里，人挤着人，不少人兴奋地扭动身体，摇头甩手，哪怕阮昭是走在旁边，也险些被舞池里冲出来的人撞倒。

幸亏旁边一只手臂伸过来，牢牢搭在她的肩膀上，护她稳住身形。

阮昭扭头，傅时浔的脸隐没在头顶忽闪忽闪的银光里，他眼角微垂，低头看过来，似乎是怕周围太吵，她听不到自己的声音，他贴过来，凑近她的耳朵："小心点。"

傅时浔并未趁机占她什么便宜，嘴唇距离她的耳朵也有一定的距离，只有一缕温温热热的气息缠绕在她耳垂边。

到了卡座，众人坐下，闵其延立即让人又拿了一瓶酒过来。本来座位上就有其他人，大概都是闵其延圈子里的人，一瞧见傅时浔，都挺震惊的，纷纷跟他打招呼。

阮昭安静地坐在一旁，虽然她现在百无禁忌，不再拒绝咖啡和酒精，但

傅时浔出现之后,她一点酒都没沾。

旁边一个年轻男生似乎有意想跟阮昭搭讪,主动找了个干净杯子给她倒酒,递过来说:"美女,我叫许昊,你叫什么名字啊?"

阮昭侧着头,似笑非笑地看向他。

许昊被这笑勾得七荤八素,直到旁边的闵其延毫不客气地踹了他一脚:"人家姑娘的名字可不是你能问的。"

闵其延边说话边给他使眼色,他们这一圈,都是家世优渥的"小开"。平日里没少跟美女交往,女朋友更是一茬一茬地换,但说实话,美女和美女也有质的区别,许昊看着眼前这个美人,明明坐在灯红酒绿的地方,可那双眼睛直白又清冷。这种清冷的美人,真的太勾魂了。

许昊嘻嘻哈哈地说道:"出来玩能遇上,就是缘分。要不,我们先碰一个?"他又将手里的酒朝阮昭面前递了递。

酒吧里这种搭讪行为,大家都见怪不怪,反而完全在状况外的其他人,都是一副看好戏的模样。

闵其延见他越闹越不像话,暗示是没用了,正准备直接开口。

突然,旁边伸出来一只手,黑色衣袖被挽至小臂半截处,露出劲瘦又白皙的手臂,傅时浔坐直的瞬间,闵其延差点儿要捂住自己的眼睛。

因为他直接拿起桌子上摆着的烟灰缸,里面烟灰和水混合着。

傅时浔将烟灰倒进酒杯里,淡声道:"她不喝酒。"

许昊端着酒杯,傻眼在原地,半晌哆哆嗦嗦:"哥,这是你女朋友啊?"

早说啊,就是给他十个胆子,也不敢调戏傅时浔的女朋友啊。

"不是。"

"谁是你哥。"

两个声音几乎同时响起,一个清冷一个冷漠,俱是一脸平静又淡然的表情。都到了这种程度,还说你们没关系。

谁信!

许昊哭丧着脸,放下酒杯,赶紧给自己酒杯里添了酒:"嫂子,我喝多了胡说八道,您别介意,我自罚一杯。"

或许是这一声嫂子叫的,傅时浔本来凌厉冷漠的黑眸居然缓缓掀起来,闪过一丝笑意。

一旁的闵其延注意到他这个眼神,这回真捂住了自己的眼睛。

不是吧,一句嫂子就直接把他的戾气抚平了。

闵其延本以为这辈子也能见到一回傅时浔为了姑娘争风吃醋的场面。

"不用，我不是什么嫂子。"阮昭直接起身，"我去个洗手间。"

酒吧的洗手间也特别热闹，或许是怕有人在洗手间里干些什么道德败坏的事情，洗手间门口都配了两个彪悍的黑衣保镖站岗。

路过洗手间的走廊，正好撞到一对情侣接吻，哪怕周围人声鼎沸，也不耽误人家吻得热火朝天。

从洗手间出来，阮昭揉了揉头。

晚上在日料店里，她和顾筱宁就喝了一壶清酒，后来到酒吧，又跟梁旭喝了几杯，也不知道是这会儿后劲上来还是怎么回事，脑袋昏昏沉沉的。

她出来时，脚步有些虚浮，一副不胜酒力的模样。

在酒吧里，漂亮又独自一人的醉酒女孩，最容易成为猎物。果然，她还没走两步，就有个人迎面走过来，本来阮昭已经注意到他，准备让开，但对方就是故意往她身上撞，将阮昭撞得往后退了两步，对方立即伸手抓着她的手臂："妹妹，没事吧，没把你撞疼吧？"

"松开。"阮昭挥手，但对方牢牢抓着她的手臂。

对方手心上的湿汗贴着她的皮肤，有种黏腻又恶心的感觉。

男人居然还得寸进尺，想要伸手揽住她的腰，极无赖地说道："我看你喝了不少吧，要不我带你去休息。"

阮昭本来没想搭理对方，但见他这样敬酒不吃，也只能冷笑一声。

她抬起脚，直接用后脚跟踩在对方的鞋面上。她今天穿的是细长高跟鞋，对方的鞋子还是那种单鞋，细跟踩在脚背上，狠狠一碾，当即让那男人痛呼一声。

"你找死啊，臭女人。"男人露出狰狞的表情，抬手一巴掌就要扇到阮昭脸上。

阮昭手里握着喷雾剂就要出手，但身后出现一道凌厉的身影，过来的瞬间，一脚就将对方踹飞了出去。

狭长的走廊里，原本站着看热闹的人，在这男人飞出去一两米后，立即发出惊叫声。

但尖叫声并非只在这一处。

此刻旁边另外一处，也有两拨人闹了起来，一开始双方只是推搡，但也不知道是谁先拿起了酒杯往对方头上砸过去。这下可是点燃了导火线，两方立即混战成一团。

音乐声、尖叫声、拳拳到肉的闷声，整个酒吧顷刻间乱成一团，所有

的保安都被叫过去处理这次打架事件，以至于这边还有一个挨打的人完全没人管。

傅时浔拎着对方的衣领，一拳打在他的脸上，对方鼻血都溅了出来。

阮昭跟云樘他们在一起待得太久，会打架和不会打架的人，她一眼就看出来了，傅时浔几拳下去，对方躺在地上，只有喘气的份儿。

"别打了。"阮昭立即上前拉住他。

傅时浔冷眼望着对方："刚才怎么骂她的，现在道歉。"

躺在地上的男人被揍得说不出话了，居然还被要求道歉。阮昭也觉得这有点儿为难对方，直接拉着傅时浔的手臂，趁着混乱，扯着他往外走。

但那边打架的战况越来越激烈，玻璃碎片漫天飞舞。

阮昭拽着他一路往外跑，生怕被人追上。

等两人出了酒吧，阮昭依旧闷头往前，还专门挑那种偏僻没人的地方。

大概终于到了她觉得安全的地方，阮昭站定，第一时间松开他的手，怒道："你现在是十八岁的毛头小子吗？还学别人在酒吧里打架。你知不知道，刚才一旦被人拍下来，对你有多大的影响。

"你可是一个教授。"

说到"教授"两个字时，她瞬间压低声音，还警惕地左右看了一眼。

那种混酒吧专门捡醉酒女孩子的垃圾，阮昭不想傅时浔为了这种人赌上自己的职业生涯。要是真被好事者曝光，得引起多大的非议。

她气得胸口剧烈起伏，一道强劲而不容反抗的力道擒住她的手腕。天旋地转间，阮昭整个人被抵在巷子的墙壁上。

阮昭失神的一瞬，她的双手就被傅时浔的一只手按住，随后举高至头顶，周遭全都是男人浓烈而炙热的气息。

这样的姿势，让阮昭被迫抬起头，傅时浔微垂着眼睑，直勾勾地盯着她。那双总是清冷淡漠的黑眸此刻如同凝聚漩涡，深不见底，只想不顾一切地将眼前的人吞没。

这样的眼神，带着浓烈的侵占性。

"松开……"最后一个"我"字还没说出口，阮昭已经被堵住。

傅时浔欺身而至，偏头直接咬住她的唇，似是不打算让她有一丝一毫退却，他的长舌直驱而入，舌尖炙热又滚烫，阮昭想要偏头躲避这个吻。但男人太过强势，他的另外一只手轻松捏住她的下颌，舌尖刮着她的嘴唇。

到底两人曾经太过熟悉彼此的身体，傅时浔清楚地知道怎么能让她放松下来，他强势而不失温柔地吮吻着她的唇瓣。

原本因为生气而剧烈起伏的胸口此刻起伏得更厉害,只因这久违到已经有几分陌生的深吻。

旁边就是酒吧一条街,午夜时分,正是最热闹的时候。

路上不只有引擎声,也有喝醉酒的人大声吆喝和唱歌的声音。这条暗巷应该是某家店的后门,此刻幽静里透着几分暧昧。

因为巷子里不时回荡着那种撩人至极的湿吻声,通过回声传到阮昭耳畔,她被抵在墙壁上的手指不由得握紧。

不知过了多久,阮昭脑子里的氧气仿佛被这个吻全部抽空。

当她彻底柔软地靠在墙壁上,似乎已经准备接受这个灼热到她无法拒绝的吻时,一阵巨大而连贯的鸣笛声响彻夜空。

阮昭猛地睁开眼睛,原本迷离的眼神重新变得清明。

傅时浔早已不知何时松开了她的手臂。

阮昭原本垂在两侧的手臂,在刚才的那一瞬,其实已经抬起来,准备抱住他的腰身,可是这声鸣笛音却拉回了她的理智。

她的双手狠狠推开他,两人瞬间拉开一段距离。

阮昭狠下心,冷声说道:"傅时浔,要我再提醒你一次吗?我们已经分手了。"

可是被她狠狠斥责的男人,脸上不仅没流露出难过的表情,反而抬眸看过来,露出一道清浅的笑意,他抬手触碰到她的嘴唇。

"这里,还记得我的吻。"

刚才的某一刻,她有回应自己。

手机闹钟响起时,阮昭伸手摸了摸自己的头。并没有那种休息好的舒爽感,她往被子的深处窝了会儿。

压根不想起床,哪怕手机一直在响。

窗帘将光遮得严严实实,阮昭在床上滚了一圈,终于伸手拿起床头上的遥控器,打开了电动窗帘。

随着窗帘自动往两边缓缓打开,光线争先恐后地充盈着房间。

初夏的早上,早早就天光大亮了起来,哪怕昨天已经休息了一天,阮昭依旧有种"假期综合征"的感觉,根本不想起床上班,但最后她还是慢悠悠起床洗漱。她下楼时,云樘刚去楼下拿了早餐回来。

"油条、小馄饨,你昨天不是说想吃的?"云樘看她下来,正好招呼她吃东西。

阮昭走过去，两人坐下，她突然问道："董姐，你跟她还有联系吗？"

"怎么了？"云樘坐在对面，给她剥开鸡蛋，他话一向少，习惯默默做事。

阮昭托着下巴，微叹了一口气："想念她的虾仁馄饨。"

云樘直接说："如果你想她，我们就让她回来好了。"

"算了，以前我在家里忙工作，所以需要请一个专门做饭的阿姨，现在我每天都不在家里吃饭。"阮昭最后摇摇头，"算了吧。"

他们吃完了，云霓从楼上下来，她一边下楼一边喊道："完了，完了，我迟到了。"

"打车去学校吧。"阮昭看了一眼时间。

云霓伸手抓了抓自己的头发："哥哥，你怎么不叫我啊？"

"你怎么知道我没叫？"云樘瞥了她一眼，早上他是叫云霓起床之后才去买早餐的，没想到她又睡了个回笼觉。

云樘刚才没看见她，干脆就没再叫，打定主意要给她一个教训。

阮昭回来之后，云樘就将家里的车给了她，好在他们本来就有两辆，只是还有一辆比较老旧。

周一的早上格外堵。

一路上开开停停，到了一处红绿灯前，因为等待时间格外漫长，阮昭的思绪飘忽，竟直接飘回了那个酒吧的夜晚。

热闹的酒吧街，偏僻寂寥的暗巷，纠缠在一起的身体。

身后响起"嘀嘀"的鸣笛提醒声，阮昭这才从回忆中抽离，她立即启动车子往前。

她到了公司之后，安排好今天的工作。快到十点时，梅敬之的电话打了过来，直接问道："在公司吗？"

阮昭虽然奇怪，却如实回答："在啊。"

"你今天穿什么颜色的衣服？"梅敬之低声说。

阮昭下意识地低头："浅蓝色。"

梅敬之言简意赅："下楼。"

"现在？"阮昭不知道他想干吗，只能说，"是工作的事情吗？"

梅敬之却没说，反而又强调："现在下楼。"

阮昭无奈，谁让这回人家彻底成了自己的老板。她下楼，没一会儿，就看见一辆黑色宾利停在了大厦旁的那条路上。

那是梅敬之的车，阮昭当然认识。

她走过去，敲了下车窗。

梅敬之说:"上车。"

上了车,阮昭注意到梅敬之一身黑衣,连领带都是黑色。她看着车子迅速往前开,问道:"我们这是要去哪儿?"

"先去商场。"

阮昭:"去商场干什么?"

梅敬之扭头看着她,微微一笑:"买衣服。"

阮昭简直是一头雾水,他这么火急火燎将自己喊下来,就为了去商场买衣服?于是她正色道:"那我要回公司。"

"着什么急。"梅敬之轻笑一声,车子继续往前开。

到了商场,两人一起进去。阮昭一直冷着脸,直到梅敬之在店里挂着的衣服里选了一条黑色连衣裙,淡声说:"去参加葬礼,你今天穿的衣服不合适,还是黑色合适。"

阮昭一瞬间怔住,随即问道:"谁的葬礼?"

但今天梅敬之显然要卖关子卖到底,让阮昭去换了裙子。

很快,阮昭将黑色裙子穿上,她本就纤瘦,黑色显得她的腰身更加不盈一握。

这次重新上车后,阮昭也不着急了,安心等着车子往前开。

果然,经过半个小时,车子开进北安市最豪华的一家殡仪馆。车子停下后,阮昭抬头看着不远处最大的那间灵堂。

此刻门口堆满了白色花圈,众人穿着黑色衣服,神情肃穆。

阮昭走到门口,就看见灵堂上那幅巨大而醒目的黑白照片。

——刘老板。

这个人终于从阮昭的记忆里被拉了出来,她转头看向梅敬之。

"怎么会?"

梅敬之抬起手指,冲着她微微做了个噤声的手势。

阮昭自然知道有些话不能说,比如上次,她最后一次跟刘森见面,就是在他躲债的那段时间里。她知道刘森跟古董造假的那条线有联系,所以就想要找刘森出来,想顺藤摸瓜,找到当初杀了爸爸的那个人。

当年一共有三个人,结果在追捕的时候,有两个人拒捕,中途死了,还有一个人逃了,这么多年来,警察都没有他的线索。

九塘在南方靠海的地方,阮昭有一次无意中听姑姑和姑父说起,他们也向当年办案的警察追问过这起案子的情况,警察说那个主犯很可能当初就偷渡跑到境外去了。

阮昭成为修复师后,就一直在偷偷调查这条线。

她知道那两个死去的绑匪都是北安人。这起绑架案因为性质极其恶劣,警方并未公开披露,怕会引起模仿作案。因此她能查到这两个人是北安人,已是费了不少功夫。

她当时只想找凶手,并不想再去追问当年被救的那个少年是谁,因而她才会很久之后才发现傅时浔就在自己身边。

好在这么久以来,她也不是全然没有进度,最起码她查出来绑架案发生后的那几年,整个北安市的地下文物赝品这条线突然沉寂下来。很多从这条线拿货的人,都说那几年生意不好做,根本拿不到高级货。就在三四年前,这条线又重新活跃了起来。

阮昭利用关系网买到了一件高级赝品,是那种连内行人都能被唬住的,据说这种"古董"专门卖给那些对中国文物感兴趣的外国人。有一部分甚至还流到了境外的拍卖行里。经过拍卖公司的宣传和鼓吹,这些赝品也能摇身一变,成为"真品"。

这一点,也跟阮昭当初听到那两个人说的一样,他们搞文物走私,将赝品卖给外国人。

阮昭拿着自己买到的那件高级赝品跟她爸爸出事之前这条线上出的赝品比较了一番,造假手法高明。最后阮昭求助了业内的瓷器大拿,才确定对方做的是假货。

经过这几件事,她几乎能肯定,当初那个主犯或许又重出江湖了。她一直在追查这条线,只可惜对方警惕性太高,一直没有露过面。

阮昭当年被他追杀的时候,天色太暗,她压根没看清楚对方的长相。

刘森就是他们这条造假线摆在外面的人,很多人都是通过跟刘森接头才搭上这条线。阮昭本来是想放长线钓大鱼,反正她这么多年都等了,不在乎这几天。

现在,刘森居然死了。

"他是怎么死的?"阮昭低声问道。

梅敬之没回答,而是带着她上前鞠躬行礼,之后就是家属还礼。

刘森的妻子此刻已经哭成泪人,整个人都站立不稳,需要人扶着。她冲着阮昭和梅敬之回礼,梅敬之上前安慰了两句:"节哀顺变,我想刘哥在天之灵,也不想看见你哭成这样。"

或许是梅敬之这张皮相还有点儿欺骗性,对方被他安慰后,哭着点头,连声说谢谢。但他们上完香之后,并没有立即离开。

阮昭知道，这边还会提供午饭，她低声问："怎么，你还要留在这里吃午饭？"

"为什么不呢，这么多人都在。"梅敬之微微耸肩。

阮昭又重新问道："他到底是怎么死的？"

"家属对外的说法，是意外身亡。"梅敬之撇了下嘴。

现在的殡仪馆是一条龙服务，不仅提供丧葬火化，还会给宾客提供餐食。今天中午是自助餐，大家随意拿吃的。

梅敬之却没带着阮昭去吃饭，而是沿着走廊直接找到了刘森家属的休息室。

此刻刘森的妻子还在里面，旁边大概是她娘家人，正在不停地宽慰她。

梅敬之在门上敲了几下。里面停了下来，朝门口看过来，他推开门温和道："不好意思，打扰一下。"

"你是……"刘森妻子看了他一眼，有些印象，毕竟今天来的人虽不少，但是这么一对璧人模样的男女，实在让她印象深刻。

梅敬之："刚才在外面人有些多，所以有些话还没来得及跟您说。"

刘森妻子当即脸色一变，急赤白脸道："老刘生意上的事情，我真的是一点都不知道。现在他人没了，你们找我也没用。"

之前刘森出了事，出去躲债，留妻子一人在家带着孩子度日。

梅敬之走到她身边，从兜里掏出一个信封，低声说："嫂子，你误会了。其实是刘哥让我把这个交给你。他说要是他出事了，你一个女人带着孩子，肯定很难。"

这下刘森妻子傻眼了。

等她颤抖着手接下信封，往里稍微看了眼，居然是一张银行卡。

"刘哥说了，密码是孩子的生日，你懂的。"

这下刘森妻子再不会怀疑，如今刘森人死灯灭，以前跟他关系好的全都跑了，葬礼之所以能办起来，还是她娘家拿的钱。此刻，突然有个人出现，给了一张银行卡，如何能让她不感动流泪呢？

"哎，我刘哥年纪轻轻就这么去了。"梅敬之微垂着眼，一副痛心欲绝的模样。

要不是看在刘森妻子在场，阮昭差点儿要冷笑出声。他这演技不去演戏，真是浪费了这天赋。

提到这个时，刘森妻子一下悲哭出声："我这一年都没他的消息，我本来以为他躲得好好的，谁能想到他早就死了，尸体泡在水里一年多，他真的

死不瞑目。"

阮昭瞬间瞪大双眼。

刘森居然一年前就死了。那岂不是就是,她找到刘森之后没多久,对方就死了。

到底是意外,还是被谋杀的?

他们走出殡仪馆大厅时,梅敬之看着沉默不语的阮昭,低声问:"想什么呢?"

"刘森的死,跟我有关吗?"阮昭突然问道。

如果她没有去找刘森,将他从那个躲藏的地方逼出去,说不定刘森到现在还躲着。虽然这个人踏在法律的边缘,可是他罪不至死。之前上香,她看着刘森的女儿怯生生地握着母亲的手,一脸茫然无助的模样,心底的那种自责感加深。那么小就失去父亲的滋味,阮昭比谁都了解。

梅敬之盯着她看了许久,突然冷笑说:"阮昭,我长这么大,唯一看走眼的人就是你吧。以前我以为你什么都不在乎,现在看来你是什么都在乎。连这种事情都往自己身上揽。"

阮昭深吸一口气,缓解心中郁气。

还是那个小女孩让她又忍不住代入了自己。

"会是那个人下手的吗?"阮昭问。

梅敬之呵呵一笑,两人携手走了出去,谁知刚到门口,突然梅敬之故意往她这边靠了过来,阮昭无语地正要往旁边一让,梅敬之却眼疾手快地抓住她的手腕。

"别动,对面有人看我们呢。"

阮昭一愣,脚步微顿,警惕问道:"是谁?"

梅敬之语调慵懒道:"你前男友。"

阮昭愣住,正要甩开梅敬之的手,但是没想到梅敬之反而拽得更牢,让她甩都甩不开。她抬头望过去时,傅时浔就站在不远处,安静地看着他们,他正好站在一个处于逆光的位置,阮昭压根看不清楚他的表情。

他同样穿着一身黑色西装,单手插在裤兜里,站在那里,远远地望过来。

一动不动。

傅时浔往前走了一步,阮昭终于看清他的眼神,那种直勾勾的目光锁在她的身上,有那么一瞬,阮昭没来由地心虚了。

那天傅时浔强吻她后,两人就再也没联系过。

"放手。"阮昭冷漠地警告。

梅敬之也知道她不好惹,反正目的达到了,他松开阮昭的手腕。

傅时浔走过来时,阮昭本以为他要问自己,可谁知他反而伸手牵起她的手掌,随后抽出西装上衣口袋里的方巾,在她手腕上轻轻擦了下。

登时,三人都明白了他这举动的意思。

这是觉得梅敬之的手脏,还碰到了阮昭。

连阮昭都没想到傅时浔会这么干,毕竟他从来不是这种会羞辱人的人。

傅时浔擦完后,将自己的这条方巾在她手腕上缠了几道,最后轻轻系在她的手上,他心满意足地垂眸看着她的手:"这么漂亮的手,不是谁都能碰的。"

阮昭目瞪口呆地望着眼前的男人,有种眩晕到几乎要摔倒的地步。

傅时浔,你是被魂穿了吗?

皮下什么妖孽,速速现形吧!

阮昭心底一连串吐槽后,深吸一口气,望向他,低声喊道:"傅时浔。"

因为有梅敬之在旁边,她也不想说太过分的话让傅时浔难堪,所以她只喊了一声,提醒他克制,别太得寸进尺。

但有时候这种委婉的提醒并不会被轻易领悟到。

傅时浔看向她:"你怎么来这里了?"

反倒是梅敬之突然看向阮昭,问道:"昭昭,不给我们介绍一下吗?"

阮昭心底冒出不好的预感,一般来说,这时候问这种话,就是有人要作妖。

"该不会这位就是你的前男友吧。"梅敬之见阮昭不说话,倒是自说自话地把傅时浔的身份挑明,还刻意咬重了"前男友"这三个字。分明也是在提醒傅时浔,他可没资格说刚才那种话。

傅时浔轻掀眼皮,冷淡地看着梅敬之:"该不会你就是昭昭现在的上司吧?"

潜台词:你不也就是个上司而已。

阮昭站在中间,正好听着这两人在自己旁边你来我往,实在不敢相信这么幼稚的话竟然会出自傅时浔之口。

梅敬之这人行事一向不着边际,他干什么阮昭都不会觉得奇怪。但傅时浔不一样,他从来都是那副冷淡自持的模样,能让他跟个小学生一样拌嘴,她不知道该说梅敬之的厉害,还是该夸自己有魅力。

"你们两位继续吧,我先走了。"阮昭直接甩开两人往前走。

她转身往前走,殡仪馆的位置靠近郊区,周围一片山青水绿,连空气中吹过来的风都带着一股初夏清凉的味道。

傅时浔追上来时,她正垂着头,神色微凝。

"为什么会来这里?"他走在她身边,步调不紧不慢。

阮昭:"我是因为之前认识的一个人,很久没有他的消息,没想到他去世了。"

"你跟梅敬之共同认识的人?嗯?"傅时浔又是那种直勾勾的眼神。

他眼皮很薄,微掀时像两片薄薄的利刃,笔直看过来时如同刮在她心头。

阮昭没有说话,但傅时浔心底有种说不出的情绪,本来来参加自己恩师的葬礼,他心情就格外低落。这位教授是他考古生涯的领路人,哪怕年过八十,依旧还在著书立作。上个月傅时浔见他时,他身体还很好。可不到一个月,就传来他住进ICU的消息,最终没有救回来。

谁知在这种时候,偏偏看见阮昭跟另外一个男人站在一起,两人穿着同样黑色系的衣服从大厅里走出来,有种莫名其妙的登对感。这种感觉让傅时浔心底堵得难受,没忍住追了出来。

跟梅敬之的针锋相对,并没有让他心头好受点。他压根不在乎梅敬之这个人,他在意的是阮昭的态度,明明对他避之不及,却和梅敬之出双入对。

傅时浔第一次有这种无法把控的无力感。

"是我们都认识的人。"阮昭似乎不想多谈这个问题,偏头看向他,"你呢?又为什么会在这里?"

"我们学校一位退休的考古教授去世。"傅时浔平静道,但平静的声音下有一丝脆弱,"是我的恩师,我从研究生到博士,一直都是他带我。"

后来傅时浔决定成为北安大学的教授,老师也是一律赞同。

两人站在树荫之下,午后灿烂的阳光从密密实实的枝叶里透了下来,悄然落在他的肩头,此刻阮昭才发现他整个人看起来疲倦又冷淡,身上有种驱不散的低气压。

阮昭突然问:"需要我陪你去吗?"

老教授的葬礼不像刘淼的那样喧嚣又热闹,葬礼礼堂里放着沉重的哀悼音乐,不时有年轻人进来,放下手中的菊花,深深鞠躬后离开。

很多老教授的学生今天都来了。

阮昭跟着傅时浔进去,两人缓缓走到灵堂前,她仰头看着面前的巨幅照片。

这是一位面容慈祥温和的老者，照片中老人嘴角和眼底都噙着淡淡的笑意，仿佛在看着这些来送自己最后一程的学生。

当他们跟家属行礼之后，傅时浔上前跟老教授的遗孀说："师母，节哀顺变。"

"时浔。"老人原本已经哭不出眼泪，结果此刻看见老教授最喜爱的学生就在眼前，她声音再次哽咽，"谢谢你，这两天你一直忙来忙去。老田昏迷的那阵子，只有你跟他说话的时候他才有一点反应。"

老人说着又要哭出来，傅时浔低声道："您这两天也是的，我听文轩说您昨天也没怎么休息。"

文轩是老教授的孙子，跟傅时浔也熟悉。

这会儿老人瞧见站在他身边的阮昭，突然问道："这就是你之前说想给老田介绍的那位姑娘吗？"

"嗯。"傅时浔轻声应道。

"可惜老田没能瞧见。"老人家这会儿心底更难受，"之前你过来陪他吃饭，你走之后，他一直跟我念叨，说你婚礼的时候他得当证婚人。这说起来也就上个月的事情。"

世事无常这句话，在生死面前异常沉重。

这大半天，阮昭一直陪在傅时浔的身边，到了傍晚，傅时浔送阮昭出去。到了门口，他看向阮昭："我还要陪师母他们，就不能送你回家了。"

"没事，我叫到车了。"阮昭看着他，终于还是说，"你也节哀顺变。"

傅时浔没忍住，抬手摸了下她的头："谢谢。"

原本阮昭沉默地站着，突然转头看向傅时浔："你跟你的老师提过我？"

傅时浔看着她，嘴角扯出一个小小的弧度，格外温柔："嗯，老师他知道你。"

似乎阮昭也想到了什么，她轻声说："这位教授，难道就是那位？"

"嗯，他就是我遇到的那位考古队领队，那时候他已经六十多岁了，依旧还在考古第一线。"

——考古是为了还原我们祖先来时的路。

傅时浔跟田教授不是普通的师生关系，可以说他走上考古这条路，就是因为看到教授奋力保护文物的模样。当初在北安大学跟田教授重逢，傅时浔就打定主意，要追随他的脚步，因此他们之间更是如父如子。

想起最后一次跟教授聊天时的模样，教授看着他，有些欣慰地说："我就知道你不会让我失望，不会一蹶不振。"

123

刚跟阮昭分手那阵子，傅时浔整个人颓废得不像话，窝在房间里，几天不出来，抽烟酗酒。好不容易愿意走出来，可却是去阮昭家，发现她连房子都卖掉，这下他连上课的心思都没有了，在开学之前，直接跟学校请了长假。

当时鸣鹿山项目还需要他继续主持，系里自然不会同意他请假。傅时浔极无所谓地说了一句："那我就辞职好了。"

他觉得自己什么都快做不了了，后来他知道云樘和云霓两兄妹还在北安，但是阮昭却离开了。他想要去找她，哪怕她不原谅自己，远远地看着也好。

这事儿不知怎么被教授知道了，估计是系里真怕他辞职，想请老教授出山劝说他。好在老教授也只是将他叫到家里，将自己珍藏了几十年的酒拿了出来。他一边给傅时浔倒酒一边说道："原本这酒我就是留来给文轩还有你结婚用的，结果你们两个谁也不争气。"

虽然作为老师偏心并不可取，但老教授确实是偏心傅时浔，毕竟他是自己带的最后一批博士生。当初那几个学生，不少已经转行，踏踏实实走考古这条路的，就剩下傅时浔一个人。本来学考古的人就少，能留下来的更是凤毛麟角。

酒过三巡，老教授看着傅时浔说："你要辞职也行，但是你想过没有，万一那姑娘真的回来，她要是知道你为了她连教授的职位都丢了，你以为她会为此感动吗？

"不会，这只会让她背负更大的压力，其他人会把你辞职的事情都怪在她身上。到时候她还能跟你在一起吗？如果你们之间还有缘分，她早晚都会回来的。"

真正让傅时浔走出来的，就是老教授的这番话。

这一年多来，他专心做着自己的工作，他知道，她一定会回来的。

阮昭父亲的死是横亘在他们之间的一个天堑。但是只要时间足够漫长，他相信他能够跨越这个天堑，毕竟她爸爸最大的心愿也是希望她能幸福。

只有跟傅时浔在一起的阮昭，才是最幸福的阮昭。他有着这样的自信。

嘀嘀！

阮昭叫的网约车到了，她看了一眼车牌，说道："那我就先走了。"

她慢慢走过去，傅时浔站在那里望着她的背影。

突然，在她拉开车门的那一瞬，傅时浔跑了过去，从背后将她紧紧抱住："昭昭，我们重新在一起吧。

"世间这么无常，我们别浪费时间了。"

第五章

· 他想要用尽所有，去挽回他爱的人

"阮小姐，阮小姐。"

阮昭原本沉浸在自己的思绪里，此时被唤醒，猛地抬头看向对面，就见对面女人有些歉意道："任老师今日实在没时间见客，还请您先回吧。"

旁边的小助理有些无语："你跟任老师说了吗？我们可是嘉实拍卖的。"

"说了。"女人似乎习惯了小助理的语气，也没生气，反而依旧笑眯眯地说，"任老师没空。"

阮昭颔首："既然任老师没空，我们就下次再来拜访。"

她起身准备离开，刚转身，小助理终于忍不住说："组长，你说这位任老师在想什么，不是他自己想要出手那幅明画吗？怎么现在还跟我们拿乔起来了？"

"这种大藏家都恃才傲物得厉害，觉得自己是文化人，生怕别人把他们当成一般的文物商人、古董贩子，对我们当然会摆起十足的架子。"

今天阮昭带着助理过来拜访一位叫任国承的大藏家，这位不仅在北安有名，国内但凡玩古玩收藏的人，都听说过他的大名。

正好这段时间对方放出风，说是要出售手里的一幅明朝藏画。一开始倒也没说是哪位画家的画，谁知后来透露出来居然是明朝画仙吴谦的书画，这位大师之前的一幅画创下中国古代书画作品第二高的价格，成交价四亿。当然这依旧没能打破北安博物馆那幅镇馆藏画《报春图》六亿的成交价。

阮昭也是在知道傅时浔的身份之后，才知道原来这幅画当年就是他爷爷拍下后亲自捐赠给了北安博物馆。

小助理低声吐槽:"想要卖东西,还非要端着架子,我们还得求着他。"

阮昭不以为然地淡笑:"可不就是。自从《墨竹图》拍出超过两亿的天价之后,其他同行是憋着劲想要打破我们的纪录。任国承手里的这幅画,可不止我们一家拍卖公司盯着。"

她们还没走出这间办公室,说话间,对面就走过来几个人。双方都在这一刻看到了彼此,同样微微一愣。

小助理在一旁突然说:"组长,对面的人好像是海川拍卖的人哎。"

"你居然认识?"阮昭挺意外的。

"走在最前面那个女生,是海川董事长的女儿,上次我们组有一幅清朝的书画,本来都跟藏家谈好了,她居然给我们撬走了。"

阮昭本来是打算装不认识,直接走过去。可是秦雅芊似乎不给她这个机会,还特意走到她面前,打量了一番说道:"没想到嘉实拍卖居然也对任老师的这幅画有兴趣。"

阮昭微微皱眉,没想到秦雅芊消息倒是灵通,居然知道自己现在在嘉实工作。

"怎么,海川也想捡漏?"阮昭嗤笑。

论公司的实力,两个海川绑在一起都不如一个嘉实。

秦雅芊闻言,登时有些恼火:"我们海川确实对这幅画势在必得,毕竟由我亲自来拜见任老师,不像嘉实,居然只好意思派出一个组长。"

拍卖圈子并不算大,嘉实是圈内的龙头,这阵子都在传嘉实中国书画部空降了一个美女组长,而且还是文物修复师出身。

海川一向将嘉实视作竞争对手,虽然双方根本不在一个量级。嘉实的一举一动,海川都格外关注。

秦雅芊没想到,阮昭居然就是传闻中空降的人。

很快,任国承的助手再次出现,她见阮昭她们还没离开,虽然有些奇怪,却径直对秦雅芊说:"小秦总,任老师正在里面等你。"

"麻烦你了,饶秘书。"秦雅芊冲着她温和一笑,跟着对方进了办公室。

他们走后,小助理在一旁气得咬牙:"我们在这里等了两个小时,说什么没时间见我们,现在海川的人一到,立马把他们带进去了。什么意思啊。"

阮昭微眯了眯眼睛:"意思就是,任国承觉得我身份低微,配不上拍卖他的画。"

"什么呀,《墨竹图》可就是组长你的手笔啊,难道他的画能比墨竹图还名贵吗?"小助理不满地轻哼道。

阮昭:"你怎么知道《墨竹图》是我的手笔?"

小助理:"公司都传遍了,本来大家都说你是靠着梅总才能空降的,但是有传闻说你是因为修好了《墨竹图》,而且手里又有书画资源,梅总才会让你担任现在的职务。"

拍卖公司最需要的就是稳定的藏品来源,因此很多大拍卖公司里的员工,背景都颇为复杂,特别是他们这种一线员工。

阮昭做文物修复这么多年,手里的藏家资源可不是一般人能比的。她担任一个小小的组长,根本算不上什么空降。

第二天下午,阮昭就被梅敬之一个电话叫到了总裁办公室。

他的办公室在公司顶楼,这还是阮昭来公司之后第一次来他的办公室。不过他的特助对阮昭可是熟悉得不能再熟悉,一见她过来,就亲自将她迎进了办公室。

"任国承给你吃闭门羹了?"梅敬之见她进来,抬头问道。

阮昭:"你怎么知道?你在我身边安排有密探?"

"还密探,刚才书画部总经理曹嘉丽已经跟我汇报过了,她想要亲自去谈。"梅敬之手指捏着钢笔的两端,慢悠悠地转动。

曹嘉丽是书画部的总经理,阮昭的工作对她直接汇报。不过两人同属于公司的资深专家级别。

阮昭直接在办公室里的待客沙发上坐下,问道:"所以你是准备派曹总继续去谈?"

梅敬之淡定摇头:"如果对方随便拿乔,我们就轻易屈服,那可不是我们嘉实拍卖的风格。所以这个藏品,你继续追踪。"

"我现在连他的人都见不着。"

梅敬之:"所以我给你一个机会。"说完,他从桌子上拿起一个乳白色的信封。

阮昭走过去,将信封里的卡片抽出来,发现这是一张慈善拍卖会的请柬。

"我得到消息,任国承也会参加这个宴会。到时候你跟我一同出席,能不能拿下他,就看你自己的本事。"

阮昭"嗯"了声,将请柬收下。

"你准备跟前男友复合了吗?"梅敬之突然仰靠在椅背上,脸上习惯性地挂起散漫的笑意,十足的纨绔模样。

阮昭看着他:"梅总,我提醒你一句,这是我的私事。"

梅敬之突然呵笑一声："都说在同一个地方摔倒两次，是蠢人才会干的事情。阮昭，你一直是我心里的聪明人。过去的一年半里，你就像我所说的那样，牢牢抓住了手里的东西。结果现在呢，你发现他还放不下你，你就动摇了。"

阮昭转头，狠狠看向梅敬之："闭嘴，我早就说过，这是我跟傅时浔之间的事情。任何人都没资格指手画脚，而且谁说我已经动摇了。"

"如果你没有动摇，为什么不直接拒绝他。"梅敬之一针见血地戳穿她的心思。

她真的没有在犹豫吗？

这段感情里，依旧还留念的人，真的只有傅时浔一个人吗？

阮昭果然被他的话说得愣在原地。

梅敬之："你现在既缺乏跟他重新在一起的勇气，又没有直接拒绝他的果决，这样下去，越来越痛苦的人，只会是你自己。"

不得不说，局外人看得反而比阮昭更通透。连梅敬之都一眼看出了她如今所处的困境。

"你一个都要订婚的人，为什么这么关心我的感情？"终于阮昭在恼羞成怒之后，忍无可忍地说道。

梅敬之将手里的钢笔轻轻一转，按在桌上，抬头望向她淡然道："因为我希望你能成为我的左膀右臂，而不是被爱情所困的蠢女人。"

周末，慈善拍卖会是在晚上七点正式开始，阮昭早早前往造型工作室，做好了要参加晚会的造型。

化妆时，她一直思考着今晚见任国承的事情。她拒绝了梅敬之的提议，让云霓开车送她去了宴会现场。

小姑娘把她送过去，叮嘱道："昭姐姐，待会儿宴会结束，你给我打电话，我来接你。"

"不用，我到时候叫个车就好了。"

云霓正色："那怎么能行，你穿得这么漂亮，哪能让你单独回家？我来接你。"

阮昭微微弯腰，隔着车窗伸手捏了捏她的脸颊："我们妮妮真的长大了。"

正好梅敬之也到了，两人在宴会厅门口碰了面，一起进去。

进去后，阮昭就开始四处搜索任国承的身影，却并未发现他，估计是还没到。

一直到宴会快要开始时,门口突然传来一阵骚乱,她和梅敬之都回头看过去,但阮昭看见进来的人那瞬间,不禁握紧手掌。

虽然早已经年近六十,可时光好似格外优待南漪,让人看不出她的年纪,整个人优雅从容,容光焕发。特别是她挽着丈夫的手臂,夫妻之间那种恩爱的氛围更让她添了几分妩媚。

傅时浔站在她的另一侧,他们身后则是一对年轻又登对的夫妻。

这对夫妻里的妻子,穿着一袭金色亮片鱼尾长裙,长发微绾,精致瘦削的锁骨间,是一串夺目亮眼的钻石项链,那颗主钻呈淡黄色,跟她身上的长裙交相辉映。可即便这么夺目的打扮,也没夺走她容貌的分毫吸引力。明艳至极的女人,站在堂皇明亮的宴会大厅里,如同盛开的小玫瑰。

"主办方好大的排面,居然连傅家一家人都请来了。"

"傅夫人可是这次基金会的名誉主席,当然有面子。"

"站在傅夫人身边的那人,该不会就是傅家那个从不露面的长子吧?怎么看着有点儿眼熟啊。"

"这个人我认识,他就是之前网上很红的那个大帅哥教授。没想到他家世居然也这么牛。"

"这种真的是老天爷追着赏饭吃吧。"

这种宴会,一家人来参加并不罕见,罕见的是一家人的长相还都这么优越。

阮昭在看见南漪的那一刻,感觉呼吸好像都要被夺去。她知道南漪对她并没有恶意,但在看见南漪的瞬间,阮昭脑海里的那段记忆就被翻了出来,南漪的出现就好像打开了一个潘多拉盒子。

那个带给她无数痛苦的魔盒。

阮昭迅速扭回视线,她深吸一口气,试图让自己缓和下来。

直到旁边递过来一杯水,梅敬之看着她的脸,低声说:"没事吧?"

阮昭握住水杯,摇摇头:"没事。"

傅家人就在他们侧前方的那个圆桌上落座,很快不少人过去打招呼,直到阮昭看见秦雅芊一家人也走过去。

"这个圈子里,谁都知道秦伟一直想跟傅家结亲。"梅敬之喝了口香槟,嘲讽地轻笑,"可惜傅家掌权的那位二少,'英年早婚'。"

南漪看起来跟秦雅芊的母亲还算熟悉,两人说笑了几句,秦雅芊一脸害羞地站在旁边。

"不过好在傅家有两位公子,不是还有一个呢。"梅敬之哼笑。

阮昭凝眉看向他,无语道:"有没有人说过,你现在的样子很碎嘴。"

傅时浔背对着自己,阮昭并没有看见他的表情。

但是自从在殡仪馆一别之后,傅时浔就再也没有来找过她。

当他抱着自己说出复合的那句话时,不可否认,阮昭的内心是有动摇的,那一刻,她几乎要被他的话说服。

人生这么无常,他们确实不应该再浪费时间。

可是最终她话到嘴边,却变成了:"没人比我更知道'世事无常'这几个字的含义,因为一夕之间,我就永远失去了爸爸。"

那一刻,傅时浔抱着她的手臂突然僵住。

他们好像永远都没办法忽略这个事实,他们之间就是横亘着一条人命。

阮昭不知道自己怎样才能做到坦然面对这个事情,心安理得地跟傅时浔重新在一起。她做不到,她没有这样的勇气。

慈善拍卖会的间隙,阮昭终于找到了机会跟任国承见面。

对方年近四十,身材保养得很好,瘦削的身材穿上西装,显得格外板正。

"阮小姐,我听过你的大名。"任国承轻笑着冲她举起酒杯。

阮昭抬手与他轻轻一碰:"所以仅仅是听过,才让您没时间见我的吗?"

任国承没想到她这么直接,微微耸肩:"你要知道,作为藏家我对我的藏品都很珍惜,所以我希望哪怕是出手,它也要有与它相匹配的价格。"

"那您就更应该把这幅画交给我们,毕竟去年秋拍会上,我们嘉实的《墨竹图》拍出了两亿的天价。"

任国承依旧是那副高深莫测的笑容:"我目前正在仔细斟酌你们几家拍卖行给出的条件。"

这是要待价而沽。

阮昭微抿了一口酒,却没立即说话。

反倒是任国承紧紧盯着她,似乎等着她的承诺。

直到阮昭说:"任先生,您的画保养得还好吗?"

突然,任国承整个人如遭雷击,阮昭心底登时松了一口气,有种自己赌赢了的感觉。

这几天她一直都想不通,明明嘉实不管是实力还是各方面都好过其他拍卖行,为什么任国承非要这样,直到她想起那天自己在任国承的办公室里听到有个人打电话说，要顶级的青金石。

或许对方也没在意，当着她的面打了电话。但阮昭是顶级的书画修复师，对方一找这种矿物，她就知道是要用作书画修复。

任国承是大藏家，需要这种矿物染料也没什么稀罕。稀奇的就在于，他这次的反常举动，毕竟没人会觉得海川这种拍卖公司可以代替嘉实。

所以唯一的解释就是，任国承确实想要出手一幅画，但是他的画出了点问题。因此他必须拖住各家拍卖公司，最好用待价而沽的方法，让几家拍卖公司争相给出优厚的条件。等签下合同，他的画修复妥当就还好，要是修不好，反正拍卖公司手底下都有一批专门的修复师，一定会帮他。

阮昭笃定地看向任国承，微抬下巴："您应该知道我是谁吧？所以我应该说，您一直在等着我这条鱼上钩吧。"

其实任国承早就看中了嘉实，不管是因为公司实力，还是阮昭的书画修复实力，他早就想要交给阮昭来做。但如果他太主动的话，以嘉实这种大公司的实力，一定会拼命提高佣金比例。因此他反其道而行之，故意约见其他公司，冷落嘉实的人。只等阮昭耐不住性子上钩，对他退步，进而给出更为优厚的条件。

"您应该庆幸我们梅总现在不在这里，要不然以他的性子，您的这幅画想要在嘉实的拍卖会上出现，那可得付出大代价了。"阮昭睨着他，眼神笃定而从容。

任国承本来以为自己能算计这个年轻人，没想到反倒被算计，连自己的底牌都泄露了。

"好，我这次算是认栽了。周一你带着合同来我办公室。"

阮昭举起酒杯，冲着他微微举起："合作愉快。"

任国承无奈地跟她碰了下杯子："合作愉快。"

此刻梅敬之从洗手间出来，正好遇到不远处站着的傅时浔。他缓缓走过去，望着对方，突然举起自己的手掌，轻轻转了转手指上套着的戒指："傅先生，我可以理解为你在等我？"

"不要再利用阮昭了。"傅时浔冷眼看着梅敬之。

梅敬之："我利用她？"

傅时浔："难道不是吗？我不知道你用了什么手段让她放弃了修复，进入你的公司工作，但是作为修复师才是她最开心的时候。"

梅敬之突然抬眸看着他："你难道不知道？"

"什么?"

这个反问让梅敬之越发觉得可笑,他说:"你居然连她放弃做修复师的原因都不知道,还来指责我,不得不说,傅先生你现在也只是前男友而已。

"毕竟没人会和前男友事无巨细地报备。"

傅时浔的黑眸越发冷淡,可是不知道为何,他的心跳反而加速,就好像他应该知道这个原因似的。

但很快,梅敬之的手机响了起来。他接到电话后,立即皱起眉头,神色大变:"好,我立即过来。"

梅敬之神情嘲讽地望着傅时浔:"抱歉,傅先生,看来我今天没时间为你解答了,希望下次你不会再这么一无所知地来质问我。"

没一会儿,梅敬之找到阮昭,低声说:"刘森的老婆出车祸了,现在正在医院。"

"什么?"阮昭大惊失色。

他问:"你要跟我一起去吗?"

阮昭点头,当然,刘森的尸体刚找到,他老婆就出事了,该不会也是被灭口的吧?

显然梅敬之跟她是一个想法,于是两人一起往外走出去,走到酒店大门口时,没想到正好遇到傅家一行人也在门口等车。

看起来他们也是提前离场,南漓的脸色似乎有些不太好,好像有些不舒服。

在双方见面的那一刻,南漓的脸色更加苍白,她启了启唇,看着阮昭之后,又看向傅时浔。

傅时浔也是被一通电话喊了下来,南漓身体不舒服,想要提前回去。

在门口等着司机来接时,他一转头,就看见从大厅的另一侧匆匆赶来的两人。阮昭穿着长裙,似乎有些行动不方便,梅敬之怕她滑倒,主动伸手扶住她。他动作小心翼翼,护着她在光可鉴人的地砖上行走。

傅时浔此刻牢牢盯在阮昭的身上,但阮昭满心都是刘森老婆车祸的事情,根本没注意到他的眼神。

她连看都没看他一眼。

梅敬之的车先到了,当着傅家所有人的面,他打开车门,抬手挡住车顶,让阮昭上车,随后自己从另一侧上车。

车门关上,车子缓缓启动。

傅时浔看着被隐没在车窗里的人,此刻他根本看不见阮昭,明明夏夜里

· 132 ·

的风并不冷，可是他的心仿佛坠入极地深渊，有种绝望的情绪包裹着他。

曾经他多么想要带她见自己的家人。可如今这一幕，却又那样嘲讽。

当车子往前开的那一秒，他冲了过去，敲击着车窗："阮昭，别走。"

他想问清楚，这一年她发生了什么事情。他想知道她为什么会放弃修复。

阮昭扭头看着车外不停敲击车窗的傅时浔，被吓得赶紧说："停车。"

"继续开。"梅敬之冷声吩咐司机。

司机不敢不听梅敬之的话，一直往前。

阮昭就要拧开车门，但是梅敬之握住她的手："阮昭，当断不断反受其乱，就当这次是你彻底拒绝他的机会。"

突然阮昭开门的动作顿住，车外傅时浔还在不断地敲击车窗。可是渐渐，他跟不上车子的速度，被甩开。

"阮昭，阮昭。"傅时浔追着车子，不停大喊她的名字，那一刻，那个清冷淡漠的傅时浔仿佛消失了。

曾经他问过自己，如果他用力挽留，她会不会留下来。

这一刻，他就在搏这个机会。他想要用尽所有，去挽回他爱的人。

晚风中，穿着精致西装三件套的男人，亦如轻狂少年般，疯狂追向渐渐远去的车子，似乎想要让车上的人回心转意。

"锦衡，锦衡，快拦住你哥。"南潆吓得失声尖叫。

就在傅时浔追到酒店前面的那条马路时，一辆逆向骑行的电动车从拐角冲了出来，正好身后一辆车的远光灯亮起，电动车车主眼前一晃，直直撞了过来。

嘭！

巨大的冲撞力在夜空中发出骇人的声响。

"啊！"

连周围人行道上正在行走的路人在目睹这一幕后，都不禁发出巨大的尖叫声。

追过来的傅锦衡看着眼前的这一幕，再也无法冷静，疯了般冲过来："哥，哥。"

慢他几步的南潆被身侧的叶临西搀扶着，从酒店门口的那条路匆匆赶过来，还未走近，就看见躺在地上的那道黑色身影。

"妈妈。"眼看着南潆被吓得当场昏倒，叶临西赶紧扶住她。

幸亏此时傅森山也及时赶到，一把抱住南潆。

他望着前方，神色骇人道："临西，快打电话给医院，让他们派救护车

过来。"

一时间,场面混乱至极。

逆向骑车的男人戴着头盔,他虽然跟着车子摔倒了,但是很快就站了起来,爬起来就说:"不关我的事,是他自己冲出来的。"

"哥,哥。"傅锦衡低声喊着。

躺在地上陷入短暂昏迷的傅时浔,此刻似乎恢复了些许意识,他望着头顶的星空,今夜月朗星繁,一如他生日那晚,鸣鹿山里的星空。

他眼前仿佛出现那个姑娘的身影,她就站在面前,笑盈盈地看向他。漫天星火映着她的脸,藏不住的少女情怀和喜欢。

"昭昭。"他低声唤了一声。

傅锦衡跪在地上,立即扯开脖子上的领带,准备捂住傅时浔额上不停出血的地方。闻言,他握着领带的手顿在半空,竟有种没来由的心酸和心疼。

前方的车子在红绿灯处停下时,梅敬之正在打电话给特助,让他不惜一切代价也要找最好的医生给刘森妻子开刀。

可他挂了电话,身侧的阮昭突然伸手将车门半开。

"阮昭。"梅敬之再次按住她的手臂,低斥道,"你现在回头,就是前功尽弃。你们会一直纠缠不休,这是你想要的吗?"

阮昭回头,透过后车窗望向远处,但早已经什么都看不见。

她的心脏狂跳不止,脑海中一直有个声音,在让她回去。

"是,你说得对,我被他动摇了,从我回来开始,我知道他依旧还爱着我开始,或者说我从来就没有停止过喜欢他。"阮昭泪眼婆娑地望着面前的梅敬之。

从来仰头向前的阮昭,第一次有了回头的想法。

阮昭将梅敬之按在自己手臂上的那只手一点点掰开:"我得回去找他。"

当阮昭毫不犹豫地下车时,梅敬之坐在车里,透过后车窗的玻璃,看着她拎着裙摆,在路灯下一路往前。

夏夜里的路灯柔和而温馨,照在奔跑的女孩身上。

阮昭跑回酒店的时候,路上的人已经散去,但是酒店工作人员还在维护现场。

"这里怎么回事?"阮昭看着地上新鲜的血迹,深吸一口气问道。

工作人员无奈地说:"刚才有辆电动车将我们的客人撞倒了。"

阮昭心底有个不祥的预感，问道："那个客人是姓傅吗？"

工作人员见她满脸焦急的模样，摇摇头："抱歉，我们也不知道客人的姓氏。"

"医院呢？他们送去哪个医院了？"

"新北医院。"这个工作人员倒是知道，"是新北医院的救护车过来的。"

阮昭立即叫了车，前往新北医院。但她到了医院，问了值班的护士才发现，他们的救护车在路上被另外一辆车拦了下来，对方直接将人接走了，根本没有来这个医院。

"你们怎么能让病人中途被人接走呢？"阮昭忍不住说道。

护士无奈地说："那也没办法啊，伤员的家属都在，他们都同意。"

阮昭说了声抱歉，是她情绪太过着急。护士似乎也能理解她的心情，直接说："要不你给家属打个电话吧，只有他们知道现在病人被送去哪个医院了。"

可是阮昭只有傅时浔的电话，她打了过去，手机直接关机了。

她根本不知道傅时浔家里任何一个人的电话。最后想来想去，她只能给闵其延打过去。

"闵医生，是我，阮昭。"电话一接通，她立即着急地自报家门。

闵其延还奇怪，阮昭怎么会主动联系他呢，就听阮昭问道："你可以帮我联系傅时浔的家人吗？我想知道他被送去哪个医院了。"

"啊？时浔住院了？什么时候的事情？"闵其延一惊，险些手机都掉了。

他手忙脚乱地说："我先打个电话问问，你等我一下。"

阮昭握着手机站在马路边，思绪乱得让她无法呼吸，如果不是她非要做什么了断，让他彻底死心，傅时浔不会出这样的事情。

她忍不住揉着自己的脸颊，试图在这个时候保持清醒。可是后悔、害怕、担心、难受，所有的情绪蜂拥而至，她盯着眼前路灯灯柱上的小广告牌，努力瞪着眼睛，不想让眼泪掉下来。

她极少哭，哭是软弱的表现。

爸爸去世之后，阮昭就很少哭了，她不允许自己软弱。

手机铃声再次响起，阮昭立即接通，对面闵其延的声音传了过来："阮昭，没事没事，他们把时浔送到了北安安雅医院，现在正在做检查，没有生命危险。我现在过去。你没开车吧？"

"我没有。"

闵其延松了口气："没开车就好，你打车，打车过去。"

阮昭说了声谢谢，挂断电话，立即打了辆车。

赶到安雅医院时，整个医院都很安静，只有急诊楼上那两个巨大的"急诊"二字，正在黑暗中散发着耀眼的红光。

她走到急诊楼大厅门口时，正好有一辆救护车拉了病人过来。

车门一开，她就听到病人家属撕心裂肺的哭声，在空旷又安静的医院里格外凄惨。

"护士，请问今晚送来的病人傅时浔在哪里？"她走到问诊台，低声问道。

护士抬头看了她一眼，正要说话，突然身后一个声音喊道："阮昭。"

闵其延一身短袖短裤，他接到电话时刚洗完澡，准备躺沙发上看一部电影。

"在十六楼呢，你跟我走。"闵其延招呼她。

阮昭跟了上去，她今天穿着高跟鞋，这一路奔波，脚趾早已经疼得快走不了路，只能靠着自己的意志坚持着。

闵其延似乎也察觉到她的不对劲，低声问："你没事吧？"

阮昭脸色微白，摇摇头。

"你别担心，马上就能见到他了。"闵其延也不知道说什么，只能不住地安慰阮昭。

电梯在十六楼停下，两人走了出来。

刚转弯，就看见宽阔安静的走廊上站着的一行人。

南漪正倚靠在丈夫傅森山的怀里轻声啜泣，这件事对她的打击实在太大。

傅锦衡握着叶临西的手，另一只手则拿着那条沾满傅时浔血迹的领带。

助理还有保镖，站在一旁安静守着。

直到高跟鞋踩在地上的声音将众人惊醒，先是叶临西看了过来，在看见阮昭的那一瞬，她伸手抵了抵傅锦衡的手臂。

阮昭在快走到的时候，站定在原地。

是闵其延先开口问道："时浔现在怎么样了？"

傅锦衡捏着领带，低声道："医生正在给他做检查，还在等报告。"

很快，病房里有了动静，医生走了出来。

傅森山立即问："医生，我儿子怎么样？"

"病人受到剧烈撞击，额头上的伤口已经做了缝针处理，目前只有右手小臂上出现骨裂，还有多处擦伤。"

众人正要松一口气,就听医生又说:"不过,病人有脑震荡症状,所以暂时还不能出院。"

阮昭伸手扶了下身边的墙壁,整个人有种刚从水里捞出来的虚脱感。

万幸。他什么事都没有。

医生离开之前,阮昭低声问:"请问现在可以进去看他吗?"

"可以是可以,但已经这么晚了,不要停留过久,打扰他休息。"医生估计也看出来了,这么一群人站在外面担惊受怕,要是不让进去看,估计今晚谁也休息不好。

医生走后,阮昭慢慢走向病房门。

南漪和傅森山本来就是离病房最近的,当她走到门口时,南漪颤抖着双唇,终于开口:"昭昭,求你。"

南漪的声音充满着哀求,在傅时浔冲出去追车的那一刻,南漪的心脏就差点停止跳动,更别提见傅时浔倒在地上,傅锦衡跪在旁边的画面。

那一刻如同噩梦,几乎要将她击溃。

"您放心,我不会对他说任何过分的话。"阮昭低声说。

她伸手握住门把手,轻轻拧开。

此时病房里的灯并不是很亮,只留了一盏小灯。

她走过去看见病床上躺着的人,穿着淡蓝色条纹病号服,他额头上包着一圈纱布,碎发乖顺地搭在纱布上,唇色淡而苍白,整个人身上没了那份冷淡劲儿,安静躺着,显得格外温柔。

就在阮昭又上前一步时,床上躺着的人睁开了眼睛。

那双眼眸睁开时,有种病弱的无力感,又或许是万念俱灰,毕竟亲眼看着她再一次离开,对他而言,不亚于之前那次分手的打击。

可当两人四目相对时,他轻眨了下眼睛,眼底蔓延着难以置信的光亮。

"昭昭。"傅时浔似乎怕她离开,猛地从床上坐起。

见他居然还要起身,阮昭立即伸手按住他的肩膀:"别动,医生说你脑震荡,小心点。"

傅时浔似乎怕她离开,伸手抓住她的手臂,只是他的手一动,床边的吊瓶架也被拉扯得左右晃动。

他手背上覆着的针管上,有了些许回血的现象。

"别动。"阮昭伸手按住他的手臂,低声说,"我不走。"

她慢慢在床边坐下,彼此对视着。

傅时浔那双黑眸一眨不眨地盯着她,眼底的眷恋和炙热明明压抑着,却控制不住地往外翻涌,最终眼神如丝,眼丝如网,这张网将她密密实实笼着。

挣不脱,逃不掉。

"你是疯了吗?还是真当自己十八岁,为什么要追着车子跑?"阮昭本来想问他疼不疼,可是最后反而成了气恼的质问。

她不敢相信,他居然会做出这种事情。

那个她在扎寺初见,世间万物都不放在心上的傅时浔,居然会追车。

傅时浔偏头看着她:"因为我很后悔。"

阮昭一怔。

"我们分手之后,我一直在问我自己,有努力挽留过你吗?有为你做过什么吗?为什么那么轻易就答应放你走,明知道你的痛苦也不会少。"

他定定望着她,眼底炙热而执着,说:"这次我想用尽一切,留住我爱的人。"

哪怕放弃自尊、骄傲又如何。

他喜欢的那个姑娘,也曾经弃这些如敝屣,毫不犹豫地朝他靠近过。

阮昭沉默了许久。

当她重新抬头直直地望着他,低声问道:"你有什么想要问我的吗?"

两人自从重逢之后,还从未像现在这样心平气和地坐在一起。他们跟对方走散了这么久,久到不知该从何处开口。

最终傅时浔漆黑的双眸紧锁着她,问道:"你为什么要放弃当修复师?"

梅敬之说他连阮昭不当修复师的原因都不知道,居然还敢大言不惭地来质问自己。她一定是发生了什么事情。

阮昭微闭了闭眼睛,最终还是缓缓开口:"去年大概也是这个时候,我正在修复一幅古画。"

修完《墨竹图》之后,梅敬之又交给了她一幅画,那时候她远离傅时浔、远离所有人,看起来好像真的走了出来。

她认真工作,努力修画,直到那天她拿起马蹄刀,却突然想起跟傅时浔在一起的一幕——

傅时浔替自己磨好马蹄刀,递了过来,阮昭低头看了眼,语气夸张地赞道:"傅教授,你磨刀的手艺真好,比我这个修复师都不差。"

"这么好吗?"傅时浔低头看了眼,抬眸望过来,"你要是喜欢,以后都让我给你磨刀。

"我给你磨一辈子刀。"

…………

她以为过去这半年她很少想起傅时浔，是因为她走了出来。明明之前也用过无数次马蹄刀，可是这一刻，巨大的悲伤向她袭来，她忽然开始掉眼泪。

他从未离开过，只是一直藏在她心底的某个角落。

或许很多人分手都经历过这样的事情，一张照片、一把刀，都可以勾起无数回忆，让人沉浸在那铺天盖地的痛苦之中。

"等我回过神的时候，我的眼泪滴在了画上，到处都是。当时我又气又急，我是文物修复师，怎么能犯这么低级的失误。可我越是想要擦掉那些眼泪，弥补自己的过错……"

她话音顿住，傅时浔看向她。

阮昭声音很轻很轻："我越急越气时，突然吐血了，血喷溅在画上。"

那一刻，阮昭反而不慌了，她安静地看着眼前的画，仿佛被锁进了画中的岁月。

直到梅敬之过来找到她，发现这恐怖的一幕。

她站在画前面，画上是半干的血迹。

梅敬之立即带着阮昭前往医院，是急性胃黏膜出血引发的吐血，当时她的情况很严重。

其实梅敬之跟她平时见面的机会并不多，也是那次之后，他才从专门给阮昭做饭的人那里得知，她彻夜修画，好像是要把所有的精力都投入到修画之中。

为了没有时间去想起傅时浔，阮昭就像蜡烛那样，拼命燃烧自己。

终于，她把自己烧到底了，连身体都在告诉她，该停下来了。

"我爷爷告诉我，修复师就是古画的医生，如果无法沉住心，就不该去糟蹋这些瑰宝。他曾经无数次惋惜那些心浮气躁的修复师修坏了无数古画。我曾经发誓，只要我当修复师一日，我就不会修坏我手里的任何一幅画。"

但是，那幅画再也修不好了。

等她出院之后，她就决定不再修画了，因为她已经不配做修复师。

傅时浔被巨大的震惊击中，他看着她，突然松开原本拽着她小臂的手。他手掌上也缠着纱布，他手掌轻轻抬起，纱布微微粗糙的触感落在她的脸颊。

"对不起。"他低声看着她，眉心紧蹙，整个人痛苦至极。

他的手指轻轻摩挲着她的肌肤，那样小心翼翼，直到他慢慢直起身体，跪在床上，朝她轻轻靠过来，他的额头微微抵着她的额头。

阮昭感受着他逼近的温热，想要后退，可是脸颊却被他的手掌轻扣着。

她不禁闭上眼眸。

"我好像带给你的痛苦多过快乐。"

这句话让她的心同样战栗着,她想要摇头,可最终还是什么都没做。

"可是……"傅时浔拉开他们之间的距离,此刻他眼眸里映着她,唯有她的身影。

终于他再次开口说:"我还是没办法放你走。"

阮昭轻颤着眼睫,睁开双眸。当她望向面前的男人时,他就在自己的面前。那种带着侵占性的眼神,如巨网袭来,将她紧紧裹住。

她眼中氤氲的水汽,最终都汇集于眼角,凝结成一滴晶莹的眼泪。

那道因为爸爸去世的阴影而筑造起的坚壁堡垒,此刻一寸寸瓦解,粉末四起,可她的心反而越来越清明。

打破那些成见,她看清楚自己内心最深处的渴望。

那里,有他。

阮昭慢慢抬起手,同样伸手去抚摸他的脸颊,眼角的那滴泪垂垂欲坠,在坠落的最后那一秒,她开口说:"跟你在一起,我才能感觉到自己活着。"

痛苦也好,快乐也好,这些都是跟他一起才能感受到的。

曾经那个冷若冰霜的阮昭,独自行走了那么多年,是他,让她感受到这个世界的温度。

眼角的那一滴泪,终于滚落了下来。

傅时浔再次俯身靠了过来,他喉结微微滚动,靠近她的脸颊,轻轻吮吻掉她眼角的那滴泪,可是这温柔的触感,却让阮昭的眼泪越流越多。

泪水的味道,是微咸里透着苦涩。可这一刻对傅时浔而言,却如甘泉般甜蜜。

当他嘴唇吻掉她最后的眼泪后,傅时浔低下头,轻轻咬住她的嘴,他微咬着牙问道:"阮昭现在喜欢的人是谁?"

阮昭睁开眼睛,重新看向他。

两人离对方的距离太近,他似乎打定主意要得到这个问题的答案,他伸手扣住她的后脑,舌尖直接叩开唇缝,带着要抽走她呼吸的霸道,深入而缠绵地吻着她。

终于,阮昭呼吸急促,伸手抵着他的胸口。

傅时浔再次退开一点距离,继续直勾勾盯着她:"阮昭现在喜欢的人是谁?"

她看着他的眼睛,突然放弃了抵抗。

她认输了。

"是你。"

可是男人还没放过她,凑身咬上她的唇时,低声说:"喊我的名字。"

"傅时浔。"

窗外初夏的夜风轻轻刮过,打在玻璃窗上,头顶黑幕上悬着的那轮圆月,散发着柔和的光线,最后温柔地从窗上落在了床边。

傅时浔亲昵地蹭了下她的额头,当他低头看过来时,阮昭再次看见他的黑眸里那道小小而清晰的身影。

他的眼睛是一片星空,此刻她在这片星空的正中央看见了自己。

"阮昭现在喜欢的人是谁?"

"傅时浔。"

病房内被夜灯的暖光笼着,像是披上了一层淡黄色薄纱。

傅时浔拉着她,不想让她走。

阮昭将他按在床上,伸手替他拉了拉被角,低声说:"你好好休息,我明天再来看你。"

"你别走。"傅时浔直勾勾地盯着她的眼睛,眼底藏不住的眷恋和柔情。

这一刻,他脆弱得叫人心疼。

阮昭弯腰,理了理他额间散落的短发,手指在他头上缠绕着的纱布上轻轻摩挲着:"这次我不会再走了。"

她的人生好像一直在走最辛苦的那条路,本以为她跟傅时浔的相遇是上天给她的苦尽甘来,没想到反倒成了另外一种打击。

她也曾想过,如果她不爱眼前这个人,那么当得知真相的时候,应该不会这么痛苦吧。看着他时,她只会欣慰地想着,这是她救的那个人,是她爸爸拿命救的人。

但正因为她爱着他,才无法承受这一切。

突然间,他们的爱情里夹杂着她爸爸的一条命。

这次她坚定地看着傅时浔,声音轻而果决:"我不会再逃避了,不会再离开。"

大概是药效上来,傅时浔很快就睡了过去。

她重新打开病房门出来时,才发现所有人都还没离开。

"他已经睡着了。"看着南漪期盼的眼神,阮昭冷淡地说道。

南漪猛地松了一口气,从阮昭进去开始,提到嗓子眼的心脏不禁落了回去。

傅森山见状，转头看向一旁，叮嘱道："锦衡，你先带临西回去休息。"

"爸爸，还是我们先送你们回去吧。"傅锦衡摇摇头，今天南漪被吓得不轻，他怎么可能就这么带着叶临西先离开。

叶临西站在一旁点点头，只是先前在宴会厅还光彩照人的明艳的小玫瑰，此时也有些耷拉，显然这一晚上让大家都吓得够呛，也是累得够呛。

"我们先送昭昭回去。"傅森山开口道。

傅锦衡想了下，点头道："好，我带着临西回去了。"

"其延，你也是，今天有劳你跑一趟，早点回去休息。"傅森山一向是大家长模样，说起话来虽然客气，但鲜有人敢违背。

闵其延虽然不知道今晚发生了什么，但傅时浔住院，估计还真跟阮昭有关。

这会儿他也怕傅森山和南漪刁难阮昭，虽然心底挺怵傅森山，还是忍不住说道："伯父，都这么晚了，不如我送阮昭回去，您跟伯母早点回去休息。"

"昭昭，你是想让其延送，还是我们送？"傅森山倒是挺和蔼，转头询问阮昭。

这是阮昭第一次见到傅时浔的父亲。

都说儿子像母亲，其实傅家这两个儿子眉眼间还是有很多傅森山的影子，傅森山身上有种长年累月居于高位的威严，哪怕他与阮昭说话时已经尽力温和。

对于他认识自己这事，阮昭当然不会奇怪，毕竟南漪第一眼就认出了自己。

早晚都要面对，她淡然点头："那就麻烦您了。"

闵其延差点儿捂脸，什么叫明知山有虎，偏向虎山行，他不信阮昭没看出来傅森山是有话要跟她说。不管今晚发生了什么事情，闵其延第一想法就是，先保护阮昭。

这一年半傅时浔意志消沉的模样，闵其延看在眼底，身为好友，他可不想看见傅时浔再承受一次，他一定会疯了的。

闵其延算是看出来了，傅时浔是爱惨了这姑娘。

"伯父。"闵其延明知道这时候确实没自己说话的立场，但还是忍不住说，"这么晚了，不如有什么事，我们明天再说。"

傅森山看了一眼他，不由得笑了起来："怕我为难昭昭？"

昭昭，他和南漪一直都这么叫阮昭。

闵其延尴尬一笑："怎么可能，我怎么会这么想呢。您和南阿姨可是我见过最开明的父母。"

"你小子给我扣大帽子？"傅森山可没被闵其延的迷魂汤迷惑住。

这意思不就是，要是他今晚为难阮昭，就不是最开明的父母了。

阮昭也知道闵其延是在保护自己，笑了下，安慰道："闵医生，你先回去休息吧，今天真的麻烦你了。"

闵其延："跟我客气什么呢。"

话说到这里，闵其延也不能继续插手。于是他跟傅锦衡夫妻两人一起下了楼，到了楼下，傅锦衡问要不要送他回去。

"我开车过来的，你跟临西也早点回去休息吧。"

他走之后，傅锦衡握住身边妻子叶临西的手，正要拉着她离开，就见她扭头看向身后，奇怪地嘀咕道："居然没闹起来。"

"你这什么话？"傅锦衡没有好气道。

叶临西正色："你想想，哥哥可是当着我们所有人的面儿追着那位阮小姐跑过去的，要是一般父母看见她到医院，肯定会生气，还会说都是她害得哥哥受伤。电视剧里不都是这么演的？"

说到这里，她忍不住轻舒了口气："我刚才还在想，要是妈妈为难那位姐姐，我该怎么帮她。"

傅锦衡睨了她一眼："你很喜欢阮昭？"

"嗯，很喜欢。"叶临西伸手撩了下长发，秀美又浓密的黑发在半空中划过一道完美的弧线，"大概就是一种来自大美人与大美人之间的惺惺相惜吧。"

楼上，安静的医院走廊里只剩下三个人。

因为现在确实太晚了，医院里的病人也需要休息，他们不能再在这里待着。

傅森山低声说："我知道现在很晚，应该让你先回去休息，但是昭昭，我们都想和你聊聊，可以吗？"

"好。"阮昭安静地点头。

他们走到医院外面，此时正好有家小面馆还开着门。

"饿了吗？今天晚宴你应该没吃什么东西吧？"傅森山极温和地说道。

阮昭想了想，如实说："嗯，是有点。"

"我也正好饿了，我们 一起去吃点面。"傅森山领着南漪和她，一起进

了面馆。

因为太晚了,整个面馆没有一个客人,老板正在后厨收拾明天要用的东西,听到迎客铃声响起,赶紧出来。

只是一出来,就看见三个人穿着华贵光鲜的衣服,站在略有些狭窄的面馆里,显得有些格格不入。

"要……要吃什么?"面馆主人一向挺会招揽客人,此时也有些木讷。

傅森山朝墙壁上挂着的菜单看了看,说道:"你们想吃什么?"

南漪轻摇了摇头,似乎没什么胃口,倒是阮昭说:"一份三鲜面。"

"我也来一份。"傅森山又看了眼,说道,"再来一份阳春面。"

三人坐下,身后不远处的厨房里传来乒乒乓乓的动静。

大概是人少的缘故,面上得很快。

傅森山是真的饿了,面一端上来就大快朵颐,吃得酣畅淋漓。他穿着笔挺昂贵的西装三件套,虽然早已经年过六旬,却依旧保持着消瘦笔挺的身材。

他的模样让阮昭不禁想到,傅时浔到老了,大概也会是这副样子吧。

活到老,帅到老。

阮昭似乎被他感染了,也用筷子挑起面吃了起来。

没想到他们随便选的一家面店味道都如此之好,面条筋道有嚼劲,汤汁鲜美浓香,冒起来的热气里都带着鲜香。

三人吃东西都挺安静的,只有南漪似乎没什么胃口。

等大家都吃得差不多,傅森山这才抬头认真看向眼前的女孩。

虽然这是他们第一次正式见面,可他却从未错过她成长的任何一个阶段,她转学,考上高中、大学,甚至是大学毕业典礼。

"昭昭,我代替你南阿姨正式向你道歉,为她之前说的话,为她对你的怀疑,为她的无理行为。"傅森山看着阮昭,认真说道。

阮昭愣坐在原地,半晌,低声说:"您不必这样。"

一旁的南漪原本止住的眼泪也在此刻掉落了下来,她抬眸看向阮昭:"对不起,昭昭,对不起。"

她只顾着说对不起,今晚这一幕让她到现在都心有余悸。

"本来她一直瞒着我跟你见过面的事情,但是后来时浔将自己关在家里,整个人消沉至极,她才跟我说起这件事。我本来想跟你见面,但想到那时候你未必会愿意见我们。"

本来傅森山是想等冷静一段时间再跟阮昭见面,谁知阮昭却彻底离开了北安。

阮昭微垂着眼睫，安静听他说话。

"对于你，我和南漪两人大概一辈子道歉和感谢都无法弥补，但是请相信，我们一直希望你能过得幸福快乐。"

此刻，阮昭终于抬起脸看了过来。

她声音冷静而克制："其实对我来说，除了发现傅时浔就是当年那个少年之外，对我最大的冲击就是，您跟我说，在发生那样的事情之后，您要怎么相信我是真的爱上了您的儿子。"

南漪闻言，登时脸色惨白。她伸手捂住自己的脸："对不起，真的对不起。我也不知道，自己情急之下为什么会说出这种话。"

"或许您的怀疑出于一个母亲的担忧与爱，但对我而言，是一种侮辱。"阮昭神色淡漠，"原谅"这两个字，从来都那样沉重，"所以我没办法轻易原谅您。"

南漪的话或许成了最后压倒她的那根稻草，以至于在当初分手时，她亲口告诉傅时浔，自己是出于报复的目的才跟他在一起。虽然当初她是为了让他死心分手才会这么骗他，可是不可否认，她将南漪给她的伤害悉数给了傅时浔。

如今阮昭都不敢去想，这么久，傅时浔是怎么熬过来的。在分手的同时，得来的回答却是，所有的一切都源自于欺骗。

她们都是受害者，可最后她们又都成了伤害者。

"昭昭，我们并不奢求你这时候就能接受，或者原谅。"傅森山见南漪已经哭得说不出话，低声说，"我们只是希望，你只想着你和时浔两个人，只考虑你们两个的未来和幸福。

"如果你无法原谅南阿姨的行为，我们也可以像从前那样，绝对不出现在你面前。"

第二天，因为有工作要处理，阮昭直到傍晚才有空。

她开车到医院时，并没有立即下车，而是坐在车里看着漫天晚霞。夕阳的余晖将天空映照成渐变色，赤橙蓝白，颜色分明却又融洽。

终于，阮昭推开车门，下车上了楼。

到了病房门口，房门微敞着，里面的护士正在给他换药，听护士好奇地问道："你都在窗边站一天了，外面有什么好看的？"

"我在等一个人。"

小护士好奇地问："谁啊？"

阮昭轻轻敲了下门，走了进去，小护士看见她，眼前一亮，憋着笑意："看来傅教授你等的人到了。"

护士刚走到门口，忍不住回头，就看见傅时浔跨步过来，直接将阮昭抱在了怀里。

傅时浔伸手将她紧紧抱在怀里后，下巴轻轻磨蹭了下她的耳畔，低声说道："你怎么才来？"

这声音里居然还带上了委屈。

并未如他所愿那样，阮昭安静任由他抱着，却没有伸手回抱他。

傅时浔似乎也察觉到她的不对劲，缓缓松开她，双手握住她的肩膀，漆黑的双眸带着浓烈的情绪。

许久，他突然低沉地问："你后悔了？嗯？"

经过一夜，理智战胜了冲动。

她重新退缩了回去。

他就知道！

他就知道会这样，所以昨晚他应该不顾一切将她锁在自己身边。

阮昭微抿着唇，迟疑了下，轻声说道："破镜重圆这个词是很美好，可是真正裂开的镜子，哪怕重新拼凑在一起，就不会有裂缝了吗？"

傅时浔深吸了口气，似乎压着情绪，生怕真的把她吓跑。

他手指微抬，抚着她细嫩的脸颊，这久违的柔软触感让他心安，于是他声音清润而坚定道："我会用一生的时间去修补这条裂缝，所以别再犹豫，一切都交给我。"

"哪怕就先试试，行不行？"

阮昭抬头看着他，傅时浔仿佛知道她在担心什么，低声诱哄说："再给我一次重新追求你的机会。"

"好。"阮昭似乎也被说服了，"我们就先试试，如果还是不行，就……"

傅时浔脸色顷刻间变得格外难看，本来他是想要以退为进，让阮昭答应自己，没想到她居然直接答应，但只是抱着尝试的态度。他看着她那张冷白小脸上透露出的无辜，忍不住咬着牙。

最终他直勾勾地望着她，提前摁住她的唇瓣："我不会让你说出后悔两个字的。"

或许有了缓冲的余地，原本在阮昭心底堆积了一天的沉重突然消失殆尽。

她关心地问："你吃过晚饭了吗？"

傅时浔看着她明显开朗起来的表情，冷不丁地问："就这么开心？"

"倒也不至于。"阮昭明显心虚地回答。

傅时浔或许也明白她的想法，昨晚一切来得太过突然，人在冲动之下都会做出容易后悔的决定，她现在还有犹豫，他都能理解。

"我会好好表现，让你早日重新认可我。"

说完，他抬起手说："手机拿过来。"

"嗯？"阮昭有些奇怪。

傅时浔轻呵了声："哪怕我现在只能算是个预备役男朋友，最起码你也得先把我的微信加回来吧。"

哦，对，他们重逢之后，阮昭还没有他的联系方式，之前的尽数被她删除了。

等微信重新加回来，手机号码从黑名单里放了出来，一步步做完，傅时浔脸色不仅没好，反而越发难看。

阮昭居然把他的每个联系方式都给彻彻底底地拉黑删除了。

铜墙铁壁，一丝缝隙都不留的那种。

大概是见傅时浔神色实在太不好，阮昭赶紧找别的话题："我下去给你买点饭吧，医院对面有家面馆很不错。"

"不用，待会儿会有人送晚餐过来。"

阮昭点点头，两人之间不由得沉默了下来。

"要不要我帮你做点别的什么？"阮昭想着他现在是病人，总有自己不方便的事情需要别人去做。

傅时浔还真的仔细想了下，随后他指了指自己下嘴唇那里。

阮昭顺着看了过去，心下犹豫。

傅时浔轻笑了下："算了，你不愿意就不勉强。"

听着他的口吻，又想起自己今天反悔的行为，阮昭还是心软地靠了过去，弯腰贴上了他的嘴唇。

这个吻轻如点水，又如羽毛掠过，温柔而缱绻。

待阮昭迅速抬起头，却意外地看见傅时浔眼底的惊诧。

"你……"阮昭有点不明白，突然下意识地说，"不是让我亲你吗？"

傅时浔直勾勾地望着她，那眼神看得阮昭有些茫然，直到他清润的嗓音里带着抑制不住的笑意："我其实是想让你帮忙刮一下胡子。"

阮昭："行吧……"

傅时浔的洗漱用品早就被送了过来，他住的是单人间，自带洗手间。阮昭在他的指点下将刮胡刀装好。

她低头看了眼掌心的手动刮胡刀："你真的确定要让我替你刮？万一刮破相了……"

别说她从来没替人刮过，况且这个还是手动的，操作难度也比电动的高。

"我就赖着你。"傅时浔微仰头，眼睑掀起，露出笑意。

阮昭将泡沫抹在他的脸颊，他的下巴确实有点胡楂的那种刺感。因为傅时浔是坐着的，所以她轻轻弯腰，小心翼翼地说："哦，那我得小心点。"

傅时浔正要扬起下巴颏，被阮昭眼疾手快地按住脑袋："别动，真想破相啊。"

"是真想赖着你。"

傅时浔说这话时，语气里带着一种无可奈何的心酸劲儿。

奈何眼前的姑娘正忙着给他刮胡子，嘴角抿成一道认真的弧度，手上的力道稳而轻柔，等这一刀刮完，她才恍然问道："你说什么？"

傅时浔压低声音："没什么，你慢慢来。"

不得不说，阮昭在玩刀子这一块还是挺有天赋。

等她用棉柔巾擦干净傅时浔的下巴，颇有些骄傲地抬抬下巴道："自己照镜子看看。"

傅时浔站起身，朝着镜子里看了两眼，确实刮得干净又利落。

"手艺很好，比我第一次的时候还强。"傅时浔站在洗漱台旁，打开水龙头，弯腰用手捧起水，将脸又洗了一遍。

阮昭把弄着手里的刮胡刀："大概是因为我的手很稳吧。"

毕竟她修画时经常会用到刀，力度轻重，从来都要把控到极致。刮胡子对她来说，确实不是什么难事儿。

阮昭将刮胡刀放在洗漱台旁边，见傅时浔洗得差不多了，伸手拿了一张棉柔巾递过去。他偏头接住，阮昭见他并未立即擦脸，反而是看着自己。她不由得问："怎么了？"

话音刚落，傅时浔倾身俯了过来，吻上她的唇。

他眉骨间的水珠还未擦干，微微滚动着，滴在阮昭的眼睫上，她下意识地闭上眼睛，睫毛轻轻颤抖，傅时浔嘴唇抬起，吻了吻她的眼睫，又再次含住她的唇瓣。

洗手间跟外面走廊只有一墙之隔，走廊上的声响传了进来，明知道没有人会进来，阮昭却还是紧张到不受控制地去抓紧他病号服的前襟。

傅时浔一边吻着她,一边伸手扣住她的另外一只手。十指穿插,紧紧扣着彼此,让这个悠长而绵密的吻带着一种更加隐秘的亲昵和独占性。

阮昭在医院一直待到禁止探望的时间,正准备开车回家,才突然想起来昨天晚上梅敬之跟她说过的刘森妻子出车祸的事情。她猛地拍了下自己的额头,今天忙着让人准备给任国承的合同,完全把这件事给抛到脑后了。

阮昭立即拿出手机,给梅敬之打了电话。但第一通没接,紧接着第二通、第三通,足足打到第四次,对面的人才慢悠悠地接起电话,第一句便是:"阮组长,现在是晚上九点半,有什么工作问题,你可以明天再跟我报告,或者直接去找你的直系上司。"

梅敬之声音里少有的冷漠,让阮昭不禁张了张嘴巴。

"刘森妻子的情况怎么样了?"阮昭有些歉意地问。

半晌,对面传来一声冷哼:"难为你这个时候还能想起她。"

阮昭解释:"傅时浔昨晚也出了车祸,今天我又在忙着任国承的合同,他已经同意将手里的那幅画交给我们嘉实来拍卖。"

梅敬之依旧不满她这个回答:"阮昭,你真的想找到当年的凶手吗?"

"我一刻都没忘记。"

"所以在这么重要的时刻,你第一件事想到的居然是回去找前男友。"梅敬之口吻不善,很快又说,"还是说,经过一晚上你又觉得自己放不下他,准备和他在一起了。"

阮昭深吸一口气:"我觉得这个问题还是留给我自己考虑吧。"

他之所在,便是心之所向。

为什么还会回到北安,不就是因为傅时浔就在这里。

她不想和梅敬之纠缠这个问题,就转移话题问道:"刘森妻子的车祸是意外吗?"

梅敬之:"对方将方丽撞倒之后,肇事逃逸,警察也正在找他。但那辆车是套牌车,追踪起来很难。方丽现在还在医院的重症监护室里。"

方丽就是刘森的妻子。

"她是不是发现了什么,被那伙人灭口了?"阮昭问道。

梅敬之:"现在还不能确定,但是这件事来得太巧。方丽现在还没醒,一切得等她醒了才能知道。"

提到这里,阮昭立即说:"警方有派人保护她吗?"

"真当演警匪片呢,现在什么证据都没有,警察只当是一般的交通事故处理。"梅敬之在那边似乎站了起来,"但是我已经让人盯着医院,要是真

有人敢去医院做什么,我一定让他有去无回。"

见梅敬之都安排妥当,阮昭这才松了一口气。想到这里,她更加愧疚:"这件事其实并不关你的事情,但谢谢你一直这么帮我。"

"帮你?"梅敬之好像听到什么好笑的事情,他说,"阮昭,我倒是没发现你还挺自信。"

阮昭:"嗯……"

梅敬之轻描淡写道:"这条文物造假利益链早已经牵扯到各大拍卖公司。不妨跟你实话实说,据我所知,我家那位不争气的二叔很可能牵扯其中。"

梅敬之的父亲对管理公司没有丝毫兴趣,因此梅家继承权之争在梅敬之和他二叔之间。

之前梅敬之依靠着阮昭几次成功的修复,牢牢掌控着嘉实目前最大也是最有实力的部门——中国书画部。

中国书画拍卖专场,不管是成交纪录还是成交额,都屡创新高。

"你二叔居然也牵涉其中?"阮昭震惊。

梅敬之冷笑:"这个圈子里真真假假,水深得很。"

这下阮昭算是彻底明白为什么他比自己还要上心这件事,原来他是想要抓住他二叔的把柄,好将对方彻底踢出公司。

"我们精诚合作,一定会挖出对方。"阮昭认真说。

阮昭迅速敲定跟任国承的合同,这是她回到北安嘉实总部之后拿下的第一个大单子。为了表示诚意,她带着律师还有助理亲自上门,跟任国承签订了合同。

这幅明朝古画将在嘉实的拍卖会上出现。

"这幅画,我希望交给你亲自修复。"任国承看着阮昭,提出一个条件。

阮昭微微抿唇,想了许久,还是解释说:"任总,很感谢您对我的信任,但是我目前已经转行,不再从事修复。但是请您放心,我们嘉实旗下有一批极为出色的修复师,我相信他们一定会将这幅画修复到最完美的状态。"

任国承有些可惜道:"但我还是觉得,这幅画交给你修复最合适。"

阮昭还是婉拒了他的好意。

在合同签好之后,阮昭告辞离开,任国承这次没拿乔,亲自将她送到门口。

谁知出门时正好遇到气势汹汹出现的秦雅芊,之前她和阮昭也是在这个地方见过彼此,没想到今天场景再现,两人的心情却是完全颠倒。

那天阮昭等了两个小时都没见到任国承,今天秦雅芊反而是那个气急败坏的人。

"任总,我们不是说好这幅画交给我们海川进行拍卖,现在突然变卦,你这样让我很难跟公司交代的。"秦雅芊过来就直接质问任国承。

她本来就是大小姐脾气,被人捧惯了。之前她在这里当着阮昭的面趾高气扬地表示,这幅画早就是她的囊中之物。没想到风水转得这么快,前几天她有多嚣张,现在她站在这里就有多狼狈。

任国承听着这些指责的话倒是没生气,反而笑眯眯道:"秦小姐,我想你是误会了吧,我什么时候答应过你我要把画交给你们海川拍卖?"

"你……"秦雅芊登时被卡住。

反倒是任国承继续不紧不慢道:"我这些天一直在约见各大拍卖公司,你不是不知道,当然是有能者得之,所以我选择了嘉实拍卖,决定把我的画交给阮小姐。"

有能者得之?

这句话不可谓不内涵,不就是明示秦雅芊的能力不如阮昭。

秦雅芊气得咬牙:"之前在宴会上你是怎么跟我爸爸说的,现在你这是想不认账了?"

任国承看着她,神色不由得冷了下来:"秦小姐,只有三岁小孩才动不动威胁别人要找爸爸。"

这话更是让秦雅芊气急败坏,一张妆容精致的脸气得通红。

"好,你们等着。"秦雅芊大概也知道自己今天在这里讨不了什么好。她撂下这句狠话,再次怒气冲冲地离开。

这话似乎逗乐了任国承,他看着秦雅芊离去的背影,低声提醒:"你最好小心点,这位秦小姐大小姐脾气,骄纵了些而已,不足为惧。不过她那位亲爹,可不是随便能糊弄的。"

阮昭说道:"谢谢任总关心,我会小心的。不过我更相信,现在是法治社会。"

在这个圈子里久了,多少也听说过一些。

秦雅芊的父亲秦伟,也就是海川拍卖的创始人,据说是个黑白通吃的狠人。

任国承这是怕秦雅芊输得不甘心,会对自己不利。

阮昭从高中开始就跟秦雅芊针锋相对,当初逼着她喝下被倒了粉笔灰的水都没在怕,更别说现在。

出了任国承的公司,阮昭突然想起高中那次。

原本出事之后秦家咄咄逼人，强势地要求学校一定要开除自己，最后却还是不了了之，阮昭以为是自己吓唬住了对方。如今再想想，只怕这件事也有傅家插手，她才会这么顺利过关。

一想到这里，阮昭的心情也跟着复杂了起来。

晚上，她到了医院，才发现傅时浔床铺上的东西都收拾得差不多了。

"不是说明天再出院的？"阮昭看到这一幕有些惊讶。

傅时浔正在弯腰将干净的衣服叠进行李箱里，阮昭见他一只手还缠着纱布，立即上前夺了过来："干吗不等我过来收拾？"

"医院的床位很紧张，我又不是什么严重的伤，其实早该出院了。"

傅时浔倒没跟她抢，站在一旁安静地看着她收拾衣服。

她来之前，傅时浔已经收拾得差不多了。两人聊天，阮昭说起今天签下任国承藏画的事情，她突然说："我听说，秦雅芊家里很想跟你们家联姻？"

"谁？"傅时浔似乎好一会儿才反应过来秦雅芊这个名字，半晌他淡淡道，"那不行，锦衡早已经结婚了。"

阮昭随即笑了，故意说："跟我装傻呢。"

傅时浔干脆在床边坐下，撩起眼皮，不紧不慢地说："跟我吗？那更不可能，我只是个大学教授，不涉及家里的任何公司和产业。"

阮昭手上动作微顿，似乎有些不满，只有这个原因吗？

直到身侧的男人注意到她的表情，如同得逞般地轻笑道："最重要的一点，我早已经心有所属。"

阮昭垂着脸，故意躲着他，不让他看见自己的表情。但傅时浔故意跟她扛上似的，干脆伸手勾住她的下巴，直勾勾看向她的眼睛："你忘记了，我当着秦雅芊的面跟你说过，我落到你手里了。"

他轻轻抓着她的手掌，再次将自己的手覆在她的手心里。

"我是你的，只是你的。"

阮昭开着车，傅时浔坐在副驾驶，两人回了傅时浔家里。

一路开到小区门口，熟悉的大门，熟悉的楼栋。阮昭拿着东西下车时，这过分熟悉的环境让她心底有种说不出的滋味。

到了家门口时，傅时浔正要打开门，突然门从里面打开。

"时浔，你们怎么回来了？"南漪站在门口，看见站在傅时浔身边的阮昭，有些窘迫又尴尬地别过头，她低声解释，"我就是过来送点东西，现在就走。"

纵然南漪想多问两句，却还是第一时间走了出来："你们先进来休息，我正好也要回去了,司机还在下面等着我。"

阮昭沉默不语。

南漪越过他们直接往电梯走去,傅时浔看了一眼,突然低声说:"我去送送她,你先进去。"

阮昭点了点头,拎着东西走了进去。

傅时浔走到电梯口时,发现南漪已经下楼了。

等他追到楼下时,南漪正坐上车,吩咐司机开走,却看见傅时浔急匆匆走到车边,敲响车窗。

"你怎么下来了?"南漪打开车窗,勉强笑着。

傅时浔弯腰,并未立即开口,而是直勾勾看着她,那双总是淡然冷静的黑眸,此刻似乎在琢磨着什么。

想了半天,他终究还是开门见山地问了出口:"您还不打算跟我说实话吗?"

南漪脑子当即"嗡"的一声,她怔怔望向他。

"你当初到底和阮昭说了什么?"

傅时浔搭在车窗上的手指微微扣着,连声音都紧绷着。

第六章

· 他愿一生成为她的信徒

初夏时分,夜里的风带着燥热,缠着丝般往身上袭去。

南漪猛地抬起头,眼神里带着惊慌和错愕,即便车内开足了空调,可在这一瞬,她后背沁出一层薄薄的汗。

在傅时浔的注视之下,南漪还是推开了车门,重新下车。

"我们找个地方,慢慢说。"南漪此刻镇定了下来。

小区有个小广场,里面有个凉亭,这会儿是晚上九点多,乘凉的老人和玩闹的孩童陆陆续续都回了家,没了先前的喧闹,唯有树梢上蝉鸣不断。

南漪微微抚了下发鬓,无论何时,她总是优雅从容而淡定的。

唯有十三年前,当她得知自己的儿子被人绑架时,疯了一样要求丈夫答应绑匪的所有要求,哪怕绑匪要求的是所有人翘首以盼的国宝。

"当年你爷爷六亿拍下《报春图》准备捐献给国家,可是我们也不知道绑匪是从哪里得到的消息,居然绑架了你,要拿你换《报春图》。当时正值捐献《报春图》的紧要关头,你爷爷提出拿现金来换你,但需要几天凑齐的时间,对方却认为我们是故意拖延时间。"

南漪看向傅时浔,低声说:"当时我拿刀架在自己的脖子上,威逼你爸爸答应绑匪的要求。对我而言,古画也好,国宝也好,都不及我儿子的性命重要。我只要你活着回来,平安回来。如果这个世界上有比我的命更重要的,那一定是你和锦衡的命。

"我承认,在这件事之后,妈妈成了惊弓之鸟,在看见阮昭出现在你家门的那一瞬间,关于那件事所有不好的念头一下全冒了出来,以至于我对阮昭说了很过分的话。"

傅时浔沉默地听着南漪的话。他活着回来之后，除了曾经的心理医生，从未有人听过他提及那件事，没人知道他到底有没有从那场绑架里走出来。

"你们从一开始就知道阮昭的存在？"傅时浔突然问道。

南漪的声音在夜风中停顿了好一会儿才重新响起："是，我们一直都知道她的存在，知道是她救了你。"

傅时浔犹如木桩般被钉在原地。

他嘴角微扯，努力扯出一道微笑的弧度，可笑容反而越发惨淡："可是你们一直不告诉我。我当初差点因为这件事发疯，你们也要瞒我到底。"

明明是真实存在的记忆，所有人都联合起来骗他，说根本不存在那样一个姑娘，是警察将他从绑匪那里救了出来。

"为什么？"他不敢置信地望着南漪。

南漪看着他的神色，她自己的儿子她最了解，那样从容冷淡的一个人，如今这表情已表明他心神全都乱了。她抬手将被风吹乱的发丝轻轻夹在耳后。

"因为阮昭的爷爷不希望她永远记得这件事。时浔，大人们为了保护自己的孩子，可以做出任何事情。我是这样，阮昭的家人也是这样。我和你父亲本来想要收养她，我们可以让她过上最好的生活，但是她的爷爷更希望她不要背负着她爸爸的死亡长大。"

傅时浔所有的质问都随着这句话烟消云散。

就像是一场盛大的烟火，明明燃烧得正烈，转眼间就成了漫天飘落的灰烬。刹那间，他想起分手那天，阮昭跟他说得最多的一句话就是，他们都要忘记。

不对。

傅时浔发现，他好像遗忘了最重要的一件事。

他看向南漪突然问道："阮昭呢，她知道我就是当年那个被她救的人吗？"

"她应该不知道，当年发生那件事之后，她爷爷就迅速将她带离了老家，跟她姑姑搬到了市区。后来她爷爷去世，她就跟着她姑姑一家搬到了北安。"

当年绑匪将傅时浔绑架之后，带到了九塘那个偏僻的地方，因为那是其中一个绑匪的老家。

后来阮昭姑姑家搬到北安，连南漪都觉得这莫不是冥冥之中安排的缘分。

"我也是无意中在你家里见到了阮昭，才知道你在谈恋爱。她很聪明，发现我的身份之后，就立即明白她修复的古画里有不少是你爸爸介绍的朋友

的藏品。还有那个小院子,在得知是我们低价卖给她后,她也迅速卖掉。

"所以我想她应该一直不知道,要不然她当初就不会接受那个小院。"
傅时浔此刻才明白之前到底发生了什么事情。

阮昭正坐在沙发上安静地等着傅时浔回来。

她还开了电视,随便挑了一部电影,但心底总是存着事情,眼睛虽然盯着屏幕,情节却一点都没进入脑子,反而是外面有点动静她就忍不住竖起耳朵听。

一直等到昏昏欲睡的时候,门口传来密码锁打开的提示音。

阮昭抬起眼皮,就看见傅时浔开了门直奔沙发而来,刚到沙发边缘,他单膝跪在沙发上,弯腰就将她狠狠揉进怀里。

"你骗我。"男人控诉的声音传来。

他像是用尽了全身力气,有种想要把她彻底揉进自己身体里的架势,以至于阮昭有些吃不住劲儿地伸手去推开他。

傅时浔这才松手,垂着眼睑看向她,再次说:"你跟我在一起,从来不是因为报复。"

她骗了他。

两人重新在一起之后,傅时浔也只是强迫自己去忘掉这件事。只要她能回来,就算曾经欺骗过又如何,最起码他们还有重来的机会。

他早已下定决心要忘记这些,可现在却发现,他们的开始从来不是欺骗,更不是报复。

"是我妈妈见过你之后,你才知道我的身份,所以那几天你才会那么反常。"傅时浔用手指轻抚着她的脸颊。

他几乎能想到,阮昭那时候经历着怎样的煎熬。

"为什么要那么骗我?"

面对他的质问,阮昭终于红了眼眶。

"我不想给自己留下后悔的余地。"阮昭眼底噙着泪珠,一直在眼眶处打滚,逼红的眼角望向他,"我想让你同意分手,但我也怕自己会后悔,会忍不住回来找你。"

于是她干脆就给自己安排了一项罪名——一切的开始是以报复之名,不给自己留一丝余地。

"傅时浔"这三个字于她而言,好像是躲不开的咒。

不管是十五年前,还是十五年之后。

"当我从你妈妈口中知道爷爷最大的希望之后,我好像入了魔一样,我想要逃离这一切。我想要听他的话,忘记一切,勇敢往前走。我以为我们分手会是最好的结果。"

——昭昭,你要忘记啊。

这句话成了束缚她的魔咒,让她以为自己只有分手这一条路可以选。

傅时浔半蹲在她面前,听着她的话,心疼到极点。

他当初有多难受、多颓败,阮昭何尝不是一样,分手的痛苦不止他一个人在承受,她同样也承受着,甚至是更多的痛苦。

这让傅时浔不由得想起,阮昭在分手那天还跟他说过,她原谅他了。

原来她是怕自己得知真相之后也陷入同样的沉重之中。她提前将一切都揽到自己身上,却又把最后的温柔留给了他。

傅时浔抬手轻轻擦掉她眼角滚落下来的泪珠,温柔地望着她,声音有些苦涩:"之前我们重新在一起时,我就打定主意,绝不再让你因为我哭。

"可是现在,居然又让你哭了一次。"

他们都背负着经年的伤痛,走到如今,明明心底都有着各自的痛苦、折磨,却反而生怕对方难过,想要拼尽全力为彼此留下最后一丝温柔。

如果可以,没有人愿意选择挫折。

挫折或许会让人成长,可最后留下的痛苦却是旷日持久的。幸好,他们在这旷日持久的痛苦之中再次与对方相遇。

如果岁月如荆棘,他们都不再是当年束手无策的少年。他们终成为彼此最坚实的后盾,为对方披荆斩棘。

"傅时浔。"阮昭认真看向他,同样伸手捧着他的脸。

这是重逢之后她第一次主动触碰他,她那双总是锐利又直白的黑眸此刻带着同样的坚定:"是我骗了你,其实我们的重逢真是一场美丽的意外。"

在扎寺的那个窗棂外,她并不知道自己一抬头会看见什么。可当她抬头时,她遇见了她的一眼万年。

"情不知所起,一往而深。"

这才是我们的重逢。

或许是因为南漪的这次意外出现,反而让阮昭和傅时浔说开了心底的隔阂,两人之间没了刚开始的那种拘束,渐渐回到了曾经的自在和舒服。

当顾筱宁得知他们重新在一起时,隔着手机尖叫起来。

"我就知道,你们两个怎么都走不散。"顾筱宁得意地说,"你都不知道傅教授看你的眼神有多甜蜜,就跟拉丝了一样。"

阮昭轻笑了声。

顾筱宁呜咽了下,气道:"你干吗在电话里告诉我这么重要的事情,你应该当面跟我说。"

"然后让你抱着我哭?"阮昭可还记得上次她跟顾筱宁坦白自己分手的真正原因时,在那么幽雅的餐厅里,顾筱宁哭得让所有人都不住看向她们。

幸亏阮昭是个女人,要不然别人肯定会觉得她是个负心汉。

顾筱宁:"这么开心的事,我哭个屁啊。"

正好阮昭收到一条微信信息,她低头看了眼,有些意外。

因为这是一个很少跟自己联系的朋友。

"必须要出来庆祝一下。"顾筱宁还在那头叽叽喳喳说着。

阮昭回复对方一条信息,才又说道:"你想怎么庆祝?"

这倒是把顾筱宁问住了。

阮昭看见朋友再次发来的信息,突然笑着说:"想不想去看演出?"

顾筱宁好奇道:"什么演出?"

"乐队演出。"

"好呀。"顾筱宁激动道,"正好最近北安有音乐节,我问问我们电视台的人,看看能不能弄到门票。不过你以前不是从来不看这些,嫌吵。"

阮昭没有立即回答,因为她正在回复这个朋友,等回复完了,她才说:"门票我已经弄到了,正好有个朋友给我送了两张。"

"你要不要跟傅教授去看?"顾筱宁还是挺有分寸的。

这倒是把阮昭问住了,傅时浔跟之前的她一样,没什么明显的个人喜好。

"我先问问看,如果他也想去,我再跟朋友多要一张票。"

此时北安大学的考古系来了两个人。

傅时浔正准备出去,听到敲门声,就见一个穿着polo衫,手里拎着一个皮质公文包的中年男人走了进来,身后还跟着个年轻人。

"请问您是傅时浔教授吗?"对方开口。

傅时浔看向他,微微皱眉:"我是,请问你是哪位?"

"你好,傅教授,我是北安市公安局刑侦支队的队长梁前。"对方从怀里掏出了自己的警官证,亮到傅时浔的眼前。

傅时浔看了眼,上面有梁前的警官号。默默记住后,他开口道:"请问有什么事情?"

梁前也不在意他的冷淡态度,笑着说道:"是这样的,我们目前正在调查一宗文物走私案,想请您作为专家,协助一下我们的调查。"

办案他们不怕,只是这文物让他们一个头两个大。他们之前抓到两个犯罪嫌疑人,但对方一口否认是文物,说是假的,是他们运出去卖给外国人的艺术品。这不,梁前只能来找专家鉴定。

"照片。"傅时浔说道。

梁前还搁这儿发呆呢,就见傅时浔低头看了一眼腕上的手表,再次催促道:"梁警官,我待会儿还有事情,所以你只有十分钟的时间。"

梁前立即打开公文包,拿出照片递了过来。

傅时浔看了几眼,前后不过十秒钟:"这是假的,不是古董。"

梁前倒也还好,身侧那个小警官沉不住气地说道:"傅教授,你这才看了几眼啊,不是说文物鉴定需要时间的吗?"

"那是对于最高级的仿冒品而言。"傅时浔直接将照片递还,"这种文物是俗称的'一眼假',专门糊弄外行人。如果你去北安朝天街古玩市场,在那里你可以找到一堆,比照片上这个铜器仿造得更好。

"如果你们要想查文物走私案,这条线肯定只是迷惑你们的。"

梁前当即暗骂一句,亏得他们跟这条线跟了这么久。原来让人当猴耍了啊。

其实这也不全是一个单纯的文物走私案,还牵扯到古董造假,涉及一整条产业链,市局里已经成立专门的调查组,势必要挖出这条线。

"谢谢了,傅教授。"梁前将照片收回,又顺嘴道,"因为这个案子还处于保密阶段,所以请您务必别泄露。"

不过这话他说出来又觉得丢人,这么个一眼假的东西泄露出去,也没什么价值吧。

傅时浔跟他们一起下了楼。

在关车门之前,傅时浔转头看向梁前,说道:"梁队长,文物造假跟别的不一样,不是一朝一夕的工夫,需要技术。所以你真想追查这条线,建议多查查以前的相关卷宗。"

说完,他关上车门开车离开。

梁前嘀咕:"我怎么觉得这位傅教授很眼熟呢?"

"长得帅吧。"旁边的小警官笑嘻嘻地来了句,"来之前我就上网查过

了,他挺有名的。"

"为什么?"梁前挺好奇地问。

小警官:"因为长得帅啊,大学教授长成这样的可不多见。而且他最近还参加了一个考古类节目,说不定师父你就是刷手机的时候刷到过。"

梁前摇头,招呼小警官上车。

他启动车子没一会儿,前面有个学生骑着车也不知怎么回事,直接冲了过来,吓得他猛地将方向盘往旁边一打,车子险些撞到路边的树上。

小警官气得下车立即去找对方,那学生显然吓得不轻。

梁前从驾驶车窗探出头喊道:"小刘,上车。"

小刘上车后,梁前正要启动车子,突然,又停住了动作。

"不对,我真见过他。"

小刘望着他,好奇地问:"师父,你见过谁啊?"

梁前一路开车回到警局,下车后直接冲向档案室。

档案室里排着满满当当的架子。高高的架子上,按照年月摆放着各种陈年旧案的档案。他从里面抽出一个档案盒,打开后,上面赫然写着"201×年北安市绑架案"。他低头看着上面的名字和照片。

穿着白衬衫的少年,直勾勾地望着镜头,朗艳清俊的模样。哪怕只是一张照片,都透着一股蓬勃的少年气。

被绑架者:傅时浔。

梁前迅速往下看绑架犯的资料。资料显示,其中两个绑架犯在当年的追捕中已经死亡。唯有主谋,还在潜逃中。

这个主谋钱坤,江湖人称"坤爷",多次进行古董造假贩假。

办公室里,梁前看着手里的卷宗,不禁陷入沉思。

说来,这个案子还是他从警校毕业进入市局后办的第一起案子,那时候他的师父还没退休,带着他办案。

"老梁,你在这看什么呢,这么入神。"老搭档蔡玉青走了过来,看见他手里的档案资料,惊讶道,"这起陈年旧案的档案,你怎么给调了出来?"

梁前皱着眉头:"还不是为了调查文物走私案。"

"可这个是绑架案啊。"蔡玉青伸手将卷宗拿过来,随手一翻,感慨道,"六亿的画换一个小孩啊……"

"什么六亿?"小刘倒了一杯咖啡回来,边喝边过来凑热闹。

等他看清楚案卷上写的文字,突然惊诧道:"《报春图》?是咱们北安博物馆那个镇馆之宝吗?"

"可不就是。"蔡玉青耸肩。他比梁前小了几岁,进警局的时候,这起案子虽然已经过去了几年,但还是时常有人提及。无非就是因为,这样的绑架案在国内实属罕见。

之前香港地区发生过几起超级富豪被绑架的案子,绑匪索要的赎金动辄几亿,震惊全世界,没想到在内地居然也有这种赎金惊人的绑架案。

"等等,等等。"小刘指着档案上的名字,"傅时浔?这不就是我们昨天拜会的那位傅教授?"

梁前直接将档案从蔡玉青的手里抽了回来,又转头教训小徒弟:"跟你说了多少次,喝东西的时候不要看档案,这玩意儿是我好不容易从档案室调出来的。你要是泼了咖啡上去,我非拧断你的头。"

小刘忙放下咖啡,他对这起绑架案太感兴趣了:"师父,难怪你说你对那位傅教授眼熟。我记得听别人说过,你进市局的第一起案子,就是这起世纪绑架案没错吧。"

梁前无语道:"什么世纪绑架案,媒体就喜欢取这种噱头标题唬人,你跟着凑什么热闹。"

"这还不够世纪啊?这可是《报春图》啊,六亿拍回来的国宝名画,绑匪还真是狮子大张口,直接开口就要这幅画。"

小刘年纪小,只知道有这么一个案子,却并不知道细节。

此时专案组的其他人也纷纷围了过来。

说起来他们之所以调查这起文物案子,是因为海关那边接到举报,随后海关在一个艺术品公司的货柜里查获了一批仿古文物,涉及走私。因为案情重大,海关那边迅速跟北安警方成立了联合专案组。

本来他们以为这是一起单纯的走私案,但查下去却发现这个犯罪网极其庞大,甚至还涉及文物造假贩假。

"这个绑架案我也听说过,难道跟咱们现在查的这起案子有关系?"旁边另一个小年轻也好奇地问道。

小刘捧着平板电脑,他刚才上网搜查了下,这会儿激动道:"原来《报春图》回国的经历这么曲折震撼。网上有详细报道,说这幅画跟故宫的《五牛图》一样,都是唐朝不可多得的传世之作。"

中国近代遭受侵略,很多国宝经历了前所未有的洗劫,如今国外许多博物馆里还堂而皇之地展览着各种从中国洗劫而来的珍贵文物,也时常有外国藏家将家中的中国文物拿出来拍卖。

《五牛图》当年在香港拍卖，而《报春图》亦是如此。

每每有国宝现世，都会有不少中国藏家和商人参与竞拍，因其自身价值和稀缺性，时常能拍出天价。许多爱国藏家和商人拍下国宝之后，会无偿赠予国家。

"当年《报春图》在香港拍卖，被一个匿名买家以六亿人民币拍得。好在这位匿名买家是一位中国藏家，所以民众虽然惋惜不能一睹名画风采，但还是很开心国宝可以回归。

"直到这位匿名买家公开宣布将此画捐献给北安博物馆，大家才发现拍得《报春图》的人是盛亚集团的创始人傅建融董事长。"

众人纷纷震撼，但有人低声说："不过这起绑架案怎么没有媒体报道？"

"报道？"梁前卷起手里的卷宗，狠狠拍了那人一下，"听没听说过一句话，不怕贼偷，就怕贼惦记。这种绑架案很容易引来模仿，要是被报道出去，一个小少年能换一幅价值六亿的画，你说傅家之后还有安稳日子过吗？"

傅建融将《报春图》捐献出来时，傅家顿时成为万众瞩目的一家，不过这种瞩目说是风口浪尖也可以，如果这时候再被曝出绑架案，只怕会给傅家带来无穷无尽的纷扰。

因此为了保护傅家，严禁媒体报道此事。

"这么多年了，这个钱坤就一直没被抓到吗？"梁前皱着眉头。

蔡玉青摇摇头："当年绑架犯一共三个人，他是主谋，另外两个拒捕的时候死了。这个钱坤一直没消息，有人怀疑他早就死了。"

"我听说当年是不是还死了一个人？"蔡玉青忽然想起什么似的问道。

梁前有些沉重地点了点头："有个小女孩发现了被害人，就把他救了出来，谁知两人逃跑的时候被绑匪发现。后来小女孩的父亲赶到，为救孩子，拦住了绑匪，被捅了十几刀，当场死亡。"

小刘在一旁唏嘘："可怜天下父母心啊。"

梁前捏着卷宗里的照片，是一个狗笼子，这是当年用来关傅时浔的那个笼子。

梁前猛地站起来，往外走。

小刘跟在后面喊道："师父，你这是去哪儿？要不要我跟着？"

"不用。"梁前挥了挥手。

傅时浔再次见到这位梁警官时是在自己的实验室，对方明显有备而来。

梁前开门见山地问:"你昨天是不是就认出我了?"

当年傅时浔被救回之后,警方给他做了一次笔录,梁前就是做笔录的警察之一。梁前没有第一时间认出傅时浔,但不代表傅时浔没认出他。

"你的记性还算可以。"傅时浔淡淡点头,边走边说,"这里不是说话的地方。"

两人到了傅时浔的办公室。

梁前开门见山地说:"所以昨天你让我去翻卷宗,不是随口说的话,而是刻意在提醒我。"

"是,我说过文物造假不是一朝一夕就能完成的,像青铜器这样的文物,光是伪造上面的绿锈都需要几年的时间。况且这种生坑锈色的手艺,不是普通人轻易就能学的。什么东西都讲究传承,特别是文物这一行。文物修复的手艺是一种传承,文物造假的手艺同样也是。"

傅时浔拿出一次性纸杯,弯腰倒了一杯水递给梁前。

因为这阵子在查的文物案,梁前多少对文物造假的手段有些了解,傅时浔说的生坑锈色指的就是青铜器因为长埋地下,出土时表面覆盖着的绿色铜锈。这种铜锈是鉴定青铜器真假的一大手段。

仿造青铜器不违法,但一旦有了这道坑锈的程序,那么就是板上钉钉的造假行为。

"你的意思是,这次文物造假的产业链是之前的产业链死灰复燃。"梁前深吸一口气,说出了自己的想法。

傅时浔点了点头。

梁前意识到了什么,问:"之前海关是接到有人举报才会查到一批造假文物,该不会举报人就是你吧?"

傅时浔靠在办公椅上,格外寡淡的脸色终于在这一刻露出淡淡的笑意:"不错,确实是我。"

梁前有些琢磨不透,他虚心请教:"所以你现在这么做,是在除暴安良,守护社会正义?"

"当然不是。"傅时浔眉眼冷淡地垂了下来,"是因为我需要你们警方把当年的绑架案重新查起来。"

梁前一怔,当年的绑架案?

他猛地说道:"你的意思是,钱坤出现了?"

"我虽然到现在还没查出来,但钱坤当年就是做文物造假以及走私起家的,他将造假的古董运到广东一带,再进入香港,卖给那些外国藏家或者包

装一番，转手卖给中国藏家。其中他做得最多的就是青铜器，所以他手里应该掌握着青铜器造假的核心资源。"

傅时浔说得不紧不慢，梁前却听得入神。

他立即意识到至关重要的一点，说道："难怪你刚才一直跟我说，文物造假这件事不是一朝一夕的。如果这个钱坤还活着，或者是换了个身份东山再起，那么他一定会干回老本行。"

"海关查到的那家艺术品公司，说不定就是他们的下线之一。"

这会儿梁前拍脑门后悔都没用，因为他们肯定是已经打草惊蛇了。难怪昨天傅时浔跟自己说，他们查的线索是用来迷惑警察的。

"傅教授，你要查当年的绑架案，不只是想要挖出钱坤这么简单吧？"梁前看着眼前的男人，最开始他见到的是照片上意气风发的少年，后来是被解救出来的人质，浑身死气沉沉，如今他已经成长为一个矜贵内敛的男人。

梁前语重心长地说道："傅教授，钱坤是一个社会渣滓，之前警方不是不想将他缉拿归案，而是这么多年没他的消息……"

说到这里，梁前的老脸也是有些挂不住。

"我知道，这是陈年旧案，警察不可能一直在上面花费警力。"

傅时浔没有冷嘲热讽，只是他越这么说，梁前越是有些挂不住脸面，他忍不住虚心请教道："所以这个线索，傅教授你是怎么发现的？"

傅时浔："警察有很多案子要办，但我只有这一个案子。"

"我希望你不要以私人方式报复钱坤，毕竟他不值得，你如今已经是大学教授，拥有光明的未来，不值得为了这种人搭上后半辈子。"

原来梁前怕傅时浔追查这个案子是为了将钱坤找出来进行私人报复。

傅时浔沉默许久，低声说："我要挖他出来，只是为了给一个人交代。"

之前他并不知道阮昭的父亲为了救他们而死，所以一直以来，他对当年的绑架案闭口不提。绑架案的主谋是死是活，他压根不关心。可如今不一样，在他得知阮昭父亲之死后，便下定决心，要不惜一切代价挖出主犯。

这也是傅时浔没有一直颓废下去的原因。他耗费金钱、时间，想要将钱坤找出来，是活是死也好，他总得给阮昭一个交代。谁知却意外发现钱坤从前是做青铜器造假，而这两年北安市地下文物造假产业链异常活跃，特别是青铜器，光是出现在市面上可以假乱真的青铜器就有好几件。

青铜器跟别的文物不一样，一经挖掘，就收归国有。市面上能流传的青铜器极少。突然流出这么几件，已是不少的数量，而这些只说明一件事，市面上又出现了青铜器造假高手。

梁前见他神色凝重，又想起案卷上提到的那个为了保护女儿而被杀死的父亲，他正色道："傅教授，请你相信我们警方，我们一定会全力彻查此案，如果钱坤还活着，还现身了，我一定会亲手逮捕他。"

阮昭下班的时候，跟同事一块下楼。今天她的车子送去保养了，本来云橙说要来接她，但被她拒绝了。

阮昭这次回来之后，跟云橙还有云霓之间的关系，更像是家人，虽然之前她也没单纯地把他们当成自己的员工。只是没了她这个文物修复师镇店，明堂斋的生意明显没之前好了。云橙从未跟她抱怨过，依旧认真维持着店铺的运营，好在他这些年也积攒了些人脉，倒不至于沦落到要关门的地步。

阮昭本来想叫车，打开约车软件，发现因为到了下班高峰期，前面排队的就有上百人。她打算跟同事们一起搭地铁。她成了修复师之后，好像很久没有搭乘过地铁。

谁知刚到楼下，她一眼就看见了傅时浔。不只是她，周围的人全都看见了。

他直接将车停在了公司楼下，倒不是车有多招摇，而是他这个人。

盛夏时分，即便到了下班时间，依旧天光大亮，只有天边一丝橙色的云霞有那么点黄昏的味道。

傅时浔高挺清冷的身姿往车边一靠，头发被晚风吹得撩起，脸颊的线条流畅而干净，略显低垂的眉眼则稍微收敛了几分他眼底那股要命的冷淡劲儿。

他衬衫的袖口被挽到了小臂处，给原本严谨又沉稳的衬衫长裤穿搭添了几分随性。

"快看那个大帅哥，来接谁的啊，不得幸福死了。"

"羡慕他女朋友，要是我有个长这样的男朋友，我每顿能多吃两碗饭。"

身侧叽叽喳喳的声音逗得阮昭嘴角轻轻勾起。

傅时浔本来正在低头回复信息，正好回完，抬头看见她，大步走了过来。周围的女生登时呼吸都要停止一样，直到他走到阮昭的身前，伸出手："下班了，正要给你打电话。"

众人眼神直勾勾地盯着那只手，然后阮昭在所有人的注视下轻轻握住。

阮昭不是那种轻易会害羞的性格，但这一刻，周围过分直白的打量、好奇以及羡慕的眼神，让她的心跳不自觉加速。

"阮组长。"身侧的小助理冲着她挥了挥手，表示再见。

小助理朝阮昭眨了眨眼睛，她是见过傅时浔的。

其他同事倒也好奇，但阮昭已经直接拽着傅时浔离开了。两人走向车子，

阮昭拉开副驾驶的门,就看见摆在座位上面的花。是一束娇艳欲滴的百合花,花瓣上还沾着几滴水珠。

"你怎么会突然来接我?"没有女人不喜欢花。阮昭抱着花,语气里不自觉流露出惊喜。

傅时浔:"你不是说过你的车今天送去保养。"

阮昭伸手拨弄了下白色中带着微微浅绿色的花瓣,嘴角的笑意越盛,傅时浔从来都把她的事情放在了心上。

这种被人重视的感觉,不管什么时候,都能成功取悦女生。

傅时浔却没有立即启动车子,阮昭看了好久花才发现。等她转头望过去,就见他一直盯着自己,阮昭伸手摸了下自己的脸:"我脸上有东西?"

"嗯。"傅时浔点头肯定。

阮昭伸手要去拉副驾驶前的镜子,谁知手掌刚抬起来就被傅时浔轻轻按住,紧接着他将阮昭拉了过去。两人之间还隔着一束花,他的手掌搭在阮昭的后背,并未将她紧紧抱住。

今天跟梁前的谈话,让一向冷淡的他都无法平静。他们曾经历过的那些磨难、痛苦,将这一切加诸在他们身上的人,终将付出代价。

再等等。

他的姑娘,请再等他一下,他一定会给她一个交代。

"昭昭。"傅时浔轻轻环住她,嗓音虽然极淡,却又坚定而温柔,"你想要的,一定会实现。"

人声鼎沸的场馆门前,粉丝正在热切逛着各种摊位,广场上每面旗帜上都是各种应援画面,抱着吉他的主唱、狂野挥舞鼓棒的鼓手、跳跃而起的贝斯手……

广场上到处充斥着淡淡的薄荷绿色,清新的颜色仿佛让这四周都充斥着野薄荷的味道。

野薄荷乐队,是一年多之前因为一档综艺节目而瞬间爆红的乐队。这一年来他们在全国各地巡演,这次终于巡演到了北安。

"你说看乐队表演,居然是这个?"顾筱宁坐在阮昭的车里,到了体育馆门口,看着这一路上的横幅、巨大的海报、一排排的彩旗,在车子排队进入地下车库之前,她猛地伸手去拉车门。

阮昭眼疾手快地将她抓住,震惊道:"你干吗?"

顾筱宁摇头:"不行,不行,我不看。我不要看这个演出。"

"你不是一直都特别喜欢乐队表演？"阮昭有些不解地看着她。

难得人家给了她两张票，她也询问了傅时浔要不要来，不过傅时浔得知她是要跟顾筱宁一起，就让她们两个过来玩。

顾筱宁光顾着摇头。

正好前面的车子慢慢进入地下停车场，阮昭重新启动车子。

等找到停车位之后，阮昭看着顾筱宁的表情，试探着问道："你不喜欢这个乐队，还是不喜欢这个乐队里的人啊？"

"这种大明星跟我有什么关系。"顾筱宁不自在地拨弄了下头发。

阮昭的手机响了起来。

电话对面的人似乎在询问阮昭，阮昭回答了几句就挂了电话。

阮昭转头看向她："真不想看？抱歉，我以为你会喜欢，都没提前跟你说。"

这场演唱会的门票特别难买，黄牛票最高的已经炒到了上万的价格，顾筱宁在电视台工作，一直挺喜欢追星的，阮昭之前没跟她说，就是想给她一个惊喜。

见阮昭这么抱歉的模样，顾筱宁也不好意思，她有些扭捏地说道："也不是，我就是觉得这种是粉丝演唱会，我们不是粉丝，有点格格不入。"

没一会儿，有个戴着工作牌的女工作人员过来，敲了阮昭的车门。顾筱宁见状，也不好再说要离开的话，只能跟着一块进去。

"我们这是要去哪儿？"她看着这一路往里走，好像是通往后台的方向，越来越心惊。

直到她们进入后台，工作人员穿梭来穿梭去，所有人都在为演唱会做最后的准备工作。

工作人员直接将她们带到化妆间门口，顾筱宁正要说什么，突然化妆间的门从里面打开，吵嚷的声音传来。

野薄荷乐队，一共有四个人，除了主唱江照的话少，其他人个个是十级话痨。

"我们的仙女来了。"贝斯手周展白看见阮昭，立即从沙发上蹦了起来。

阮昭看着他们，轻笑了下："好久不见，各位大明星。"

周展白无语道："什么大明星啊，我们落魄的时候你又不是没见过。"

除了主唱江照不在，乐队其他三人都过来跟阮昭打招呼。

"这位是我朋友，顾筱宁。"周展白好奇地看着顾筱宁时，阮昭介绍道。

顾筱宁扯了扯嘴角，想要笑一下，谁知露出的笑容反而比哭难看，弄

得周展白直呼:"你该不会是被我们仙女绑架过来的吧?来看我们演唱会这么不情愿吗?"

"不是,我很喜欢你们的,你们参加的那个节目我每期都看。"顾筱宁尴尬笑道。

话音刚落,化妆室的门再次被推开,一个身形高挑而瘦削的人走了进来,所有人在这一瞬看向了他。

顾筱宁眼睁睁地看着那人走过来,她整个人如同石化般站在原地。

野薄荷乐队主唱江照,乐队的灵魂人物。

当他横空出世时,一张足可以媲美娱乐圈顶级流量明星的脸让他爆红,更别说他还如此才华横溢,乐队的首张专辑,他几乎包揽了所有作曲。

此刻他站在化妆间里,穿着简单的无袖黑色 T 恤、黑色露洞长裤,周遭所有的光好像都笼在他的身上。

他是人群的焦点,是光芒的正中央。

顾筱宁直勾勾地望着他,心脏怦怦直跳,口干舌燥,不知该怎么开口。毕竟距离他们最后一次见面已经过去那么久,还那么不愉快。

江照一步步走过来,顾筱宁愈加害怕,他想要干吗,难道是打算当众找她算账?

直到江照伸手轻轻抱了下身侧的阮昭,低声说:"谢谢你能来。"

阮昭似乎跟他很熟稔,笑了下:"是我的荣幸。"

"这位是?"江照松开阮昭,微眯着眼,看向身侧的顾筱宁。

也是,大明星怎么可能还记得几年前短暂交往过的人,顾筱宁突然觉得自己的过度反应挺搞笑的。

顾筱宁抢在阮昭说话之前开口说:"一个来看演唱会的粉丝。"

江照微微点头:"原来是我们的粉丝。"

顾筱宁维持着假笑的模样。

江照懒散地朝她身上一打量,顾筱宁被他看得有些恼火,就听他语气平淡地问:"没带应援物吗?我还说可以给你签个名呢。"

顾筱宁突然想起,之前还在一起时,江照在她手掌心写过他自己的名字。她还笑着打趣,应该写在纸上,这样等哪天他成了大明星,这签名可就值钱了。

如今一语成谶,他真成了光芒万丈的大明星,而她依旧渺小。

一时,顾筱宁连气都懒得跟他生了。

"那真是可惜。"江照又是那种习惯性的慵懒语气。

倒是旁边乐队成员以及工作人员都跟见鬼了一样看着他们俩。谁不知道江照是出了名的少言寡语，曾经上节目的时候因为话太少，粉丝挨个数他在节目上说的每一个字，现在他居然跟一个陌生的粉丝说这么多话。

周展白服气地看向阮昭，竖起大拇指："不愧是我们仙女，面子果然够大，连你的朋友都能让照哥说这么多话。"

阮昭看了一眼江照，突然笑了下："未必是我面子大。"

演唱会即将开始，工作人员做着最后的检查，给他们戴上耳麦，整理妆容头发。顾筱宁站在不远处，望着这边众星捧月的场面。

阮昭递了一杯咖啡过来："要喝吗？"

顾筱宁有气无力地接下，突然问："昭昭，你跟他们是怎么认识的？"

阮昭好笑地打量着她，心底不禁有些奇怪，但还是说道："一年多之前，我刚离开北安。那是一个下雨天，我难得开车出门，谁知在高速上就看见一辆车横在马路上，然后他们几个就站在马路边一直拦车。

"那时候他们去参加节目的试镜，结果半路上车子抛锚，还是下雨天，只有我一个人把车停下来，问他们要去哪儿。"

将衣服脱掉披在吉他上面的江照，抬头看着车窗里露出来的那张脸，露出惊讶的表情，随后说："电视台，我们要去电视台，请问要多少钱？"

"不要钱，上车。"阮昭甩了下头，示意他们上车。

到了电视台的时候，江照要了阮昭的联系方式，说之后想请她吃饭感谢她。

本来阮昭不想给，但他站在雨里，一副你不给我就不走的模样，阮昭刚才在车里听其他成员念叨，说他们参加的试镜要迟到了，于是她只能将手机号码给了他。

过了几天，江照约她去看他的表演。那时他们还是个在酒吧表演的半地下乐队，阮昭去了，听完演出，又跟他们一起吃了夜宵，才知道他们没有被节目组选上，因为当天迟到了。

"什么迟到啊，还不就是我们没有关系，没有后台。"周展白恨恨地说。

说来也是巧，没过几天梅敬之带她出去吃饭，正好遇到一个朋友。两人聊天，阮昭得知对方居然是江照他们参加综艺的负责人。对方正好要跟梅敬之谈这次的赞助，于是阮昭顺嘴提了一句。谁知过了两天，江照给她发信息，说节目组又有人联系他们上节目。

"所以他们能走红，是靠你？"听到这里，顾筱宁忍不住说道。

阮昭笑了起来，冲着不远处抬了抬下巴："你觉得江照那张脸会红不起来吗？"

这倒也是。顾筱宁忍不住缩了下脖子，他那张脸确实是太好看了。要不然也不至于让她突破心理防线，跟一个比她年纪小的……

演唱会即将开始，阮昭跟顾筱宁从后台走入观众席。江照给的位置果然是顶级视野，就在第一排，感觉一伸手就能摸到舞台。

伴随着开场金色烟花的喷发，乐队成员出现在舞台上，阮昭拿起手机拍了视频，发给傅时浔。

傅时浔：现场好玩吗？

阮昭：你不来真的好可惜，很热闹也很精彩。

傅时浔：下次一定。

台上乐队出现的瞬间，点燃了所有歌迷的热情，在这样巨大的欢呼和喝彩声中，阮昭低头回复：你会不会觉得喜欢乐队很幼稚？

傅时浔：我又不是老学究。

傅时浔：好好享受今晚，结束了给我打电话。

演唱会结束，江照的工作人员找了过来，说是他们包了间酒吧，庆祝演唱会圆满成功。

阮昭问了顾筱宁要不要去。

这会儿顾筱宁是彻底想开了，又或许是参加演唱会的兴奋劲儿还没过去，她点头说："我现在回家根本睡不着，我得去喝一场。江照的现场真的太牛了，我早就说过他会成功的。"

"你早就说过？你什么时候说的？"阮昭故意问道。

她对顾筱宁实在太了解了，顾筱宁跟江照一见面，她就大概猜到这两人不是第一次见面。

顾筱宁抿了抿嘴，半晌说道："人家是大明星了，有些事就不说了。"

虽然她知道阮昭不可能说出去，但现在说就好像攀关系似的，倒不如当无事发生。

庆功宴上，大家玩得很开心，就连阮昭都放松下来，过了许久才发现傅时浔给自己打了电话。

她找了个安静的地方，回拨傅时浔的电话。

"还没结束？"傅时浔问道。

阮昭摇摇头："忘了跟你说了，演唱会结束之后，他们来酒吧庆功，邀请我们一起过来。"

傅时浔似乎听出她的声音有些不对，问道："你喝酒了吗？"

"一点点。"

"我现在过来接你，地址发给我。"傅时浔不容置喙地说。

傅时浔来得很快，半个小时后就给阮昭打了电话。

阮昭到门口去接他。

见她两颊酡红，他直接伸手将她抱住："喝了很多吗？"

阮昭靠在他怀里，乖巧地摇头："没有，真的只有一点点。"

"想回家了吗？"傅时浔低头问她。

阮昭点点头，说道："不过我得先进去把顾筱宁找出来，我怕里面有大灰狼把她吃掉。"

傅时浔稳稳地将她抱在怀里，低头看她一眼："大灰狼？"

阮昭抬头，他身上那股熟悉的清冽淡香味萦绕在周遭。她脸颊在他怀里又蹭了蹭，忍不住笑了下。等笑够了，她仰头看着他说："像你这样的大灰狼。"

傅时浔有些好笑，问道："我是大灰狼？"

"难道你不想吃掉我吗？"阮昭双手抱着他劲瘦的腰，下巴抵着他的胸口，仰头直勾勾地盯着他，眼神迷离得犹如藏着钩子，一下就勾住了傅时浔的心。

两人还没有走到酒吧里面，正站在门口的走廊那儿，周围没什么人。

傅时浔这一刻不想克制自己了，阮昭这话就跟点火似的，本来他对她就不可能心如止水，现在被她这一句点燃了心火，烧得如火如荼，直接将理智都烧没了。

他倾身将阮昭抵在墙壁上，弯腰吻住她的唇，一开始是轻吮，但很快这种浅尝辄止的亲吻方式让他不再满足。他直接撬开她的唇齿，勾住她的舌尖。不远处的酒吧舞台上传来撕心裂肺的歌声。

两人紧紧拥着彼此，心跳的频率太过剧烈，周遭那样嘈杂的声音都被屏蔽在他们的世界之外，似乎只剩下彼此急促的呼吸声，还有那种极致渴望对方的感觉。

"我今天晚上特别想你。"傅时浔吻着她的眼睑，轻抚着她的长发。

阮昭整个人软得快成一潭水，幸亏有他当靠垫。

她小声问:"为什么?"

傅时浔:"哪怕没有我在身边,你现在也可以玩得这么开心。"

这种滋味确实不太好受,好像他并没有那么重要,在她心底变得无足轻重了。

阮昭没想到他会这么说,当即拉着他的手:"傅教授,如果你诚实点,今晚的快乐也会有你一份。"

她拉着傅时浔直接进了酒吧,正好赶上江照跳到舞台上。他也不知道从哪儿弄来了一把吉他,直接在台上唱了起来。而且他居然唱的不是自己的歌,而是五月天的《倔强》。

阮昭握着傅时浔的手,台下所有人听着前奏,江照站在话筒前,开始高声唱道:

当我和世界不一样
那就让我不一样
坚持对我来说就是以刚克刚
我如果对自己妥协
如果对自己说谎
即使别人原谅
我也不能原谅
最美的愿望一定最疯狂
我就是我自己的神
…………

江照的声音有种微妙的易碎感,并不嘶哑,依旧有种少年的感觉,仿佛真的唱出了那种凛然的倔强感。

这首歌是很多人的青春,哪怕他们早已经远离青春,不再那样轻易狂热和躁动,不再高唱着自己的倔强。

此刻,舞台下原本疯狂舞动的人群竟渐渐停了下来。所有人看向台上的男人,跟随着他激昂而充满感染力的声音,一起唱了起来。

我和我最后的倔强
握紧双手绝对不放
下一站是不是天堂

就算失望不能绝望
············

就连一向不会轻易感动的阮昭,都高高举起傅时浔的双手,只是她望着傅时浔时,见他直直地望向台上的江照,眼底有种说不出的落寞。
"傅时浔。"她高声喊着他。
清越的歌声将所有人带入狂热之中。
傅时浔转头看着她,阮昭在这歌声的高潮部分踮起脚吻上他的唇。
就这一次,让他们带着彼此的倔强,走到最后吧。

两人找了一圈,都没找到顾筱宁。
阮昭打了好几个电话,顾筱宁才回了一条信息,说她已经先回去了,让阮昭跟傅时浔走就好。
阮昭知道她今晚不太对,有些后悔没看住她。阮昭发信息给顾筱宁,让她安全到家之后给自己发条微信。

上了车,傅时浔开车,阮昭坐在副驾驶,她将车窗打开,晚风顺着车窗飘了进来。
就在车子要下高架时,她突然转头看着他:"今晚我不想回家。"
傅时浔握着方向盘的双手猛地一紧。
"所以你要带我走吗?"晚风吹起阮昭的长发,她微红的眼眸迷离又撩人。
傅时浔直接改了路线,从这里下高架是去阮昭家里的路,而往前开,是去他家的路。
到了家里,门刚打开,阮昭就被他的手臂勾了进去。
两人用一种要将对方揉进彼此身体里的热情,一路从玄关到了卧室。这里的一切依旧让阮昭熟悉,直到他们倒在床上,透过未拉严的窗帘,清冷的月辉落了进来。
他们抱着彼此,吻是这一刻最虔诚的表白。
这一夜,所有的热情都被倾注,他们像是要弥补所有丢失的时光。

阮昭醒来的时候,揉了好久眼睛,才迷迷糊糊地坐起来。但她发现身侧早没了人,她看了床头一眼,居然已经是下午两点多了。

她去了洗手间，看见架子上干净的毛巾，还有跟她离开之前一模一样的新牙刷，这一刻，所有的过往好像都渐渐远离。

阮昭洗漱完之后到了客厅，看见傅时浔留下的纸条，说他出门一趟，厨房里有他做的午饭。

阮昭热了热午饭，吃了点。

闲来无事，阮昭去了傅时浔的书房。

之前也是，他们两个人哪怕待在一起，也会这么安静地坐着，或是看书，或是找部电影看看。

原本她是想在书房找本书看看，谁知翻着书架时，居然找到了一本傅时浔的高中相册。

她将相册拿下来时，从里面掉出来一张薄薄的光碟。

阮昭也没准备看，打算将光碟塞回去，余光扫了眼，瞥见光碟的外壳上写着一行小字：

傅时浔校庆晚会表演纪念光碟。

阮昭眨了眨眼，手里握着光碟，想要放回去，心里却又不舍。

虽然她见过十七岁的傅时浔一面，可那一面带着仓皇、恐惧，是完全不值得回忆的初遇，突然间，她想见见她未曾见过的十七岁少年傅时浔。

于是她发了条微信给傅时浔，问道：你书房里的东西，我可以看吗？

她没具体说是看什么，就是怕他不让看。

果然，傅时浔很快回复：不管是什么，只要你想看的，随便看。

阮昭找了电脑，幸亏傅时浔家里有一台台式电脑，自带光驱，要不然这种老旧的光盘视频，都没办法播放出来。

当电脑里的光驱经历漫长的转动，视频被播放出来时，阮昭没有如自己预想的那样，哄然大笑起来。

简单的舞台上，穿着衬衫的少年抱着吉他，身后还有鼓手和键盘手。

当那首熟悉的《倔强》前奏响起来时，少年的歌声那样清透而干净，他抬眸望着台下。从视频里都能听到震耳欲聋的欢呼声，少年清俊而瘦削的脸颊抬起，利落的轮廓透着青春的蓬勃气息。

直到歌曲的高潮来临，他松开手指，手掌高高举向天空，潇洒而利落地比画出了"一"的手势，他脸上的笑容轻狂又张扬，是阮昭从未见过的肆意。

原来，傅时浔也不是一直这样沉稳冷静。

他不是从一开始就生成那样冷淡疏离的性子，他的人生被一道分割线清楚地分裂成了十七岁之前和十七岁之后。

那场绑架改变的不仅仅是阮昭的人生,同样还有他的。

直到阮昭跟他重逢之后,他依旧还怕黑,因为他曾被关在那个狗笼子里三天三夜,盖着巨大的油布,黑不透亮。笼罩着他的,不只是黑暗,还有随时会降临的死亡恐惧。

此刻台上的少年越是热烈灿烂,阮昭哭得就越是厉害。

傅时浔回到家里时,看到坐在书房里泣不成声的阮昭,他心底慌乱至极。

"怎么了?"傅时浔走过去,轻轻抱住她。

阮昭轻轻推开他,抬头看向他,哭声暂止,她带着微微抽泣轻声问道:"我好像一直有一件事忘记问你。"

她哭着问道:"那时候,你是不是很害怕?"

傅时浔心底的某一块突然塌陷,他不是不明白自己为什么爱阮昭,但是这一刻,他前所未有地明白。

他那样热烈地爱她。

他轻轻抱住她,低声说:"很怕很怕。"

他从来没跟任何人说过这两个字,从未对任何人提及那次被绑架的感受。

"我没有一刻不在祈求神明,"他看着她的眼睛,用前所未有的虔诚语调说,"然后我的神明听到了,她来救我了。"

当她掀开那块黑布,光透进来的那一刻,他原本即将黯淡的世界重新有了光。

从那时,阮昭就是他的神明。

他愿一生,成为她的信徒。

第七章

· 愿我为星火，照亮你的余生

九月，盛夏的余热依旧未褪去，好在一场大雨让整个城市降了点温。

下午三点，大学校园有种别样的安静，路上没什么人，大概是这时候都在教室里面上着课，梁前的车子一路开到楼前。

自从知道傅时浔就是被绑架的少年之后，梁前就没再来打扰过他。毕竟人家是受害者，没有哪个受害者愿意一直回忆最不堪的往事。

但这阵子，梁前他们不管怎么调查，发现这条线索断了，特别是最近这段时间，整条造假产业链好像彻底蛰伏。哪怕是古玩地下市场，也没了顶级赝品出手。

警方派了几个卧底想要跟对方接头，但是古玩市场本来就小，生面孔更是容易引起怀疑，他们的计划失败了两次之后，彻底打草惊蛇，对方再也不上当。

如今什么线索都没有，梁前想来想去，还是厚着脸皮来找傅时浔。既然对方在一年多之前就私自调查了这条线，那么掌握的消息肯定比他们警方要多些。

梁前越想越觉得老脸有些挂不住。警察应该是保护普通民众的，现在却反而要向人家求助。

好在傅时浔十分配合，在梁前打了电话过来联系时，他就一口答应了。

梁前便立即前来，这次他对傅时浔的办公地点已经轻车熟路。

他带着徒弟小刘走到门口，刚要敲响门，办公室的门从里面打开，傅时浔看着梁前，微微颔首："梁队长，我们走吧。"

"去哪儿？"梁前一怔。

傅时浔没卖关子，直接说："实验室。"

梁前反而更加疑惑，去什么实验室？

三人到了实验室，里面有几个学生正在工作。

实验室是新建的，处处透着一种现代高科技感。大概是陌生的地方总能让人谨慎，梁前安静跟着。直到傅时浔喊道："庄维、田希。"

原本低头在处理工作的两人这才发现傅时浔进来，立即走了过来。随后几人一起走到了里面的工作间。

庄维将一个盒子搬出来，打开之后，就看见里面装着一件青铜器。他戴起白色手套，小心翼翼地将青铜器搬到工作台上。随后他又将另外一个盒子搬了过来，里面也是一件青铜器。

"这是……"梁前看着面前的两件青铜器。办案他是专家，但是鉴定文物，他实在没那个眼力。

傅时浔说："我之前跟梁队长你说过，鉴定伪造青铜器最重要的一点依据，就是坑锈，添加化学药剂在土坑里，再将新造出来的青铜器埋进土坑里，不出几日，原本崭新的青铜器上面就会出现青铜文物上的绿锈。"

可这个对破案有什么帮助啊？

"现在这条造假线已经蛰伏下来，不过我们可以从另外一个角度来追查，那就是造假工厂的所在。"

梁前震惊道："你们知道造假工厂在哪儿？"

"当然不知道。"傅时浔淡淡道。

可是梁前看着他这淡然的模样，又觉得不像不知道，忍不住问道："要怎么追查？"

傅时浔指了指田希，解释道："正好我的学生在写一篇关于土壤环境对于出土文物影响的博士论文，而她发现北安市鸣鹿山一带出土的青铜器，因为高温低湿的气候环境，以及当地赤红壤的土质环境，造成了共析体和铅颗粒晶界较多，再加上鸣鹿山一带地下水位一向比北安其他地区高，造成地下水不断冲淋土壤中的……"

听到这里，梁前终于忍无可忍地说道："傅教授，虽然你说的每个字都是中文，但我真的一个字也没听懂。"

"抱歉。"傅时浔颔首，轻声道，"那我就直接说结果好了。"

梁前点头，一旁的小刘警官也狠狠点头。幸亏师父先开口了，要不然他也憋不住了，这感觉跟听天书似的。

"这个青铜器，就是之前我想尽办法从黑市上收购回来的顶级赝品，我对它的制作手法仔细研究过，确定是这条造假线上流出来的。我们又对这个青铜器进行了鉴定，可以确定，它出自鸣鹿山一带。"

梁前猛地一怔，惊喜道："你的意思是，这个文物造假工厂在鸣鹿山一带？"

"不错，根据我们对青铜器上土壤的提取，以及绿锈成分的分析，可以确定，这个造假工厂一定就在鸣鹿山一带。"傅时浔肯定地说道。

梁前心中大喜。

本来他们只知道这条文物造假链是以北安为据点，并不知道对方是将已经制造好的假文物运到北安销售，还是造假工厂就在北安。如今傅时浔不仅直接给他缩小了调查范围，还几乎帮他锁定了造假地点。

鸣鹿山一带虽然大，但这样的造假工厂不可能一点痕迹都不露出来。

"还有就是，伪造青铜器的绿锈需要大量的化学药剂，而其中就有管制化学品，你们也可以通过这条线来追查。双管齐下，我想一定很快能有线索。"

傅时浔既给他提供了鸣鹿山这条线索，又给他提供了另外一条线索。

"你既然有这些线索，怎么不早点告诉我们？"小刘在一旁听得一愣一愣，半晌小声嘀咕道。

这惹得一旁的庄维忍不住吐槽道："我说警官，这些线索是我们教授没日没夜做数据分析研究出来的。不说别的，光是这个土壤分析和研究，我们就得花多少时间。还有伪造绿锈的化学成分，也是教授自己一点点摸索出来，最后才确定了其中最重要的两种化学试剂。"

梁前瞪着自己的徒弟："不懂就不要胡说八道，傅教授没有义务帮我们调查，现在是我们麻烦人家。"

"对不起，傅教授。"小刘也知道自己失言，当即道歉。

好在傅时浔并不在意，说道："他们伪造绿锈所需要的化学药剂，其实我们并不知道配方，但是经过多次实验之后，我确定了他们一定会使用到的两种化学药剂，而这两种化学药剂正好就是管制品，要想大量买卖，必然会留下痕迹。"

一想到这两条线索，梁前恨不得立马回去展开调查。

一周之后，警方在鸣鹿山成功查封一处造假工厂。只可惜，在工厂中只找到了几个工人以及造假师傅，并未抓到幕后老板，不过在这些人口中，他们的老板是一个叫申爷的人。

这个申爷行事低调，从未来过造假工厂，而且很少有人见过他。

有个老师傅交代，他跟申爷见过一次面。当年就是申爷亲自上门，重金请他出山造假。这个老师傅说，虽然他没看见对方的长相，但听着声音很耳熟，而且对方虽说自己是从香港来的，却是地道的北安口音。

傅时浔本以为警方能够顺利抓到钱坤，没想到他还是脱了钩。至于这个申爷，不管是他还是梁前，都认为就是钱坤。

奈何这人太过狡猾，十五年前就让他逃了一次，没想到这一次居然又让他逃了。

"你怎么了，这两天心不在焉的？"阮昭发现傅时浔这几天明显有心事，看着她的时候总是会陷入发呆的状态。

傅时浔伸手将她拉到腿上坐着，整个人从后面抱住她，这是他现在最喜欢的一个姿势。将她整个抱在怀里，仿佛是将他的全世界都紧紧抱住了。

傅时浔贴着她的耳畔，轻轻啄了下她的耳垂。

这是阮昭最受不住的地方，一碰就痒，每次的反应都能成功取悦到傅时浔。于是他轻啄着，她往后躲。

两人一吻一躲着，阮昭的疑问就直接被岔开了。

本来傅时浔是想等人抓到了再跟阮昭说这件事，但没想到抓人之事功亏一篑，只能等着警方继续追捕。

这天早上，阮昭刚到公司，就看见一群人围在一起议论纷纷。

阮昭走到办公桌旁，小助理忙不迭给她倒了咖啡过来。

"他们聊什么呢？"阮昭顺口问道。

小助理神秘地说道："昨天晚上，微信群里有人爆料，说海川拍卖要完蛋了。"

"完蛋？为什么？"阮昭感到好奇。

海川拍卖是秦雅芊家里的公司，她爸爸秦伟是公司创始人，之前阮昭陪着梅敬之去参加宴会时，还看见秦伟一家子跟傅家热聊的模样。梅敬之跟她说过，秦家想要跟傅家联姻，据说这两家私交甚好。虽然那时候阮昭跟傅时浔还没复合，但她心里还极不是滋味。

后来，两人复合，阮昭提到这件事，傅时浔才笑着解释说，原来秦家和傅家的关系源自老太太。

秦雅芊家同样是做拍卖行的，她爸爸秦伟极其迷信，烧香拜佛那都是基本的。这个也不新鲜，现在越有钱的人，对神明越是有一颗敬畏之心。很多

明星或者企业大佬，都信佛。因为傅家老太太信佛，两家在归宁寺认识之后有了些交情。不过说到联姻，那就是秦家一厢情愿的事情。

小助理低声说："反正海川有人爆料，说是公司很多藏品拍卖价格没有达到预期，而他们大老板去澳门豪赌，输了好几个亿。"

"输了几个亿？"阮昭有些惊讶，却也没太奇怪，因为赌博输掉企业的，也不止一两个。

不过这阵谣言来得快，去得也快，因为当天海川拍卖就在自己的官方微博上传了律师函，说是已经取证成功，要告那些传播谣言的人。面对海川如此强硬的回应，吃瓜群众很快就散了。

只不过，在一个私人会所里面，谣言的主人公，海川拍卖的秦总正气急败坏地喝着酒。

他刚挂断手机，就狠狠将玻璃杯摔向墙壁："一个个求着我的时候溜须拍马，现在老子有事想要求他们，都开始推三阻四。"

可他还是不死心，又打了一个电话。

这次对方连接都没有接。

就在他气急得差点要扔掉手机的时候，包厢的门被打开。

这个包厢是他在会所里长期持有的，除了他，没人敢轻易进来，更别说还不敲门。

"给老子滚出去。"秦伟赤红着眼睛，怒吼道。

谁知却听到一声呵笑："秦哥，怎么发这么大的火，气大伤身啊，毕竟你年纪也不小了。"

秦伟听着这熟悉的声音，猛地看过去，就看见一张有些陌生的脸。这张脸有种不太协调的僵硬感，似乎是整容过度。

不管看了这张脸几次，秦伟都还是有些无法适应。

倒是对方似乎不太在意，直接走过去给自己倒了一杯酒，紧接着在沙发上坐下，跷着二郎腿，嚣张又惬意的模样。

"你怎么还敢来这里？"秦伟猛地走到门口，直接将门关上。

男人无奈地摇头："没办法啊，我现在可是丧家之犬，只能来找秦哥你了。"

秦伟："我不是早就说过，咱们两个这段时间先别见面了。警察可是一直在找你，你还不给我老实点。"

"我知道警察在找我，所以我决定离开北安。"

听对方这么一说，秦伟登时松了一口气。两人合伙赚钱的时候，秦伟自然不是这种唯恐避之不及的态度。可现在对方出了事,秦伟自然恨不得他离自己越远越好。

下一刻,对方说道:"不过我临走之前,也不能什么都没有就这么两手空空地离开吧。"

秦伟警惕地看着他。

对方呵呵一笑,直接开口:"我也不多要,你给我五千万,我立马离开,而且永远都不会回来。"

"五千万?"秦伟没想到对方居然敢狮子大开口,登时气急败坏道,"你当我是银行还是印钞机?况且你这次没少从我这里捞钱吧。"

居然还敢跟他要钱。

可是对方丝毫不在意,乐呵呵地说:"你去一趟澳门都能输掉几个亿,给兄弟五千万跑路费,不算多吧。"

"放屁。"秦伟想也不想地否认,"这都是谣言,是为了摧毁我们海川的上市计划。"

对方似乎也懒得跟他计较这些,将玻璃杯中的酒一饮而尽后,出声威胁道:"你可别忘了,这几年我帮你的海川拍卖做了多少赝品。这么一本万利的买卖,你就分那么点钱给我。要是长久的生意也就算了,但现在警察已经顺藤摸瓜快要找到我了,我必须离开北安。"

"你要是不想给钱……"男人呵呵一笑,也不顾什么情面,直接威胁道,"这么大一家拍卖公司,你也不想眼睁睁看着它倒闭吧。"

秦伟眯着眼睛看向他:"你是在威胁我?"

男人其实年纪也不小了,接近五十,但偏偏脸上的皮肉紧绷,仿佛是打了太多针,僵掉了,哪怕扯着嘴角也做不出什么表情。

他望着秦伟,终于露出冷笑:"我现在是光脚的不怕穿鞋的。"

"钱坤,你别忘了,这么多年我给了你多少钱。要不是我,你能过得像现在这么逍遥自在?我就是养一条狗,这么多年也应该喂饱了。"

钱坤望着他:"你给我钱不是应该的吗?要不是因为你,我至于变成这副模样?我这张脸哪怕亲爹亲妈看见了,都认不出来了吧。这笔钱你不给也得给,五千万,三天之后,我要是看不见,海川拍卖出去多少赝品,我可是记得清清楚楚。"

秦伟这下也稳不住了。

他喊住钱坤,说道:"兄弟,我现在确实遇到了难处,不过你要是真的要钱也行,我还有一个办法,可以让我们都摆脱现在的困境。"

钱坤站在原地。

就听秦伟说了几句,他脸色变了下,盯着秦伟看了许久,终于忍不住道:"秦哥,你还真是一如既往的……"

够恶毒。

不过这种话,他也懒得说,只是顿了下,然后点头。

"好,我就再信你最后一次。"

九月过后,各大拍卖公司空前繁忙了起来。

因为一年一度最为重要的秋拍即将开始,各大公司会拿出这一年最重头戏的藏品出来,各种宣传展览,以便吸引全国所有藏家的注意力。

嘉实拍卖作为行业龙头,自然也不可能落于人后。

公司的秋拍会开幕仪式正在筹备当中,还有艺术品展览,跟之前博物馆的合作展览已引起了不小的关注。

却不想就在所有人忙碌时,一条爆炸性的新闻彻底点燃了整个办公室。

阮昭因为正在检查展品方案,没来得及看手机。直到小助理跑过来,震惊地说道:"组长,你没看新闻吗?"

"怎么了?"问着话时,阮昭伸手去拿扣在办公桌上的手机。

小助理也等不及她打开手机,直接将自己的手机屏幕举到阮昭面前,她说:"就在刚才,香港宝佳得拍卖公司宣布,今年秋拍会上将拍出藏品《报春图》。"

阮昭盯着手机屏幕里那个醒目而巨大的标题——

香港宝佳得今日正式宣布,即将拍卖国宝《报春图》真品!

此刻,办公室早就炸成一锅粥。

"这不是笑话嘛,《报春图》可是在我们北安博物馆珍藏着呢,这个宝佳得凭什么拍卖。"

"就是,简直是滑稽,谁不知道这可是当年傅老先生花了六亿拍卖回来的。"

"我现在想看荣轩出来跟这个宝佳得撕。毕竟傅老先生当年是从荣轩拍回来的画,宝佳得这么干,不就是说荣轩当年拍的是赝品。"

荣轩拍卖也是香港的一家老牌拍卖公司。

"该不会当年傅家拍回来的真是赝品吧?"

办公室里闹得沸沸扬扬,网络上自然也没闲着。

不过拍卖圈毕竟还是小众,一开始也只是激起小水花而已,倒也没立即冲上热搜前排。而真正将这件事推上舆论沸点的，是之后有人发表的一篇爆料帖。

这学期傅时浔的课依旧是人满为患，每节课都有非本班的学生来听课，傅时浔再也没有驱赶过任何一个人，只是要求所有人上课都要认真听讲。

在第二节课即将下课的时候，傅时浔发现课堂突然开始不可控的喧闹，底下的学生拿着手机交头接耳。

他微微蹙着眉宇，低头看了一圈，沉声提醒："安静。"

可这样的提醒不仅没得到想要的安静，反而吵嚷声越来越大。而且学生一边看着手机一边看向他，每个人都在交头接耳。

直到傅时浔终于忍不住道："在我的课堂上，我对你们的最低要求就是保持安静。"

"傅教授。"也不知是谁实在没忍住，提醒说，"要不你先看一下手机？"

傅时浔冷眼看着对方，并没有动。他上课从来不会玩手机。

见他没动，离他最近的学生突然将自己的手机举起来对着他，忍不住问道："教授，网上爆料的是真的吗？"

傅时浔望着那名学生的手机，虽然隔得有点距离，他却一眼看见屏幕上的那张照片。

昏暗逼仄的房间，巨大的铁笼子里关着一个少年，他蜷缩在角落，可怜而凄惶。

哪怕时光荏苒，白驹过隙，可是当那段最黑暗的记忆袭来时，傅时浔才真正发现，所有的一切从未离开。

明明他此刻站在这间明亮而又充满人气的教室里，这张照片却一下将他拉进了人生最阴暗的记忆之中。

他，依旧是被关在笼子里的少年。

此刻，所有社交媒体上都在集中报道一条消息。

那就是香港宝佳得拍卖公司宣布在今年的秋拍会上拍卖唐代名画《报春图》。可但凡有所了解的人，都知道《报春图》在十五年前被盛亚集团创始人傅建融老先生以六亿元的天价匿名拍下。随后傅老先生公开将此画捐献给了国家，目前收藏于北安博物馆。

但宝佳得公司却在此时宣布即将拍卖《报春图》的真品。

原本网友多是不信的，更有不少人斥责宝佳得拍卖公司是跳梁小丑，故意炒新闻吸引眼球，想要炒起自家秋拍会的热度。

直到半个小时前，一封匿名爆料帖突然在外网发出，随后被迅速转载到国内。

帖子的爆料者以知情人的身份，详细描述了宝佳得这幅真品的由来。

作为知情者，我想说的是你们都被骗了。傅家当年拍下的确实是《报春图》真品，但是他们捐赠给北安博物馆的《报春图》却是赝品。因为傅家将真品弄丢了，或者准确地说，他们将真品交给了别人。

要说这件事，还要从十五年前傅建融老先生拍下这件国宝开始说起，所谓财不露富，但是老先生的大手笔却引起了小人觊觎。于是当年发生了一桩大案，那就是傅家长孙被绑架了，绑匪要求傅家以价值六亿元的《报春图》赎回这个长孙。傅家被逼无奈之下，只得同意。

《报春图》就是在这样的情况下，重新遗落了出去。只是当时傅建融老先生已经公开宣布要捐赠《报春图》，因此在权衡利益之下，傅家重金寻得一幅《报春图》赝品，准确来说，应该是一幅元代之后的模本。虽然模本也是文物，但比起真正的原版，差之甚远。

有网友跟这个爆料人对线，斥责对方口说无凭。不料，这个人居然在最后发出了一张照片。也正是这张照片，彻底点燃了网络热度。

囚笼里的少年犹如困兽，蜷缩在角落，看起来那样可怜又狼狈，可是他看着镜头的眼神，冷静而透着倔强。哪怕照片模糊，仿佛仍能看见他眼中不屈的光。

瞬间，网络上铺天盖地都是对这条新闻的讨论。

——该不会国宝真的外流了吧？

——看完这个爆料，我突然有点觉得这件事是真的了，该不会现在我们博物馆里放着的才是赝品，人家要拍卖的这个是真品吧？

——不是，前面还在说真品赝品的人都是什么畜生啊，难不成你们还要怪人家傅家？孩子被绑架了，亲爹妈拿一幅画救孩子，这是需要思考的事情？

——就是啊，换我肯定也会这么干。

——也太惨了吧，这个男孩子会留下一辈子的心理阴影吧，被这么关在狗笼子里。

——虽然他被打得比较惨，脸都肿了，但我怎么觉得他还是很帅。

——我发现有些人很会偷换概念，重点是亲生父母拿画救孩子吗？重点是傅家把全国人民都当成了傻子，他们要是实话实说，大家都能理解吧。结果现在突然被揭穿，他们拿假画唬人。

——同意，说出真相总好过现在被揭露吧。

——彻底傻眼了，这是什么电视剧剧情。

——说不定北安博物馆也知道这件事，就是合起伙来欺骗普通老百姓吧。

…………

阮昭握着手机，看着这些评论时，只觉得浑身发凉。

他们人生中最不为人知的秘密，如今竟这样堂而皇之地被公布在网络上，任由所有人对他们的过往鞭挞、指责、议论、评价。哪怕阮昭的名字没有被提及，她依旧觉得这些言论犹如利箭。

作为事件的中心人物，傅时浔他该怎么办？

虽然爆料人没有直接公布他的消息，可是他的身份并不是秘密，总有人知道，估计不出半个小时，就会有人扒出来，傅时浔就是傅建融的长孙，是当年被绑架的那个人。更何况，傅时浔还不是纯粹的素人，他因为之前考古直播以及参加节目，在网上有着一定的知名度。一旦扒出他的身份，这件事的舆论只会更加沸腾。

阮昭一刻都待不下去了，她迅速拎起包，连身后小助理的喊声都没听见，直奔楼下。

一路上她脑子好像是空白的，又像是爆炸一样塞了无数东西，可只有一个念头她是确定的。

——她想见傅时浔。

这一刻，她想要陪在他身边。

到了学校，阮昭立即在北安大学论坛上查询了傅时浔的课表。果然每个学期都会有人专门做一张他所有课程的课表，以方便大家随时去他的课上旁听。

明明他是北安大学最年轻有为、最受学生欢迎的教授，可这样一个耀眼而夺目的人，却成为所有人茶余饭后的谈资，他曾经最狼狈不堪的模样暴露在所有人的面前，阮昭觉得很心疼。

她赶到傅时浔上课的那栋教学楼时，正好听到铃声。

下课了。

阮昭站在路边，安静地看着对面的教学楼。

没一会儿,学生们从楼里鱼贯而出,到处都是人,楼上楼下,整栋楼的人都在往外走。

说来也奇怪,不知是人群中的爱人太过耀眼,还是在她的眼中,永远只能看到她爱的人,傅时浔出现的那一瞬,她就看见了他。

似乎有所感应般,他也抬头看了过来。

当他大步流星地走过来时,阮昭迎了上去。

他向她奔来之时,她亦飞奔而去。

傅时浔一伸手就将她紧紧抱在怀中,两人在人群中毫不避讳地拥抱着彼此。

"我就知道你会来。"傅时浔轻轻蹭着她的发髻,声音里透着满足。

他的小姑娘总是向他奔来。

周围的学生纷纷侧目望着这一幕,但是无人上前打扰。

这件事事关国宝《报春图》,经过一天的发酵,不管是哪一方媒体都在紧紧盯着。傅时浔的身份早在爆料帖发布的半个小时里就被人扒出来了。

他本就是天之骄子,最年轻的大学正教授,也不知是哪儿又带了节奏,有人质疑他的教授身份,认为他是靠着家世才当上的。

阮昭直接将傅时浔带回他家,这里就是他们两个人的孤岛,没有人会打扰。

但是到家时,傅时浔的手机一直响个不停,都是陌生号码打来的,还不断有短信发过来,说是想要请他接受采访,发表对这件事的正式立场。

阮昭直接将他的手机关掉,伸手捂住他的耳朵:"现在不要去听外面的声音,也不要去看网上的那些评论,是非曲直一定会有定论的。"

傅时浔见她这么郑重的模样,反而自己笑了起来:"真以为我弱不禁风到连这点都承受不住吗?"

"当然,你可是我的傅软软。"阮昭双手捧着他的脸,倾身亲了下,"我得保护我的傅软软。"

傅时浔"嗯"了声,轻笑起来。

一时间,网上舆情激烈,但不管是北安博物馆还是傅家,都没有立即出面做出任何说明和澄清。

因为当年的绑架案确实是存在的,虽然傅家并没有给出赎金,但这又牵扯到阮平安的死。

阮昭睡着之后,傅时浔亲自给傅森山打了电话,他说:"爸爸,我不管你们怎么澄清这件事,但我只有一个要求,不要提及阮昭,不要将她牵扯进来。"

被当众揭开最隐秘的伤疤是什么感受,他比谁都要清楚。傅时浔不希望他的女孩也承受这一切,一旦别人得知阮平安是为了救他们而死,或许很多人会说是她害死了自己的爸爸。那些人并不在乎自己的言语有多伤人,他们只想要肆意畅快地伤害别人。

"好,我明白你的意思。"傅森山叹了口气。

父子俩都不是那种热情的性子,平日里连电话联系都很少。此刻,饶是傅森山这样的严父,一想到自己儿子的伤疤再次被揭起,还是以这样的方式,也不由得低声道:"时浔,是我们对不起你,让你承受着这样的痛苦。"

"这不是你们的错。"傅时浔语气平淡,"我们为什么要把别人犯下的罪背负在自己的身上?"

在这风口浪尖,阮昭没想到姑姑会联系自己,而且是让她立即过去见面。

本来阮昭以为姑姑是要问傅时浔的事情,毕竟她从来没有隐瞒过自己的男朋友就是傅时浔。就算姑姑不知道,韩星越回家时大概也会说起这件事。可阮昭没想到,她们一见面,阮瑜就递给了她一个本子。

阮昭低头看了眼,立即发现这个本子很眼熟:"这是爷爷的笔记本?"

爷爷是文物修复师,他有个习惯,就是会把自己修复过的古画的修复心得一一记载下来。

阮昭这些年闲暇无事时就会看爷爷的笔记本。本以为爷爷所有的笔记都在自己那里,毕竟只有她继承了爷爷的衣钵,成了文物修复师,但她没想到姑姑居然还留下了一本。

阮昭翻开笔记,看到里面记载的内容,突然惊愕地说道:"这,这是爷爷关于《报春图》的记载?"

"你爷爷好像是知道《报春图》早晚要出事一样,他让我把这本笔记收好,没想到居然还真的有一天用上了。"

阮昭抬头看着阮瑜:"爷爷的笔记上写,他曾去过香港,而且《报春图》回归居然跟爷爷有关系?"

"那当然。"阮瑜提到这个也有些骄傲,"我们阮家祖上乃是宫廷修复师,而且根据记载,《报春图》最后一次修复时,所记载的修复师就是我们阮家的祖上。"

阮昭手指微微发抖，她第一次深刻地意识到，自己家族的命运，还有傅家，因为这幅画紧密地联系在一起。

阮瑜继续说："当年《报春图》在香港拍卖，傅老先生就根据史料记载，找到了我们的阮家后人。因为他觉得，我们祖上一定会留下辨别《报春图》真伪的资料，毕竟修复师一定是鉴宝大师。"

"所以《报春图》实际上是爷爷鉴定的？"阮昭深吸了一口气。

即便是拍卖行拿出来拍卖的古画，也未必能让所有人信服这是真迹。傅建融自然不希望自己花了大价钱，拍回来的却是一幅赝品。于是他找到阮昌，成功说服对方后，阮昌亲赴香港，鉴别此画。

在得到此画是真迹的肯定之后，傅建融才全力以赴将这幅画拍下，最后献给祖国。

"姑姑，谢谢你。"阮昭想到这里，郑重地看向阮瑜。

阮瑜一定知道傅时浔跟阮平安的死有关，但她还是选择在这个时候将笔记本拿出来，就是想让阮昭替傅家洗脱这个罪名。

阮瑜哼了声，看向她说道："姑姑在这种大是大非的问题上是不会含糊的。不管怎么说，《报春图》是中国的国宝，它已经流失了一次，不能再让它流失第二次。"

一旦他们无法做出有力澄清，在谣言的来势汹汹之下，普通百姓很可能会相信，是傅家拿了真画换回自己的儿子，到时候北安博物馆的真画反而会成为所有人眼中的赝品。

"昭昭，你一定要保护《报春图》，就像爷爷当年那样。"

阮昭重重点头。

这次，她不仅要保护《报春图》，更要保护傅时浔。

终于，在事情发生的第三天，北安博物馆联合北安文物局，正式宣布召开新闻发布会，向全社会正式说明真假《报春图》一事。

一时间，上百家媒体争相申请参加新闻发布会。各家直播平台更是早早做好准备，所有人都期待着这场发布会。

这一场纷争也让宝佳得这个原本不知名的小拍卖公司彻底进入了大众的视野。哪怕骂他们的居多，但也给其带来不小的关注度。

傅时浔这几天跟学校请了假，在家里。

早上，阮昭去上班，傅时浔去了菜市场买菜，准备做好午饭给她送到公司。

他正在家里做饭的时候，门铃响个不停。

他走过去，从闭路电视看见闵其延站在门外，这才淡然地把门打开。

"电话也不接，微信也不回，你是纯心想要急死我啊？"闵其延一看见他好好地站在门口，又恼又冲地说道。

傅时浔直接转身往里走。

闵其延跟在后面进来，边脱鞋边继续念叨："大哥，下次遇到这种事情你好歹也给我回个信息，我还以为你又……"

又跟上次分手那样了。

当然，这话他没敢说出口。

"怕我又像之前分手那样？"傅时浔直接把闵其延没说出口的话说了出来。

闵其延眨了眨眼睛看向他，冷不丁问道："你在家干吗呢，怎么还戴着个围裙？"

"做饭。"傅时浔说话时已经转身走向厨房。

闵其延问："这个点你做什么饭？"

傅时浔重新走到流理台边，拿起刀，准备接着切菜："午饭，待会儿要给阮昭送过去。"

这下真把闵其延给整不会了，他说："不是，外面都乱成一锅粥了，你在家做饭？"

还要给女朋友送午饭？

傅时浔干脆不搭理他，刀子压在切菜板上的声音已经响了起来。

闵其延无语，正要找话题，但是手机响了下。他拿出来看了一眼，这才发现是新闻APP推送的通知。他有些兴奋道："北安博物馆召开的澄清发布会已经开始了，现在是专家证人上台。"

在简短的开场之后，发布会直接进入主题。

就在这时，旁边的大门打开，一道淡绿色身影出现在门的尽头。这抹身影出现的那一瞬，如一缕清新雅致的风吹进了整个发布会现场。

阮昭穿着一袭宋锦束腰长裙，水墨青色印花，前襟和袖口都是珍珠扣。清雅而别致的身姿，宛如从江南水雾里走出来的姑娘。

不管是现场的媒体记者，还是镜头前的所有观众，都对这位年轻、漂亮的专家感到吃惊。

直到阮昭走到台上对着镜头微微鞠躬，开口道："大家好，我是文物修复师阮昭。"

"时浔，时浔，阮昭为什么会在发布会上？"看到这里，闵其延失声喊道。

189

此时，傅时浔才走过来，看向他的手机。

傅时浔看着屏幕中的阮昭，此刻的她穿着一身国风长裙，温柔如水，可是她那双眼睛看着镜头时，黑眸中带着的却是锐利和坚定。

阮昭说道："我知道很多人都因为宝佳得的消息对北安博物馆收藏的《报春图》产生了怀疑，但我可以肯定地告诉大家。

"北安博物馆收藏的《报春图》，一定是真迹。"

在她说完这句话的瞬间，现场的镁光灯乍然亮起，在这明亮又刺眼的镁光灯前，她的神态依旧轻松而淡然。

"请问，您怎么确定这幅画一定是真迹呢？"台下有记者立即喊道。

阮昭打开发布会舞台后的大屏幕，此时一张图片出现在屏幕上，那就是她爷爷的笔记本。

"根据故宫资料记载，《报春图》最后一次修复时，主持修复这幅画的宫廷修复师名为阮千，正是我的祖上。因此当年古画在香港现世后，傅建融老先生想要将国宝迎回内地，便找到了我的爷爷阮昌。

"我爷爷虽不是什么修复大家，但在业内亦有些声名。在得知傅老先生是想将国宝迎回内地，他当即接下这个重任，亲赴香港鉴定了此画。而他鉴定此画，不仅有他自己的见解，更重要的是还有当年阮千留下的笔录记载。"

很快，屏幕上同时出现《报春图》画幅的节选部分，以及附注笔记。

"根据阮千记载，《报春图》上有着各朝各代的题跋和印章，最为出名的当属宋徽宗的'天下一人'花押，钤有方形双龙纹玺印，以及乾隆皇帝亲自手书的'真迹无疑'四个大字。"

阮昭边讲解边一点点指出画面上的题跋和印章所在。

古书画的鉴定依据之一，就是历代收藏家和鉴赏家的题记，因为古人喜好收藏，而且一旦将画收藏之后，就喜欢刻上属于自己的印记。

她一点点讲解下来，此刻已成功说服了镜头前的大半数人。

当她讲解结束时，台下立即有记者又问道："阮小姐，光是这些就能证明这幅画是真的吗？毕竟据我们所知，古书画的真伪鉴定是极难的。"

"对，古书画的鉴定不像瓷器或者青铜器有着一定的标准，因此古书画的鉴定是最难的。我也知道目前引起这件事争议的是那场绑架案。"

她说出"绑架"两个字时，现场所有人都屏住了呼吸，包括屏幕前的每个人，不管是为了满足窥探欲也好，添补好奇心也罢，所有人想知道的是那场绑架案的真相。

"这也是我今天会出现在这里的原因，因为我不单单是作为修复师，更是作为当年绑架案的亲身经历者,站在这里。"

这句话一说完,全场沸腾。

握着手机的闵其延猛地转头看向傅时浔,傅时浔却一言不发,直接转身走向门口。

闵其延喊道:"时浔,你要去哪儿?"

"去接她。"他不知道阮昭下了多大决心出现在发布会上,但他知道,她所做的一切都是为了他。

上了车,傅时浔将手机打开放在旁边,屏幕上的阮昭似乎沉默了很久。

所有人都在等着她开口。

终于,她缓缓抬头,哪怕隔着镜头都能感觉到那双淡而清冷的黑眸下的坦荡坚定。她说:"当年我无意中撞进了这宗绑架案,于是我趁着绑匪松懈的时候,带着他一起逃跑。而当时并未到绑匪与傅家交易的时间点,因此从来就没有发生过以画换人这件事。"

台下纷乱不止,哪怕主持人说了几次安静,依旧没有挡住这阵吵嚷。所有人都在举手提问,所有人都想要探索更多。

"阮小姐,你说的都是真的吗?"直到有个记者撕心裂肺地喊道。

阮昭看向他,微垂了垂眼睛,却在下一秒重新抬起,郑重道:"我此生都不会拿这件事撒谎,因为我的父亲为了保护我们被绑匪杀害。我所说句句属实,警察也可以证明我所说的每一个字。"

此刻网络上疯了一般,所有人都在讨论这件事。几大直播间的人气都突破百万以上,有一个更是直冲千万。

阮昭并不在意这些,如果她惧怕流言,此刻就不会站在这里。

"我恳请各位不要轻易被利用,《报春图》一直被收藏于北安博物馆,此番事件完全是宝佳得拍卖公司为了个人私利,恶意炮制出的流言蜚语。我想这家公司应该被永远刻在耻辱柱上。

"因为他们利用了一个少年曾经的苦痛和所遭受的折磨而达到自己的目的。那张本该是绑匪才有的照片,他们究竟是从哪里得到的?或许我该说,这家公司正在和一个绑架犯合作,想要在十五年之后再次伤害曾经的受害者。

"《报春图》是我们中华民族的瑰宝,是属于我们所有中国人的文化,如今有人想要利用舆论,将我们的真品说成是赝品,让他们的赝品堂而皇之地再次拍卖,这中间不就是为了利益、为了金钱。我想不管是普通民众,还是有实力的藏家,都不会被这种只顾私人利益的拍卖公司所蛊惑。"

这么一番掷地有声的发言，直接将宝佳得踩在了脚下。

这一刻，网上所有存疑的言论都偃旗息鼓。

风向彻底被逆转。

——北安博物馆《报春图》就是真品，谁敢说不是！！！

——三言两语，就想把我们博物馆的藏品打成赝品，我只想说宝佳得狗贼，去死。

——维护我们的国宝！我们的《报春图》就是真的。

——这个姐姐太飒了。

——有脑子讲道理的女人，真的好有魅力。

发布会即将结束时，阮昭也准备下台，毕竟她该说的都说完了。

突然，最前面的一个女记者高声问道："阮小姐，网上有人爆料，你与傅时浔教授乃是情侣关系，请问是真的吗？你们是因为你父亲的死而在一起的吗？"

刚走到台下的阮昭停了下来。

而此刻，车子正好停在了酒店门外的傅时浔，也转头盯着手机画面。

阮昭循着声音看了过去，她正好站在中央空调的吹风口处，一阵冷风拂过，她的黑色长发被风掀起，她抬手轻轻抚了下被吹乱的长发。

周遭纷乱不已，可是她的内心却格外平静。

眼前的画面好像在一帧一帧加速倒退。

在这一瞬间，她仿佛又看见了站在扎寺佛殿里的那个男人。

她的傅时浔。

"我和傅时浔在年少时确实曾经短暂地相遇过，但在那之后，我们在各自的轨道上成长，从未有过交集，直至真正的重逢。"

傅时浔紧紧握着手机，看着画面里的姑娘，只见她突然微微一笑。

"我们在一起，无关其他，全凭爱意。"

当阮昭走出发布会大厅时，所有的记者全部围了上来，周遭被堵得水泄不通，酒店方不得不立即调派工作人员前来帮忙。

直到所有人看着一个高挑利落、身姿卓越的男人走了过来，没有一个记者不认识他。

也不知为何，原本被围得水泄不通的地方，突然分裂出一条路，傅时浔径直走了进来，一直走到阮昭的面前。

他走到她的跟前，垂眸看着她，乌黑的双眸里不再是冷淡，不再是疏离。他的眼睛里如同盛着漫天的星光，亮得逼人。

傅时浔倾身抱住阮昭，贴着她的耳边，用只有他们能听见的声音说："昭昭，你打开了那个笼子。"

这次，她彻底打开了那个笼子。

那个被关在笼子里的少年被彻底放了出来。

发布会结束之后，网上全是关于这件事的争论，随之而来的是一直沉寂的盛亚集团在官博发布的一篇傅森山董事长的声明：

大家好，我是傅森山。

近期网络上关于我们家庭的种种争议，我一直没有回应，只因有想要保护的人。当年之事，是我们整个家庭的创伤，不仅让我的儿子承受了痛苦的过往，也让一个小女孩永远地失去了她的父亲。

但一味地隐忍退让，只是对犯罪分子的纵容。

《报春图》从归国的那一刻起，就从未再次流失，它是我父亲亲手捐赠给北安博物馆，是不容置疑的真迹。

这件事带来的影响十分恶劣，在事件的最初，我们已经报警处理。

至于所谓爆料人，极有可能是当年绑匪的同伙，正因为如此，才会持有当年绑架时的照片。因此我在此恳求诸位媒体以及网友，拒绝传播不法照片。毕竟这张照片上的少年，在当年还只是个未成年的孩子。很感谢他能够在经历这样的人生巨变之后，依旧成长为一个优秀的青年。

同样，我也感谢不管是当年还是今天，都站出来维护他的阮昭小姐。

我及我们全家人都相信，遇见你，是他这一世的幸运。

我已全权委托律师，起诉不实报道以及恶意中伤的媒体。再次恳求大家不要过分地窥探和好奇这两个年轻人所经历的过往，不要再揭开他们心底的伤口。

这一篇长文，是傅森山手写后发布在微博上的。

言辞恳切，并没有所谓上位者的倨傲，反而处处彰显着一个父亲对于儿子的爱护，让人有种感同身受的悲悯。

这篇长文转瞬之间就被转发了近十万次。

——好感人,没想到我们董事长是这么温柔的爸爸。

——希望警方早日抓捕罪犯,这也太嚣张了,当年绑架别人,现在又利用别人的伤疤来炒作自己的赝品画,人血馒头也不是这么吃的。

——我最感动的是他对阮昭的认同,还有那句"遇见你,是他一世的幸运"。

——赞同。有时女生的付出会被看作是理所当然的,但很幸运,阮昭的付出不仅被看见了,还被认可了。

很快,北安市公安局的账号也迅速转发这条,并向民众保证,一定会尽快破案。

一时间,网络也好,现实也好,纷纷扰扰个不停。

而此刻,被傅时浔带上车的阮昭坐在副驾驶上,偏头看着城市里的车水马龙。

她突然笑了下,问道:"我们现在去哪儿?"

"回家。"傅时浔声音坚定,片刻后,他转头看向她,"我给你做饭。"

到家之后,闵其延已经离开了。大概是看到发布会最后,傅时浔接到了阮昭,他不想打扰他们两个人。

傅时浔重新戴上围裙,阮昭倚靠在厨房的玻璃门边,看着他熟练地切菜,任外面风雨飘摇,唯有这一室安馨让她温暖。

北安警局这几天忙得鸡飞狗跳,刑侦队办公室的灯几乎是彻夜亮着。

原本他们一直在追查文物造假案,没想到突然出了这么一件事,有一个很重要的突破口——

网络上曝光的那张照片,经过技术部的鉴定,没有PS痕迹。照片确实是真的。而他们也对比了十五年前绑匪寄给傅家的照片,确定并不是同一张照片。

"这帮狗东西,这么胆大包天,利用十五年前的绑架案,想要把我们的国宝污蔑成赝品,自己再弄个假货重新拍卖。"

一提到这个,刑侦队里没有人不生气的。因为这帮嫌疑人此举,无疑是没把他们放在眼里。

梁前将盖在脸上的资料夹取下来,他已经连轴转了二十八个小时,三天没回过家,累了就在会议室那边睡会儿,吃喝全在局里。他伸手摸了摸自己的兜,掏出早已被挤压变形的烟盒,谁知一打开,里面空空如也。

"谁还有烟,先给我一根。"梁前薅了一把自己的头发,没想到随便一抓,就掉下来好几根头发。

小刘立即将自己新买的烟递过去,心疼地说道:"师父,要不你先去睡会儿吧。"

梁前抽出烟,看着他说:"我能睡得着吗?网上那些话,你们是没看见吗?我要是再好意思睡下去,真的没皮没脸了。"

"哎,师父你也别这么说,你这为了破案,经常几天几夜不回家,那些网友是没看见,要是看见了,肯定不会这么说的。"

"不睡觉有个屁用,我抓着犯人了吗?"梁前一激动,手里的烟被折断了。

他气得跳起来,朝着旁边喊道:"让你们查的那家宝佳得拍卖,怎么样了?"

"这家公司是五年前在香港成立的,老板是个越南华侨,是个小拍卖公司,比不过香港那几家大拍卖公司,公司生意一直不温不火的。要不是这次宣布拍卖《报春图》一事,根本不可能会有人关注这么一家小公司。"

梁前靠在椅子上,手指抵着下巴,不解地说:"你说这么个小公司,这么干,到底是为了什么呢?"

"队长,队长。"突然有个小警花走了过来,小姑娘满脸娇羞,"有人找你。"

"谁啊?"梁前有些不耐烦,"要是记者的话,就说我不在。"

这几天因为这事儿,记者跟那循着蜜的蜜蜂似的,一窝蜂地往警察局钻,还有"神通广大"的,通过内部找到梁前,说是要做一个深度的跟踪报道。

报道个屁。

梁前现在一门心思破案,哪还有心思招待别人。

小警花赶紧说:"不是记者,是那位傅时浔先生。"

梁前立即从椅子上跳了起来:"把人带进来啊。"

小警花一听这话,赶紧出去把人带进办公室,只是边走边默默尖叫,他好帅呀。虽然知道人家已经有女朋友,但也不耽误大家欣赏一下大帅哥的颜值。

说起来,这还是傅时浔第一次来警局。

当年他遭遇绑架被救回来之后,人一直在医院住着,就连做笔录都是警方到医院给他做的。

此时警局一派忙碌的景象,有人拿着文件匆匆赶过来,有人正在忙着接电话,还不断敲击着键盘。等到了刑侦队的办公室时,空气里还残存着未散去的泡面味,还有不知是谁又在办公室里偷偷抽烟留下的烟味。

"这都什么味儿啊?"刚才在洗手间稍微拾掇了下自己的梁前,回来就皱着眉头。

他指挥靠近窗边的同事,喊道:"都给我把窗户开开,办公室是我们的办公场所,大家都爱护一下好吧。"

众人无语地看向自家队长,好像之前偷吃泡面,还有抽烟的,都是他吧。

"傅教授,你怎么来了?"梁前上前寒暄,但是一想又觉得不太对劲,就问道,"是不是想到了什么新线索?"

其实梁前也挺不好意思的,之前依靠着傅时浔提供给他们的线索,他带队找到了那个造假工厂,迅速查封,却还是让那个叫申爷的主谋跑了。如今想想,这个申爷应该就是当年的钱坤吧。

傅时浔看着他,低声问道:"警方确认爆料人的信息了吗?"

"对方很聪明也很狡猾,他是在外网发帖,然后转载到国内网络平台,所以我们根本没有办法追踪到他的 IP 地址,也没办法确定他的位置所在。"

傅时浔站在原地,微垂着眼眸,似乎是在盯着地板,但明显是陷入了沉思。他之所以会过来,就是想要了解警方现在的进展。

他低声说:"我总觉得这个宝佳得公司这时候跳出来,目的很奇怪。"

"哪里奇怪?"梁前说,"目前我们都认为,宝佳得肯定是受人唆使才这么做的,我们这边也跟香港警方联系过,但是对方表示,宝佳得并无违法行为,因为无法确认那幅画就是他们的非法所得。"

毕竟他们只是说自己得到了《报春图》的真迹,而那个爆料人才是真正的关键。因为他的爆料让所有人都知道,原来当年《报春图》有流失的风险,如果真如他们计划的那样,这时候只怕宝佳得已经彻底以假乱真。

"能找到第一批将这个爆料帖转载到国内的账号吗?"突然,傅时浔开口。

梁前怔了怔:"这个得问技术部那边,不过找这个干吗?"

毕竟这都是二手消息了,找到也没什么用吧。

傅时浔说:"梁队长,你有没有想过,网络上的帖子多如牛毛,如果不是刻意为之,这么一个在外网发布的爆料帖,为什么会这么迅速被转载到国内各大网站?而且我之后认真梳理了整件事的来龙去脉,发现从宝佳得宣布拍卖《报春图》,到出现这个爆料帖不足半个小时。"

"这个倒是能理解,对方刻意为之。但真正奇怪的是,爆料帖被转载到国内的媒体平台,也是帖子在外网发布不到半个小时的时间。最重要的是,从出现在国内平台到全网发酵,不到半天的时间,这幕后要是没有人在操控,恐怕说不过去吧。"

梁前脑海中原本杂乱无序的线团,突然被抽出一个线头,原本弯弯绕绕的线索在这一刻渐渐汇集在一起。

"你的意思是,这件事背后肯定有水军,对,水军。幕后主谋不可能亲自发帖,这些水军都是有迹可循的。只要查到是谁买的水军,就能顺着这条线查过去。"

对方以为自己在外网发帖故布疑阵,就能让警方束手无策,可他哪怕是再狡猾的狐狸,也不可能一直不露出尾巴。况且对方这次突然出现这样的大动作,仓促之间不可能事事都安排妥当。

"快,快,让技术部立即去查,这次网络舆情里面有没有水军,还有去查最开始转载那个爆料帖到国内的账号有哪些,把这些账号都给我一一排查。"

现在通信技术如此发达,虽然水军遍布,但是面对警察的调查,根本就是无处遁形。

与此同时,阮昭接到了梅敬之的电话,他说道:"刘森的老婆醒了。"

原本正在家里收拾衣服的阮昭,突然放下手里的东西。这几天她准备去陪陪傅时浔,这种时候,他们彼此才是对方最大的依靠,阮昭也不想跟他分开。

云霓原本在她身边转悠,见她收拾东西,生怕她又跑了。听到阮昭解释说,是要去跟傅时浔住几天,这才没说什么话。

"她有没有说什么?"阮昭问道。

梅敬之压低声音道:"有,我发给你一张照片,你就知道了。"

很快,微信里响起一声提示音,阮昭点开照片。

耳畔梅敬之的声音响起:"这两个人,你应该都有印象吧。"

这是一张老照片,在照片的左下角,清楚地写着照片拍摄于1995年。照片周围也有着那种老照片没保护好,斑驳脱色的痕迹,但好在照片上两个人的脸依旧还算清楚。

她死死盯着照片上左边那个人。

那张脸哪怕是变成灰她都会记得。因为当初爸爸死后,警察拿着三个人的照片来让她辨认。其中两个已经死了,还有一个跑掉的。

钱坤,绑架案的主谋,杀死她爸爸的凶手。

阮昭看向右边那个人时,只觉得有些眼熟,她低声问道:"左边的人我知道是钱坤,就是当年杀死我爸爸的人,右边的这个人我觉得很眼熟,但是一时想不起来在哪儿见过他。"

这个人很眼熟,而且她感觉是最近见过的人。

"秦伟。"对面的梅敬之冷冷吐出两个字。

一瞬间,阮昭如遭雷劈般,眼睛一眨不眨地盯着照片。

或许是因为她之前见到的秦伟是个五十多岁的中年男人,身材较年轻时更臃肿,就连样貌都有了很大的变化。这也是阮昭觉得眼熟,却没能立即认出他的原因。

"秦伟?"阮昭盯着照片,喃喃道,"他居然跟钱坤这么早就认识了?"

梅敬之说:"刘森的老婆告诉我,在刘森死后没多久,就有一个人找到她,交给她一把钥匙。"

"当年的绑架案难道跟秦伟也有关系?"阮昭突然意识到这点。

她急急说道:"刘森是不是发现了秦伟这个秘密,才会被灭口。不对,刘森不可能突然去翻这种二十多年前的照片,除非是他感觉到了什么危险,想要给自己留一手,留住自己的命。只是没想到这一手还是没能保住他。"

刘森一定是撞破了什么秘密,或者是掌握到了什么证据。

"是钱坤回来了。"许久,阮昭如同肯定一般地说道。

当所有的事情都凑在一起,那就不仅仅是巧合。

"刘森不可能只留下这张照片的对吧?"阮昭咬牙问道。

梅敬之揉了揉眉心,低声说:"嗯,刘森的老婆只给我看这个,但他手里一定还有东西。"

阮昭毫不犹豫地问:"她想要多少钱?"

"两百万,不过钱倒不是问题,只是她要求现金。"

阮昭:"我暂时没有这么多钱,你给我一点时间筹集。"

"阮昭,你跟我开什么玩笑呢。"梅敬之毫不犹豫地说,"钱我会给她,人我也一定会帮你找到。"

梅敬之虽然多少知道点阮昭的身世,但是直到她当众亲自揭开自己的过往,他才知道她一直以来承受着的是什么,他也明白阮昭为什么一定要找到这个叫钱坤的男人。

哪怕追到天涯海角,也绝对不会放过对方。

阮昭立即放下手里的衣服,准备下楼去找梅敬之。云樘就坐在楼下,他见阮昭下来,似乎有所感应似的,起身说:"去哪儿,我陪你一起。"

"好。"这次阮昭没有拒绝,脑海中有个念头一直盘旋着。

很快,她来到医院附近,跟梅敬之会合。

刘森老婆已经转到了普通病房,只不过他们并未在病房见面,而是约在了医院对面的一个廉价酒店。

云橙原本想陪着她一起过去,但梅敬之说:"还是我陪她去吧,人太多,对方也会害怕。"

刘森老婆显然已经变成了惊弓之鸟,毕竟她的车祸,谁也不知道究竟是意外还是人为。

当他们敲响房间的门时,里面好久都没动静。阮昭看了一眼梅敬之,她又敲了敲,终于这次传来轻轻开门的声音,但对方从里面拉好链条锁,只隔着门缝看向他们。

在确定了是阮昭和梅敬之以后,刘森的老婆才缓缓打开门。或许是因为刚从昏迷中苏醒,她脸色苍白,就连走路都不怎么利落。

"我让别人装成我的模样躺在病房里,因为我也不知道有没有人一直监视着我。"

阮昭并未嘲笑她的谨慎,反而有些佩服。在这种混乱的时刻,这样的小心翼翼反而是在保护自己。

阮昭直接将带过来的包递了过去。

对方低头看了眼,转过身将压在床垫下面的东西费劲地拿了出来,递过来时,她眼眶微红:"这是老刘拿命留下来的东西,其实我知道老刘说不定就是因为这个丢了命的。夫妻一场,我应该为他报仇的,找出凶手。"

结果她却还拿着这份资料让阮昭他们拿钱过来交换。

"对不起,我还得养我女儿。"刘森的老婆紧紧拎着手里的包。刘森死后,她的生活就一落千丈,早没了曾经贵夫人的从容自在。

但在她拎着包准备离开时,忍不住回头:"如果可以,请你们一定要抓住那些人,也好让我家老刘死得瞑目。"

刘森的老婆离开后,阮昭立刻打开资料。

果然,她看见了先前梅敬之发给自己的那张照片的原版,而下面还有另外一张照片。

是近期的照片,因为照片上的秦伟阮昭很熟悉。

"这个人……"阮昭翻到第三张照片,照片背景看起来跟秦伟的那张差不多,好像都是在一个会所的门口。

阮昭低头仔细看了许久，摇了摇头："我从来没见过这个人。"

但为什么他的照片会出现在这里？

直到她翻到下面的资料，是有关这个陌生男人的——申文斌，越南华侨，四年前从香港来北安市，从事艺术品交易。

阮昭仔细看着这个申文斌的照片，旁边的梅敬之突然说："你仔细看他的脸，是不是整容痕迹很明显？"

虽然是照片，但能看出男人的脸颊有种异常的饱满感，就好像是玻尿酸打多了的感觉。

这种年纪的男人，除非是娱乐圈的明星，否则不可能会去整容，但是这个人脸上的整容感却那样强烈。

"这个申文斌就是钱坤。"

哪怕一个人整容得再厉害，但是仔细分辨的话，眉眼中依旧还能看出一点痕迹。刘森似乎也为了确认对方的身份，因此拍了很多这个申文斌的照片。

"我听傅教授说过，他家跟秦家有些交情，是因为秦伟信佛。秦伟一家时常会去归宁寺上香，所以认识了傅时浔的奶奶，从而搭上了傅家的关系。当年傅家在捐赠《报春图》之前，一直是匿名的，非身边人是不可能知道的。或许就是因为这层关系，秦伟无意中得知《报春图》是被傅家拍下的。

"而且我听说，傅时浔当年被绑架，就是在去归宁寺的路上，他去接他奶奶回家，结果半路上遇到了修路，司机下车查看时被人打晕，他被劫持了。如果不是熟悉他的人，又怎么会将整个绑架案设计得这么完美？"

因为对方知道，他一定会走那条路。

梅敬之看着她握紧的双手，低声说："好了，现在我们只要将这些证据交给警方，不管是秦伟还是这个叫钱坤也好，申文斌也好的老鼠，都会被绳之以法。"

"好，我现在就去警局，亲手将证据交给警方。我觉得这件事还是由我出面吧，你就先别插手了，毕竟媒体正在盯着这个案子。"

梅敬之想了下，点头答应，还安慰道："阮昭，一切都结束了。"

是啊，一切都可以结束了。

阮昭低头看着手里的照片还有资料，不得不说，刘森确实下了很大的功夫，因为这些资料不仅有钱坤现在的个人信息，还有他的住址。

钱坤是独居，住的地方是郊区比较安静的小别墅。

阮昭回去的路上给傅时浔打了个电话，问："晚上你什么时候回来？"

"待会儿就回去。你呢,东西收拾好了吗?我待会儿过去接你。"傅时浔知道她回家拿衣服去了,因此这么说道。

阮昭笑了下,漫不经心地说道:"恐怕不行,家里有个小的,死活抱着我大腿,不让我走。"

"妮妮?"傅时浔一猜就猜到了。

阮昭伸手将柜子里的黑衣黑裤拿了出来,脖子微歪,夹着手机,一边夹着一边说道:"可不就是,我总算是知道古代皇帝坐享三宫六院是什么感觉了,这齐人之福好像也不太好受。"

傅时浔在对面轻嗤了声,有种特别的宠溺感。

"行了,不跟你聊了啊。"阮昭笑了笑。

临挂断电话之前,她突然说:"你亲我一下。"

傅时浔挑眉,本以为这种小女孩的把戏她不屑玩,可是这次阮昭却有种不依不饶的劲儿,一直说道:"你要是不亲,我就不挂了。"

最后,他隔着手机在那头轻轻啄了下,带着声响的那种,逗得阮昭又是笑个不停。

可电话刚挂断,她脸上所有笑意尽数褪去,只剩下冷漠。

阮昭穿好床上放着的黑衣黑裤之后,慢慢走到楼下,云樘就站在那里,同样一身干净利落的打扮。

"抱歉,云樘。"阮昭看着他,突然低低说道。

云樘一直都是安静做事的性子,因为太过默默付出,有时候甚至会让人忘记他的存在,可是不管她什么时候转头,他就站在那里,可靠而又让人安心。

云樘同样望着她:"你不是说过,我们是彼此选择的家人。"

这个世界上有两种家人,一种是血缘上的家人,而另外一种,则是自己选择的家人。

阮昭从未见过自己血缘上的家人,她这一路上走来,好像都是自己选择的家人。

晚上九点,别墅区格外安静。

因为阮昭的车不是小区里登记的车辆,保安便询问她来找谁,阮昭报了门牌号之后,保安让她做了登记。

这个小区虽然是别墅区,大概也有些年头,因此保安看管得并不算严格。阮昭登记时,保安只顾着自己在旁边聊天,压根忘记让她拿身份证出来。

很快,门口的升降杆被升起,阮昭回到副驾驶位置上,云樘将车子开了进去。

门铃响起时,钱坤从楼上下来。他习惯了独居的生活,一到晚上连保姆都会离开,这么多年来,他不敢跟任何人保持亲密的关系,生怕被人发现自己的秘密。因此,每次门铃一响起,他都有种恐惧,怕门外站着的是警察。

不过当他打开别墅的大门,看见院门口站着的是一个年轻女人,心底松了口气。

"哪位?"他走过来,直接打开了院子里的铁门,客气地问,"请问找我有什么事儿吗?"

可是一身黑衣的年轻女人抬头看着他,神色清冷而淡漠,那双黑眸直勾勾地扫过来时,锐利又直白的眼神几乎要戳破他的所有伪装。

钱坤没想到,一个如此年轻姑娘的眼神,会给自己带来这么大的压迫感。

他轻咳了一声,笑道:"小姐,请问你找谁?"

钱坤认为姑娘大概是找错地方了,这个小区布局有些不合理,经常会有人找错地方。

但这次对方微掀眼皮看向他,声音冰冷:"你不记得我了吗?"

钱坤一怔,仔细打量着她。当他借着昏黄的路灯看清楚对方的脸时,突然"啊"的一声,他失声叫了起来。

阮昭在发布会上亲口承认,自己就是当年绑架案的另外一个幸存者。

钱坤自然也看了那场发布会。正是因为这个发布会,他才后悔,不该跟秦伟要那五千万,更不该跟着秦伟发疯,布这么一个愚蠢透顶的局。原本他已经将自己的机票提前,打算明天下午三点直飞香港。

阮昭冷漠地看着他:"可是我日日夜夜都惦记着你。"

"钱坤。"她咬着牙,喊出这个名字。

钱坤望着她,心底突然一阵害怕,但害怕只是瞬间的,在发现她是孤身一人时,他登时恶向胆边生,竟伸手想将阮昭拽进院子里。但他没想到的是,在他伸手的瞬间,从旁边的黑暗处蹿出来一道高大的身影。

对方抬起手臂,狠狠一拳,直击钱坤的脖颈处。钱坤猝不及防之下,整个人犹如一个巨大的沙包袋,狠狠地摔在了地上。他意识模糊地躺在地上,看见一双纤细的小腿走到自己的面前,阮昭微微弯腰,居高临下地看着他,突然轻嗤了声,声音里充满蔑视。

她低头看着这个男人,曾经无数个夜晚给她带来心理阴影的恶人,如今就这样虚弱地躺在她的眼前。

他老了,再也没了当年杀死她爸爸的凶狠劲儿了。

"我要让你血债血偿。"

阮昭冷漠地看着他，如同看着一个死人。

晚上接近十一点，傅时浔还待在警局这边，网络安全技术部经过六七个小时的努力，成功锁定了最初转载爆料帖的账号。

梁前亲自带队去抓人，水军负责人一被抓进来，吓得双腿直哆嗦，什么都不用询问，直接坦白从宽。

梁前拿到了买家的资料，根据转账记录，在调查这个人的社会资料时，一个意想不到的人浮出了水面。

"这个买家是海川拍卖秦伟的助理。"梁前有些不敢置信地看向傅时浔，询问道，"你对这个秦伟有多少了解？"

傅时浔微皱着眉头，一时间，所有关于跟秦伟接触的记忆都在他脑海中被迅速提取。

直到他手机响了起来。

是个陌生号码，本来他没打算接，但鬼使神差间又接了电话。

"你现在可以联系到阮昭吗？"梅敬之语气着急地说道。

傅时浔一怔："她怎么了？"

梅敬之说："我现在正在警局门口，你要方便的话，就直接过来。"

"我马上下楼。"傅时浔扔下一句话。

见他这么急匆匆跑下去，身后的梁前还以为是有什么新线索，也跟着喊道："是不是有什么新发现，我跟你一起。"

"究竟是怎么回事？"傅时浔在警局门口看到梅敬之。

此刻两个本不对付的男人再也顾不上对彼此的成见。

梅敬之开门见山道："是海川的秦伟，当年绑架你就有他一份。他跟钱坤从二十多年前就认识，后来钱坤出事之后消失了很久。之后钱坤整容，换了个越南华侨的身份回到北安。"

"不是，这些你们都是怎么知道的？"梁前蒙了，怎么他们反而比警察知道得更多。

梅敬之看向傅时浔说道："你应该知道，阮昭一直没有放弃找杀害她爸爸的凶手。所以我们一直通过一个文物造假组织来追查，谁知之前有个跟阮昭认识的古董贩子刘森，突然死了，他在死前给他老婆留下了资料。"

梅敬之直接将自己的手机翻了出来，将手机上的照片给他们看。

"所以今天下午的时候，我和阮昭带着钱去买下刘森老婆手里的资料。

我们看完资料后,阮昭跟我说,因为媒体盯着这个案子,我不便出面,所以她会带着资料过来交给警方。"

可是他回去之后,越想越不对劲。直到他发现自己联系不上阮昭,打她的手机,一直处于关机状态。

"我刚才联系了云霓,她跟我说,阮昭和她哥哥云橙在今晚八点左右就离开了家里。"

她是带着云橙离开的,以云橙的身手,他们都深知阮昭不会有危险。那么,有危险的人,说不定是另有其人。

"你的意思是,阮昭可能会找钱坤寻私仇?"梁前虽然听得云里雾里,可当梅敬之说完之后,他立即提取了对方话里最重要的意思。

傅时浔眼神暗沉:"她不会。"

"那你就联系她。"梅敬之几乎要疯了,他怎么也没想到阮昭会这么干。

小刘捧着电脑急匆匆从楼里冲了出来,说道:"师父,不好了,刚才有人报警,说他们小区的业主可能被劫持。"

"怎么什么事儿都聚集到了一块。"梁前恼火地转头。

小刘低声说:"正好我们连接了那边的监控视频,我好像看到一个熟面孔。"

梁前转头,就看见小刘捧着的电脑屏幕上那个清冷而高挑的身影,躺在地上的人被直接拖拽到车上。

她的脸正好被摄像头拍了个清清楚楚。

——阮昭。

在看见那张脸的瞬间,傅时浔的心脏仿佛停止了跳跃。

"师父,现在怎么办啊?"那场发布会之后,整个刑侦队没有一个人不认识傅时浔和阮昭,大家都同情他们的遭遇,更想早日将罪犯绳之以法。

可是昔日的受害者,如今也要变成加害者了吗?

梁前一脸心痛地看着视频,转而又看了傅时浔一眼,他清楚地知道对方和傅时浔的关系,可是他是警察。

"立即发布对阮昭的通缉令。"

"等一下。"傅时浔几乎是带着祈求低声说,"她一定不会这样的,请让我先联系她。"

梁前想了许久,最后狠下决心:"我只能给你十分钟。"

毕竟钱坤被阮昭他们带走了,是死是活还不知道,他必须马上找到这三人。

傅时浔拿出手机，当他拨通那个烂熟于心的号码时，在漫长的忙音之后，他的祈求好像再一次被上天听到了，电话接通了。

所有人的目光都看向傅时浔。

傅时浔的手指紧紧扣着手机背面，眼睑微垂着。

所有人都在等着他开口，可是他迟迟没说话，直到他仿佛将全身的气力都灌进了开口说出的这句话里。

他说："阮昭，我爱你。"

此时繁星满天，晚风带着凉薄的气息，可是他声音里的灼热，仿佛能焚烬这世间的一切。

"阮昭，我爱你。"他再次开口，对面依旧除了风声之外，什么声音都没有。

可他知道，她听见了。

她也一定明白，他在祈求她不要做傻事。

他一遍又一遍地在电话里说着："阮昭，我爱你。"

我爱你，所以请你回来。

她帮他打开了笼子，现在他也希望能帮她走出她的囚笼。

那个始终围困着他们的囚笼，应该被打碎了。

梁前看着面前的男人一遍又一遍地说着那三个字，他无可奈何地看着腕上的手表，十分钟到了。

"小刘，立即……"但是他的声音顿住了。

此刻傅时浔握着的手机里终于传来了回复，那道轻柔里带着坚定的声音回应说："傅时浔，我也爱你啊。"

这声音太近，近得几乎贴着他的耳畔，近到让傅时浔也有了感应般，猛地转身回头。

夜幕下，一身黑衣的阮昭站在不远处，握着手机，淡笑着看过来。她没有走近，反而是在手机里开口说："其实，本来我有两个打算。要么将他带到当初他杀死我爸爸的地方，要么是带到我爸爸的墓前。"

说到这里，她停住了，声音里带着苦涩。

"傅时浔，如果没有重新遇到你，那么今晚我一定不会出现在这里。其实我从来不是什么温良的人，我跟你不一样，我从小就被遗弃，爸爸是这个世界上最初接纳我，重新给了我生命的人。所以我曾经发誓，一定要抓住杀害爸爸的人，让他血债血偿。"

直到打昏钱坤的时候，她心底依旧残存着这个念头。

"可是我太舍不得你了，我好像没办法忍受和你再分开，我想要和你永

远在一起。"

她的脸上明明是笑着,可是声音却染上哽咽。

"我的爱人,他在等着我。"

听到这里,傅时浔再也忍不住,大步流星地冲向她。

他将她紧紧地抱在怀里,两人似乎有无数的话想要跟彼此说,可两人却又什么都说不出。

清风朗月之下,万物辽阔,这一刻恨意褪尽,唯有爱人的炙热战胜了一切。

海川董事长秦伟伙同钱坤,买凶杀人、绑架勒索、走私文物一案开庭的时候,依旧引起了极大的关注,但不管是阮昭还是傅时浔都没有亲自到现场。

在阮昭亲手将钱坤送回警察局的那一刻,她便将一切都放下。

她不再被仇恨所支配。

庭审结果很快公布,秦伟、钱坤两人作为主谋,所犯情节严重,社会影响恶劣,数罪并罚,被判处死刑。

判决结果下来的那天,傅时浔带着阮昭上了山。

他们是差不多十一点半的时候到的,傅时浔叩响寺门,寺里的僧人开了门之后,冲着他们行礼。

傅时浔便拉着阮昭走了进去。

阮昭低声说:"为什么大半夜上山来?"

可他什么也没说,只是拉着她走向那个熟悉的佛殿。

这一次,他不再是孤身一人。

他握着她的手掌,两人走到门口时,傅时浔松开她的手,低声说:"昭昭,推门。"

阮昭听着他的话,伸手推开眼前的殿门,千盏长明灯在她眼前炙热地闪烁着,长明灯火将整个大殿照得灯火通明。

有一道风吹了进去,灯芯齐晃,摇曳光影。

阮昭看着眼前的盛景,被惊得连话都说不出,安静望着。

傅时浔偏头看着她被暖黄灯火照亮的脸颊,突然又想起之前同样的场景,只是那次他形单影只。而今夜,满殿长明灯亮,照亮着他的心上人。

这一夜,他们就坐在殿内的蒲团上,相互依偎着。

直到殿外曦光微亮,傅时浔将她轻轻拍醒,低声说道:"走吧。"

两人一路从后山拾级而上,终于到了山顶峰峦。

"要一起看日出吗?"阮昭眺望着远处,轻声问。

傅时浔轻"嗯"了一声。

很快,阮昭朝他身侧靠了过来,偏头看着他,转过去又偏头,突然她说:"傅时浔,这个长明灯是你第一次点吗?"

她到底还是问出了心底的问题。

傅时浔并没有想要瞒她,低声说:"不是。"

"之前……"她犹豫了下,似乎不知该不该问到底。阮昭好像猜到了答案,两人陷入了沉默之中。

许久,在山间的风中,他轻声说:"我的长明灯,一生只为一人。"

阮昭怔住,但片刻后,她偏头看向他,轻笑着说道:"我的一生,都属于你了。"

"好。"

他微哑的声音被山风吹向了天空,吹向了云团,也最终吹向她的耳畔。

星空之上依旧是一片微微淡色,晨晖未出,周遭依旧陷入一团混沌。

直到苍穹破晓,信风飘扬,鸟啼溪鸣,两人安静地站在山巅,傅时浔抬眸,映入眼帘的是,他此生最独一无二的光。

是这漫山遍野的晨晖。

更是她。

破晓曦光,风是浪漫,你是无边的渴望。

愿我为星火,照亮你的余生。

第八章

- 谢谢你愿意成为我的傅太太

"欢迎光临。"伴随着门口悠扬的铜铃声响起,坐在柜台后面,单手托着腮,百无聊赖地看着外面的姑娘,腾地站了起来。

进来的是一个年纪不大的青年,二十多岁的样子,手里抱着一个长条盒子,满脸紧张,只不过在他看见站起来的姑娘时,反而更加手足无措。

怎么这个古玩店的老板,不仅年轻,而且还这么漂亮啊!

"你是老板吗?"青年有些难以置信地问道。

阮昭从柜台里走了出去,一身浅白色国风长裙,白底浮雕提花面料突出了她身上的那股清冷劲儿,腰线微收,裙摆垂坠,有种飘逸的感觉。

青年突然有些不敢看她,古色古香的店铺里出现一个宛若从水墨古画里走出来的姑娘,要不是外面不时传来的汽车鸣笛声,他险些以为自己误闯了时空。

阮昭努力扬起一道温和的笑意:"先生,您贵姓?"

但对方毫无反应。

"先生,请问您要买什么?"

男人这下才如梦初醒般,他立即说道:"我不买东西,我就是想来问问,你们收画吗?"

"画?哪个年代的?"阮昭一下来了兴趣,毕竟这可是她最擅长的领域。

男人低声说:"是我爷爷祖上留下来的画,要不是我爸爸生重病,他绝对不会让我卖的。"

阮昭低声安抚道:"很抱歉。不过您的画带来了吗?"

这种因为家里有人重病卖东西救命的事情,简直多如牛毛,基本上连个故事都算不上。

如果这是真的，阮昭确实很同情。不过他要是敢骗人的话……阮昭忍不住捏了捏手指。

"带来了。"男人抱紧手里的盒子。

阮昭伸手："我需要打开鉴定一下，才能给你报价。"

男人见她语气平常的样子，左右看了看："就在这里看吗？"

他也是头一次来古玩店，前几天他在这条街溜达了好几圈，也找了个人多少打听了点，说是这家明堂斋在这条街上的风评最好，而且老板很有路子，来她家出手古玩，特别是字画类的，速度都特别快。

阮昭虚心请教："请问你想在哪儿看？"

男人低声说："是不是得找个安静的地方？"

"实在不好意思，我还得看店呢。"阮昭无奈解释，指了指店里，"你也看见了，就我一个人在店里。"

好在对方见状也没继续纠结，只是将画小心翼翼递过来。

阮昭拿着画走到了旁边桌子，将画直接平铺在桌子上，仔细研究着。男人屏住呼吸站在旁边小心翼翼等着，如同接受审判一般。

两人都全神贯注地看着这幅画，以至于店门再次被推开，清脆的铃声也没有引起他们的注意。

来人很安静，手里拎着东西，看见阮昭在忙，便轻手轻脚地站在一旁。

阮昭看完这画后，低声说道："这幅画是清朝画家沈忠的，三年前沈忠有一幅画拍出了九十二万元的价格。"

"九十二万。"男人猛地倒吸一口气，似乎没想到这个价格比自己预期的高那么多。

阮昭笑了下："不过你这幅乃是沈忠早年的作品，成熟度也没有拍卖的那幅高，所以我的预估价是六十到七十万元之间。"

"我可以把我的画放在你们这里寄卖吗？"男人急切地说道。

阮昭笑了下："当然可以，不过我需要给你的画拍照留存。画你可以带回去，但是我们得签一个寄卖合同。而且我要先申明一下，我们店铺只接受独家寄卖，也就是说你的这幅画只能在我们这里寄卖。如果违约的话，会有违约金。"

"当然可以。"男人毫不犹豫道。

等阮昭转头时，就看见倚靠在柜台旁边淡笑看着自己的傅时浔。她立即过去，拉着他的手指道："你怎么来了，也不跟我说一声？"

"阮老板正在忙生意的大事儿,我怎么敢打扰?"

阮昭抿嘴轻笑:"等我一下。"

年轻男人此时也注意到傅时浔,他见两人如此亲密,便猜测到这可能是这个漂亮老板的男朋友或者丈夫。

等处理好男人的事情,又将对方送出店,阮昭这才得空。她转身立即抱住傅时浔,拖着长调:"一日不见,如隔三秋,你知不知道我们隔了多少个秋天了。"

"想我了?"傅时浔伸手搂着她的腰身。

阮昭毫不避讳地点头承认:"当然,我都三天没看见你了,那就是九个秋了。"

她一向不避讳自己对他的喜欢,本来追他的时候就轰轰烈烈地,从来没在意过别人的眼光。现在都跟他在一起了,她那张从来撩死人不偿命的嘴,压根就不会跟他来虚的那一套。

想他了,不仅要说,而且得大大方方地说出来。

只是她大方,眼前的男人却低头,在她唇上啄了口,压着声音问道:"具体说说,有多想?"

也不知老男人到了这个年纪是怎么回事,就比如现在,他明知道阮昭最喜欢也最受不了他的气声,他还偏偏就要故意压着声音说话。

这不,一边问她到底有多想自己,一边低头啄着她的嘴唇,空气里仿佛冒着火星,嗞嗞作响,周遭不断在升温。

阮昭被他啄吻的方式弄得心猿意马。

当他看过来时,眼神里仿佛勾着线,紧紧地牵动着她的心跳。

他手掌捏着她的腰身,手心的热度隔着薄薄的一层布料,灼烫得过分,当他轻咬着阮昭下嘴唇,直接将舌尖探进来时,店铺门口传来一阵脚步声。

"有人。"阮昭紧张得脚趾都蜷了起来,她扯着傅时浔往旁边站,"到这边来。"

店里有个博古架,宽度足够挡住两个人。

两人边吻边走向博古架,直到傅时浔将她抵在架子的侧面。这个角度,只要不是走过来,路人根本没办法轻易看见他们。

这下两人都放开了手脚似的,阮昭双手勾着他的脖子,轻轻将他拉近自己,彼此几乎同时勾住对方的舌尖。安静的店铺里,看似空无一人,可是角落里却传来暧昧至死的激烈接吻声。

两人仿佛吻不够对方,原本已经要暂停了,可是刚稍微分开点,眼神一碰上，嘴唇又凑到了一起。那种密密实实的接吻声，让他们都有种满足但又不够的感觉。

既满足于这样亲密的接触，可是又渴望在对方身上得到更多。

傅时浔低头蹭了下她的鼻尖："要不，关门回家？"

阮昭的心跳已经不能用激烈来形容了，长时间的接吻让她的呼吸明显不畅，一停下来就光忙着深呼吸，心跳如擂鼓似的，咚咚咚乱撞个不停。

听着这话，她掀起眼皮："好。"

一路上，两人谁都没说话。

朝天街离傅时浔的家并不是很远，二十多分钟的路程，今天显得格外漫长。

当两人推门进了家，也不知是谁先动的手。

阮昭直接勾着傅时浔的脖子亲了上去，而傅时浔也将她抱了起来。她双手勾着他的腰，来了一个面对面的树懒抱。

两人如同火与热油撞在一块，一点就着，如火如荼烧了起来。

傅时浔轻松将人抱到卧室里之后，阮昭伸手勾着他的衣领，低声说："这次可以在家里留多久？"

"很久。"傅时浔说完，再次低头吻上来。

上个月开始，北安大学加入了国内一个重点遗址发掘的项目，傅时浔作为北安大学最年轻的教授，自然会被派去参加。

两人被迫短暂异地恋，一开始阮昭还安慰他好好工作。可是后来，光是打电话和视频实在是有些抵不住想念，于是她稍微抱怨了两句。没想到这之后，傅时浔几乎是隔几天就会赶回来一趟。他也没耽误工作，都是趁着放假的时候回来，哪怕只有一天。

不管多晚，他都会赶回家。有时候阮昭扛不住困意睡着了，等她醒来的时候，就会看见他安静地躺在自己的身边。

"你的工作结束了？"阮昭惊喜地看着他。

傅时浔直接将她的唇封住，似乎有些不满，他直接亲得她完全没有心思考虑别的。

两人是中午回来的，连午饭都没吃，耳鬓厮磨到了下午四点多，阮昭最后连嗓子都有点哑了，傅时浔出去给她倒了热水进来。

温热的液体顺着喉咙淌下去时，舒服得阮昭眯了眯眼睛。

"晚上我们出去吃饭吧，我订了餐厅。"傅时浔低声说道，拍了拍她的

脑袋。

阮昭喝完水，又往床上一窝："什么餐厅啊，好累，不想去。"

傅时浔："听话。"

"一定要去吗？"阮昭拉着他的手臂，跟他开始磨，真的太累了，她现在感觉连手指头都不想抬起来。

傅时浔勾着她的下巴："一定要。"

说完，他就起身去洗澡了。

阮昭在床上翻了一圈，正要起床，突然她意识到一个问题，傅时浔为什么非要晚上跟她出去吃饭？

她立即拿出手机，找到自己的狗头军师。

阮昭：傅教授回来了，他说今晚要带我出去吃饭，你说他会不会……

果然对面秒回复。

顾筱宁：该不会是要求婚吧？

顾筱宁：肯定是的，我就说吧，你别着急。

顾筱宁：傅教授肯定是在攒大招呢。

阮昭伸手摸了摸鼻尖，回复：我也没有着急。

自从一切尘埃落定之后，阮昭就在想她跟傅时浔的事情，本来两个人在一起就是奔着结婚去的。当然她本来是不太着急的，但是傅时浔一直没有表示，她心里不免有些犯嘀咕。毕竟她一直认为，他们结婚这件事是水到渠成的。

其实对阮昭来说，她最大的遗憾大概就是自己的身世，自小被家人抛弃，以至于她对家庭既渴望又担忧。

她渴望自己能够有一个正常而美好的家。"家"这个字，对她的意义比任何人都要重要。

阮昭：那我要怎么办？

顾筱宁：当然是答应他，我还等着小小昭和小小浔呢。

阮昭：什么玩意儿？

顾筱宁：我的干儿子或者干女儿，名字可爱吧！

阮昭发现顾筱宁比她跳跃得还要厉害，现在傅时浔连求婚都还没求，她直接就跳跃到生孩子的环节了。

可是阮昭想了下，又问道：我要不要穿得稍微正式点？

顾筱宁：当然！必须！

顾筱宁：不过呢，你千万别让他发现你已经察觉到了他要做的事情。

顾筱宁：你就假装什么都不知道，只是美美地吃晚餐。

于是在狗头军师的指点下,阮昭难得穿了一条优雅又不失性感的小裙子,浅杏色吊带半身裙,露出漂亮精致的锁骨,短裙下那双长腿,笔直纤细又匀称。

幸亏她的大半东西都摆在了傅时浔这边。

一双既美又高的细跟高跟鞋穿在脚上,有种谁也不爱的飒美。

傅时浔看她穿好的衣服,皱了下眉头,提了个意见:"要不你再拿一件薄外套,餐厅里开的空调温度都挺低的。"

"没事,我不怕冷。"阮昭小手一挥,直接拉着他就出了门。

果然,傅时浔带她去的是那种夜景超级绝的高空西餐厅,餐厅有一堵180度的环景玻璃幕墙,能够从这里清楚地看见北安市的地标建筑。

不远处是北安市最出名的摩天轮,就建在市中心,无数外地游客到北安的时候,都会选择打卡这个摩天轮。

餐厅里氛围感十足,伴随着优雅的音乐声。

迷离又梦幻的灯光,以及眼前的美味佳肴,一切看起来都那么美好。

一晚上,阮昭都尽量表现得情绪平稳,但是每次服务员端菜上来,她都忍不住多瞄几眼。

一直到最后,甜品被端了上来。

她看着面前的巧克力冰激凌球,外面是一层圆形巧克力脆壳,敲开巧克力外层才能吃到里面的冰激凌。

按照一般的套路,他会把戒指藏在这个冰激凌球里面吧!

虽然这种求婚方式确实挺老套的,但也不是不能接受。

阮昭深吸一口气,轻轻敲开了外层的巧克力壳,然后她用小勺子轻轻舀了一口冰激凌,为了让自己看起来不是那么的着急,她一口一口慢慢地品味着冰激凌。

直到不知不觉间,她将里面的冰激凌都舀空了。

不是⋯⋯

戒指呢?

这么浪漫的气氛,这么美好的氛围,就真的只是纯吃饭?

在最后离开餐厅的时候,阮昭终于确定,原来今晚真的是一顿平常的晚餐。

上车后,傅时浔开着车,阮昭的手机响了几下。

原来是顾筱宁瞧着时间差不多了,实在有些憋不住,发微信过来了。

顾筱宁:快快,给我看看钻戒。

顾筱宁：豪门长子的求婚钻戒肯定得好几克拉吧，是彩钻吗？

顾筱宁：快让我长长见识。

阮昭看着她这一连串的消息，深吸一口气。

阮昭：没有求婚，真的就是一顿晚餐。

是她想太多了。

对面好久都没动静，估计是不想让阮昭独自一人陷入这种尴尬的氛围里，最后顾筱宁还是勉强安慰她：傅教授肯定是在攒大招，你知道的，时间肯定要长点。

阮昭完全听不懂她这些游戏术语，只觉得困得不行。

下午本来就累，晚餐又吃了那么多美味佳肴，上车没多久，她就在副驾驶座上安静地睡着了。

也不知过了多久，她终于从那种困倦到极致的状况里慢慢醒了过来。

当她睁开眼睛看着车外时，前方昏黄的灯笼光照着门口的巷道。

阮昭眨了眨眼睛，以为自己依旧还在梦里。可是那对在晚风中摇曳着的灯笼，是那样熟悉而又亲切。那是朝天街旁的小院，第一个真正意义上属于她自己的家。

此时傅时浔并没有在车里，他就站在车外，低头看着手里的手机。

阮昭打开车门时，他转头看了过来，笑道："醒了？"

"我们怎么会来这里？"阮昭看着小院子门口的灯笼。

自从她回北安之后，再也没有来过这里，她下定决心将这个地方卖掉之后，就好像要彻底割舍掉它一样，之前就连路过时都不会朝这边的巷子看一眼。

傅时浔朝她伸出手，阮昭走上前握住他的手掌。

这一刻，她心底已经隐隐有了感觉，但她还是安静地跟随着傅时浔的脚步，走到院门口，轻轻推开小院子的门。当院门打开时，院子里灯光齐亮，整个小院像被点亮的宝石盒子。

院子里的那棵树此时枝繁叶茂，摆放着的两口白瓷大缸，里面养着的水荷花枝叶舒展，花苞粉嫩。

两人缓步走了进去，阮昭在这里住了那么久，对院子里的一草一木都那么熟悉。明明当初卖掉小院时，她让云樘一并处理了很多东西。可此刻，眼前的整个小院子却好像一点都没有变。

走廊里的那个燕子窝都还好好在那里。

"我知道，这个小院其实对你很重要。"傅时浔环视着小院子，低声说道。

当他转头看向阮昭时，阮昭同样望着他，她正要开口，可是刚一张嘴，喉咙中的那股哽咽突然就涌了上来。

明明她并不是那种时常会掉眼泪的性格，甚至还有点冷漠。可他好像总是能轻易掌握她的喜怒哀乐。

这一刻傅时浔深深地望着她，瞳孔中清楚地倒映着她的身影，那个他始终热爱、始终宠爱、始终挚爱的姑娘。

他伸手将阮昭抱进怀里，低声说道："昭昭，欢迎回家。"

这里是她的家，也是他们的家。

清晨，当阮昭醒来的时候，转头看着身侧躺着的傅时浔，她眨了眨眼睛，往他怀里挤了挤。正闭着眼睛的傅时浔伸手将她抱得更紧，他下巴抵着阮昭的头顶，声音带着晨醒的颗粒沙哑感："醒了？"

"好久不在这里住，居然有点不适应了。"阮昭又朝他怀里窝了窝。

昨晚两人回了小院，阮昭本来以为就是来看看，谁知傅时浔将她带到主卧，阮昭发现房间的床和摆设全都回来了，而且还跟以前一模一样。

阮昭当然知道这一切都是傅时浔准备的，只是她吃惊于他不仅记忆好，用心程度也一流。她的主卧几乎被他百分百还原。

傅时浔非要让她住在这里，阮昭本来还想说自己什么都没带，结果一拉开衣柜，发现柜子里不仅有她的衣服，也有他的。

下面那层抽屉拉出来时，两套熟悉的睡衣就摆在里面。那是傅时浔第一次在这里留宿时，阮昭拿出早就给他准备的睡衣。如今情景重置，变成了他亲手准备的睡衣。

阮昭也没再扭捏，跟他直接在小院里留宿。

她手掌伸进被子里面，傅时浔穿的睡衣特别宽松，阮昭手掌一下就摸了进去，手指摸着他的后背，别说他一个大男人的皮肤居然又滑又细，摸起来手感真好。

阮昭舒服地叹了一口气，傅时浔睁开眼睛看向她："叹什么气？"

"你摸起来太舒服了，我都不想起床了。"阮昭靠在他怀里。

傅时浔伸手将她抱住："那就再睡一会儿。"

阮昭打了个哈欠："那不行，昨天下午我就逃掉了，今天得去看店。"

自从事情尘埃落定之后，阮昭的生活一下子发生了巨大的改变，原本她比任何同龄人都要努力，哪怕出身普通，却依靠自己得到了财富和成功。

如今她对那些，好像不再那么执着。她不再渴望向别人证明，自己的人

生是多么成功和辉煌。

于是她决定从嘉实公司辞职,这个决定让梅敬之气得暴跳如雷,这不两人又有段时间没联系。她也懒得再继续去找什么工作,本来是准备在家里休息一段时间,认真思考一下未来想要发展的方向。正好赶上明堂斋的店员辞职,古玩店的店员可不好找,不仅要会招揽客人,还得有眼力见,要是看走了眼,少不了会引来砸场子的人。云橙正恼火上哪儿去找人,阮昭立即表示她可以看店。

看店之后,阮昭才明白云橙这一天天的工作有多烦琐,每天早早就要开门,关键古玩店是那种三年不开张,开张吃三年的性质,一天下来顶多就是几个人逛店。

真正做生意,还是靠熟悉的客人。

古玩鉴定、藏品寄卖、倒手买卖,反正能赚钱的事情,他们都干。

嘉实那样的大公司,每年拍卖会得有多少藏品要拍,这些藏品可不都是靠嘉实的人自己去找的,也有像他们这些小古玩店转卖过去的。

还有藏家不信任大拍卖公司,就喜欢在古玩店淘货。

当然明堂斋之前最大头的生意,就是文物修复,阮昭的字画修复那就是金字招牌,打出去都是响亮亮的名头。

之前她还只是在文玩这个小圈子里出名,自从那次《报春图》真伪澄清发布会之后,她算是彻底出名了。

顾筱宁正在做的那个考古节目,在网上的热度很高,特别是年轻一辈,因为《报春图》事件,对国内文物保护这块特别关注。于是顾筱宁便代表节目组,正式邀请阮昭作为飞行嘉宾,参加一期节目录制。当然又被阮昭毫不犹豫地拒绝了。

阮昭现在就想在朝天街的这间古玩小铺子里老老实实地当她的小老板。

"你要是不想工作,可以先休息一段时间。"傅时浔搂着她,低声说道。

阮昭开玩笑地说:"你养我啊?"

傅时浔抱着她,表情依旧是刚睡醒那副懒洋洋的模样,声音却前所未有的认真,他说:"我养你一辈子。"

这话他真不是随便说说的,当然阮昭也信他。

两人躺在床上说话间,阮昭听着外面好像有动静。

她仔细听了听,问道:"你有叫人过来?"

"不想睡的话,要不要先起床?"傅时浔没有直接回答她这个问题,反而转移话题说道。

阮昭也确实睡足了,跟大多数年轻人爱熬夜不一样,她作息还挺健康的。

两人起床洗漱,洗手间里的洗漱用品一应俱全。

阮昭边挤牙膏边靠在洗手台边问道:"你什么时候把这个房子买下来的?"

她记得自己当时卖的时候,买家是一个五六十岁的中年人,这种老院子大部分年轻人都是不喜欢的。年轻人有钱喜欢买江景大平层,或者是独栋小别墅。这种充斥着岁月感的老宅院,大多是那种有点钱又喜欢附庸风雅的中年人才会喜欢。至于阮昭,当初买这个房子的想法也挺简单,唬人。

都说要设计一个成功的商品,需要精准抓住客户的心思。

阮昭虽然没有卖商品,但是当初她作为一个初出茅庐的修复师,想要成功,不仅要实力过硬,也要学会在这个圈子里营销自己。住在历史感十足的小院里,出身修复世家,又师出名门,自然就能唬住人。

"你刚卖出去不久。"傅时浔低声说道。他买的时候迟了一步,对方已经完成了交易,所以他只能高价重新将房子买回来。

显然阮昭也想到了这点,她微叹了口气:"傅教授,你的老婆本该不会都砸在这套房子里面了吧?"

傅时浔站在旁边,弯腰掬了一捧水,直接泼在脸上。

水珠顺着英挺的眉眼线条流了下来。

等他擦干净,这才转头说:"怕我养不起你?"

傅时浔是大学教授,所有工资补贴加起来,一年也有个几十万,这个收入搁普通人,肯定是不错的。但是要想买这么大的院子,肯定是不够的。

"放心吧,我有钱。"傅时浔伸手揉了下阮昭的发顶,低声笑着说道。

阮昭从洗手间里出来时,正好撞见傅时浔在换衣服,脱掉上身睡衣之后,露出的背部宽阔平整,肌理分明,不是那种很大很突显的肌肉块,而是那种劲瘦且线条流畅的薄肌,干净利落又不失有力。

傅时浔正在穿衣服,将衬衫套在了身上,开始一颗一颗地扣纽扣,从最顶端的那粒开始往下扣。

扣到中间的时候,他似乎意识到什么,回头看了一眼,就见阮昭双手环抱在胸前,直勾勾地盯着他。

阮昭见他看过来,慢悠悠地走过去,直接上手替他扣纽扣。

"说真的,我现在有点理解为什么男人都不喜欢自己的女人穿暴露的衣服了。"阮昭一边扣纽扣,一边睨了眼他衬衫最顶端的那粒纽扣,轻笑了声,"自己的嘛,当然想要藏起来,谁也不许看。"

她觉得自己要是个男人，可太有渣男潜质了。

傅时浔垂着眼睛，眼皮耷着的弧度透着一股懒散劲儿："只是不许看吗？"

阮昭扣好衬衫的最后一粒扣子。

傅时浔抓着她的手掌，眼神深沉，低声说："确定不盖个章，认证一下吗？"

什么盖章，怎么个认证？

一瞬间，阮昭觉得自己还是大意了，她算什么渣男属性。对面这男人认真起来，才是真没她什么事儿吧。

阮昭换好衣服下楼之后，刚跟傅时浔走到楼梯旁，就看见院子里正在浇花的身影，对方似乎听到楼上的动静，转身看过来。

"昭姐姐，你终于起床啦，早餐想吃什么？"云霓手里拿着喷壶，歪着脑袋看向她。

厨房里面，正在忙碌的人也走了出来。

董姐笑眯眯地用围裙擦了擦手："昭小姐醒了，我刚包了虾肉馄饨，想要吃吗？"

熟悉的人，熟悉的话，还有熟悉的场景。

一时，阮昭以为自己坐上了时光机，穿梭到了曾经最美好的岁月。

在这个小院里，有着她喜欢的人们。

阮昭第一时间朝傅时浔看了过去，他轻笑着说："你不是一直念叨，很想念董姐的手艺。"

"谢谢你。"阮昭眼眶泛起了红。

昨晚当他把她带回这个小院时，阮昭没跟他说谢谢，她总觉得"谢谢"这两个字在他们之间显得太过生疏。

但现在，她很想跟他说这三个字。

她曾经亲手打碎的，他又重新一点点为她拼凑了回来。

"早餐想吃什么？"傅时浔微笑着望向她，低声问道。

这个随意而淡然的询问，将阮昭的那些悲春伤秋一下子都吹散了，她转头看向厨房走廊前的董姐，喊道："虾肉馄饨，我想吃这个。"

"行，我马上就下。"董姐笑眯眯地说着，转身进了厨房。

阮昭下楼后，走到云霓身边，伸手摸了摸她的脑袋："什么时候来的？"

"早上啊，我们来的时候，看见门口停着的车了。"云霓笑嘻嘻地说道。

本来她们动静还挺大的，但是董姐准备上楼把窗户打开时，看见了楼上门口放着的鞋子，才知道他们昨晚就住在了这里。

所以之后云霓就轻手轻脚，不敢大声闹腾了。这也是阮昭之前听到她们动静，但是之后却没再听到的原因。

之后阮昭就忙着搬家的事情，不过这次云橙却没跟她们一起搬。原本他也不让云霓跟着一起搬的，但是云霓一听这话，眼泪唰唰地就聚在了眼眶里。

"你为什么不跟我们一起回去？"阮昭看着他问道。

云橙望着她，低声说："你和傅教授早晚是要结婚的，到时候我们住在一起也会不方便的。"

"可我已经习惯跟你们在一起。"阮昭声音有些低落，她低声说，"你是我的家人。"

"我们当然是，但是一家人也不一定非要住在一起，你跟姑姑不就没住在一起。不管我在哪里，不管你在哪里，我们这辈子都是一家人了。"

当初去抓钱坤的时候，明明这件事跟云橙毫无关系，可他却毫不犹豫地跟着阮昭一起离开。

回来的时候，阮昭才听云霓哭着问云橙，为什么给她留了那样一封信，还把全部的存款都给了她。两兄妹之间，一向都是云橙管着钱。

原来，那晚云橙跟阮昭离开时，就没打算给自己留余地。他知道阮昭想要干什么，却还是义无反顾地陪着一同前往。

"真不跟我们一起搬回来？"阮昭又问了一句。

云橙摸了摸头，无奈说道："昭昭，你知道我今年多大了吗？"

阮昭眨了眨眼睛。

"其实我也到了该交女朋友的年纪。"云橙认真地看着她，一向有点儿酷的脸，头一次露出无奈的笑容，"只是一直有云霓这个拖油瓶捣乱，实在太耽误事了，所以我就把她先托付给你。"

简而言之就是，他带孩子带够了，也想偷个清闲。

一旁本来还哭唧唧的云霓，登时露出"凶狠"的表情，只是她本来就脸颊圆圆的，这份凶狠反而变成了可爱。她质问道："你说谁拖油瓶呢？给我说清楚了。之前跟我保证，再也不会丢下亲妹妹的人，到底去哪儿了？"

她张牙舞爪地就要扑过来，阮昭赶紧拦住。

"你就跟着姐姐一块住，要是想你哥了，就回来。"阮昭哄道。

云霓不满地哼了下："我走了，就再也不回来了，就让他去找他的女朋友吧。"

不过说完，云霓和阮昭同时转头看向云樘。还是阮昭说道："有空把女朋友带回来，跟我们见见面。"

"他肯定没有吧，哪个女生会喜欢一根木头啊。"云霓毫不客气地吐槽。

说完，她站起来，一溜烟往楼上跑了去。

没一会儿，阮昭也跟着上了楼，两人在楼上收拾东西，有说有笑的声音传来。

云樘听着楼上的动静，轻笑了起来。他记得傅时浔的父亲曾经在媒体上发过亲笔信，说傅时浔这辈子最幸运的事情，就是遇到阮昭。

其实，对他而言，何尝又不是如此。只是从一开始，他就明白自己的位置在哪儿，所以他对阮昭从来没有一丝僭越，默默陪着她。如今她找到了属于自己的那份幸福，不需要他再时时刻刻保护着她了。

搬家那天，云樘开车亲自将她们送了过来。

其实东西也没多少，都是衣服之类，大件的家具什么的，傅时浔之前就已经准备好了。

这次傅时浔将房子重新买回来之后，似乎是准备长住，在不改变房子整体结构的基础上，彻底翻修了一遍。小院保留了原本古色古香的风格，但是在居住的舒适度上又上了一层楼。

到了之后，搬家公司的人帮忙把行李搬进去。

云霓一溜烟地进了厨房，忙着看今天中午吃的菜肴。

因为二楼的工作室里也需要搬一些东西进去，阮昭怕搬家工人不懂，就去二楼亲自看着，只留下两个男人站在院子里。

"这么久，好像一直忘了跟你说一句……"傅时浔转头看着云樘。

对于云樘，他从来都不像对梅敬之那样淡而远之，梅敬之这人心机太深，而且对阮昭始终态度不明，傅时浔和他彼此都不对付。

"谢谢你一直以来，都这么帮阮昭。"

傅时浔这话说得确实是挺诚恳，但是诚恳之余，那种对阮昭的独占性也显露无遗。他是以男朋友的身份说这样的话，不仅光明正大，而且很有资格这么说。

云樘连苦涩都泛不起来，就是那种你看见云顶雪山之巅的时候，只会仰望，压根都生不出一丝嫉妒的心思。离得太远了，根本嫉妒不来。

都说男人看男人的眼光和女人看男人的眼光不一样，可是哪怕再天差地别，傅时浔这种男人，不管是谁看了，都会说一声绝。

在这个小院里,第一次见到傅时浔时,云橙就感叹,原来这个世界上还有这样的人。

一身佛气,半世温雅。

傅时浔身上自带着一股清冷雅贵的劲儿。云橙听云霓说过阮昭和他相遇的场面,扎寺的窗棂里,一眼万年的故事。

云橙从看见傅时浔的第一眼,就知道自己此生再也没有机会了。虽然他心底从未表露过一丝一毫,可心底也未尝不怀揣着那一丝丝的奢念,但终究这丝奢念,也因为傅时浔的出现而烟消云散。

人最重要的,就是学会跟自己和解。

云橙看向二楼的方向,曾经无数个夜晚,他站在院子里,看着二楼工作室那盏明灯,知道阮昭正在里面做修复。有时候,她修多久,他就会站在那里陪她多久。

终于,云橙低声说:"对我而言,昭昭就是家人,我会一直把她当成妹妹,就跟云霓一样。"

一句妹妹,彻底斩断了他心底的所有念想。这么多年的守护,也足够了。

傅时浔朝他看了一眼,眼神格外深沉。许久,他突然笑了下:"你这是在占我便宜吗?"

原本云橙心底挺沉重的,气氛也尴尬。傅时浔这么一说,弄得云橙下意识地"啊"了一声,问道:"什……什么意思?"

"你把阮昭当妹妹,以后我和阮昭结婚,你岂不是就成了我的大舅哥。"傅时浔语气挺淡的,"我好像还比你大几岁吧。"

云橙腹诽,现在是计较这个的时候吗?难道他就不能安静地祭奠一下自己还没发芽就已经死去的爱情?

氛围完全被破坏,云橙无奈地叹了一口气,说道:"我还是先去看看今天中午吃什么吧。"

果然,云霓这种没心没肺的才活得快乐。

傅时浔上楼的时候,搬家工人正好把里面的东西弄好,往楼下走。

他一进工作室,就看见阮昭站在里面四下打量着,忍不住说道:"我真的没想到自己还能回来。"

直到回来,她才发现,这个地方对自己有多重要。

"现在也不迟。"傅时浔直接走过去,从背后抱住了她。

他下巴轻抵着她的发顶,将她整个人都裹在怀里。阮昭似乎也感觉到他

的情绪，低声问道："怎么了？"

"突然觉得，自己的运气有点好。"他说道。

阮昭一愣，挺好笑地问道："你中大奖了？头奖？"

"嗯，头奖。"傅时浔顺着她的话说道。

这下阮昭睁大双眼，可是下一秒，傅时浔的嘴唇贴着她的耳畔，从背后将她搂得更紧："我人生最大的头奖，就是买了那张飞往西藏的机票。"

因为那张机票将他带到了扎寺，让他遇见了她。

"昭昭，谢谢你降临在这世间。"

即便总说人间不值得，可是人间有你，就一切都值得。

阮昭怔了怔，她从来不避讳自己的身世，也一直认为自己的出生是不被祝福、不被期待的，她从降生到这个世界就被遗弃。可是现在，有个人对她说，谢谢她降临在这世间。

阮昭倚靠在他的怀里，窗外的阳光透过玻璃，温柔地落在他们的身上。

就让他们这样，温柔地拥抱着彼此，度过这往后的一日又一日，一年又一年。

"跟傅教授住在一起是什么感觉？"顾筱宁看着面前正在舀冰激凌吃的云霓，好奇地问道。

云霓歪头想了下："昨晚哥哥回家的时候给我带了糖葫芦。"

顾筱宁朝她看了一眼："怎么叫哥哥呀，不是应该叫姐夫吗？"

自从云霓跟着阮昭搬回来住之后，本来她还叫傅教授，但是傅时浔说这么叫太生疏了，她既然叫阮昭姐姐，不如就叫自己哥哥吧。

云霓本来就是那种嘴甜又听话的小女孩，于是成天哥哥长哥哥短，以至于云樘来吃饭的时候听到她这么叫，心底多少还是有些吃味的。

"哥哥让我这么叫他的。"云霓开心地说道。

顾筱宁点头："也是，反正现在还没结婚呢，等结婚之后改口也不迟。"

提到这个话题，顾筱宁朝身侧的阮昭抵了抵胳膊："你们什么时候结婚啊？"

阮昭摇摇头："不知道。"

"傅教授怎么也不着急啊？"顾筱宁托着腮帮子。

此时，在清吧里，闵其延端起酒杯看向对面的男人，摇了摇头："我现在想见你一面可真是不容易啊！"

"不是已经见到了。"傅时浔端起酒杯，俯身跟闵其延碰了下。

闵其延问："我说，你求婚钻戒还定好？"

"钻石刚定好了。"傅时浔低声说道，他揉了揉眉心，"但还没想好求婚的事情。"

"确实，求婚是大事儿，是要好好想想。"闵其延赞同地点头，他看着眼前的兄弟，感慨道，"我以为你这样六根清净，不会轻易结婚，结果反而比我还快。"

傅时浔睨了他一眼："这么羡慕的话，就去谈恋爱。"

闵其延无奈地说："你又不是不知道医院有多忙，我现在下了班就想回家躺着，根本没时间出来，更别说认识什么姑娘了。"

"你之前不是说，家里人给你介绍了相亲对象？"傅时浔淡然地望着他。

"不提还好。"闵其延揉了揉眉心，"第二次见面，就约我去逛街，花钱倒是小事，一逛两三个小时，我宁愿自己骨折。"

他这个年纪，家里人催婚是正常的。闵其延也是为了应付父母，去见了一面，结果第二次对方主动约他逛街。

出于不方便在电话里拒绝，准备当面说清楚，于是就过去了，谁知对方拉着他逛了一下午，闵其延实在是受不了，赶紧把话说开。

"求婚的话，有什么地方用得着我的，尽管说。"闵其延想了下说道。

傅时浔侧头看向他："我求婚能用得着你什么？"

"这你就不知道了吧，求婚这么重要的人生大事，兄弟就是用在这种时候。"闵其延呵呵一笑。

闵其延看着他，疑惑地说："对了，你怎么今天有空跟我出来？"

之前闵其延打电话约傅时浔，傅时浔不是说没空就是不想出门。

傅时浔："哦，阮昭带云霓出去跟她朋友聚会了。"

闵其延："……所以我就是备胎？"

上菜的时候，顾筱宁正在低头刷手机，突然问道："这个周末要不要去北安音乐节玩一下？"

"我想去，我想去。"云霓立即举手。

顾筱宁看了一眼手机，说道："这次北安音乐节邀请的明星和乐队都挺好的。"

云霓好奇地问："都有谁啊？我看看有没有我喜欢的。"

顾筱宁："你最近喜欢谁？"

"齐知逸啊,我们哥哥可太帅了。"云霓提到这个,可就不无聊了,"可惜他最近一直在拍戏,好久没发新歌了,我都快'寡死'了。也不知道他什么时候能出山。"

云霓说的这个齐知逸,就是现在圈内顶级的流量明星,圈粉无数,热度是断崖式碾压其他的那种,但凡他代言的产品,拍摄的杂志封面,发售即抢空。之前他更是创下了一首单曲卖了八千万的疯狂销售额。

总而言之,就是红,特别红,爆红。

阮昭坐在一旁,听着她们聊这些明星的事情,丝毫没有兴趣。

"你居然喜欢齐知逸。"顾筱宁震惊地说道。

云霓立即噘嘴:"不许黑我哥哥,他只是人红招人妒而已。"

顾筱宁呵呵一笑:"你要是真的喜欢齐知逸的话,那你可就快乐了。"

"筱宁,你可以带我去见他?"云霓一下来了兴致,她知道顾筱宁在电视台工作,平时很容易见到明星。

顾筱宁摇了摇头:"我是不行。"

云霓叹了口气,她知道这种大明星不可能是想见就能见的。

"但是,你的昭姐姐可以呀。"顾筱宁朝阮昭抬了抬下巴。

阮昭本来端着鸡尾酒正品尝。这家店特色鸡尾酒很出名,她不怎么能喝酒,哪怕现在对酒解禁之后,也就是两三杯的量,这会儿眼尾微红,抬手朝自己一指:"我?"

顾筱宁:"我也是前段时间才知道,之前齐知逸那个特别乌龙的绯闻,说他当小三的事,那个所谓的绯闻女友竟然是他的小舅妈。"

"我也知道这个。"云霓立即说,"我那时候还没入坑呢。"

顾筱宁神秘兮兮地看向她:"那你知道他那个小舅妈是谁吗?"

"谁呀?"云霓仔细想了,还是没想到,正要拿手机搜一下。

顾筱宁猛喝一口酒,朝阮昭看了眼,说道:"就是你昭姐姐的未来弟媳妇。"

云霓被这个复杂曲折的亲戚关系谱弄得有点头大,慢慢回味道:"齐知逸喊昭姐姐未来弟媳妇叫小舅妈,那他应该喊昭姐姐……"

"大舅妈。"顾筱宁见她想了半天,干脆说道。

阮昭眨了眨眼睛:"谁是齐知逸?"

只是出来约个饭而已,居然从天上掉下来了一个大外甥。

顾筱宁无语:"我们讲了半天,你一句都没听啊?"

于是云霓就拿出她保存的照片,各种轰炸给阮昭,见阮昭还是兴致缺缺的模样，就掏出了她的制胜法宝——一段齐知逸在演唱会上演唱的视频。

他怀里抱着吉他，身后是乐队，台下是巨大的欢呼声。

台上忽明忽暗的光线落在他的身上，恍惚间，阮昭好像真的看见了那道熟悉的身影。

"这个视频发给我。"阮昭低声说道。

云霓登时得意起来："你看我就说，哥哥的颜值没人能拒绝吧。"

傅时浔到家的时候，二楼主卧亮着灯，他低头闻了闻自己身上，都说人闻不到自己身上的酒气，不过他还是能闻出点。

晚风徐徐，院子那棵树的枝叶被吹得哗啦啦作响。一轮弦月高挂在空中，整个小院犹如被铺满了一层薄薄的银霜。

他将外套脱下，又站在院子里吹了一会儿风，这才踩着楼梯上了楼。

一推门，就看见阮昭正趴在床上，用 iPad 看视频。他一言不发地走过去，看见她好像在看乐队表演的片段。

可看清楚屏幕上出现的人时，他黑眸微眯了眯。

一向对娱乐圈明星不太熟悉的傅时浔，居然一眼认出了阮昭现在正在看的是当红流量明星齐知逸。

至于他为什么会熟悉，理由也挺简单的。

——齐知逸得喊他一声大舅。

"你喜欢他？"看了半晌，发现阮昭完全沉浸其中的傅时浔终于有些不爽。

他不开口还好，这么一说话，习惯了房间里安静的阮昭，吓得手里的 iPad 都拿不稳，直接掉在了床上。她扭头看过来，问道："你什么时候回来的，怎么也不出声？"

傅时浔将挂在臂弯的外套往旁边的沙发上一扔，单膝跪在床上，将阮昭搂住之后，低声问："是你看得太入神了，看什么呢？"

其实他早就看见了，故意这么问的。

"没什么。"阮昭眨了眨眼睛，伸手想要将 iPad 藏起来。

傅时浔的眼神直勾勾地看向她，里面蕴藏的炙热，如同摧枯拉朽般向她袭来，如果她是一片荒原，此刻她已经被烧得寸草不生，那滚烫的感觉叫人心底发慌。

阮昭发现他每次喝完酒之后，整个人就会变得很不一样，没那么冷淡，甚至有点热情。

"不好意思让我看？"傅时浔凑过来，低头含住她的嘴唇。

他身上带着酒气，混杂着温热的气息。房间里那盏落地灯发出暖黄色的灯光，将温馨洒满卧室的每个角落，也将两人交缠的身影投影到了对面的墙壁，犹如一对交颈的鸳鸯。

两人温柔而缠绵地接着吻，房间里安静得只剩下啄吻发出的声音。

可是阮昭的耳朵却在下一刻听到巨大的音乐声。她微偏头，看见傅时浔的手掌不知何时搭在平板电脑的按钮上，将原本已经锁屏的平板重新打开了。

站在舞台上的大明星放肆而洒脱，身着背心和破洞牛仔裤，搭配着格外耀眼的银色短发。

"喜欢这种小孩？"傅时浔偏头看了一眼，虽然吻被这个视频打断，但他的嘴唇就在离阮昭近在咫尺的地方。

阮昭闷闷地说："就是随便看看。"

傅时浔漫不经心地说道："随便看看还看得那么入神？"

阮昭转头看着屏幕里的青年，低声说："我只是觉得，他唱歌的样子跟你有点像。"

傅时浔怔住，下意识地转头看过去。

此时屏幕上的视频还在继续播放，当青年的双手从吉他上松开，高举向天空时，台下爆发出巨大而热烈的欢呼声，几乎要冲破体育馆的屋顶。

"你不觉得跟你十七岁的那个视频很像？"阮昭以为他不信，低声说，"我也是今天才知道，原来你跟齐知逸是亲戚。"

傅时浔笑了下："他是我堂姐的儿子。我堂姐比我们大十几岁，她结婚很早。"

"原来是这样。"阮昭点了点头。

傅时浔再次看向视频，低声问道："你看这个，是因为觉得跟我像？"

"嗯。"阮昭望着他，声音有些闷，"自从看了你那个视频之后，我就在想要是我能早点遇见你就好了，或者，我再大个几岁，最好能跟你一样大。"

她想见见那个曾经耀眼又炙热的少年。

傅时浔伸手揉了揉她的长发："你很想看我唱歌？"

"当然，其实……"阮昭决定跟他坦白，她点开图库，里面有个收藏夹，"你的那个视频早就被我保存在了平板里。"

之前阮昭因为看了这个视频哭过，虽然傅时浔不知道她是从哪儿翻出来的，但是感动之余，他拒绝让阮昭继续看。

后来阮昭偷偷把光盘找了出来，把里面的视频存了下来。

傅时浔揉了下眉心，在阮昭即将点开那个视频时，他伸手按住："算了，还是别看了。"

任谁都不想总是看见自己十七岁时的表演视频吧。哪怕别人再喜欢，本人怎么看都觉得是黑历史。

"害羞什么？"阮昭见他微闭了闭眼睛，凑过去含住他的嘴唇，低声说，"我愿意永远臣服于这样热烈又耀眼的傅时浔。"

十七岁的少年，拥有着蓬勃又无尽的朝气和勇敢，特别是站在舞台上。大概这辈子，她都再也见不到站在舞台上的他了吧。

傅时浔回应着她的吻，原本想说什么，可是最终一切都含在了这个深吻里。

十月，北安大学在迎接了一批新生，送走了一批学生之后，依旧安静而从容有序地矗立在那里。

都说学校是象牙塔，不管离开多久，重新回来还是有一种别样的情怀。

自从找了个当教授的男朋友，阮昭来学校的次数明显就多了。

这几天因为北安大学的校庆活动，学校里面格外热闹。据说这次弄得还挺隆重，学校的大礼堂早早就搭了舞台，就是为了迎接校庆。

不过她这次过来，是被韩星越喊过来的。他今年被保送进了北安大学的研究生，正好手里有校庆的门票，说是会有表演。

本来阮昭不想来的，但是韩星越说，好像还有教授们的表演，阮昭登时来了兴趣，问傅时浔有没有参加。

"傅教授现在可是我们学校的门面，怎么可能没有他啊！"韩星越信誓旦旦地说。

阮昭奇怪道："可是他回来怎么没和我说过？"

"估计是不好意思吧，而且教授的表演节目挺无聊的，之前迎新晚会都是什么诗朗诵之类的。"韩星越说，"你要是不想看就算了，门票我给别人。"

"别，我去。"阮昭立即说道。

韩星越叮嘱说："记得穿漂亮点啊。"

"我要穿得漂亮干吗？"阮昭嗤笑，"又不是我上台诗朗诵。"

韩星越："现在谁不知道傅教授的女朋友是个大美女，你穿得漂亮也是给教授长脸嘛。"

这么说倒也没错。于是那天阮昭还是精心打扮了一番，自从回去看铺子之后，她又重新穿上了国风风格的衣服。

或许是习惯了，或许是真的喜欢。

精致的盘扣，细腻的提花面料，飘逸的剪裁风格，只不过这次她选了比较飒的风格。

她特地选了一条黑色短裙，裙摆是亭台山水刺绣，刺绣精致又细腻，完美地衬托出她的一双大长腿，笔直又纤细。特别是小腿线条，流畅得没有一丝瑕疵。

阮昭打扮妥当之后出了门。

韩星越所说的场馆就是之前他比赛时的体育馆，这个场馆是多功能的，不仅能举办体育赛事，重大日子里还能被用作礼堂。

到了场馆外面时，阮昭还觉得有点奇怪，周围挺安静的啊。

"姐。"韩星越站在不远处，阮昭朝他走过去。

韩星越上下打量她一番，松了一口气："还行，够漂亮。"

阮昭冷眼朝他看过去："我是来看表演的，不是来选美的。"

"哪怕是选美，也没人比得过你。"韩星越听着她不善的口吻，赶紧将彩虹屁吹了起来。

两人往里面走时，阮昭还觉得怎么挺安静的，直到她走到场馆里面，才发现四周黑漆漆的，根本空无一人。

"韩星越，你耍我呢！"

阮昭话音刚落，突然正前方一束光亮了起来，直直地打在了舞台上。

阮昭看见那束光里站着一个身材高挑而挺拔的男人，哪怕看不清楚他的脸，但是他怀里抱着吉他，清冷而流畅的身体线条瞬间让她的心不受控地开始乱跳。

当整个舞台亮起来时，阮昭才发现台上并不止他一个人，他身侧居然还有贝斯手、鼓手。

阮昭定睛一看，发现贝斯手是闵其延，而那个坐在群鼓之间的青年微扬起脸，是齐知逸。

至于站在最前方的，自然就是傅时浔，他抱着吉他的模样，跟视频里那个张扬的少年渐渐重叠在了一起。

阮昭不受控制般地慢慢往前，一直走到舞台的前方。

她望着傅时浔，而他垂眸深深地望向她，隔着舞台的距离，两人的视线在半空中纠缠，犹如有无数的丝线从眼底被牵引了出来，紧紧勾住彼此的眼睛。

当前奏响起的时候，熟悉的音乐声瞬间勾起了所有人心底的回忆。

这首《倔强》几乎陪伴着他们成长，或许他们的青春岁月与彼此并无交集，他们各自成长着，可是这首歌却似乎成了纽带，将她带回了他最耀眼最热烈的时光之中。

　　舞台上，傅时浔的声音响起，他的嗓音没了十七岁少年的清透，但是在经历了岁月历练之后，男人略显低沉的嗓音反而让这首歌更显穿透力。

　　男人清俊的脸庞也不再如往日那样冷淡，他的眼神执着而坚定地看向阮昭。手指拨弄着吉他的琴弦，音符在他的指尖跳跃，而他的歌声在阮昭的心头跳跃。

　　这首歌唱完，阮昭以为他要跟自己说什么。可是随之而来的，却是另外一首歌的前奏。此时的阮昭只想仰着头，安静欣赏他的声音，还有他带给自己的感动。

　　在前奏里，傅时浔看着阮昭，低声说："刚才那首歌，是十七岁的傅时浔唱给阮昭听的，但是现在这首歌，是三十岁的傅时浔想唱给你的。"

　　舞台上的男人依旧那样深情而专注地看着她，低沉的声音缓缓唱了起来。随着一句句歌词传进阮昭的耳中，她心底渐渐揪了起来。

　　阮昭突然想起，之前有一次她无意中点开傅时浔电脑里的歌单，发现只有一首歌，当时她还特地去搜了一下。

　　——是棱镜乐队的一首歌，叫《总有一天你会来到我身边》。

　　她以为他喜欢这个乐队，所以才会只收藏这一首歌。

　　可当这一刻，她听着他亲口说，这是三十岁的傅时浔想唱给她听的歌，瞬间，她好像什么都明白了。

　　三十岁的傅时浔，经历过失去自己最爱的人的痛苦。

　　或许是在某个瞬间，哪个不知名的街头，当他听到这首歌里所唱的内容，瞬间流下了一滴泪，因为这首歌正好写出他的心情。

　　哪怕经历了分手，他却始终在等待着，等待幸运出现，等待有一天她会重新来到自己身边。

　　阮昭的视线被眼泪模糊，他低沉而深情地唱着：

　　总会有些幸运会出现 我等待这一天
　　总有艰险 哪怕是谎言 我等待你出现
　　等这一切都被你了解 十指错落相牵
　　跨越时间 再没有分别 携手走过明天

最后一句落下时，台上的男人将吉他放下，一跃而下，来到她的面前。

傅时浔毫不犹豫地单膝下跪，从兜里掏出那个阮昭期待已久的盒子，他缓缓打开，低声说道："昭昭，这句话在两年前我就想问你。

"你愿意嫁给我吗？"

阮昭的眼泪早已经落了下来，如同断了线的珍珠。她根本无法控制自己，她从来不是敏感多愁的性格，可是一想到他说的每一句话，眼泪就再也止不住。

"我愿意，我愿意。"阮昭哭着说道。

傅时浔听到这句话，将戒指从盒子里取了出来，轻轻戴在了她的手指上，随后他微微低头吻住她的手指。

"昭昭，我曾经听你的话，一直往前走。"

分手时，阮昭说过，他们都应该忘记彼此，继续往前走。

傅时浔那样专注而认真地看着她，这个姑娘就是他的全世界。他轻声说："可是我不管往前走多远，还是爱你啊。"

谢谢命运优待我，让你回到我的身边。

"谢谢你愿意成为我的傅太太。"

阮昭答应傅时浔的求婚之后，一直藏在旁边的顾筱宁和云霓都蹿了出来，顾筱宁拿着手里的摄影机，泪眼婆娑地望着他们。至于旁边的云霓，根本就是小哭包，眼睛都哭得通红了。

两首歌唱完，身后渐渐传来吵嚷声，韩星越回头一看，差点吓疯了。

不是，怎么会突然来这么多人？

原来刚才有人听到体育馆这边有声音，就随便过来看了一眼，谁知不仅看见了北安大学的"门面"傅教授，居然还看见了齐知逸，于是她立马喊了自己的朋友过来。

谁知一传十，十传百，不过两首歌的时间，几乎全校的学生都知道齐知逸出现在北安大学了。

等他们意识到这一切的时候，几个人已经躲进了学校体育馆后面的更衣室。

外面的学生不仅没散去，反而越聚越多。

傅时浔只得先联系学校保卫处，倒是旁边的齐知逸挺开心的。齐知逸一头银色短发，没有特别做造型，却依旧张扬肆意，他冲着阮昭招手："大舅妈，你好。"

虽然知道他跟傅时浔的关系，但是阮昭还是不太习惯这个称呼，轻笑说："要不你直接叫我阮昭好了。"

"那可不行哦，"齐知逸立即摇头，"长辈就是长辈。"

大概是习惯了镁光灯和大场面，哪怕今天没怎么打扮，齐知逸依旧好看得过分。

阮昭看着一旁安静待着，一句话都不敢说，也不敢靠近的云霓，笑着指了下："我们家小姑娘是你的粉丝。"

"你叫什么名字？"齐知逸看着面前的小姑娘，小圆脸大眼睛，特别可爱。

云霓这会儿扭扭捏捏，哪有平时天不怕地不怕的劲儿。不远处的闵其延看她偷瞄齐知逸，原本只是觉得好玩，这会儿见齐知逸逗弄她，心底有种异样的感觉。

云霓的声音小若蚊蚋："云霓。"

"什么？"齐知逸笑了下，追问道，因为他确实没听清楚。

顾筱宁倒是还挺自在的，她不是云霓这样的小姑娘，平常在电视台工作，也见过不少明星，所以她拍了拍云霓的肩膀，低声说："害羞什么，要不要我给你们拍张照片？"

"好呀，来吧。"齐知逸立即站到云霓身边。

云霓个子小小的，整个人跟娃娃似的，齐知逸为了配合她的身高，还特地朝她这边靠了靠。

不远处的闵其延见云霓一张小脸红得不行，登时呵笑了声，直接走过来站在她的另一侧，伸手搭在小姑娘的肩膀上："一起拍吧。"

云霓扭头看向他："你为什么要一起拍？"

"我也是齐知逸的粉丝。"闵其延面无表情地说道。

阮昭见他们这边完全不担忧的样子，只好走到傅时浔身边，低声问道："怎么样？"

"没事，我已经跟学校保卫处说过了，他们会马上过来维持秩序。"傅时浔伸手捏了捏她的手掌，低声说，"我只是觉得，既然你那么喜欢我那个视频……"

那个视频里展现的就是傅时浔在学校礼堂的表演，如果他想要约别的场地，肯定也可以，但是他更想让阮昭看看曾经的自己。

哪怕十七岁的傅时浔没办法再回来，但是在校园的礼堂里，时光和记忆仿佛都可以重现，况且北安大学对他和阮昭而言，都是重要的地方。

阮昭看着他，低声说："这是我第一次亲眼看着你唱歌。"

虽然早在视频里看过，知道他会唱歌，但是这次却是第一次亲眼看见，即便观众只有她，舞台上的他却依旧耀眼而光芒万丈。

很快，学校的保安到了，齐知逸的经纪人也开着保姆车过来了，于是在一阵兵荒马乱之下，大家纷纷从学校里撤离。

"我们现在不回家吗？"阮昭坐在车里，看着外面的路，并不是回家的方向。

傅时浔："这个时候你回家能睡得着？"

等车子一路到了目的地，阮昭发现这是个会所，从外面看基本看不见里面，而且门口站着一排又一排的保镖。

他们进去之后，其他人也差不多都到了。

"哇，这个包厢好大好大。"云霓进去的时候，眼睛瞬间睁大。

这不是那种普通的包厢，正中央有个舞台不说，背后还有块大屏幕，隔壁是一个小吧台，此时穿着制服的调酒师正站在那里。

墙壁上挂着气球和各种装饰品，显然都是为了求婚特别准备的。

"这个音响绝了。"齐知逸坐在舞台上，试了试麦克风感慨道。

阮昭看着傅时浔，小声说道："傅教授，我今天才真切地感受到你确实是一个富二代。"

"以前都没感觉到吗？"傅时浔知道她是故意的，干脆也逗她，低声说，"要不再让你感受一下？"

"怎么感受？"阮昭故意露出好奇的表情。

随后傅时浔将吧台的服务员喊了过来，说了两句话之后，对方笑着离开。

阮昭好奇地问："你跟他说了什么？"

"等会儿你就知道了。"傅时浔在她耳垂上捏了下。

此时齐知逸已经在舞台上开起了演唱会，云霓给他选了一首他自己的歌，前奏一起，顾筱宁就拿起了包厢里的摇铃，疯狂给他"打call"。

"你怎么会想起来找他一起？"阮昭有些好奇，毕竟她跟傅时浔在一起极少听他提及齐知逸。要不是顾筱宁告诉她，她压根不知道他们还有这层关系。

傅时浔低声说："因为舞台设计的需要，我就问了他。"

齐知逸一听是傅时浔要求婚，死活要到现场，正好傅时浔的乐队还缺一个人，齐知逸一听更加开心了，自告奋勇要求参加。

"如果你没打算叫他，你还准备叫谁？"阮昭好奇地问道。

傅时浔睨了她一眼，轻笑了下，说道："要我提醒你一下吗？我还有个亲弟弟。"

阮昭眨了眨眼睛，倒是想起之前在宴会上遇到他们一家，他们兄弟两人确实长得有点像，而且气质都是那种偏冷淡的，只是傅时浔更淡漠点，傅锦衡看起来有种职场精英的感觉。

光看他们的气质，还是符合各自身份的，一个精英一个总裁。

"其实你们两个站在一起还挺养眼的。"阮昭真心实意夸赞道。

傅时浔微微偏头，那双狭长的黑眸微眯了眯，低声说："我们两个？"

阮昭直接笑倒在沙发上，手指头在他手心里挠了挠，一边低笑一边说："傅教授，你这醋性是不是太大了，我难道都不能夸你的亲弟弟一句吗？"

她刻意咬重"亲弟弟"三个字，可是傅时浔却俯身直接吻住她的嘴唇。

阮昭猛地往后一躲，平时两人怎么接吻她都愿意，可此刻是在包厢里，哪怕两人坐在最角落的地方，离其他人有点距离，但是这会儿只要有人一转头，就能看见他们。

傅时浔却没打算放过她，直接捏住她的下巴，强势地俯过来。

"只有你养眼。"阮昭立即妥协，赶紧说，"这个世界上，我只看得见你一个人。傅时浔，你就在我的眼睛里。"

一开始她还是开玩笑的语调，当说到最后一句时，她的声音那样认真。

包厢里的灯光虽然昏暗，但是两人靠得这么近，能清楚看见彼此的眼睛。

阮昭的眼睛里，清楚地映着他的身影。

他真的就在她的眼睛里。

当包厢的门重新被打开时，调酒师将一座摆好的香槟塔推了进来，原本各自玩闹的众人纷纷围了过来。

傅时浔将阮昭拉了起来，调酒师从放满冰块的冰桶里将香槟拿了出来。傅时浔将香槟递过来，放在她的手里。

阮昭笑了下："我好像没开过这个。"

于是傅时浔从身后环抱着她，握着她的双手摇晃着酒瓶。

"砰！"

随着一声巨大的声响，瓶口冒出白色气泡，气氛在这一刻被点燃，包厢里环绕着齐知逸热烈而清透的歌声，大家尖叫着、欢呼着，欢乐升腾，爱意圆满。

这样的时光，只愿被永远地留住。

第二天，阮昭因为前一天饮酒，一直到中午十二点多才起床。等她醒来，傅时浔已经不在身边，她也没着急找他，而是先洗漱，换了身干净的衣服。

当她要下楼时，发现工作室的门是敞开着的，里面好像有人在。

于是阮昭走了过去，没想到看见傅时浔站在工作台边，他旁边还摆着笔墨纸砚。他正俯下身子，在认真写着什么。

阮昭知道，专心工作的人最不能被打扰，要不然很容易落笔不稳，出现失误。所以她安静站在一旁，等着他写完。

直到傅时浔将笔放下，阮昭才敲了敲身侧的房门。

傅时浔抬头看过来："醒了？"

"写什么呢？"阮昭缓缓走过去，待在工作台旁站定，看见面前的砚台里盛着的并非传统的黑墨汁，而是金色墨汁。而他面前摆着的，则是一封赤红的帖子。上面金色墨汁写成的字迹尚未干透，在阳光下泛着金色的光泽。

阮昭微抿着嘴，看着上面的字，只见第一行就是"两姓联姻，一堂缔约"，前面则是两个力透纸背的大字：婚书。而末尾端，则是两个她熟悉到不能再熟悉的名字。

——傅时浔、阮昭。

"你不是说爷爷是老派的人，"傅时浔看着她，低声说，"我们既然已经订婚了，是不是也该跟他们说一声，告诉他们这个好消息。"

阮昭微闭了闭眼睛，低声说："是啊，我们应该告诉他们。"

下午，两人带上扫墓用的祭品，还有傅时浔亲手写下的婚书，前往墓园。

下车后，傅时浔拎着东西往前走，阮昭跟在他身侧，两人一起上了台阶。墓园在一个被青山绿水环绕着的地方，终年郁郁葱葱，只是今天并非扫墓的日子，所以只有零星的人过来。

当两人走到阮昌以及阮昭奶奶和阮平安的墓碑前时，她看着眼前一家三口的墓碑，轻声说道："我奶奶去世很早，所以是爷爷一手把姑姑和爸爸带大的，特别是我爸爸，你也知道他先天不足，需要爷爷悉心照顾。我一直认为，如果我爷爷可以全身心地投入修复工作中，他会成为不输于我师父那样的修复大师。"

但阮昌选择了责任，选择了家庭。

他平日接画，只在家里修画，因为没什么名气，所以经常修完一幅，许久都没新活。于是他就去干别的事情，但他一直将阮平安带在身边。后来有了阮昭之后，他就承担起了照顾他们两个人的责任。

"我一直在想，我长大之后一定不让爷爷那么辛苦。"阮昭的眼睛再次模糊，低声说，"可是他辛苦了一辈子，我爸爸去世之后，他的精神支柱好像消失了。"

阮昭擦了下眼睛，低声说："还是不要说这些了，我们今天是来告诉爷爷奶奶还有爸爸我们的好消息的。"

傅时浔将婚书拿了出来，点燃它的那一刻，低声说："爷爷，爸爸，我和阮昭一定会幸福的，我会代替你们照顾她一生一世，让她不再孤零，不再漂泊，一世平安，一生喜乐。"

我心爱的姑娘，她半生飘零，经历丧父之痛，受尽这人世间的苦楚，只愿往后余生，苦难远离，唯有繁华幸福常伴左右。

火舌将婚书吞噬，很快烧成灰烬，一阵风吹过，火星微微撩起，向天空的方向轻轻飞去。

温柔的风抚着阮昭的脸颊，如同父亲温柔的手。

当两人离开墓园时，阮昭突然问道："刚才我们上去的时候，好像是你走在前面？"

如果这是他第一次过来，他不可能这么熟悉。

"你不在的那段日子，一直都是我过来陪爸爸说话的。"傅时浔边发动车子边说道。

阮昭有些愧疚，低声说："对不起。"

"那你答应我，这一辈子都不许再离开我半步。"

"好。"

第九章

· 这次，让我主动来喜欢你

"北安大学求婚"。

这条微博冲上热搜的时候，还是顾筱宁告诉阮昭的，毕竟顾筱宁是"社交恐怖分子"，消息灵通不说，各个社交平台玩得也很溜。

有了之前的几次经历之后，阮昭对于上热搜居然已经有了一些经验。

她问："是因为齐知逸吧？"

顾筱宁说："对啊，那天不是有学生过来正好拍到了，就发到微博还有其他平台上，结果就又火了。说真的，你们家傅教授有点爆红体质，他不出道真的可惜了。"

"他不是已经参加过你们那个节目，"阮昭笑着说，"难不成你还想薅他的羊毛？"

顾筱宁冤枉啊，她说："你别把傅教授说得那么单纯，他那是看我的面子吗？我还不是沾了你的光。"

当时傅时浔跟阮昭分手，顾筱宁是唯一能让他知道阮昭近况的人，奈何阮昭那时候如同人间蒸发，谁都没有联系。

阮昭陷入沉默。

顾筱宁似乎意识到什么，立即说："不要去想过去的事情，不管那时候发生了什么，最起码现在所有的一切都是圆满而美好的。

"我的昭，真的恭喜你。"

哪怕顾筱宁说了很多次恭喜，但是这次，她还想要再说一次。

"谢谢你，筱宁。"阮昭轻笑了下。

顾筱宁板着脸说："提前申明，我要当伴娘的。"

阮昭再次笑了起来:"放心吧,你就算不想当也跑不了。"

等挂了电话,阮昭就上网看了一下热搜。

大概是那天学校里的学生拍的,画面虽然有点晃,但看得却很清楚,站在舞台上的男人保持着瘦削又高挑的身材,灯光落在他头顶,美好得叫人感慨。阮昭看到自己的背影,以及最后傅时浔从舞台上一跃而下直接抱住她的画面。

——感觉我在追一部偶像剧。
——真情侣,果然就是甜,太好嗑了。
——终于有男主和女主颜值都高的求婚了,美人就该配大帅哥啊!
——立即打了一顿旁边正在打游戏的男朋友,好酸。
——我家逸息到底有几个帅舅舅啊!
——我已经不想当齐知逸的老婆了,我想当你舅妈。@齐知逸

好在大家都是抱着祝福的态度,也没什么恶言恶语。阮昭翻了一会儿,心情越发轻松。

她正要放下手机,想了下,还是拿起来打了个电话。

那边好一会儿才接,一接通就开口说:"昭昭,有什么事儿吗?"

"姑姑,你在上班吗?"阮昭有些歉意,这时候正好是阮瑜上班的时间,她应该换个时间打电话的。

好在阮瑜说:"没事,正好出来上厕所。是有事儿吗?"

"有件事我想告诉您,我接受了傅时浔的求婚。"

对面的人果然沉默了。

许久,阮瑜才说:"什么时候把人带家里来,说起来我还没怎么见过他。"

本来以为阮瑜会有些抗拒,毕竟阮平安不仅是阮昭的爸爸,也是她的亲弟弟。那件事给阮瑜带来的痛苦,一点也不比阮昭少。

"姑姑你什么时候有空?"阮昭心底松了一口气。

阮瑜想了下:"明天,正好我休息,也是周六。"

就这样以迅雷不及掩耳之势,阮昭就敲定了带准丈夫回娘家的时间。

晚上,傅时浔下班回来,刚脱了外套,阮昭直接跳到他身上,他轻松抱住她的腿,让她箍着自己的腰,一个轻松的树懒抱。

"今天没去店里？"傅时浔低声问道。

阮昭低头亲了下他的嘴："去了，但是下午就回来了，因为我谈成了一笔生意，云橙给我放假了。"

傅时浔直接将她抱着，丝毫不觉得累，温柔地看着她："这么厉害！"

"我有多厉害，你不是比谁都知道。"阮昭有些傲娇地盯着他。

确实是知道。如果不是因为傅时浔找上门请阮昭修画，只怕阮昭还没那么容易接近他呢。

傅时浔正想到这个，低声说："或许你考虑一下，重新开始做修复？"

阮昭明显一怔。

"我不是想要催促你什么，"傅时浔语调温缓，声音低沉，"但是你明显具有修复天赋，这样的天赋如果被浪费，我想会是中国文物修复界的一大损失。"

听着这话，阮昭心底像是被什么堵住了，随后情绪一点点漫了上来，直到连喉咙都哽咽着，带着那种说不出道不明的情绪。她微垂眼睫，低低笑了下："你怎么现在也走浮夸路线了，还动不动上升到国家这么大的层面。国家知道我是谁吗？"

"知道，"傅时浔低声说，"其实一直有人想要邀请你重新出山。"

阮昭拍了拍他的胸口："还是先放我下来吧，你确定要一直这么抱着我说话吗？"

"你又不重。"傅时浔没立即松手，反而托着她的腿，轻轻掂量了两下，"以你的身高来说，你是瘦得有些过分。"

不过阮昭还是从他身上滑了下来，伸手环住他："全世界也就只有你会觉得我是不可或缺的存在。"

这个世界，缺了谁都会继续转动下去。但是她知道，傅时浔的世界如果缺了她，一定会变成一片空白。因为同样如此的，还有她。

阮昭的世界少了傅时浔，也会停滞不前。

两人要下楼吃晚餐时，阮昭才想起来："对了，我今天给姑姑打电话了，告诉她我答应你求婚的事情。"

傅时浔扭头看向她，明显有些惊讶，问道："姑姑说什么？"

他声音明显发紧，显然是紧张造成的，引得阮昭有些好笑，毕竟能让傅时浔紧张的事情还真的不多。

她故意迟缓了下来，果然傅时浔直勾勾地盯着她。

"姑姑问我什么时候带你回家。"阮昭终于笑眯眯地说道。

傅时浔明显松了一口气,反问说:"你怎么回答的?"

阮昭说:"姑姑明天休假,所以她让我们明天就过去。"

"明天?"傅时浔这次是真被惊住了。

阮昭笑着说:"不想去?"

傅时浔伸手拉着她的手,一边往楼下餐厅走一边说道:"当然想去,只是时间太仓促,还没来得及准备礼物。"

说到这个,他微微一顿,明显是想起了什么。

阮昭看到他神色不对,说道:"其实我姑姑和姑父都不是那么严苛的人,明天再准备好了。"

"那怎么能行?"傅时浔直接说,"要不现在我们就出门!"

阮昭微瞪住,低声说:"什么呀?"

正好董姐端着菜肴出来,看见他们说道:"傅教授回来了呀,正好过来吃饭。"

"不吃了,我们还有事儿。"傅时浔直接拉着阮昭的手就往外走。

都说人生需要一场说走就走的旅行,阮昭虽然没有说走就走的旅行,但是她有一场说走就走的购物之旅。

两人开车前往商场,傅时浔问她:"饿不饿,到了商场先带你去吃东西吧。"

"你这个毛脚女婿,这么求表现的。"阮昭托着腮扭头看着他。

"要不然呢,谁会这么轻易把你嫁给我。"

阮昭真的被他雷厉风行的作风弄得又好笑又好气,不过这一切都源于他在乎自己,这么一想,她也没什么可抱怨,全程配合。

车子开到商场的地下停车场,一楼和二楼是那些耳熟能详的国际大牌,有几家店的门口甚至还排起了长队。

阮昭见他往里面走的时候,立即拉住他,说道:"其实我姑姑不是这种风格的。"

"哪种?"傅时浔明显有点儿不懂。

阮昭无奈解释道:"你要是想给她买包什么的,她拎到医院反而挺不合适的。"

傅时浔倒是挺淡然:"谁说不合适,只有喜不喜欢,没有合适不合适。你也一样,只要你喜欢,就都是合适的。"

商场里的灯光璀璨而明亮,周围的店铺装修得精致夺目,就连脚下踩着

的地砖都光滑明亮得足以鉴人。这样的地方总会让普通人产生一种心虚胆怯的感觉，因为两侧的店铺仿佛引领着他们进入了另外一个世界。

以前两人都没什么太大的物质需求，但是傅时浔向阮昭求婚时，给她买的戒指钻石尺寸大得有点过分，是一枚 8.26 克拉的蓝钻，阮昭感到震惊，即便她是个对钻石并不狂热的人，但她好歹在拍卖公司工作过，所以知道顶级的彩钻在拍卖会上一旦出现，各路藏家都会争先恐后地求购。

阮昭问傅时浔为什么会买这么贵的求婚钻戒。

"你记不记得你给我过的那个生日？"傅时浔抱着她。

阮昭点头，她当然记得，那时候他们还没在一起，她为他放了漫天的烟火，以烟火写出他的"浔"字首字母"X"，一切都那样浪漫而又用心。

傅时浔用额头抵着她的额头，抬手捏着她的耳垂，低声说："8月26日是我的生日，现在我把它送给你了。"

他生日的数字，被他以求婚的方式亲手送给了她。

就像是，他亲手把他自己送给了阮昭。

这种微妙而又用心的小心思，配合上求婚的诚意，彻底填满了阮昭的心脏。

有些人爱你时，他会让全世界知道他对你的用心。

阮昭一直都知道傅时浔就是这样的人。

…………

阮昭站在原地，因为在想之前的事情，有些发呆。等傅时浔拉着她往前走时，她才回过神。

于是她挽着他的手臂，仰头看他，眼睛里带着笑意，再次肯定道："男朋友，我发现你现在真的越来越有富二代的范儿了。"

傅时浔扭头，将她耳畔的一缕碎发挽在了耳后，随后俯身过来，语气懒散地说道："其实我是个富三代。"

傍晚时分，天际难得出现火烧云，如同被打翻的颜料盘，大片大片赤橙红紫的颜色将天边染成梦幻的颜色。

阮昭将车窗降了下来，抬头看着天边的火烧云。这样绚丽的色彩，让心情都变得好了起来。

车子一路到了小区门口，阮昭转头，这才发现傅时浔神色严肃，嘴角一直紧抿着，她轻笑着说道："想什么呢，这么严肃。"

"在想待会儿见到姑姑该怎么表现。"傅时浔口吻淡然，说的话却让人啼笑皆非。

阮昭安慰他："放心吧，就算你什么都不表现，他们也会喜欢你的。毕竟你可是傅时浔。"

倒不是她夸张，而是他这样的人应该就是所有丈母娘心目中的完美女婿，事业稳定，家世优渥，长相出众，还洁身自好。

在登记了车辆信息之后，门口的升降杆抬了起来，旁边就是地下车库的入口，找了车位停下之后，两人将后备箱里的东西拿出来。

阮昭看着手里的一堆东西，还有傅时浔手里拎着的，无奈地说道："我就说了不要买这么多，提都提不动。"

"给我。"傅时浔伸手，但他手里已经拎了五六个袋子了。

阮昭说："我不是想让你拎东西。"

算了吧，买都买了。

阮昭也没再废话，直接领着他上楼，从地下车库进每栋楼都要刷卡，好在之前阮瑜买房子的时候就给阮昭配了卡。

其实阮昭很少回来住，但姑姑还是把卡拿给她，无非就是想告诉她，这里就是她自己的家。

两人上了楼，按了门铃，里面很快传来脚步声。

"姐，教授。"韩星越一身T恤短裤的家居打扮，开门看见他们，别提有多开心，"快进来，快进来。"

见傅时浔手里拿着这么多东西，韩星越主动帮忙拎着。

在厨房忙活的韩华斌和阮瑜这会儿也听着动静，从厨房里出来。

"怎么还买了这么多东西。"韩华斌瞧了一眼，暗暗咋舌。

傅时浔客气道："应该的。"

刚见面到底还是有些尴尬，韩华斌招呼他们先坐下，阮瑜让韩星越去倒水，这才转头仔细朝傅时浔看了看。

"姑姑，姑父，我是傅时浔。"虽然知道对方早就知道自己，但傅时浔还是先自报家门。

阮瑜颔首："我知道你。"

这四个字本没什么问题，但大概是几人心底都藏着事儿，竟不约而同地想到了一个不能轻易被提及的名字，气氛一下沉寂起来。

"来来来，喝水，教授，您喝水。"韩星越将水端了过来，算是打破了尴尬的气氛。

韩华斌在政府部门工作，笑着开口说："傅教授，韩星越在学校里的表

现还可以吗？"

韩星越尴尬地扶住额头，低声说："爸，你以为这是高中老师来家访吗？我跟傅教授压根不是一个专业的。"

"我是考古专业的。"傅时浔解释说。

韩华斌恍悟道："对对，不是一个专业，平时也见不着对吧。"

"考古专业忙吗？我记得考古是经常要在考古现场待好几个月的吧。"突然一旁的阮瑜开口说道。

傅时浔点头："有考古项目的时候，确实是需要长期待在现场，不过一旦遇到这种情况，我会尽量调整时间。"

"前段时间他就有项目，不过每次休假都会立即回来。"阮昭替他解释。

阮瑜瞪了她一眼，淡淡道："结婚可跟谈恋爱不一样，要照顾自己的家庭。而且现在这个社会，女生的工作同样也很重要。特别是阮昭，她现在在拍卖公司工作。"

阮昭深吸一口气，尴尬开口说："姑姑，其实我早就辞职了。"

这下跟捅了马蜂窝一样，阮瑜也顾不上傅时浔，转头看向她，严肃问道："你辞职了？是有了新工作吗？"

"待业。"阮昭想了下，"不过平时会到明堂斋帮忙看店，我最近都在那边。"

眼看着阮瑜挑眉，韩华斌跟她老夫老妻这么多年，能不了解她的脾气？只怕这马上就要质问了，于是赶紧说："在明堂斋工作也挺好的，毕竟是自己的店，不用看领导脸色，时间还比较自由。"

"你就最会给他们打掩护，一个两个都是，韩星越研究生转专业这么大的事情，你都敢给他打掩护。"阮瑜提到这个颇有点气不打一处来的感觉。

傅时浔转头看向阮昭，只见她靠近，低声说："韩星越考了金融系硕士研究生。"

原本韩星越学的是化学，结果一下跨专业跨这么大幅度，还完全瞒着家里，难怪阮瑜直到现在提起来还愤愤不平。

"妈妈，今天是说我姐的事情，怎么又扯到我了？"韩星越一脸求饶的表情。

阮瑜似乎也意识到这点，停了下来，有些不好意思地朝傅时浔笑了下："不好意思，傅教授，让你见笑了。"

"姑姑，叫我时浔就好了。教授这个称呼，留在学校里就好。"傅时浔微微一笑。

傅时浔性子虽然冷淡，但是当他想让人如沐春风的时候，还是能轻易做到的。他学识渊博，谈吐得体，不管是对长辈还是平辈，都能让对方感觉恰到好处。等到开饭的时候，阮瑜对他的态度明显不一样了。

家里平时都不怎么开火，哪怕是开火，也都是韩华斌做饭。今天因为傅时浔过来，阮瑜亲自下厨，惹得韩星越都说："傅教授，还是你的面子大，我妈平时可是轻易不下厨的，我想吃到她亲手做的菜都得等到逢年过节。"

"是昭昭的面子大，姑姑是看在我是昭昭带回来的人。"傅时浔神色温和道，"刚才不是说了，教授的称呼就留在学校里。"

韩星越笑着说："那我叫时浔哥？"

阮昭斜了他一眼，韩星越义正词严地说："姐夫这个称呼，怎么也得等我拿到改口红包再改吧。"

这话引起其他人大笑，气氛渐渐融洽，原本无形的坚冰也在消融。

直到吃饭的时候，阮瑜问道："你父母知道你们要结婚吗？"

"当然，我父母很开心，他们认为我这辈子不会再找到比阮昭更好的人。"明明是听起来让人面红耳赤的话，但是傅时浔说出来时却没有一丝尴尬和犹豫，好像这样的话对他是那样寻常。

阮瑜点点头，就听他又说："我父母其实也一直希望跟你们见面，商讨我们结婚的事情。"

"应该的。"韩华斌见阮瑜没说话，开口说，"其实我们两个都没什么意见，就是希望你们能过得幸福。"

吃完晚餐，原本阮昭和傅时浔想帮忙一起收拾，却被阮瑜直接赶走。

"带时浔去你房间坐坐。"阮瑜吩咐道。

阮昭这才想起来，于是她拉着他去了房间。房间里干净而整洁，旁边摆着的一个书柜里面有不少书。

"这里还有你的东西吗？"傅时浔问道。

阮昭随便看了眼："应该有吧，柜子上摆着的都是我的。"

傅时浔走过去，随手抽出一本略显老旧的书册，结果一看居然是本相册簿，他当即有了兴趣，翻开一看。

"不是，这个怎么会在这里？"阮昭当即伸手按住。

这本相册里是她从小到大的照片，之前阮昭找过一次，还以为找不到了呢，没想到居然被姑姑摆在了这里。

傅时浔伸手掰开她的手掌："有什么不好意思的。"

"太土了。"阮昭有些不忍直视，毕竟她小时候是住在儿塘那种小地方，

当地只有一家照相馆,过去拍照留下来的照片都土得惨不忍睹。

傅时浔轻笑了下,挪开她的手,慢悠悠看了起来:"这么可爱。"

很快,他就翻到了幼儿时期的阮昭跟一个男人的照片,男人抱着她,脸上露出灿烂的笑容,那种笑意里的纯真和快乐在成年男人身上是少见的。

这张照片上的男人比墓碑上的要年轻很多,但傅时浔还是一眼就认出来了。

——这是阮平安。

"我小时候每次过生日的时候,都会跟爸爸去拍照片。"阮昭主动往后翻,果然后面都是一张张阮昭跟阮平安合拍的照片。照片显示着两人逐渐发生的明显改变,特别是阮昭,哪怕穿着普通甚至土气的衣服,也能看出是美人胚子。

傅时浔似乎有些爱不释手,每张照片都细细翻看。

"我也有这样的相册。"突然傅时浔转头看着她,低声说,"不过也在我家里。"

阮昭安静地望着他,她知道傅时浔一定还有话想要说。

"所以,要不要跟我一起回家,去见见我的家人,看我以前的照片?"

傅时浔受伤时,阮昭曾经跟他的父母在医院外面的小面馆里一起吃过饭,那时候傅时浔的父亲曾经跟她说过,如果她无法原谅南漪对自己说过的话,他们不会再出现在阮昭面前。

阮昭觉得有些事情她也应该放下了。

她伸手抚上傅时浔的脸颊,低声说:"好呀,我想跟你回家,见你的家人,看你小时候的照片。"

他为她做了那么多,现在轮到她为他做了。

傅家大宅比平日里要热闹些,一大清早阿姨们就在做最后的准备。前两天南漪还怕家里的阿姨打扫得不够干净,干脆找了专业的家政公司,将里里外外打扫得透亮,就连大厅里的那盏数米高的水晶吊灯都被擦拭得干干净净。

"哇哦,这么夸张的吗?"叶临西一早起床就看见楼下阿姨抬着鲜花进进出出的场景。

丈夫傅锦衡从身后走过来,环住她的肩膀:"你当年上门的时候,阵仗也不小。"

因为傅时浔他们今天要过来,叶临西和傅锦衡昨天正好在家,干脆就住了下来。

一大清早,叶临西就被花园里的动静弄醒,打开窗帘一看,居然是园丁在修剪草坪。

"下楼吧。"叶临西拉着傅锦衡的手。

两人刚下楼,南漪看见他们,说道:"临西,今天可能会有点忙,你早餐想吃什么,先跟阿姨说。"

"妈妈,你先忙,不用操心我们,我让小锦给我做就好了。"

叶临西朝傅锦衡喊了一声,故意娇嗲地撒娇。

南漪知道这是他们夫妻的小情趣,也懒得再多说,盯着阿姨把今天要准备的午餐食材都先备妥了,省得中午手忙脚乱。

家里的几个阿姨都知道,今天是大日子,夫人比谁都重视,谁也不敢掉以轻心。

早上十点左右,门口传来车子的动静。

阮昭从车子开进来时就处于微妙的震惊之中,傅家大宅是庄园式独栋别墅,从大门进来还得驾驶一段路程,一路上花卉缤纷,枝繁叶茂,郁郁葱葱。

整栋别墅庞大而又精致,主体是浅白色的外立面,门口是高大而华丽的罗马柱,一楼的外立面是整片落地玻璃,此刻阳光正好,光线透过玻璃争先恐后地涌入室内。

虽然阮昭总拿傅时浔富三代的身份打趣,可是从她认识傅时浔开始,他的身上没有一丝富家子弟的毛病,甚至连生活都那样普通。就是个普通的大学教授,住着学校的福利房,开着一辆还过得去的中档车。唯一能让人联想到他家世背景的,大概就是他的气质吧,骄矜而又冷淡,没有寻常人身上那种被现实所累的汲汲营营,太过干净通透,安心地待在大学里教书育人,安心地在考古现场工作。

在这时,阮昭才清楚地知道她的傅先生有一个如何了得的家世。

两人下车后,家里的司机过来将他的车子开到车库里。傅时浔朝着阮昭抬起手,示意她握住自己的手掌。

"紧张?"傅时浔靠近她,低声问道。

阮昭摇摇头:"有你在,还好。"

傅时浔低低一笑,"嗯"了声,勾了下唇:"有什么不方便的,偷偷告诉我。"

他们进去时,南漪已经站在那里,脸上努力堆出笑意,温柔地说:"回来了,快过来坐。"

"伯母,您好,我是阮昭。"两人走过去时,阮昭深吸一口气。

南漪似乎也没想到她会主动打招呼,一时百感交集,开心得差点要掉眼泪。好在她也知道不能太激动,免得吓着大家。

她上前温和地说道:"昭昭,谢谢你能来家里做客。"

"奶奶,快点,你不是一天到晚念叨要见你的大孙媳妇。"旁边女人甜美娇嗲的声音响起。

众人看过去,就见叶临西扶着老太太走了出来。

原来刚才老太太正在佛堂里面做早课,叶临西听到外面有动静,赶紧过去请老太太过来。

老太太今年八十了,但是耳聪目明,步履稳健,看得出来身体很康健。

"这就是阮昭呀。"老太太应该是听别人提起过阮昭的名字,一眼瞧着就点头说,"漂亮,跟阿浔真是般配,好看。"

对于老人毫不吝啬的夸赞,阮昭原本有些尴尬的心情也一下缓和了下来。

"奶奶,您好。"阮昭笑着开口,把自己带来的礼物送了上去。

一尊清朝的小金佛,佛像面目温和,泛着灿烂的金色,让老太太这样喜好礼佛的人看一眼就喜欢得不得了。

其实对于信佛这样的事情,阮昭一开始不以为然,但是她也明白人的内心总需要寄托,不管是因为什么,就像她曾经在佛像面前许下那样的心愿。

未承想,如今心愿竟如此圆满达成。

老太太捧着佛像,左看右看,爱不释手,半晌称赞道:"昭昭的眼光真好,这尊佛像我看着比森山拍回来的那个都好。"

"我爸曾经拍回来一尊释迦牟尼佛像送给奶奶。"傅时浔解释说。

阮昭下意识说道:"是2003年苏富比香港拍卖会上的那尊释迦牟尼鎏金佛像吗?"

"你居然也知道?"傅时浔有些惊讶地看着阮昭。

阮昭眨了眨眼,有种微妙的感觉。哪怕她跟傅时浔的缘分早已充满各种奇妙,但她没想到,自己曾经在扎寺随口提到的一尊佛像,竟然也跟傅家有联系。

不过阮昭没说出这件事,而是说道:"之前听说过,毕竟这尊佛像乃是不可多得的明朝精品。"

老太太没想到她一个年纪不大的小姑娘,见解竟如此之广,忍不住又夸道:"昭昭虽然年纪小,却懂得很多。我听说,你还是修古画的?"

"对,我是文物修复师,专门修复古画典籍。"阮昭解释,"其实我送

· 246 ·

的这尊佛像，远远不如伯父拍回来的那尊。"

老太太给面子地说："我就喜欢你这尊。"

众人哄然大笑，正好傅森山也从楼上书房下来，听着他们笑，问道："笑什么呢？"

"奶奶说喜欢嫂子送的这尊佛像。"叶临西指了指老太太手里的佛像。

傅森山仔细看了两眼，赞道："昭昭眼光确实不错。"

说了一会儿画，傅森山有些心痒难耐道："昭昭，我这边正好有几幅画，准备找人看看，今天既然你来了，不如你帮我掌掌眼。"

"你真是的，阮昭头一回来家里。"南漪连忙要拦着。

阮昭立即说道："没事，反正我也没什么事儿，正好见识一下伯父的藏品。"

像傅森山这样人到中年又如此富有的男人，平素爱好就那么几个，高尔夫、品茶或者收藏。听她这么一说，他立即就将阮昭带到书房。

"我们平时有个收藏协会，就是几个朋友私底下弄的，大家要是有什么藏品，也会拿出来相互品鉴一番。"傅森山解释。

阮昭点头，这种收藏协会不少，估计傅森山说的是那种顶级大佬才能进的。

叶临西也闹着要过来，傅锦衡在一旁笑她："怎么，除了珠宝之外，你对古画也有鉴赏能力了？"

"傅小锦。"叶临西微眯了眯眼睛，警告地看着她。

傅锦衡轻嗤了下，压根不怕她的威胁，伸手捏了下她的耳垂，低声说："别捣乱。"

叶临西嘴巴微撇："我过来长长见识不行吗？"

这两口子吵吵闹闹，阮昭看向傅时浔，就见他俯身过来，一阵清冽的冷松味道缓缓弥漫过来，他勾唇浅笑："他们俩平时也这样，不用大惊小怪。"

阮昭用只有他们两人能听见的声音掩唇轻笑道："他是傅小锦，你呢？"

傅森山的书房摆设很是讲究，文房四宝一样不缺，阮昭是这方面的行家，一眼就认出他桌子上的是端砚中最为名贵的鱼脑冻。

她眼睛扫过那方砚台，傅森山一眼就瞧见了，问道："昭昭，觉得我这方砚怎么样？"

"白如晴云,吹之欲散。松如团絮,触之欲起,难怪古人会如此形容顶级鱼脑冻。"阮昭微垂眼睫仔细盯着这方砚台,微微感慨道,哪怕她见多识广,这样质地细腻、紧致、莹澈的鱼脑冻,也属实罕见。

别说,傅森山还真有种寻寻觅觅得知音的感觉,微感概道:"我这个书房,但凡过来的人,头一眼看见的肯定是这幅画,可是极少会有人如此夸赞我的砚台。"

傅森山书房里挂着一幅明代董其昌的山水画,书画占地面积大,极容易引起注目。

几人在书房待了好久,直到南漪过来喊他们吃饭,他们这才如梦初醒。

他们下楼时,叶临西盯着阮昭的侧脸,突然想起来一件事,她笑着说道:"我之前好像在归宁寺见过一个女生。"

那天是大雪过后,她记得自己求签之后看见一个黑衣长发的姑娘,那一幕让叶临西印象极深刻。

"应该是我。"阮昭自然记得她说的是哪次。

叶临西性子倒是比阮昭外向,像朵傲娇的小玫瑰,长相明艳,也极好相处,不过一个上午,阮昭就对她印象极好。

两人趁着开饭之前互加了微信,叶临西特别开心地说:"要不我们之后约一下逛街。"

"好呀。"阮昭虽然对逛街没什么兴趣,却还是一口应下了她的善意邀约。

傅锦衡偏头凑向他哥,慢条斯理道:"考虑一下。"

"什么?"傅时浔神色淡然地反问。

"公司里还有位置留给你。"傅锦衡抬了下眉,冲着两个正相谈甚欢的女人,低声说,"要不然你确定你大学教授那份工资够临西祸害吗?"

叶临西的家世本来就好,是那种打小就在富贵与锦绣之中滋养出来的明艳大美人。

她向别人表示友好的方式,基本就是一条,逛街买包。

傅时浔不置可否地低笑了声。

两人在大宅里一直待到吃过晚饭才回去。

下午的时候,南漪特地让他们去了傅时浔的房间里休息,阮昭也如愿以偿看见了傅时浔小时候的照片。不得不说,穿着小马甲和短裤坐在钢琴前面的小男孩实在是太乖太可爱了。在她的坚持下,她带走了这张照片。

两人到家之后,阮昭先洗了澡,躺在床上还在看白天拍下来的照片。虽然其他照片她没能带走,却用手机全部都拍了下来。

她看得正认真,丝毫没发现从浴室里出来的男人正在悄然靠近,当他头发上的水珠滴落在阮昭肩头,她才后知后觉地抬头,却被男人一下扑倒在床上,他声音低哑地说:"看什么呢?这么聚精会神。"

"在看一个可爱又招人疼的小豆丁。"阮昭微眯着眼睛,笑得像只狡黠的小狐狸。

她穿着一条白色吊带睡裙,吊带极细又宽松,刚才被压倒的时候就滑落下一截,连带着胸口雪白而细腻的肌肤露出了大半,还有那处起伏的曲线。

傅时浔凑近亲着她耳郭,难以忍受的痒意瞬间让阮昭心神紊乱。

"小豆丁?"他继续亲着,意味不明地勾起唇瓣,"要不要亲自感受下小豆丁长大之后的模样?"

阮昭脸颊瞬间烫红。

窗外夜色清丽,室内春色旖旎,听着耳畔男人的声音,她伸手紧紧地拥住他。

…………

重新换了一套睡衣之后,阮昭倒在床上,连手指头都不想动弹。但她很快感觉到手指间有一点冰凉的触感,等她抬起手,这才发现傅时浔不知何时在她手指上戴上了一枚戒指。是一枚很简单的白金戒指,但不简单的是设计。双轨白金戒托,犹如流星划过的轨道,而在轨道的交会处有两颗小小的钻石。

阮昭有些惊讶地抬着手掌,直到傅时浔将另外一枚戒指递给她,并且将自己的手掌伸过来,显然是要让她给自己也戴上。

"我自己设计的,所以送得有些迟。"傅时浔低声说道。

这让阮昭惊讶不已,她看着戒指,喃喃道:"你自己设计的?"

"昭昭,你就是我的星辰,永远照亮我。"傅时浔看着她,声音温柔到了极致,"我们结婚吧,不要再让我等待了。"

阮昭伸手将戒指拿过来,轻轻替他戴在手上。

两人手掌交叠,就听到阮昭低声说:"好,我们结婚。"

"阮组长,你怎么来了?"小助理看见阮昭时一脸兴奋。

自阮昭从嘉实拍卖离职之后,小助理虽然在微信里恭喜过她订婚的事情,但还一直没跟她见过面。

阮昭笑了下,就见小助理突然捂住自己的脸颊,震惊地说:"该不会你是决定重新回来上班了吧?那可太好了。"

"没有,"阮昭有些抱歉地说,"我来公司找人。"

小助理无奈地叹了口气:"可是你离开之后,我们组是曹经理带,都没有新的组长下来。"

当时部门里就有人在传,说阮组长可能还会再回来。

几个月过去,阮昭依旧没有回来的意思。

阮昭淡声说:"可能公司有自己的安排,但我应该是不会再回来了。"

小助理惋惜地说道:"虽然我很舍不得你,但是我觉得你当修复师比做拍卖更好。"

虽然时过境迁,但是阮昭在《报春图》新闻发布会上的表现惊艳了无数人,让人印象深刻,而她作为文物修复师的名头也更加响亮。也因为她,让修复师这个冷门而小众的职业被大众关注。

"谢谢,你现在要去几楼?"两人走到电梯旁边的时候,阮昭伸手按了下按钮,低声问道。

小助理回道:"回办公室,阮组长你去几楼?"

"37楼。"阮昭笑着回道。

小助理点点头,但又不由得瞪大眼睛,因为37楼是嘉实拍卖的总部总裁办所在,所以阮组长是过来找梅总的?

跟小助理分别之后,阮昭直奔37楼。

特助段成原本正在跟人谈事,一扭头就看见她,赶紧应付了几句便走了过来:"阮小姐,你怎么来了?"

"来找梅先生,他有空吗?"阮昭直奔主题。

段成有些惊讶地问道:"请问你跟梅先生有约吗?"

阮昭:"就是没约,所以才会直接来见他,毕竟梅先生现在这么忙,只怕没空见我。"

段成大概猜到他们之间有点矛盾,也不敢一口答应,只能先这么说道。

阮昭也不为难他,安静地站在外面等着。

说起来总裁办的其他人对她还真不陌生,毕竟阮昭在公司里的时候,她是唯一一个业务都能直接上来见梅敬之的人。当时公司里也有谣传,说她是梅总的人,也是梅总亲自指定空降书画部门的。

至于后来《报春图》一事闹得那叫一个轰轰烈烈,后来牵扯到海川拍卖的董事长入狱,海川拍卖遭到破产清算。阮昭这个名字,在拍卖圈里也算是尽人皆知。

没一会儿,段成就出来有些为难地说道:"阮小姐,梅总现在没空,他

· 250 ·

正在跟香港那边的同事开会。要不你先回去，等他有空了我立即跟你说。"

阮昭早就料到会是这样，也不生气，指了指旁边的休息处："我可以在这里等吗？"

半个小时之后，梅敬之从办公室里出来，看见阮昭坐在那里安静地看着手里的拍卖手册，那是嘉实拍卖这一季的珍品推荐手册。

"进来。"他直接说了一声，惹得整个办公室的人都抬头看过来，但最后大家都默契地看向阮昭。

果然，阮昭慢悠悠起身，将手里的推荐册放在桌子上，进了梅敬之的办公室。

梅敬之坐在自己的办公桌后面，挺冷淡地看向她："不知阮小姐找我有何贵干？"

"给你送请帖，毕竟我结婚也请不了几个客人，有一个算一个吧。"阮昭似乎也有些无奈，还伸手去打开手里的包。

气得梅敬之立即抬手阻止："别给我，我已经开始头疼了。"

阮昭嗤笑，冷淡地看向他："我结婚你头疼什么？是因为给你打工的小奴隶跑了？"

"就我们两个之间，你觉得谁更像奴隶？"梅敬之无语地看向她。

他算是发现了，从他跟阮昭认识开始，他就从来没在阮昭这里占过上风，这姑娘就是生来克制他的。

阮昭说："其实我还没结婚，不过是提前来跟你说一声。"

梅敬之无奈道："你就这么缺我这份礼金？"

"我觉得在我结婚之前，最起码得把我欠的债还完吧。"阮昭看着他，"之前我答应过你，要在嘉实工作三年，结果两年没到我就辞职了，但是我当时的状况你应该也知道吧，如果我继续留在公司，只会给公司带来不必要的负面影响。"

当时的事情太过轰动，毕竟不仅牵扯到《报春图》的纷争，还牵涉到十五年前绑架案的告破，以及海川集团董事长秦伟涉嫌走私文物、公然造假贩假的丑闻，一桩桩一件件，记者就像是闻着血腥味的鲨鱼一样，恨不得将她生吞活剥。

"托你的福，秦伟被抓了之后，牵扯到海川拍卖很多件拍品造假的案子，光是这些事情，就足够让整个拍卖圈地震。"梅敬之似乎也缓和下来，没那么生气了，无奈道，"这对拍卖一行的打击太大了。"

连海川这种在圈内排得上名号的拍卖公司都敢公然造假，这会让人觉得，

造假一事在拍卖公司里已经成了风气，根本不止这一家公司造假。这段时间梅敬之一直在处理这件事，确实是焦头烂额。

"海川拍卖被彻底清盘了吗？"阮昭问道。

其实那件事之后，她对秦家的事情都很少关心，她要的不是秦家倒台，她要的是秦伟这个人血债血偿。

梅敬之冷笑："秦伟坏事做尽，他弄了一堆赝品拍卖，搞得根本没人敢接手海川。现在只要是海川出手的藏品，哪怕是高价拍卖回去的，也仍被质疑存在造假的可能，谁还敢要他家的东西？我听说秦伟的夫人已经尽数出售了手里的别墅还有其他资产。不过估计就算是这样，还是不够赔偿的呢。"

阮昭没有问及秦雅芊的近况，对她而言，秦雅芊根本不重要。秦雅芊那种一直被保护在温室里的花朵，面对这种变故，只怕日子也不会好过的。

阮昭："所以我来还欠你的债，我们约定过，我要在嘉实工作三年，虽然我没办法再在嘉实工作，但是我已经决定重新开始修画，只要你有想让我修复的古画，我一定全力以赴。"

梅敬之听到这话，不仅没觉得开心，反而朝她瞥了一眼。

"这是打算还完我的债彻底跟我断绝往来？"梅敬之声音低沉。

不得不说，他对阮昭的感情太过复杂，从他在顾一顺的家中见到当时还是个小女孩的阮昭时，她不同于那个年龄女孩的冷静淡然确实吸引了他。

后来他发现她的天赋，便想要收归己用。

梅敬之从来都是目的性很强的人，但两人相处时，就像他自己认为的那样，他从来没在阮昭身上占过上风，相反他纵容她的一切。他甚至有意打造了阮昭当时的形象，不管是阮昭初入文玩圈，还是后来声名鹊起，都跟他有直接的关系。他或许对阮昭有过好感，但这种好感最终还是停留在了欣赏阶段。

梅敬之深谙自己游戏人间的性格，他不可能做到浪子回头，也成不了阮昭心底的那个一心人，他一直蛰伏在她身边，按兵不动，直到傅时浔的出现。不得不说，连梅敬之也觉得傅时浔才应该是阮昭会喜欢的人。

阮昭选择分手时，他带走阮昭也不是没存着心思。他希望阮昭不要沉溺于爱情，希望她能成为自己的左膀右臂，说得倒是正大光明。可真正说起来的话，那些藏在最深处的心思，只怕也只有他自己才知道。

只可惜，他醒悟得太晚，阮昭在他身边这么多年，看透他周旋在各种活色生香的女人身边，他们之间早已经没了可能。如今倒也好，总归他们还是朋友。

"人这一生朋友很少。"阮昭认真看着他,轻声说,"梅敬之,我一直认你是我的朋友。"

梅敬之不禁笑了起来,低声说:"我从来不跟女人做朋友,毕竟男女之间哪有那么纯洁的关系。"

阮昭闻言,黑眸依旧坚定而清冷。

"可是阮昭,我和你是朋友。"他唯一会为了她而打破自己的原则,一而再,再而三。

这也算是一次开诚布公的和好,毕竟之前阮昭擅自离职,让梅敬之十分生气。两人说开了之后,阮昭也是挺开心的。

等她准备起来离开时,梅敬之突然喊住她:"阮昭。"

阮昭回头看向他,这难得温情的时刻,以为他还有话要跟自己说,阮昭神色温和道:"还有什么事吗?"

"其实我手头正好有一幅古画需要修复,既然你今天来了,我让人一并拿给你带回去吧,也省得你跑一趟了。"梅敬之微笑着看向她。

阮昭心想,她为什么会觉得她跟梅敬之会有所谓的温情呢?

这个资本家!

傅时浔回家后上了楼,看见阮昭正在自己的工作室,他走进去看见桌子上铺着画。

他好奇道:"这幅画哪儿来的?"

"是嘉实即将拍卖的画,送过来给我做修复。"

听到这个消息,傅时浔伸手环抱住她,在她耳郭轻轻落下一吻,低声说:"所以你决定重新开始修复了。"

"你说得对,修复对我而言,是一直以来最重要的事情。既然我都已经把你找回来了,我也应该把它找回来。"

爱他的那颗心不曾变过,那么修复的那颗初心也不应该变。

傅时浔低低一笑:"我永远都在你身边,所以我也希望你可以一辈子都做自己喜欢的事情。"

能够专注于自己最喜欢的事业,这是一件多么美好的事情,没人比傅时浔更了解。

阮昭重新开始修复之后,傅时浔也将领证的日子提上了日程。老太太是个迷信的,事事都要讲究好日子,因此她还特地请大师算了好日子,交给傅时浔,让他务必按照上面的日期去领证。

阮昭和傅时浔都对领证的日子持相当淡然的态度，本来他们准备随便找个时间，但毕竟是老人家的一片心意。

"我们现在去干吗？"这天阮昭被他带出家里。

傅时浔说："去拍证件照，办理结婚证需要自带证件照。"

阮昭眨了眨眼睛："过两天去领证的时候提前拍一下不就好了。"

傅时浔伸手揉了下她的长发，低笑起来："你们女生不是最在乎证件照好不好看，怎么到你这儿，反而比我还不在意呢？"

"大概是天生丽质难自弃，美貌明明白白摆在这儿了吧。"阮昭睨了他一眼，语气淡然。

只是她语气越淡然，说出来的话反而越让人震惊。

傅时浔原本正将车子驶出巷子，此刻听到她的话，都忍不住扭头看了过来，伸手捏了下她的脸颊，勾起唇角悠然笑道："你这是最近和临西在一起玩太多，学上她了吗？"

谁不知道傅锦衡家的小玫瑰天生丽质难自弃，那份骄纵也是独一份的。

"把刚才的话再说一遍，我要录给临西。"阮昭憋着笑。

傅时浔无奈叹了口气："饶了我。"

这话把阮昭逗笑了。

等他将车子开到一栋大楼的停车场，阮昭有些惊讶，嘀咕道："什么照相馆在这种大楼里？"

这栋大楼是那种高档商务大厦，隔壁就是北安市最高档的商场。

傅时浔淡笑不语，直到两人到了楼上，阮昭一出电梯，看到门口律师事务所几个大字，登时震惊地转头看向傅时浔。

男人似乎感觉到她内心的惊讶，伸手将她的手掌握住。

傅时浔靠近她，低声说："有几份文件需要我们签一下。"

阮昭当然相信他，便跟着他一起进去。

到了门口，已经有人在等着，对方是个中年男人，一看见他们立即客气道："傅教授，还麻烦您亲自跑一趟，本来应该是我们上门的。"

"没关系。"傅时浔微微颔首，跟对方打了声招呼。

阮昭本来想自我介绍，但是对方显然很熟悉她，立即笑道："阮小姐，初次见面，我是方新波，是这次为你们服务的律师。"

虽然阮昭一头雾水，但她还是跟着他们进了会议室。

正好走到门口时，阮昭注意到律所的介绍中，方新波的照片赫然挂在上面，他居然是合伙人律师。她虽然对律师这行不熟悉，但方新波这种律所合伙人级别的律师能亲自给他们做咨询，显然说明他们要签署的合同应该很重要。

进去后律师助理将文件摆到他们面前，阮昭低头看了一眼，居然是一份赠与合同。

"是这样的，目前阮小姐需要签署两份协议，上面那份是赠与合同，傅时浔先生会将其名下的栖霞路六十一号独立四合院以及朝天街93号店铺，还有北安市观苑别墅18栋一同赠与阮小姐，以上赠与是不受任何限制的永久性赠与，不可撤回。"

阮昭转头看向傅时浔，但她的一只手被傅时浔轻轻握住，此刻他伸手抚了下她的手背，似乎是在示意她先别说话。

"下面那份合同是傅时浔先生将阮昭小姐加入傅家家族信托基金的一份协议，目前傅氏家族的信托基金管理人傅森山先生已经签了字，所以阮小姐你直接签字就好了。"

方新波不愧是大律师，干脆而利落地将两份文件都介绍得清清楚楚。等说完之后，他不忘微笑地看着阮昭说道："阮小姐，如果你对合同有什么异议，也可以现场提出来。"

"我有。"阮昭淡定点头。

方新波微怔，他处理过不少这种家族财产案，当然像今天这种完全没有条件的全权赠与，以及还没结婚就直接将对方加入自家信托基金的做法，他还是头一回见。

阮昭微微一笑，抱歉道："能让我们单独聊一聊吗？"

等他们都离开，会议室里只剩下阮昭和傅时浔时，她看着傅时浔问道："明堂斋的那套商铺，你也买下来了？"

明堂斋的铺子是她租的，在那种寸土寸金的地方，租金已经不便宜了，更别提买下来的价格。

"嗯。"傅时浔点头，倒是一并解释了，"观苑别墅那套房子是我奶奶送给我们的结婚礼物，本来她是想让我们用作婚房，但是我知道你更喜欢住在我们的小院里。"

阮昭深吸一口气，低声说道："你知不知道，你已经为我做了那么多，包括那枚戒指，虽然我不知道具体价格，但也应该是一个天价数字吧。"

傅时浔低敛了下眉眼，无奈一笑，低声说："有时候我倒是希望你贪心一点。"

他抬手轻轻抚上她的眼尾，指腹轻柔地摩挲，柔声说道："你也应该

知道,其实我没那么大的欲望,虽然生在这样的家庭里,但是我从来没想过继承家业,或者过那种纸醉金迷的生活。"

相反,他对这一切反而有种唯恐避之不及的感觉。

当初他住在学校的福利房里,像所有普通的大学教授那样生活,无非就是因为绑架给他带来的无尽痛苦直到很多年后依旧还在影响着他。他一度觉得如果他自己不姓傅,那么就不会遇到那样的事情。

傅时浔凑近阮昭:"以前我总觉得我的姓氏对我来说是个累赘,我对物质没那么大的需求,当个普通大学教授对我来说,是一件足够开心的事情。但是现在我反而感谢我的家庭,因为我可以把这个世界上一切美好的东西都给你。"

钻石是那样通透又耀眼,那好,他就买给她。她喜欢住的小院,她开店的那间铺子,他都可以轻易买回来送给她。

"我只是想给你一份保障。"傅时浔看着眼前的姑娘,无论她现在如何强大,可他知道幼年被抛弃的心理阴影总会存在着。

"这份保障不是说未来我会离开你,而是我想要你随心所欲地活着。"

不为生活奔波,不为世俗所累,随心所欲,肆意张扬地活着。

"至于我们的订婚钻戒,是它配得上你。"

钻石再名贵又如何,在他心中,阮昭才是这个世界最珍贵的存在。

一个平凡的下午,北安大学的论坛突然出现了短暂的崩溃,等到恢复正常之后,大家才看见被置顶在最上面的一条热帖。

等点开帖子,就看见发在上面的那张图片是一张朋友圈的截图,至于内容,任谁看了都会尖叫。

因为上面是一张结婚证的照片,结婚证是打开的,里面是两人的证件照,而底下还有一句配文:

唯愿与昭昭,白首不相离。

阮昭原本正在家里,听见傅时浔的手机一直在响,她有些奇怪地问道:"你今天有课吗?怎么手机响个不停。"

"不是。"傅时浔淡然拿起手机,低头回复。

阮昭凑过来正要看,却被他一口吻住了唇,待这个深吻结束,他直勾勾看着阮昭说道:"他们只是在祝我新婚快乐。"

"你发朋友圈了?"阮昭怔怔的。她实在没想到以傅时浔的性子,会做朋友圈官宣结婚这样的事情。

傅时浔却没理会她，反而直勾勾看着她说："你不跟我说一句吗？"
"说什么？"
"新婚快乐，傅太太。"他再次吻住她的唇。

春风醉十里，当微风拂过小院时，门口新换的灯笼微微摇晃，枝丫上新发的嫩芽绿意更浓。
"妮妮，快把这个喜字拿上去，让你哥哥赶紧贴上，这都什么时候了，居然连这个都还没贴。"董姐将手里的一捧双喜字帖拿给云霓。
云霓低头看着手里的东西，惊讶道："这些都要贴起来？"
"当然了，每一扇窗户都得贴，哪有新房不贴这些东西的，还有你问问院子里摆着的那些鲜花，到底是要放在哪里的？"董姐简直是忙得脚不沾地。
云霓"哦"了一声，将董姐手里的东西乖乖拿过去给云橙。
云橙正在将院子里的灯笼换下，虽然这灯笼董姐每隔一段时间都会擦一遍，不过毕竟这里是婚房，还是换上了新的。
"婚庆公司的人什么时候过来？"云橙低头问道。
云霓说："快了吧，听说是鲜花出了点问题，他们过去处理了。对了，咱们大门口是要用鲜花搭的吧。"
"你不是说要陪阮昭去试婚纱的？"云橙问道。
云霓不好意思地摸了摸头："我中午补了个作业，昭姐姐就没叫我。而且婚纱早就试完了，今天就是做最后的修改而已。"
此刻工作室里，叶临西正低头翻阅手里的杂志，一旁的顾筱宁则是在回复手机里的信息，自从她升职到执行制片开始，工作比以前繁忙得多，不过也自由许多。
"筱宁，你们电视台平时工作是不是很有趣？"叶临西突然放下手里的杂志，抬头看向她。
顾筱宁朝她看了一眼，心中暗自惊叹。按理说，她跟阮昭相处这么久，轻易不会为旁人的美貌所动，但是叶临西不一样，叶临西是那种明艳至极的长相，哪怕扎在人堆里，都是那朵盛开得最为炽热的玫瑰。
"还好，也就是普通工作，顶多就是平时跟明星接触得多点。"顾筱宁知道大家都对自己的工作挺好奇的。
两人聊着天，顾筱宁心底暗暗松了口气。原本她以为叶临西这种出身好，嫁得也好，工作还好的姑娘，势必眼高于顶，但是看得出来，叶临西虽然骄傲却并不傲慢，两人相谈甚欢。特别是说到明星八卦时，居然还有 点相见

恨晚的感觉。毕竟叶临西经常参加时装周，是各大品牌的座上宾，很容易见到明星，所以不会像普通人那样对明星有滤镜。

两人聊天期间，里面终于有了动静。

帘子被拉开的同时，两人都抬头朝对面看过去，就见阮昭穿着一字肩缎面婚纱，婚纱的裙摆极其宽大，长长地拖在一旁，精致的缎面材质在阳光的照射下，显得优雅而复古。

阮昭的长发被盘起，露出光洁饱满的额头，裸露在外的锁骨，平直又精致。

"哇哦。"顾筱宁被惊艳得压根说不出话。

难怪人家都说穿上婚纱的女人是最漂亮的，或许因为在穿上婚纱的那一刻，新娘子是打心底里喜悦。

叶临西同样被惊艳到，感慨道："果然，当初选设计图的时候，我就觉得这件婚纱一定是最适合你的。"

"还要谢谢你给我介绍这么棒的设计师。"阮昭笑着说道。

他们当初要订婚纱的时候，叶临西得知这件事，立即联系阮昭，说是可以帮她介绍靠谱的婚纱设计师。

叶临西一向是各大品牌的座上宾，她要请设计师制作婚纱简直是轻而易举。阮昭没有拒绝她的好意，于是在定好初稿之后，等待了六个月，婚纱终于在月初的时候从国外运了回来。除了主婚纱之外，还有一套传统服饰，以及晚宴所穿的晚礼服。只不过这次晚宴的晚礼服，阮昭没有选择西式礼服，而是选择了一件旗袍，也并非是红色的，而是别出心裁的墨绿色，墨色丝绒配以银线刺绣，有种浓郁而极致的水墨风。领口处还镶嵌着精致的珍珠，缀着一串珍珠流苏。

"这件简直就是你的本体。"顾筱宁看见她换上旗袍的时候，登时惊喜地说道。

阮昭扬眉，微微抬起下巴，明明拽得要命却又带着风情："擦擦你的口水。"

叶临西下意识转头看过去，气得顾筱宁就要扑向阮昭，好在旁边的工作人员赶紧说道："小心衣服。"

"阮昭，我以为你结婚之后变成小绵羊了呢。"顾筱宁怀念地说道。毕竟在她心底，阮昭一直是拽姐，岂能随便改了性子。

阮昭正在帘子后面换衣服，闻言，清冷的声线里带着笑意："我是结婚，不是变性。"

"嫂子性格很强势吗？"叶临西凑过来，低声问道。

顾筱宁小声说:"是我见过的人里面性格最拽的,毕竟能对自己那么狠的人,我真的没见过第二个。"

普通人只是按部就班地工作,有些人的工作或许是累了点,但阮昭的工作是修复,日复一日地克制和练习,还要为了修复坚持不碰任何对自己身体有伤害的东西。光是这种狠劲儿,就够别人学一辈子。

阮昭脱了礼服,重新穿上自己的衣服出来,看向顾筱宁,淡然道:"不要夸张。"

"我哪有夸张,在我心里,我们阮昭可是又拽又酷的存在。"顾筱宁笑着说道。

正好阮昭放在桌子上的手机响起,她过去接通,是傅时浔打过来的。

"婚纱试得怎么样?"他低声问道。

阮昭没回答,反而问道:"你呢,礼服试得怎么样?"

"应该很好看。"傅时浔声线一向很冷淡,只是此刻含着浅浅的笑意,让人听得心猿意马。

阮昭没想到会听到这个回答,同样低低一笑:"傅教授,你现在真的很不谦虚。"

傅时浔淡然道:"和你在一起,我不用伪装。"

阮昭故作惊讶:"难不成你之前在别人面前都是伪装的?"

"你猜。"傅时浔一边跟她说话,一边解开衣服上的领结,他手指修长而灵巧,让原本想要帮忙换衣服的女助理看得一愣一愣的。

等他将领结解开递给对方,低声说了句谢谢,阮昭才问:"你还没试完吗?"

"已经好了,正在换衣服。"

阮昭说道:"筱宁还有临西正在等我,我挂了。"

"等一下,"傅时浔喊住她,低声说,"今晚我来找你。"

阮昭果断拒绝:"那可不行,你没听董姐说啊,婚前男女最好不要见面。"

虽然这传统如今大家早已经不遵守,但是傅时浔这两天其实已经搬回傅家大宅住了,婚礼那天他才会从傅家大宅出发,到小院将阮昭接回去。

"我已经两天没见你了。"他声音轻缓低沉,明明说的也不是情话。

阮昭最受不了他这个口吻,但想了下,坚定道:"婚礼那天,你可以早点来接我。"

对了阮昭干脆利落地挂断电话,傅时浔有些无奈地摇头。

反而是一旁的闵其延恨铁不成钢地说："我好不容易有一个休息日，被你拉出来试礼服，还要吃你的狗粮。你看看你现在这个黏糊劲。"

要不是他太过了解傅时浔，恨不得握着他的肩膀，问他是哪里来的妖孽，敢上他兄弟的身。

"闭嘴。"傅时浔睨了他一眼，声音完全没了刚才对阮昭的温柔。

到了婚礼的前一晚，小院里已经焕然一新，婚庆公司可谓是下足了本钱，整个院子被装点得花团锦簇，红毯从阮昭的房间一路铺到大门口。

红毯是特别定制的，上面还绣着两人名字最后一个字的首字母"Z&X"。阮昭的名字在前，而傅时浔的名字在后。

临睡前，傅时浔再次打来电话，他低声问道："睡了吗？"

"刚敷完面膜，正要睡呢。"阮昭掀开被子，握着手机，"你现在心情怎么样？"

那边的声音停顿了几秒，低声说："希望下一秒就已经天亮了。"

两人聊了许久才挂电话。

可是半个小时之后，阮昭给他发了一条微信：我好像真的睡不着。

几乎才一秒，她的手机就响了起来，是傅时浔打来的。

"我也睡不着，不如再聊一会儿。"傅时浔沉沉的声音传来，在夜晚的渲染下，格外动听。

聊了会儿，阮昭感觉自己睡意蒙眬，忍不住说："我好像困了，但是我又不想挂断你的电话。"

其实她很少表现这么黏人的一面，傅时浔宠溺地说："那就别挂断，就一直保持通话。"

几分钟后，手机这端再无动静，只有偶尔传来的轻而均匀的呼吸声。

傅时浔看了眼手机，将手机放在枕边，嘴角勾起浅浅的笑意。

第二天早上，阮昭是被楼下的动静吵醒的。因为要准备婚礼，婚庆公司和化妆团队的人早早就到了。

云霓被打发上来叫醒阮昭。

"嗯，我已经醒了。"阮昭已经在床边坐了起来。她伸手去拿手机，想看看几点，却发现手机还在通话中，她点开一看，显示已通话七个小时零三分。

"醒了？"那边传来傅时浔的声音。

阮昭微微吃惊："你一直没挂？"

她临睡前在给手机充电,所以手机是一直插着数据线的,所以通话七个小时还没关机。

"好烫。"她握着手机,低声嘀咕道。

傅时浔说道:"下次睡觉不要把手机放在枕头旁边,不安全。"

阮昭笑了下:"你还不是一样。"

楼下的喧闹声越来越大,不仅有化妆师团队,摄影师以及其他人都一并到了,阮昭知道自己不能再耽搁,低声说:"先挂了,我要去洗漱准备了。"

"等我。"在挂断电话之前,她听到傅时浔说道。

她扬起笑容,"嗯"了声:"我等你来接我。"

谁知那头的傅时浔却开口强调:"是等我来娶你。"

很快,化妆师上楼来给她化妆,好在阮昭的房间足够大,足以容纳很多人。

没多久阮瑜一家三口也到了,韩星越西装革履,身上那种男孩的稚气已经褪去,难得打扮成成熟男人的模样。

"姐,你放心,待会儿姐夫想要带走你可没那么容易。"

阮昭睨了他一眼:"想要红包就直说,不用拉上我。"

"我那是只为了红包吗?"韩星越哼了声,但下一秒他凑近问,"不过姐夫有没有跟你透露,给小舅子的改口费是多少?"

阮昭忍不住噗笑了声,看向他说:"还需要给你改口费吗?你不是已经一口一个姐夫了。"

韩星越:"这……"

不得不说,傅时浔想让别人喜欢他实在是太容易了。自打知道韩星越喜欢手办,傅时浔就花高价送了他一套限量手办,这让韩星越激动得恨不得立即转专业到傅时浔手底下,给他当牛做马。当然对于韩星越这种念头,傅时浔严词拒绝了,毕竟他这个博士生导师又不是什么人都收的。

庄维和田希两人也过来了,因为庄维是男生,不好进新娘子的婚房,便让田希一个人上来。田希看着正在梳妆的阮昭,说道:"师母,你今天好漂亮。"

他们都已经毕业,不过两人都同时进入了北安考古研究所,从同学变成同事。阮昭跟他们也一直都有联系。

今天婚礼,他们同样也受到邀请,不过两人都齐齐先来了阮昭家里,大概就是为了看看自己那位一向清冷得好像跟全世界都疏离的老师,究竟是怎么娶老婆的吧。

"我已经跟庄维说好了,待会儿拦门的时候,他不许后退。"田希也成

熟了许多，不再戴着眼镜，打扮比在学校时更靓丽。

阮昭淡笑道："别让他们轻易进来。"

阮昭梳妆完成，顾筱宁和云霓两个人看着她盛装打扮的模样，居然都眼眶红红的。最后还是阮昭这个新娘子安慰道："你们这哭得也太早了吧。"

"别破坏气氛。"顾筱宁擦了下眼角，低声斥道。

阮昭无奈摇头，她一动，头上别着的珠钗流苏轻轻晃动，发出悦耳的丁零声，周围嘈杂又热闹。

她抬眸望过去，看着一张张熟悉的脸。虽然她这人生只走过四分之一而已，连一半都未到，却见过太多的世间坎坷，漂泊清冷过了这么多年，发现其实周围有如此多爱着她的人。那个在大雨天里被装在一个小纸箱里扔掉的小女婴，不再一无所有。

"来了，接亲的人来了。"一道高昂的声音打断了房间里的热闹，于是屋子里的年轻人一阵风似的，全都跑到楼下去了。

因为有专门的婚庆主持人，因此楼下的接亲游戏有条不紊地进行着，其中又以韩星越的声音最大，惹得阮瑜不住地往下看："韩星越真是的，别耽误时间了。"

好在在强大的伴郎团的帮助下，傅时浔还是来到了阮昭的面前。两人好几天没见面，在这样喧闹又熟悉的场景下见面，彼此眼中都藏着笑意。傅时浔穿着一身黑色西装礼服，整个人线条修长而利落，英俊得仿佛在发光。

伴郎将找到的婚鞋递给他，他接过后，在床前单膝跪下。

在穿上鞋子的那一刻，阮昭低声喊他的名字："傅时浔。"

他抬起头的瞬间，阮昭俯身亲了上去，用只有他们两个人才能听到的声音轻轻说："我等到你了。"

那天婚礼上，阮昭是独自一人走向傅时浔的。原本大家都建议由姑父韩华斌代替父亲的位置，护送她走向新郎，将她亲手交给新郎。

她独自一人走向傅时浔并不觉得孤单。对阮昭而言，爸爸虽然没有参加，他却始终在她的心里。

轮到新郎发言时，傅时浔转头看向阮昭，低声说道："我想很多人都知道我们曾经的过往，却并不知道我们重新相逢是在藏地的古寺之中。当时我应邀去西藏开会，便顺道参观了当地的藏地古寺，也正是这个决定，让我遇到了我此生的挚爱。"

他并非是那种喜欢分享自己私事的人，但是在这样的场合里，他却将他们的相遇娓娓道来。

阮昭安静地望着他，听着他继续说下去。

"如果上天给我一个机会，让我重新回到那一天，我想我会想要对那天出现的她说的话是……"

他转头朝阮昭看了过来，低笑着说："我能跟你要个微信吗？"

这句话引起台下所有来宾的哄然大笑。可是阮昭嘴角上扬的同时，眼泪却落了下来，只有她知道这句话对他们来说的意义。

这是他们重逢后她对他说的第一句话，而他想要让老天爷给他重来一次的机会，由他开口来说出这句话。

这次，让我主动来喜欢你。

当新郎掀开新娘遮面的头纱时，阮昭清楚地看见他眼底的泪光，直到他双手捧着她的脸庞吻了上来，这个吻深情而热烈。

婚礼结束之后，两人重新回到了傅家大宅。这是阮昭第一次在这里住，因为是新婚，所以两人会在这里住几天。

疲倦了一天，阮昭洗了澡出来，才觉得自己重新活了过来。

傅时浔洗完出来，将阮昭扑倒在床上，阮昭伸手轻轻地抵了下他，可是傅时浔却不依不饶地亲了过来。最后阮昭不得不说道："有件事我得告诉你。"

听着她如此严肃的口吻，傅时浔只得将她松开，伸手抚了下她的长发，柔声问道："怎么了？"

阮昭绷着一张脸，这也让傅时浔不由得皱起眉头。直到阮昭将手机打开，翻出相册，递到他面前："你先看看吧。"

傅时浔低头，图片上是一根长条形的棒子，中间有两道红杠，只是一道很鲜艳，一道不是那么明显。

他没认出来这是什么，抬头看向阮昭："这是？"

"你不知道？"阮昭一怔。

下一秒，傅时浔好像意识到什么，再次低头看着图片里的棒子，低声喃喃道："验孕棒？"

哪怕他再没有常识，在认出是验孕棒之后，也知道两条杠代表着什么。

"你……"他怔怔地看向阮昭，震惊道，"你……"

见他只连说了两个"你"字，阮昭伸手环抱住他，轻笑着说："恭喜你，要当爸爸了。"

第十章

· 时间从未停止，而他们的故事依旧未完

关于怀孕这件事，傅时浔表现得格外激动不说，居然还恨不得在他们结婚的第二天就向全家人宣布这件事。连阮昭都没想到，他会急切到如此地步。

早上起床之后，他们向长辈问好，大家落座吃饭。

因为今天是他们结婚的第二天，又正好是周末，所有人都留在家里吃早餐。

刚坐下，傅时浔抬头，淡笑道："我和阮昭有个好消息要宣布。"

当时阮昭正低头准备喝粥，傅时浔开口时，她情急之下狠狠掐住他的手背。

傅时浔扭头看了她一眼，见阮昭神色微僵，但大家此刻已经齐齐朝他看了过来，都在等着他宣布好消息。

深吸一口气后，傅时浔淡然道："我跟学校请到了一个星期的婚假，可以带阮昭去度蜜月了。"

阮昭没敢抬头，因为她光是垂着眼睛已经能感觉到餐桌上的尴尬气氛。

这也能算喜事？

终于，有勇士打破了这如同被凝滞住的气氛。

"哇哦，真的太好了。"叶临西是第一个开口的，极给面子地说，"你们蜜月准备去哪儿？"

傅时浔转头看着阮昭："要问一下昭昭的意见。"

于是在叶临西的打岔之下，大家自然而然地忽略了之前傅时浔说的话。

两人重新回到房间里，傅时浔看着阮昭，忍不住问道："不想让我告诉大家？"

阮昭伸手抱住他，瓮声瓮气地说："有点尴尬。"

"你怀孕不应该是件高兴的事情吗？"傅时浔一怔。

阮昭解释说："我们昨天刚结婚，今天就宣布怀孕，难道还不够尴尬吗？"

终于，傅时浔不得不郑重提醒她："或许，我应该跟你科普一下法律知识，在我国，领完结婚证就是正式夫妻。"

他低头捏着她的鼻子，半天没撒手："我们是正式夫妻，怀孕是喜事。"

阮昭沉默了会儿，点着头："好像是这个道理。"

"不要觉得害羞，谁会不喜欢我们的宝宝呢。"傅时浔用鼻尖蹭了蹭她的额头，声音如暖流汩汩淌过她的心田。

阮昭想了下，小声说："要不，等回门之后再公布？"

她其实一点也不脸薄，要不然当初追傅时浔的那些事儿，她根本干不出来。

"人家说，怀孕没满三个月，不能说的。"阮昭小声嘀咕。

对于这个期待已久的孩子，阮昭是那样小心翼翼。

因为对她而言，这是世界上第一个跟她血脉相连的人，她以为自己并不在乎血缘，毕竟她是被没有血缘关系的人呵护、照顾着养大的。

阮昭没见过自己的亲生父母，她也并不想要去寻找。这个孩子就成了世上第一个和她血脉相通的人，这种感觉很奇妙，是阮昭从未体会过的。因此她对孩子的事情，处处小心。

"好，那就等满三个月再告诉他们。"傅时浔想也不想地答应。

不过，他很快又问道："你去产检过了吗？"

"还没，只是前两天用验孕棒检测了几次，忙着结婚的事情，还没来得及去呢。"

听到这里，傅时浔有些不赞同地蹙眉："这几天你应该很累吧，你早点把这件事告诉我，我应该更加照顾你的。"

"没事，我自己其实一直很小心的。"

下午的时候，叶临西过来敲门，问："嫂子，要不要一起去网球场玩？"

傅时浔原本想替她婉拒的，阮昭却打开门回应："时浔可以跟你们一起玩，我不太方便。"

"没事，那么我们坐在旁边吃水果，看他们打球怎么样？"叶临西以为她的不方便是指来了"大姨妈"之类的。

阮昭点头："好，我们换个衣服就下来。"

虽然他们没在这里住过，但是衣柜里挂满了衣服，全都是南漪给他们准备的。

几人下楼之后，叶临西让阿姨把网球拍拿了过来，几人一起去了网球场。

这个网球场是傅家院子里自带的，比起国外豪宅动辄占地几亩的奢华，国内能有自带网球场的别墅，实在是罕见。

"说好了，你们打球，我们加油。"叶临西将球拍递给傅时浔和傅锦衡。

说来也是凑巧，他们两人今天穿了一黑一白，傅时浔一身黑衣黑裤，傅锦衡一身白衣白裤，他的运动服跟叶临西的白色网球裙很搭，估计是故意这么穿的。

阮昭没穿运动服，只是穿了一条国风长裙，惹得叶临西连连转头看向她，托着下巴说道："你知道我是在国外留学的，平常接触的都是国外大牌，那种鬼佬时尚，但是别说，嫂子你的穿搭风格真的很有韵味。"

如果叶临西是娇艳至极的小玫瑰，阮昭就是雪山之巅融下的那一捧清泉，清透而冷漠。

"ACE。"场上传来傅锦衡的声音。

刚才他打出了一记漂亮的 ACE 球，等打完转头看过来："不是说替我们计分吗？"

他抬抬下巴，叶临西撇了下嘴，却还是翻开手边的计分器。

两人的注意力被场上吸引后，叶临西抬头看着场上的两个男人，问道："你猜谁会赢？"

"他们连身高好像都差不多。"阮昭看了几眼，忍不住说道。

叶临西耸耸肩："很多不知道的人还以为他们是双胞胎呢。"

毕竟都是成年兄弟，身高相仿，年龄看起来也相仿，长相也很相似，自然会被不明真相的人误认为是双胞胎。

"我还是觉得时浔会赢。"阮昭想了下，毫不犹豫给自家老公投了一票。

叶临西朝她看了眼，突然双手拢在嘴边，冲着球场上的人喊道："老公，嫂子说她觉得哥哥会赢，我选你，加油。"

傅锦衡被她这句喊声吸引，偏头看过来，谁知对面傅时浔正好瞅准了时机，一记扣杀狠狠地打在傅锦衡的脚边，荧光绿的球体如小炮弹似的，直冲着傅锦衡的脸。幸亏他往后退了步，网球擦着耳边飞了出去。

叶临西吓得也站了起来，见网球没有砸到傅锦衡，松了一口气，伸手拍了拍胸口。

傅锦衡无奈地看着她："你确定是给我加油，不是在害我？"

"老婆，计分。"傅时浔站在球场的这端，看向坐在太阳伞下的阮昭，淡笑着喊道。

阮昭头一次在外人面前听他这么喊自己，心跳加速之余，她伸手翻开了旁边的计分器，笑着喊道："老公，加油。"

一场球打下来，哪怕平时都有坚持锻炼，兄弟两人也还是气喘吁吁的。

奈何这一局打了一个多小时，居然一直难解难分，最后以傅锦衡发球出界而告终。两人往这边走时，阮昭将放在手边的能量饮料递了过去，傅时浔伸手拧开瓶盖，一口气喝了半瓶，确实是累得厉害。

打了这么久的球，两个男人的运动服都湿了大半，于是各自回房洗澡。

傅时浔洗完澡出来，看见阮昭坐在窗边的小沙发上看书，他房间里那些之前留在家里的古籍，阮昭一直对它们很有兴趣。

"老婆。"

阮昭抬头看过去，抿着嘴就笑了起来，显然这个称呼足够取悦她。她伸出手，傅时浔走过来拉住她的手掌，紧接着将人抱了起来，随后自己坐在沙发上，让阮昭坐在他的腿上。

"老婆。"他又喊了一声。

阮昭低低应了句："嗯，怎么了？"

"没事，就是想叫叫你。"傅时浔声音挺淡的。

一般来说，他情绪都挺收敛的，不是那种什么都外露的，但此刻两人周遭萦绕着脉脉温情，夕阳的暖光从阳台洒了进来，美好得就像在梦境里。

"昭昭"这个称呼，不止他一个人在叫。但"老婆"不一样，这个世界上，只有他能这么叫阮昭。也只有他这样叫她的时候，阮昭才回应。

"傅教授，你知不知道你现在很黏人？"阮昭故意说道。

傅时浔躺在椅子上，低声说："这样好不好？"

"好，我喜欢你这么黏我。"阮昭低笑起来。

难怪别人说，相爱的人在一起之后会越来越像，他们两个明明都不是黏糊的性格，但是在一起之后也会说一些只对彼此说的话，暧昧的、惹人心跳加速的。

傅时浔伸手搭在她的小腹上，平坦得看不出一丝异样的小腹，谁能想到那里面正孕育着一个小生命呢？

"你现在会有反应吗？"他认真问道。

阮昭摇头："估计时间还短，什么反应都没有。"

要不是她测过验孕棒，根本没有什么感觉。

傅时浔说：“明天我们先去医院做个检查吧。”

第二天，傅时浔带着阮昭去了一家私人医院，人挺少的，护士说话温柔和气。也不知傅时浔用了什么途径，是妇产科主任亲自给阮昭做的检查。

阮昭特地上网搜了下这家医院，发现很多明星也是在这里生的孩子。

一切顺利。

等满三个月的时候，周末两人回傅家大宅吃饭。吃完晚饭，趁大家都在，傅时浔先是用银叉戳了一颗草莓给阮昭，然后不紧不慢地宣布说：“阮昭怀孕了。”

众人齐刷刷转头看过来，南漪更是瞪大眼睛，微张着嘴巴。

"恭喜呀，嫂子。"依旧是叶临西最捧场，最先反应过来。她正好坐在阮昭的另外一边，直接伸手给了阮昭一个大大的拥抱。

傅锦衡坐在旁边的单人沙发上，原本正低头看手机，好像是在处理邮件，听到这话直接半站起来，冲着傅时浔竖起拳头：“哥，恭喜啊。”

傅时浔跟他碰了下拳头，淡然道："你也加油。"

"什么呀！"旁边的叶临西看着他们兄弟两人的互动，翻了个白眼。

南漪这下回过神，赶紧问道："去医院做过检查了吗？昭昭有没有反应啊？平时辛不辛苦？"

"之前还好，但是最近早上开始孕吐。"

说到生孩子这件事，南漪可太有发言权了。她看向傅时浔，温柔地说："我觉得怀孕时候的反应，能体现出小孩未来的性格。我怀时浔的时候，他不知道有多乖，什么苦头都没让我吃。"

说着，她看向傅锦衡，有些不满道："这个就不一样了，一直让我吐到八个月，吃什么都没胃口，而且还特别容易水肿，果然生下来也是个不省心的。"

傅锦衡在外是高冷霸道的总裁，在家里却依旧要听亲妈唠叨自己出生之前完全不知道的事情。他伸手勾了下南漪的脖子，懒散道："可是你之前不是还说我才是你的好大儿，我哥又不听话又不让你省心。"

南漪脸颊涨红了，憋了半天说："谁跟你这么说了，我可没有。你别挑拨我和你哥哥的关系。"

"是吗？看来下回我应该录音。"傅锦衡三言两语就"收拾"了自己的亲妈。

看得叶临西都目瞪口呆，觉得这个狗男人段位越来越高了。不过母子俩难得轻松的对话，还是让大家都不约而同笑了起来。

傅家兄弟俩毕竟都年过三十了，早已不是依偎在父母面前撒娇卖乖的小孩，难得有这样轻松的口角之争，显得那样温馨又美好。以至于阮昭回去的路上嘴角一直扬着，连开车的傅时浔都看出来她心情很好。

"这么开心？"快到家的时候，他终于忍不住问道。

阮昭点头："我喜欢。"

都说家是港湾，所有漂泊的船终有靠港的那一天，从跟傅时浔结婚开始，阮昭觉得她终于有了可以停泊的港湾。

其实阮瑜对她一直很好，但是每次她跟韩星越在一起时，阮昭就明白，终究还是不一样的。阮瑜从不会训斥她，对待她总是周到而温和，哪怕曾经因为爷爷去世而小小地抱怨过，但在之后养育她的过程中全然没有表露过这些情绪。

或许等她有了孩子，就能体会到姑姑和韩星越在一起时的感觉。明明一天到晚都在教训，可是离开了眼前也会无比想念，这才是为人父母最真实的情感吧。

阮昭孕吐稍微严重了点，董姐和南漪想方设法给她做好吃的，阮昭为了不浪费她们的好心，都尽量吃下去。但是她基本吃多少吐多少，因此别人怀孕长胖，她居然还瘦了两斤。连医生看着她的孕检报告都皱着眉头说，虽然现在讲究孕期不要吃得太胖，但也不能像这样太瘦，要不然胎儿的营养跟不上。

因为这句话，连傅时浔都紧张了起来，一天三顿都要过问。

怀孕五个月时，阮昭再次例行检查，傅时浔依旧陪着她。当医生拿到报告单时，微皱着的眉头，还有久久盯着检查单的举动，让阮昭的心一点点往上提。

来产检的父母都是格外敏感的。连傅时浔都看出了不太对劲，眉心紧紧蹙着。

隔了一会儿，医生终于开口说："这样吧，你们再去做一个无创DNA检测。"

"是有什么问题吗？"阮昭颤抖着声音问道。

医生安慰道："问题也不是很大，主要是刚才的B超检查发现胎儿心脏有强光点，最好先做个检查。"

对方话音刚落，阮昭整个人险些瘫软。

"昭昭，没事的，没事。"傅时浔察觉到她的不对劲，立即将她抱在怀里。

医生见状也立即安慰说:"先别紧张,就是个正常检查,这个跟唐筛一样,都是为了排查胎儿的情况。"

"对,没事的。"傅时浔将她抱在怀里,不住地低声安慰。

旁边的护士见他们状况不对,赶紧将他们领到了VIP单独休息室。傅时浔倒了杯热水给阮昭,低声安慰她:"不会有事的,我们这么健康,一定也会有一个很健康的宝宝。"

他半跪在她面前,声音尽可能地温柔。

可偏偏这句话却如同戳中了某个开关,原本还绷着情绪的阮昭,猛地开始往下掉眼泪。

扑簌簌,她的眼无声而汹涌,是傅时浔从未见过的模样。

"昭昭,别怕。"傅时浔握住她的双手,这才发现她抖得厉害。

她低声摇头:"根本不一样,我们不一样。"

傅时浔怔住。

就听她说:"我跟你不一样,你有爸爸妈妈,有爷爷奶奶,你清楚地知道自己的家族遗传情况,也知道他们都是健康没有疾病的。我呢,我对自己一无所知。万一生我的那两个人,他们的遗传基因有问题呢,万一他们都有病呢……"

"阮昭。"傅时浔猛地打断她,双手捧着她的脸庞,一字一顿道,"不许再说这样的话,你很健康,我们的孩子也会健康的。"

哪怕性格强硬如阮昭,在这一刻却生出无限的绝望。傅时浔坚定而有力的话,如同给阮昭打了一针强心剂。

很快,傅时浔找到医生,询问什么时候做检查,医生当天就给他们安排了。

"报告什么时候能出来?"做完检查之后,傅时浔问道。

医生表示:"尽快,我们一定会尽快。"

他们来医院做检查的时候,院领导就打过招呼,这对夫妻是VIP客户,一定不能怠慢。

经过两天等待,第三天报告终于发到了傅时浔的邮箱里。

当他告诉阮昭什么事都没有,他们的宝宝很健康时,阮昭紧紧抱着他,久久地说不出话来。

傅时浔比谁都要了解阮昭心中的害怕和恐惧。都说父母在,便有归处。可是阮昭从出生就被遗弃,她犹如浮萍飘零在这个世界上,她没有归处。

1月6日,这天正逢小寒,是阮昭和阮平安的生日,也是她预产期的前三天。她原本正在工作室里看一本古籍，这是傅时浔特地给她寻来的，他知道阮昭喜欢这些老物件。

也就是在这时候，她感觉到了自己身体的异样。

云霓端了水果上来，见阮昭神色淡然地跟她说："妮妮，给傅教授打个电话，让他直接回来。"

云霓眨了眨眼睛，正要问怎么了。

"我好像要生了。"

事后回想，阮昭觉得那天井然有序，并不像云霓和董姐所说的，如同打仗一般。

傅时浔开车将她送到医院，她被直接推进了产房。

四个小时后，这个世界上第一个跟阮昭血脉相连的小男孩，降生了。

傅时浔抱着孩子，凑过来亲吻阮昭，靠在她的耳边说："昭昭，往后余生，我们就是你的归处。"

"我的好大儿呢？"顾筱宁前来探望时，先在门口用消毒洗手液消毒了双手，这才扑了进来。

阮昭看着她火急火燎的样子，淡然道："不是给你拍过照片了？"

顾筱宁哼了下："照片管什么用，我得亲自来看我的好大儿。"

"他人呢？"顾筱宁朝房间里的小床看过去，发现空空荡荡的。

阮昭说："奶奶和爸爸带他去做身体检查了。"

小孩子出生之后都会再做一次身体检查，所以阮昭留在这里休息，让他们带去了。

顾筱宁看了看她的脸色，感慨道："都说女人生孩子会变丑，怎么丝毫没感觉你有什么改变，依旧美若天仙。"

"留点你的彩虹屁，等我六十岁再这么吹。"阮昭哼笑。

顾筱宁："放心吧，哪怕你七十岁，也会是优雅老去的阮昭。"

两人聊了会儿，正好赶上护理人员过来送餐食。此时是下午三点多，顾筱宁还好奇地问："怎么这个时候吃饭？"

"这是加餐，我们会根据妈妈的身体状况进行配食。"护理人员说话温温柔柔的。

等所有餐食都摆好之后，顾筱宁看着各种精致又色香味俱全的食物，感慨说："看起来真的很好吃。"

"要不要试试？"阮昭看向她。

顾筱宁无语道:"我跟你抢吃的,丢不丢人哦。"

她坐在对面的小沙发上,一边跷着腿一边说道:"我刚才过来,发现这里的环境真的不错,而且每个工作人员看起来都挺有专业素养的。"

"你要是喜欢,下次你坐月子也来这里。"

顾筱宁没忍住叹气:"自从我没忍住向我妈炫耀了我的好大儿,结果你可想而知的,她恨不得打包将我嫁出去。"

"随遇而安,不要因为结婚而结婚。"阮昭淡然道。

顾筱宁没想到阮昭会这么说,她哭丧着脸说道:"要是每个人都能像你这么想就好了,不是,应该是我妈能像你这么想就好了。"

阮昭慢条斯理地吃着饭,闻言,淡淡摇头:"阿姨也是关心你,其实最重要的还是你自己的想法,要因为喜欢而结婚。"

"喜欢吗?"顾筱宁无奈,"我上哪儿去找?"

阮昭朝她看了一眼,声音里透着笑意:"真找不到?"

顾筱宁没来由地心虚道:"我上哪儿去找,天天忙得要死,新节目正在筹备,你又不是不知道我现在可是事业型女强人。"

"你的新节目是音乐类?是不是要请嘉宾?"阮昭笑眯眯地说道,只是这笑意里透着些戏弄。

顾筱宁别开眼睛,嘀咕道:"什么呀,我请嘉宾也不会请他的好吧,我是专业制作人。"

"谁啊?他是谁?"阮昭故意问道。

顾筱宁猛地朝她看过去,支支吾吾道:"什么谁啊,你说什么呢?"

阮昭见她脸颊涨红,完全前言不搭后语,强忍着笑意。

顾筱宁赶紧转移话题说:"我看看这个地方多少钱,我要早点攒……"

顾筱宁在网上搜到这个地方的价格表,她细细地数道:"个、十、百、千、万、十万……"

"怎么了?"阮昭见她拿着手机发呆。

顾筱宁压着声音问道:"你知道这个地方要多少钱吗?"

阮昭摇摇头,她确实不知道。

这个地方是南漪特地订的,用南漪的话来说,这里就是豪门贵妇生子一条龙的地方,虽然阮昭从来没觉得自己是什么豪门贵妇,但是托了南漪的福,体会了一把什么叫豪门贵妇的生活。

"很贵?"她猜测到应该不便宜。

顾筱宁起身过来,将手机拿到阮昭面前。

阮昭看着上面"5"开头的数字,也错愕道:"居然这么贵!"

顾筱宁摇头:"打扰了,是我不自量力。"

两人正聊天时,房门被打开,傅时浔手里抱着一个浅黄色的小包裹,南漪陪在身边。

顾筱宁看了过去,惊呼道:"我们小宝贝回来了。"

"要抱一下吗?"傅时浔见她过来,轻笑着问道。

小宝宝这会儿乖巧地闭着眼睛,他每天大部分的时间都在睡觉,基本上除了喝奶就是睡觉。

顾筱宁小心翼翼地将孩子接到手里,惊呼道:"他好漂亮呀!"

一般来说,刚出生的孩子都还没长开,大多数皱皱巴巴、红通通的,因此很多孩子看起来大差不差的样子,但眼前的小宝宝,五官居然很立体,显得眉清目秀。

"我们的大儿子真的太好看了。"顾筱宁简直是看不够,轻轻抱着,小声说话。

南漪小声跟阮昭说了检查的结果,一切都好,让她安心。

阮昭笑道:"谢谢妈妈。"

"跟我还客气什么。"南漪笑了起来。

阮昭自结婚之后,就彻底解开了跟南漪的心结。或许对她而言,早已明白南漪当初的所作所为,无非是一个母亲出于本能想要保护自己的儿子。尤其是当阮昭生下自己的孩子之后,更能感同身受地体会这种心情。

无论别人再怎么形容,当母亲的感受都不及自己亲身体会来得深刻。当她抱着自己的宝宝时,才深刻体会到什么叫母爱。她体会过父亲的爱,却从未体会过妈妈是怎么爱自己的。好在,她的遗憾不会出现在她的孩子身上。

顾筱宁这会儿才问道:"对了,我还不知道他叫什么名字呢。"

"傅容钦,容易的容,钦佩的钦。"阮昭说。

顾筱宁低头:"希望他的人生能走容易的路,做让人钦佩的人。"

阮昭差点给顾筱宁竖大拇指:"阅读理解满分。"

"我们的容钦小朋友,你的未来一定会像大家所期待的这样。"顾筱宁抱着怀里的小朋友,认真说着。

顾筱宁还没走呢,云霓也过来了,她是刚下课,家都没回直接过来的。

"小姨来了,妮妮小姨来了。"云霓一进门,用消毒液喷了全身,又洗了手,直接扑到小朋友的小床边,认真看着乖乖睡在小床上的小家伙。

顾筱宁冲着她挥挥手:"哈喽,看见我了吗?云霓小同学。"

"别喊了,她根本看不见你的,你没看她连我都没搭理。"阮昭淡然劝说道。

云霓估计听见她们说话,头也没回,只是伸手往这边招了招,打招呼说:"筱宁姐,你好。"

顾筱宁:"……"

等大家离开后,只剩下一家三口,小床上的小朋友依旧呼呼大睡。傅时浔也终于有机会坐在他身侧,安静地看着他。

其实这两天只要有时间,傅时浔就会在小床边坐着,也不说话,就这么安静地看着。

"傅教授。"阮昭因为这两天睡得太多,这会儿压根不困,靠在床头看着他,低低喊了一句。

傅时浔立即转头看过来,问道:"怎么了?是要什么东西吗?"

"什么都不要,你要不要上来躺一会儿?"阮昭拍了拍身侧的床铺。

傅时浔却没立即动,反而继续低头看着床上的小朋友,低沉的嗓音压得极低:"他睡得很乖。"

"不是都说像你小时候。"

这话是南漪说的。

傅时浔摇摇头:"姑姑不是也说,你小时候也很乖。"

阮瑜之前来的时候,见小家伙第一眼就说,跟阮昭小时候长得很像,特别是眼睛睁开的时候,眼睛线条长长的,等之后长开了,一定会有一双大眼睛。

傅时浔似乎也看够了,起身走到阮昭的床边,轻轻掀开被子坐在她身侧,伸手将她抱在怀中,低头亲了下:"这几天一直忙着,好像忘了跟你说一句话。"

"什么?"阮昭看着他的黑眸,里面依旧清楚地倒映着她的身影。

"谢谢你。"傅时浔的声音那样低沉而又温柔,再次低声说,"辛苦了。"

怀孕的辛苦,以及生育的痛苦,都是傅时浔无法替她分担的,哪怕再心疼,他也只能安静地待在一旁看着。

傅时浔手臂微微收紧,再次低声说:"虽然我没办法承担你现在的疼痛,但是我跟你保证,在养育孩子的过程中,我一定不会让你辛苦。我会承担起爸爸的责任,照顾他,也照顾你。"

阮昭靠在他怀里,低声道:"我相信你。"

养孩子确实是个痛苦与快乐并存的过程，好在阮昭的快乐多过痛苦。

为了让阮昭每天不至于太辛苦，傅时浔特地请了一位育儿嫂，每天帮忙带孩子，董姐依旧给大家做饭，不过因为多了小朋友，傅时浔又给她加了工资。

董姐本来就没把自己当外人，做什么都尽心尽力不说，还会在育儿嫂忙的时候帮忙带孩子。

更别说云霓了，原本是爱玩爱闹的年纪，结果她倒好，节假日也不跟同学出去玩，就要在家陪着这位小朋友。连阮昭都忍不住劝说道："同学刚才是不是约你去逛街，怎么还不去？"

云霓通过了专升本考试，目前是北安一所二本大学的学生，虽然还有一年才能毕业，但云橙恨不得她再读个硕士、博士。

"她们不是去玩剧本杀就是逛街，无聊。"云霓抱着正在吐着奶泡泡的小家伙，低头在他脖颈处嗅了下，"哪有我们宝宝可爱呀。"

别说云霓，就连傅时浔现在每天下班回家的第一件事，也是上楼抱孩子。

大家都不在，阮昭这段时间休养得不错，身体基本恢复了。

静谧而温馨的房间里，少了几分从前的清冷，多了几分童趣，因为不少地方摆着宝宝玩具，有小恐龙，也有小皮球，还有小玩偶。

她正抱着刚睡醒的小朋友玩耍，虽然小孩子现在什么都不懂，但是对他而言，妈妈的怀抱熟悉而温馨。

傅时浔进来时，阮昭转头看过来，笑着抓着怀里小朋友的小手："钦钦，爸爸。"

她将小手冲着傅时浔摇了又摇："爸爸，钦钦。"

傅时浔走过来，阮昭正要把小朋友塞给他，谁知傅时浔俯身在她脸颊上亲了一口，惹得阮昭怔在原地。

察觉到她的惊讶，傅时浔低声说："不是让爸爸亲亲的？"

半晌，阮昭认真地问道："傅教授，你有没有想过，或许我说的钦钦，是傅容钦的钦？"

傅时浔嘴角微掀："我以为你是要我亲亲。"

"而且，我更想要亲亲。"说着，傅时浔再次俯身，在她的脸颊另一侧亲了下。

两人亲密的举动，惹得怀里的小朋友一直盯着他们看。

傅时浔伸手将他抱在怀里，低头蹭了下，小声说道："一天到晚怎么就要妈妈抱呢，记住，这是我的老婆，暂时借给你而已。"

大概是傅容钦习惯了阮昭身上的味道，育儿嫂要抱他，他就哭哭唧唧的。

阮昭一抱，就万事大吉，黏妈妈黏得要命。

难得听到傅时浔说这么幼稚的话，阮昭忍不住提醒："可我也是他的妈妈呀。"

"那也是暂时借的。"傅时浔轻哼了下。

快九个月的时候，小朋友开始牙牙学语，偶尔他嘴巴里会发出咿咿呀呀的声音，全家也都有意识地开始教他说话。奈何过了好一阵子，他还是没有学会爸爸妈妈的称呼。

阮昭也没有十分着急，小孩子嘛，本来发育的周期就不一样，有些小孩子开口早些，有些就开口晚一点。

又过了一个月，阮昭因为跟北安博物馆有一个合作项目，去了一趟博物馆。她现在不再拘泥于商业修复或是专业修复，对她而言，只要是能够保护中国的书画文物，就是最值得做的事情。

只是出门一天，她发现自己竟如此想念家里的小朋友。

等她一路疾驰归家，正是夕阳西下，天边赤色晚霞将半边天际都染红了。下车时，晚风吹在脸上，畅快而淋漓。

旁边正好有两个背着书包的小朋友从巷子口迎着晚霞飞奔而过。

这样的傍晚，倦鸟归林，在看见家门口的那一刻，一天的疲倦和思念仿佛都被洗涤一空。

阮昭推开院门，直接上了楼。

还没走到房间，在外面就听见里面清清楚楚的声音说："妈妈。"

这是男人低沉而悦耳的声音，傅时浔居然比她先到家。

阮昭轻手轻脚走了过去，房门并未关上，傅时浔正在小家伙的房间里，坐在围栏里面陪着他玩玩具。傅时浔见小朋友没有反应，又耐着性子教了一遍："妈妈。"但小孩子似乎丝毫没有兴趣。

"容钦，你是妈妈在这个世界上第一个有血缘关系的人，你对于妈妈而言，是比这个世界上其他所有人都更为重要的存在，所以我们第一个要学会称呼的人，就是妈妈。"

此时阮昭脑海中突然闪过其他场景。

家里其他人教小朋友说话时，不管是育儿嫂还是董姐，或者是云霓，她们每个人教的称呼，都是妈妈。原本她根本没在意，此刻她突然好像明白了。

一时，她的心脏仿佛瞬间被填满，那种汹涌而强大的暖意朝她袭来。

于微末处，傅时浔都替她考虑得这么周全。他知道这个世界曾经苛待她，于是他恨不得将所有的圆满都送给她。

"妈妈。"傅时浔又教了一遍,但是小孩子远觉得手里的玩具更有意思。

傅时浔也不恼火,一遍又一遍地教着。阮昭就倚靠在门边,安静看着。

如果说世界的终点就在这一秒,阮昭觉得她亦无可遗憾。

直到小朋友似乎玩够了东西,"啪嗒"一下,扔得老远,当他准备爬过去拽另外一个玩具时,抬头看见了门口的阮昭,突然兴奋地拽着围栏慢慢站了起来。

"妈妈。"

他靠在围栏边缘,用力伸手朝阮昭张开。

傅时浔怔怔地回头,阮昭同样也被这一声清脆而又奶甜的"妈妈"喊得愣在原地。

"妈妈,妈妈。"小家伙似乎不满阮昭依旧站在门口不过来抱他,一个劲儿地大喊,原本怎么教都不会的"妈妈"二字,这一刻小家伙却敞口而出。

阮昭疾步走了过来,立即将容钦抱在怀中。她低声问道:"我是谁?"

小家伙趴在她怀里,一个劲地拱着,似乎怎么都拱不够。她身上熟悉的味道,还有同样熟悉的怀抱,让他依恋。

阮昭也不再贪心,抱着他转了两圈,惹得小朋友咯咯大笑。

待笑完之后,他趴在阮昭怀里,大声喊道:"妈妈,妈妈。"

两人玩闹够了,阮昭将孩子重新抱回围栏里,让他继续玩玩具,她则坐在傅时浔的身侧。

她转头看着傅时浔,认真说道:"刚才你有句话说错了。"

"什么?"傅时浔有些不解。

阮昭轻轻靠在他的肩膀处,轻声说:"你对钦钦和我而言,是比世界上所有人都重要的存在。"

她直起腰背,转头看着他的黑眸,那双曾经只有淡漠的眼眸,此刻盛着能温柔整个世界的柔情。她嘴角轻扬,笑着说:"你对我而言,才是明目张胆的偏爱。"

当当当!

一阵悦耳的琴声从别墅的琴房里传来。

阮昭站在门边,安静地听了许久,直到傅时浔找了过来。

"怎么没进去?"傅时浔靠在她身边,轻声问道。

阮昭手指在嘴唇前竖了下,小声说道:"别说话,我正在欣赏我儿了的

演奏，是不是很美妙？"

"这是他弹的？"傅时浔侧耳听了会儿，有些惊讶。

阮昭微抬下巴，自豪地说："怎么样，我的宝贝厉害吧。"

傅时浔正要说话，琴房里突然氛围一转，原本悠扬的琴声陡然转变成犹如擂大鼓的咚咚声，如同里面的人不是在弹钢琴，而是在砸钢琴。

阮昭没忍住，伸手推开门，就见小小的人儿坐在琴凳上面，双手在琴键上用力砸着。

用"砸"这个字形容，真的是丝毫不夸张。

"看来刚才厉害的不是你的宝贝。"傅时浔贴着她的耳朵，小声说道。

他们推门的动静被小朋友听到了，他砸完钢琴之后转头看过来，看见爸爸妈妈都在，开心地瞪大眼睛："妈妈，妈妈。"

不过他虽然嘴里喊着妈妈，却没有跑过来，依旧乖乖地坐在琴凳上。

旁边的钢琴老师冲着他们微微颔首，伸手摸了摸小朋友的脑袋，柔声说："容钦，我们的钢琴课还没有结束。"

小朋友听到这话，原本还笑着的脸登时垮了下来，大眼睛里几乎一秒就蓄满了泪水。他的眼睛漂亮又水灵，此时含着泪，更是让人心疼。

奈何阮昭此刻只得抱歉地说道："不好意思，曲老师，打扰你们了。"

她狠狠心关上门，拉着傅时浔就离开了。

南漪原本正在插花，见他们出来，有些奇怪地问："钦钦的钢琴课还没结束吗？"

阮昭摇头："还没，今天是老师拖堂了吗？"

南漪低头看了一眼腕上的手表，"啧"的一声，摇头说："是我看岔了，这还有十分钟才下课呢。"

"我让阿姨先切点水果，等我们宝宝下课了，就让他休息一会儿，练琴好辛苦的呢。"

南漪将手里的花枝放了下来，喊了阿姨一声，吩咐了两句。

"妈妈对容钦真的太宠了。"阮昭忍不住感慨。

傅时浔闻言，忍不住笑了下。

阮昭伸手抵了他一下，低声说："你笑什么呢？"

"我笑你应该看看，锦衡小时候不想练琴的时候，是怎么被打的。"

阮昭微瞪眼睛："妈妈动手的？"

傅时浔没有直接回答，只是朝她看了一眼，给了一个"你猜"的表情。

"锦衡居然会弹琴？"阮昭有些好奇，毕竟她从来没见傅锦衡弹过。

傅时浔淡然道："又不是自己喜欢的，小时候无非是被家长逼迫着才学的，等长大了自己能做主了，谁还会天天练自己不喜欢的。"

阮昭微眯了眯眼睛："傅教授，我怎么觉得你意有所指呢？"

"你觉得容钦他有弹钢琴的天赋吗？"傅时浔问。

阮昭想着刚才傅容钦砸钢琴的架势，不说天赋吧，就连花架子都没有。

"他这不是刚开始学嘛。"阮昭小声说道。

傅时浔："有些东西不是仅凭学习就能拥有天赋的，关键还得有兴趣。"

他话说到这个份上，阮昭算是听出来他的意思了。她看着他问道："你是觉得容钦不该学钢琴？"

"你没看见刚才他的表情？"傅时浔轻皱了皱眉头。

阮昭这才意识到，傅时浔说了半天，竟是心疼孩子。

"傅教授，你平时可不是这样的。"阮昭有些哭笑不得，伸出手指点了点他的胸口，慢条斯理地说，"你怎么说我来着，慈母多败儿。没想到有些人说一套做一套。"

其实他们跟普通父母一样，都是慈母严父的标配。

阮昭是那种予取予求的妈妈，只要傅容钦乖乖地抱着她喊一声妈妈，她的心就软了。没想到这次弹钢琴的事，居然是他先心疼起来了。

"爸爸、妈妈。"

这时响亮而带着奶音的喊声将两人的对话打断。

阮昭还没做好准备抱他，小朋友就跟炮弹一样直接砸了过来，抱着她的腿，仰头喊道："妈妈。"

她伸手将他抱了起来："上课怎么样啊？"

小家伙还没来得及撒娇，脸就垮了下来，这话显然是他不爱听的。

正好他的钢琴老师也走了过来，这是一位三十多岁的女老师，是业界十分有名的钢琴老师，是南漪特地为傅容钦请来的。

"容钦今天进步很大，只要勤加练习，下次上课一定会表现更好的，对吧。"老师温温柔柔地说道。

傅容钦趴在阮昭怀里，乖乖点头："我会好好练习的。"

"曲老师，先吃一点水果吧。"阮昭招呼道。

曲老师摇摇头："不了，我还有点事儿，得先回去了。"

或许对方真的有事，阮昭又挽留了一次，她依旧没有留下来。不过她离开的时候，南漪拿了一个礼物袋子出来递给对方，笑着说道："我前阵子去东京的时候，正好看见一枚胸针很适合你。"

"傅夫人，您实在太客气了。"曲老师有些惊讶。

在双方你推我让的客气之下，最后曲老师还是收下了南漪的礼物。

等她走后，南漪看向正在吃杧果的傅容钦，无奈摇头："你呀，是让你弹琴，不是让你砸钢琴。"

"奶奶，我没有砸钢琴。"傅容钦振振有词。

南漪忍不住笑道："那你弹琴怎么砰砰砰的。"

谁知傅容钦却放下小叉子，双手在半空中模仿起弹琴的模样，别说，这种无实物表演，他居然表演得像模像样，逗得南漪和阮昭前俯后仰开心不已。

傅时浔："既然你可以弹得好，为什么刚才要那样弹琴？"

傅容钦眨了眨眼睛，大声说道："曲老师说让我释放天性，想怎么弹就怎么弹。"

"所以你不是不想弹琴，只是因为曲老师让你这么做的对吧？"阮昭一边说着一边强忍着笑意，看向傅时浔。

小朋友乖乖点头。

阮昭趁机靠近身侧的男人，低声说道："傅教授，看来你是杞人忧天了。"

一片拳拳父爱之心，显然这位小朋友没有感受到。

"钦钦，你喜欢弹钢琴吗？"阮昭故意问道。

傅容钦将嘴里的杧果吃完，这才说道："喜欢啊，妈妈，我喜欢曲老师，曲老师长得漂亮。"

傅时浔转头看向阮昭，低低笑了起来。

阮昭还处于震惊中，傅容钦又说："但是妈妈最漂亮，我是这个世界上最喜欢妈妈的人。"

许久之前，阮昭就发现傅容钦嘴甜会哄人，每次对着她不是"全世界最漂亮的妈妈"，就是"好妈妈"，以至于阮昭以为他小小年纪就有小渣男的潜质。谁知他上了幼儿园之后，居然对学校里的女生丝毫没有兴趣，动辄就说"我们男孩子只跟男孩子玩，女孩子跟女孩子玩"。

有次在游乐园正巧碰到他的同学，人家小姑娘开开心心地和他打招呼，谁知他瞥了一眼小姑娘，淡淡地转过头。

阮昭看着小姑娘眼熟，小声问道："容钦，这是你的同班同学吗？"

"是呀。"傅容钦语气还挺淡然的。

"那你为什么不跟人家打招呼？"阮昭压着声音，低声道，"快点打招呼，这样很没礼貌。"

在她的强压之下，他才小声跟人家说了句"你好"。

本来阮昭以为他真的不喜欢小女孩，可之前她带他去傅时浔的实验室，遇到里面的两个姐姐，他竟然嘴甜地追在人家屁股后面问东问西，姐姐长姐姐短的。

阮昭是没真想到，他小小年纪，面对不同女生还有两副面孔呢。

她正出神时，傅时浔弯腰用银叉戳了一块柊果，顺便纠正了眼前的小孩："不好意思，纠正一下，你不是这个世界上最喜欢妈妈的人。"

傅容钦不服气地看向他："那谁是？"

"我啊。"傅时浔淡然地伸出手，搭在阮昭的肩头。

傅容钦立即连柊果都不吃了，钻到阮昭的怀里，大声喊道："我就是最喜欢妈妈的人，我就是。"

傅时浔："你不是。"

"我就是。"这下原本还坚持的小男子汉瞬间眼含泪水。

对面的南漪心疼，斥责傅时浔道："他几岁你几岁，你跟他计较。"

"原则问题，不可退让。"

傅时浔冷淡地朝亲生儿子看了一眼。

眼看着傅容钦越来越委屈，阮昭只得贴着他的耳边小声说了一句什么。

小朋友竖起小手："妈妈，我可以要两个吗？"

"好吧。"阮昭点头。

趁着小孩又开心地去吃柊果，傅时浔靠近她，问道："跟他说什么悄悄话呢？"

阮昭真忍不了了，横了他一眼："要不然就让他一直哭？"

"得让他早点认识到，这个世界不是围着他转的。"

阮昭再次无言以对。

晚上三人回家，傅时浔开车，阮昭坐在后面陪着傅容钦。快到家的时候，阮昭说道："在前面那个路口停一下，我去买个东西。"

"要买什么？待会儿我陪你过来。"傅时浔侧着头看了她一眼。

阮昭立即说："不用，我自己买就好了。"

"我跟妈妈一起。"傅容钦立即说道。

傅时浔将车子停在路边，阮昭将傅容钦身上绑着的安全座椅带子解开，将他抱了下去。虽然小朋友才四岁，但是继承了傅时浔和阮昭高挑的身高，一双腿细细长长的，勾着阮昭的腰，像只小树懒。

"要妈妈抱呀？"阮昭笑着问道。

傅容钦小声问:"妈妈,你好久没抱我了,可以抱一会儿吗?"他还伸出小手指,比画了一点点的手势。

阮昭看着他撒娇的模样,忍不住笑了下,好在傅容钦也不重,虽然个子高,但偏瘦,阮昭抱他根本不费劲。

他们家附近开了一家冰激凌店,橱窗里并排放着冰激凌桶,五颜六色的冰激凌,看得人眼花缭乱,哪怕只是经过也会被吸引。

这不,就有小朋友驻足在门口,闹着让家长买。

"你想要哪个口味的?"阮昭带着傅容钦走到门口。

这就是她在老宅里跟傅容钦说的悄悄话,只要他不哭,就带他来吃冰激凌。小朋友贪心不足地要了两个冰激凌球,阮昭也一口应下。

"巧克力。"傅容钦一秒都没犹豫。

不过对于第二个球的选择,他就犹豫了起来。小家伙站在玻璃柜台前,小手扒着玻璃,认真看着里面的冰激凌。

"要不选草莓的?"阮昭给了建议。

傅容钦没说话。

阮昭又说:"蓝莓怎么样?"

"那就柠果的吧。"傅容钦犹犹豫豫地说道。

阮昭点头,很好,不为所动,坚持他自己的选择。

阮昭给他点了两个冰激凌球。

傅容钦扯了扯她的手:"妈妈,你不吃吗?"

"妈妈吃过晚饭了,不想吃冰激凌。"阮昭笑着说道。

傅容钦立即说:"妈妈,你跟我一起吃吧,我也想要妈妈吃。"

好意难却,阮昭给自己点了个蓝莓口味的。等拿到之后,母子两人一边吃着冰激凌一边快乐地往家的方向走去。

傅容钦最爱巧克力口味,不管吃什么都要点巧克力口味的。

看着小家伙开心又满足的模样,阮昭忍不住笑了起来。

"爸爸。"突然,容钦站在原地,看着不远处走过来的人。

他慌忙地想要将冰激凌藏在背后。

阮昭赶紧说:"不用怕,是妈妈同意你吃的,别乱动,小心冰激凌掉在地上。"小朋友这才没动弹。

傅时浔走了过来,看了看他们手上各自拿着一个甜筒,问道:"没我的份儿?"

阮昭错愕地睁大眼睛,无奈道:"我不知道你也想吃啊。"

他可是从来不会碰这种甜食的,什么冰激凌、甜品,都不是他喜欢的。

"要不再回去给你买一个?"阮昭问道。

"不用那么麻烦。"傅时浔低头咬了一口她手上握着的冰激凌,有些融化的圆球上缺了一处。

傅容钦这会儿也不怕了,接着吃冰激凌,只是往前走了几步,他突然挡在傅时浔的面前,抬头看看他:"爸爸,我要骑你头上。"

阮昭正要说什么,傅时浔已经弯下腰,二话不说地将傅容钦抱起架在了脖子上。

小少年的长腿搁在父亲的肩头,容貌过于出众的父子本就显眼,此刻这样的姿势更是引得来往路人回头。

初夏的晚风吹在他们的身上,周围正是最热闹的时刻,不远处水果店叫卖的声音,旁边少年踩着滑板呼啸而过,店铺五光十色霓虹灯牌的光芒照在他们的身上,所有一切都那样美好而温馨。

傅时浔肩头扛着傅容钦,伸手握住身侧阮昭的手掌。

三人一路往前,向着家的方向。

时间从未停止,而他们的故事依旧未完。

关于这余生的美好,已尽在此间。

番外一
· 所念皆星河

01

飞机从高空之上缓缓下降,底下连绵起伏的山脉犹如长在大地之上的脊背,蜿蜒向前,一眼根本望不到尽头。

机舱内响起空乘的声音,提醒乘客,飞机即将降落,放好小桌板,拉起遮光板,在位置上坐好,不要来回走动。

阮昭也从沉而香甜的睡眠之中慢慢清醒。她睁开眼睛时,自己的脑袋依旧靠在身侧男人的肩膀上。

"醒了?"一道低沉悦耳的声音在旁响起。

阮昭朝身侧的男人看去,傅时浔看着她时,黑眸里尽是温柔缱绻。

她忍不住又朝他胸口靠了靠,清冷的声音里带着微微撒娇:"还想再睡一会儿。"

其实阮昭自己都没想过,原来她跟傅时浔在一起可以变得这么像小女孩,整个人更是一下从冷淡独立的御姐演变成了云霓那样的乖巧甜妹。

"待会儿到酒店想怎么睡就怎么睡。"傅时浔哄道。

阮昭又轻轻打了个哈欠,慢悠悠说道:"好吧,听你的。"

傅时浔见她这么说,顺势捏了下她的耳垂:"真乖。"

阮昭都多大的人了,还被他这么夸赞。她当即又娇又嗔地看了他一眼。

飞机降落,滑行一阵子之后,很快停下。

傅时浔率先起身,阮昭跟随其后,两人的行李都办理了托运,并未随身携带,只有一个阮昭的随身小包。

下飞机之后,迎面吹来一股清凉的风。

如今刚过完五月,藏地的天气回暖,整个高原弥漫着的风都是温柔的。

这次阮昭和傅时浔重回西藏,彼此都有种说不出的感觉。

"谁能想到,我再回西藏的时候是跟你一起呢。"阮昭分外感慨地望着傅时浔。

傅时浔收回原本看着窗外的目光,伸手握住她放在腿上的手掌,淡声说道:"你不是都跟佛祖祈求了?"

傅时浔说的自然就是他们第一次见面时,阮昭对着佛像祈求让他落在自己手里的事情。

阮昭挽着他的手臂,抬头看着:"后悔了?"

"庆幸不已。"傅时浔淡声回道。

不得不说,傅教授的回答足以称得上完美。

阮昭心满意足地放过他。

两人在拉萨待了三天,虽然之前阮昭已经参观过布达拉宫和大昭寺,但跟傅时浔一起重新感受这些古老的建筑,却有种奇妙的感觉。而且傅时浔对这些历史的了解,不是那些导游能比的。

终于他们启程前往日喀则,那个他们初遇的地方。

他们结婚之后,傅时浔问起阮昭想要去哪度蜜月,阮昭想了想,回答说:"比起度蜜月,我更想去一个地方还愿。"

"还愿?"

阮昭望着一脸疑惑的男人,她伸手勾着他的脖子:"你忘了我曾在佛像面前许下的心愿?如今心愿达成,我是不是应该去还愿呢?"

——若这个男人日后落在她手里,她必好好待他。

当初只是怀抱着戏谑的心情说出的话,如今却真的应验,所以阮昭一直想要重回大昭寺。

经历了近一天的车程,他们终于抵达日喀则,因为天色已晚,阮昭他们在酒店休息了一晚。

第二天,傅时浔带着她前往扎寺伦布寺。

刚到了门口,阮昭想起一件事:"我是不是没有买票?"

傅时浔轻笑:"不用。"

不远处有几个拉客的导游开始询问门口陆续过来的游客:"需不需要导游讲解?"

阮昭好奇："为什么？"

傅时浔伸手握住她的手掌，抬手轻轻弹了下她的额头："今天怎么变成了十万个为什么？"

"傅时浔。"阮昭掀起眼皮，淡然喊了句。

阮昭本就是御姐长相，此刻冷着脸，整个人的气场瞬间爆棚。

只可惜她遇到的是傅时浔，高冷如傅教授，丝毫不怵她的冷眼，反而在她这句话后伸手捏了下她的耳垂："怎么这么没有耐心，待会儿你就知道了。"

行吧。就当他是在搞惊喜。

正好不远处的几个本地导游正在拉客，询问来往游客是否需要讲解。

"扎西。"突然阮昭开口喊道。

对面那个皮肤黝黑的藏地导游登时抬起头朝她看了过来，在看清阮昭之后，也惊喜道："是你。"

阮昭微微挑眉："你居然记得我？"

"虽然我每天接待游客，但长得像您这么漂亮的，也是很少见到的。"扎西摸了摸后脑勺，很诚恳地说道。

阮昭可不敢应下这句话，因为她已经感受到旁边男人的目光。

扎西看着阮昭牵着傅时浔的手，客气地笑道："你这次带着男朋友来玩的。"

"不是男朋友。"阮昭摇了摇头。

扎西一愣，看向他们牵着的手，这手掌都十指相扣了，还说不是男朋友。

阮昭转头看向傅时浔，露出笑眯眯的模样："是丈夫，他是我丈夫。"

她言语里由衷地散发的幸福。

傅时浔转头凝视着她，眼底无限温柔。

待两人到了门口，阮昭才明白为什么他们不需要买票，也不需要导游，因为有一位寺庙里的僧侣专程到门口来接他们。

阮昭安静跟在傅时浔的身侧，任由寺内僧人带着他们往里面走。

终于来到了之前阮昭和傅时浔相遇的那个窗棂。

此刻再往里看，依旧是狭窄又密闭的小房间，而当年在房间里让她一见钟情的男人，此刻正站在她的身边，温柔地握着她的手掌。

世界上最奇妙的感觉莫过于此。

"我当时就在这里看着你。"阮昭扭头看他，带着淡笑问，"你猜我当时脑海中浮现了什么念头？"

"什么？"傅时浔问。

阮昭望着他的眼睛，一字一顿道："这、个、人，我、想、要。"

这样直白而果决，确实像是阮昭的想法，傅时浔丝毫不怀疑。

随后他手掌微微用力，紧握着阮昭的手掌，同样回望着她："现在我是你的了。"

之后两人再次来到阮昭当年许愿的那尊佛像前，也是此时她才知道，原来佛像背后还有一条通道。也正是因为这样，傅时浔才将她的心愿听得一清二楚。

殿内并没有其他人，阮昭双手合十看着前方，声音里带着点调皮的笑意："我是来还愿的，佛祖，您确实慈悲，让我所愿皆达成。"

待阮昭说完之后，身侧的傅时浔也双手合十，虔诚地看着面前的佛像。

"我这一生唯愿我喜欢的姑娘一生平安喜乐，无病无灾。"

阮昭怔怔看着眼前的人，傅时浔从来不擅长表达，相反他冷淡而内敛，如同精致的玉石般，曾经阮昭也以为他的心硬得很。可当她得到他的爱之后，她才明白他有着一颗全世界最柔软的心脏，只是需要有人去撬开最外面那层硬硬的壳。

她幸运地成为了这个人。如今他会毫不顾忌地表达对她的爱，他的爱意和柔软只展现给她。

两人牵手离开佛殿后，傅时浔拉着她的手一直往前走。走了一会儿，阮昭脑海深处的记忆被一点点拉了出来。

这就是当初她等他的那个地方，因为佛寺前门关闭，她赌他会走这里，没想到真的被她赌中了。只可惜当她向他要微信时，被毫不犹豫地拒绝了。

两人这次算是重游故地，当快走到的时候，阮昭指了指前面，转头有些拽拽地看着傅时浔："还记得那里吗？你第一次拒绝我的地方。"

傅时浔似是有些无奈，又笑了下，这才转头看着她："记得。"

见他神色平静，阮昭嘴角微扯了扯，似是不满他太过淡定。

直到他看着她，直接问道："我能跟你要个微信吗？"

啊？

阮昭的记忆迅速回笼，这是她跟他说的第一句话，也是他在婚礼上曾经说过的话，他说如果上天愿意重新给他一次机会，让他重新回到他们相遇的这一天，他想要对她说的话，就是这句。

从阮昭的主动，变成他的主动。现在他真的做到了。

虽然时光无法倒流，但相同的场景下，他毫不犹豫地说出这句话。

"虽然我没办法让时光倒流,但是我想对你说,我会倾尽我的余生来爱你。"

或许生活无法总是圆满,但是这一刻,爱意让他们圆满了。

番外二

· 落日归山海，陪伴成告白

对于傅时浔是不是一位善于教导学生的老师，阮昭本来觉得她不是傅时浔的学生，应该是没有资格回答这个问题。直到有一天，她突然落在了傅教授的手里，也成了傅时浔的学生。

这还要从阮昭翻出傅时浔当初求婚时的录像开始说起。

当时他为了能够记录这个时刻，特地让齐知逸请了娱乐圈内的摄影师，据说拍摄效果极好。

果不其然，确实拍摄得很好。而且经过后期的剪辑之后，整个求婚过程堪比电影画面。

总而言之，阮昭再一次被傅时浔求婚时的画面感动了。于是她看着傅时浔，开口问道："要不你教我弹吉他吧？"

"你想学？"傅时浔挺意外的。

阮昭单手托着腮："怎么，我不能学？"

傅时浔摇头，反而认真说道："吉他跟你不太搭。"

阮昭听着他这话，也不由得来了兴致："你觉得什么乐器跟我搭？"

"琵琶。"傅时浔嘴角上扬。

瞬间，阮昭就明白了他的意思。旗袍、琵琶、国风，确实是很容易让人联想到一起。

阮昭总是一身国风长裙，又喜用簪子将长发绾起来，若是说她适合的乐器，还真的是琵琶这类乐器。

阮昭立即反驳："傅教授，你会不会太刻板印象了点？"

总不能因为她喜欢这样的打扮，就得学琵琶吧。

"犹抱琵琶半遮面。"傅时浔抬手,用手指在她脸颊上轻轻抚过,终于轻笑出声,"我只是想象这个画面,就觉得一定很美。"

任何人面对夸赞时都会开心,更别提还是傅时浔这样高冷的性格。他并非习惯将甜言蜜语挂在嘴上的男人,因此阮昭听到他这样的话时,心底会迸发出愉悦。

"要不琵琶和吉他一起学?"阮昭伸手勾住他的脖子。

傅时浔额头轻靠了过来:"但我只会教吉他。"

"那就先教吉他。"阮昭知道贪多嚼不烂的道理,她不贪心,反正有的是时间。

两人本来是坐在阮昭卧室里的沙发上,此时他又突然调整坐姿,稍稍拉开了跟阮昭之间的距离,瞧着有那么一点一本正经的模样。

傅时浔盯着她:"那行,你现在可以叫了。"

阮昭奇怪:"叫什么?"

"不是要跟我学吉他,当然是叫老师。"傅时浔抬手捏着她的下巴。

阮昭细眉长挑,眼睛无辜地眨了下:"傅老师。"

她刚叫完,便倾身靠过去吻住傅时浔的唇,原本还平静的卧室瞬间有了些高高低低的轻喘声。

傅时浔伸手将阮昭抱了起来,她的长裙裙摆飘在半空中,随着走动轻轻摆动。

到了八月,傅时浔总算是出差回来,这阵子北安下面的一个县又发现了一座大墓。文物局的人手不够,又请了傅时浔过去坐镇。他一连两个星期没回家,都是阮昭隔几天开车过去看他。

这个周末,阮昭突然很"强硬"地打来电话:"傅教授,这个周末你得回家一趟。"

"周末?"傅时浔刚从一号坑出来,腿上还沾了泥,他听起来有点蒙,"是有什么事情吗?"

阮昭无奈地说:"傅教授,请您回趟家还必须得有事情?就不能是我想你了?"

"当然可以。"傅时浔有些歉意,"昭昭,对不起,这阵子我实在太忙了。"

阮昭一听这话,赶紧打断他:"我打电话给你可不是让你跟我说对不起的。"

傅时浔自然明白她的意思,轻笑了声。

对面的阮昭这才慢悠悠补了一句:"而且比起对不起,我更想听你说我爱你。"

"我爱你,昭昭。"

如今傅时浔对于甜言蜜语这件事早已经是信手拈来。

周末,傅时浔本来想早点回家,但没想到临时又出了一点事,一直到傍晚时分,晚霞铺满整片天空时,他才出现在小院的门口。

如同往常那般,他推门而入,只是今天的院子格外安静。

走到正厅门口也没看见董姐忙碌的身影以及云霓快乐活泼的声音,整个院子安静得落针可闻。

"昭昭?"傅时浔沿着楼梯而上,来到她的工作室,却依旧没有人。

傅时浔便又走向了他们卧室的方向。

正当他要推门时,却感觉好像哪里不对劲,但最后还是推门准备进入卧室,想看看阮昭在不在里面。

他伸手推开门的瞬间,"砰"的一声巨响,从天而降的彩带纷纷扬扬落在了他的头顶。

挤在他和阮昭卧室里的人冲他大喊:

"生日快乐。"

"生日快乐。"

为首的阮昭扔掉手里的手持礼炮,伸手抱住面前的傅时浔,又低声在他耳畔说了句:"老公,生日快乐。"

"谢谢。"傅时浔这才回过神。

其他人在给完惊喜之后迅速退场,将空间留给他们两个人。

傅时浔这时才想起来,今天还真是他的生日。

他不由得低声说:"我都快忘记自己的生日了。"

"我知道,所以我才会让你回来。"阮昭一点也没觉得意外。

傅时浔偏头,吻了下她的耳朵:"谢谢你,昭昭。"

阮昭从他的怀里抬起头,盯着他:"我说过什么来着,你还记得吗?"

傅时浔微怔,但很快他就意识到了什么,低头看着她,极温柔地说道:"昭昭,我爱你。"

她说过,比起"对不起",更想听他说"我爱你"这三个字。

那想来,比起"谢谢你"这三个字,她也一定更愿意听"我爱你"。

很快,阮昭将傅时浔拉到阳台的椅子上坐好,她从房间里抱了一把吉他

出来，而她则坐在对面的椅子上。

在身后铺满橘色的天空的陪衬下，她手里的吉他琴弦被轻轻拨动，那首熟悉的歌曲从她手指尖慢慢溢出。

傅时浔是会弹吉他的，一下便听出阮昭弹得很好，跟他出差之前比进步非常大，大到让他都刮目相看。

晚风轻拂，阳台上的两人对立而坐，长发披肩的姑娘拨动着琴弦，唱着最浪漫的情歌。

当一曲终了，傅时浔依旧沉浸其中，似未反应过来。

直到他抬眸望着阮昭，眼底的眸光映照着她的脸颊，他恨不得将所有的温柔都给予她。

傅时浔这才意识到一件事，他问："你学吉他是为了我？"

"我们傅教授可是人间第一流，所以你过生日我不得想点办法哄你呀。"

这句话让傅时浔想起阮昭曾经为他放的那场烟花。

她在哄他这件事上，一直很用心。

傅时浔再也忍不住心底汹涌澎湃的感动，起身走向她，将她手里的吉他拿开后，伸手狠狠抱住她。

"即便你什么都不做，跟你在一起的每一天我都很幸福。"傅时浔极肯定地说道。

这一刻，落日归山海，陪伴成告白。

番外三
· 父与子

北安大学校园内,考古系作为冷门院系,因为人数不够,教师办公楼都是跟别的院系合用一个。

傅时浔作为院内的教授,自然有自己的独立办公室。只是这阵子,办公室内却跟往常不太一样。一直很安静的办公室,时不时会传来一些动静。

比如此刻原本正坐在椅子上安静看绘本的傅容钦,抬头望着对面的傅时浔:"爸爸,我能吃一个冰激凌吗?"

傅时浔英俊的脸缓缓抬起来,黑眸盯着他,反问道:"你觉得呢?"

"不可以。"傅容钦自己点了点头。

小小年纪的稚童,身上倒是有一股子沉静内敛的味道。也难怪,毕竟他的父母一位是做考古研究的,一位是做文物修复的,讲究的就是凝神静气,不得急躁,要有耐心。

此刻傅容钦也不像一般的小孩,得不到自己想要的东西就一直哭闹个不停,他反而望着傅时浔认真问道:"爸爸,我怎么样才能吃到冰激凌呢?"

傅时浔望了一眼窗外,又打开手机看了眼,说道:"现在外面是28℃,还记得妈妈说过什么吗?"

"天气没超过30℃不可以吃冰激凌。"傅容钦小声说道。

傅时浔淡然点头。

于是办公室内再次变得安静。

没一会儿,办公室门口响起敲门声,傅时浔说了声"请进",有人推门进来,原来是傅时浔带的两个学生。两人来找傅时浔问一些问题。

很快,办公室里响起讨论的声音,傅容钦的眼睛也从绘本上抬了起来,

他朝着傅时浔和两人看去,似乎在专心听他们说话。

直到几人聊完,傅容钦突然来了句:"爸爸,你下次去挖坟能带我一起吗?"

傅时浔沉默了。

两个学生瞬间露出要笑又不好意思的憋笑表情,尤其是那个女孩子,明显快要忍不住了。

"爸爸是去考古。"傅时浔耐着性子解释。

傅容钦眨了眨眼睛,想了下,有些不解道:"不就是挖坟吗?"

这次,那个女孩真的憋不住了,扑哧笑出了声,但笑完赶紧朝傅时浔看了一眼。见老师神色并未发生太大变化,她赶紧补救道:"钦钦,考古跟挖坟当然是不一样的,考古是利用古代那些遗留下来的东西让我们更加了解古代的历史文化,挖坟是不道德的事情。"

傅容钦点了点头:"姐姐,你们真的好厉害。"

看着小孩子这一本正经的模样,女孩又忍不住笑了起来。

难怪都说傅教授家的孩子特别可爱,长得漂亮不说,还这么乖巧又懂礼貌,完全就是梦中情娃,跟那些熊孩子一点都不一样。

当两人准备离开时,那个女孩突然想起来自己包里有一包软糖。

她想了想,扭头询问傅时浔:"傅教授,钦钦可以吃糖吗?"

傅容钦本来是安静地坐在椅子上,听到这句话,小屁股立马扭向傅时浔的方向,一边望着还一边忍不住眨眼,企图用可爱打动傅时浔。

傅时浔岂会没看见小家伙眼睛里的渴望,刚才他说想吃冰激凌傅时浔就没同意。

"可以吃一点。"傅时浔点头。

傅容钦和女孩同时露出笑意,她从包里掏出一包葡萄软糖递给傅容钦,小家伙惊喜到难以置信地反问:"姐姐,你是都要给我吗?"

"对啊,你想不想要?"

傅容钦忙不迭点头:"想要,谢谢姐姐,姐姐最好了。"

这小嘴巴甜的,还没吃糖都快齁到别人了。

两个学生走之后,傅容钦捏着手里的糖果,朝着傅时浔看过来,又问:"爸爸,我可以现在就吃吗?"

傅时浔点头,就见他撕开包装袋,小手指从里面拿出一颗软糖塞进嘴巴里。

看着小家伙满足的模样,傅时浔不禁有些好笑:"小姨不是经常偷偷带你吃糖吗?"

傅容钦本来吃得正开心呢,突然间嘴巴停住,他愣乎乎地看着傅时浔,显然是不明白,自己跟云霓小姨的秘密怎么会被爸爸知道。

自从容钦会说话之后,对云霓和云樘的称呼,就是小姨和舅舅。

对阮昭而言,她和云家兄妹就是这个世界上没有血缘关系的亲人。她幼年被父亲捡回去养大,没有亲生兄妹。但老天爷又对她不薄,在很多年之后,让她遇到了云家兄妹,他们生活在一起,早就有了兄妹的感情。

"小姨说不能让爸爸妈妈知道。"傅容钦到底还是不敢撒谎,半晌小声说了这么一句。

其实这件事情,不仅傅时浔知道,阮昭也知道,只不过两人都不戳破罢了。

宠傅容钦的人实在是太多了,以至于坏人只能让傅时浔来当了。

"糖果可以吃,但不能吃太多。"傅时浔这次倒也没阻拦。

傅容钦也很听话,想了下,竖起两根手指:"我就吃两颗,其他留着明天再吃。"

可是他刚想到自己已经吃了一颗,瞬间又有点后悔,犹犹豫豫之间,又悄悄竖起一根手指头:"三颗可以吗?"

傅时浔此刻终于从椅子上站了起来,他走到小家伙的面前慢慢蹲下,两人的视线终于处于同一水平线,他望着眼前这个长得既像他又有阮昭模样的小家伙,心底有种说不出的柔软,那种柔软是在初为人父时就开始出现的,并且随着他一点点长大之后逐渐扩大。他曾经遭受的那些痛苦与磨难,也被这样的柔软一点点磨平了棱角。

"可以。"傅时浔轻声说出这两个字。

傅容钦一下露出开心的笑容,两只小手抬起:"爸爸最好了。"

傅时浔挑眉:"只要给糖吃,爸爸就好?"

"当然不是,爸爸什么都好。"傅容钦歪着头看着他,"爸爸个子高,还长得帅,还是老师,每天给我洗澡,妈妈不在家的时候还会带我睡觉。"

小家伙口齿伶俐地一口气说了这么多,连傅时浔都有些吃惊,显然是没想到自己在小朋友的心目中居然是这么高大上的存在。

大概是傅容钦平时黏的都是阮昭,每天放学回家第一眼看见的就是阮昭,天天总是妈妈、妈妈地喊个不停。这几天阮昭不在家,倒是让他们父子关系更加亲密了。

快到下班的时候,傅时浔收拾了东西,关了电脑,准备带傅容钦回家。

两人到了楼下,朝着停车位走去时,傅时浔垂眸看着牵着的小朋友,冷

淡的声线染上了几分温柔:"晚上想吃什么?"

傅容钦仰着小脑袋,有些费劲地看着高大的父亲:"不是回家吗?"

傅时浔微带笑意:"难得妈妈不在家,要不我们两个出去吃东西?"

"肯德基。"小孩子脱口而出。

傅时浔低头看他,倒是有几分惊讶:"这是谁带你去吃的?"

云霓虽然会偷偷给一点点糖果,但不至于敢带他去吃这些,估计是阮昭干的。

其实他们两个相比,反而是阮昭更纵容傅容钦。大概是因为她自小被收养,从未被自己的血脉亲人疼过,傅容钦是这个世界上唯一跟她血脉相连的人,即便清冷如阮昭,也以无限的温柔对待他。

"好,就去吃肯德基。"傅时浔笑了下,竟痛快答应。

傅容钦这下彻底震惊,大概也没想到爸爸今天这么好说话。

两人上了车,傅容钦乖乖坐在后排的儿童座椅上。

不管是傅时浔还是阮昭的车子上,都放了儿童座椅,因此谁看了都知道他们家中有个不大的孩子。

傅时浔将傅容钦带到了离家里不远的肯德基,进去之后,让小孩子自己点餐。傅容钦要了一份汉堡、薯条,还有一杯饮料,傅时浔并不喜欢这些油炸食品,他口味一向清淡。

"爸爸,你不吃吗?"傅容钦踮着脚尖趴在收银台前面,眼巴巴地看着他。

傅时浔想了下,随手点了个汉堡,陪小家伙吃点。

待两人找了个空桌子坐下,傅容钦坐在椅子上,两条腿悬在半空中晃悠,显然是心情愉悦得不得了。

没一会儿,服务员喊到了他们的号码。傅时浔让傅容钦安静坐着,自己起身去拿东西,他虽然走到收银台,但是眼睛一直盯着儿子的方向。

傅容钦确实很乖,安静地坐在椅子上,乖乖地看着爸爸。

待东西拿回来,小家伙便开心地吃了起来。

傅时浔其实并不爱吃这些,可傅容钦吃得特别快乐,一会儿咬口汉堡,一会吃点薯条,时不时再来口饮料。

本来他正垂眸盯着眼前的小家伙,余光却瞥见落地玻璃外一个熟悉的身影。

待他抬眸看过去,对方已经推门而入。

他错愕地望着,阮昭却抬头用手指抵住嘴唇,示意他不要说话。

"唉!"突然眼前的小家伙幽幽叹了一口气。

傅时浔愣住，随即有些好笑："你叹什么气呢？不是都让你吃了想吃的东西。"

这么小的孩子，明明刚才还吃得那么开心，现在却又一本正经地叹气，着实有些好玩。

傅容钦嘴角微微一撇："薯条太好吃了，我好想妈妈。"

这句话让坐着的傅时浔和已经走到傅容钦身后的阮昭都一头雾水，显然他们都不明白，薯条太好吃跟想妈妈有什么关系。

"妈妈也喜欢吃薯条，要是妈妈在这里就好了。"

小家伙终于说出了叹气的原因。

身后的阮昭原本想要逗弄小家伙，这下却犹如定格般站在原地，一动不动。

不得不说，孩子直白的喜欢反而会让父母感动到不知所措。

傅时浔也沉默了许久，轻声说："那我把妈妈变出来好不好？"

"要闭眼睛吗？"傅容钦立即问道。

他每次过生日许愿时，妈妈都会让他闭上眼睛。

傅时浔点头。

于是小朋友乖乖闭上眼睛，阮昭也缓缓上前，在小朋友旁边的那个空位置上坐下。

"好了，睁开眼睛吧。"傅时浔低笑着开口。

傅容钦带着期盼睁开了眼睛，他先看向对面的爸爸，随即发现身侧多了一个人，再定睛一看——

"妈妈，妈妈。"傅容钦一下扑到阮昭怀中。

阮昭搂着怀里的小家伙。她开车回来本来是一心想着回家赶紧抱抱她的小宝贝，却在路边看见了熟悉的车子。再定睛一看，发现傅时浔居然带着儿子来吃肯德基。

傅教授愿意带孩子吃这种油炸食品，也算是太阳打西边出来了。

她本来是想逗弄他们父子，结果一进来就被傅时浔发现了。好在看见傅容钦的瞬间，阮昭这些天在外的思念彻底得到释放。

"我好想你，妈妈。"傅容钦趴在她怀里，一句一句说着对她的思念。

阮昭紧紧搂着怀里的小宝贝，低头亲了又亲他的额头："妈妈也是，好想宝贝。"

而此刻，对面的傅时浔轻声开口："我也想你，昭昭。"

阮昭看着一点也不甘示弱的傅时浔，被逗得有些想笑。

可当她抬眸望过去,在触到他眼底的温柔时,心头瞬间被爱填满。

细腻的美好藏在生活的点点滴滴,眼前的父与子,便是阮昭此生最大的美好。